AF307854

Als begeisterte Buchhändlerin sieht man **Marion Hübinger** kaum ohne ein Buch in der Hand, und seit der Veröffentlichung ihres Jugendbuchdebüts 2014 jongliert sie erfolgreich mit ihrer Leidenschaft zum Lesen und Schreiben. Sie besticht durch eine Genrevielfalt, nach dem Start mit zahlreichen Fantasybüchern folgen Kinderbücher und Romance. Ihre Bücher sprechen starke Emotionen an und werfen schon mal große Fragen auf – solche nach dem Wert von Freundschaft und Loyalität, nach Verlust, neuen Lebensentwürfen oder der Suche nach sich selbst.

Marion Hübinger

Der Himmel über den Highlands

Erstausgabe April 2024

Copyright © 2024 dp Verlag, ein Imprint der
dp DIGITAL PUBLISHERS GmbH
Made in Stuttgart with ♥
Alle Rechte vorbehalten

Der Himmel über den Highlands

ISBN 978-3-98778-836-9
E-Book-ISBN 978-3-98778-835-2

Covergestaltung: ARTC.ore Design
Umschlaggestaltung: ARTC.ore Design
Unter Verwendung von Abbildungen von
stock.adobe.com: © paul, © tong2530, © Iftikhar alam,
© Art_me2541, © Papugrat
shutterstock.com: © Martin M303, © TTstudio, © Ortis
Lektorat: Astrid Pfister
Satz: dp DIGITAL PUBLISHERS GmbH
Druck und Bindung: Books on Demand GmbH, Norderstedt

Für alle, die Schottland zum Träumen bringt.

ANNE

München, 8. Juli 2022

»Und damit kommen wir nun zum wesentlichen Teil der Testamentsverlesung«, sagte der glatzköpfige Mann mit einem linkischen Grinsen, das im Gericht vollkommen deplatziert wirkte.

Statt sich auf die Worte des Rechtspflegers zu konzentrieren, fiel Anne der Staub ins Auge, der auf dem Fensterbrett gleich neben ihrem Stuhl lag. Sie konnte den Mann nicht leiden, weil er tat, was er tun musste. Den letzten Willen ihrer Eltern verlesen. Es mangelte ihm an Ehrerbietung und einem gewissen Feingefühl, das sie in diesem Moment erwartet hatte. Noch mehr störte sie sich daran, dass sie und Hannes in einem nichtssagenden Gerichtssaal saßen statt in einem Notarbüro, das vielleicht mit einem wertvollen Mahagonischreibtisch und einer imponierenden Bibliothek ausgestattet war, mit einem spektakulären Blick über München ... Sie schweifte bereits wieder gedanklich ab. Herr Treschers Räuspern ließ sie aufhorchen. *Galt die erwartungsvolle Pause in seiner Rede etwa ihr?* Vorsichtshalber warf Anne einen Blick zur Seite. Der zusammengekniffene Zug um Hannes Mund bedeutete nichts Gutes.

Eine junge Frau mit Piercings im Ohr brachte eine Wasserkaraffe und Gläser. Unaufgefordert schenkte sie dem Rechtspfleger, Hannes und ihr ein Glas ein. Tee wäre ihr lieber gewesen. Eine warme Tasse Lavendeltee, um die angespannten Nerven zu beruhigen. Über eine halbe Stunde hatten sie bereits warten müssen, bis man sie endlich in den Saal bat und die schwere Tür hinter ihnen zugefallen war. Über dreißig Minuten, die Hannes allerdings auch immer ungeduldiger hatten werden lassen. Sie hatte es an der Art gemerkt, wie er die Seiten der Zeitung umgeschlagen und immer wieder einen Blick auf seine neue Rolex geworfen hatte. Selbst Anne hatte wenig Verständnis dafür gefunden, dass der anberaumte Termin zur Testamentseröffnung nicht pünktlich eingehalten wurde. Sie hatte bereits genug um die Ohren mit all dem Papierkram, den Umschreibungen von Konten und der Übernahme der Verlagsleitung.

Ihr Magen zog sich zusammen, ob von dem Schluck Wasser, das fahl schmeckte, oder der anklagenden Leere, da sie heute früh keinen Bissen herunter gebracht hatte, wusste sie nicht. Sie zupfte an den Ärmeln ihres schwarzen Blazers. Schwarz hatte ihr noch nie gestanden. Nicht bei der typisch blassen Haut einer Rothaarigen. Die wiederum im totalen Kontrast zu dem dunklen Hautton ihres Partners stand, den viele fälschlicherweise für einen Italiener hielten. Gerade deswegen hatte er sie damals auf den ersten Blick fasziniert. Hannes war ein gut aussehender, athletischer Mann. Seit etwas mehr als vier Jahren waren sie ein Paar und galten in ihrem Freundeskreis als das Traumpaar schlechthin. Insgeheim rümpfte sie die Nase darüber.

Erneut drifteten ihre Gedanken ab. Sie wusste nicht, ob der Mann inzwischen eine Erklärung für die Verzögerung gegeben hatte. *Reiß dich zusammen!* Luft entwich zwischen ihren Lippen. Lautete nicht das Motto aller vergangenen Tage genau so? Wie oft hatte sie gehört, sie müsse die Zähne zusammenbeißen, sie müsse da durch, es gäbe keinen Weg daran vorbei? Den Text für die Trauerkarten formulieren, eine Druckerei beauftragen, sich für die Urnen entscheiden, den Baum für die Bestattung auswählen ... und heute der Termin beim Nachlassgericht. Hannes und sie waren hier, weil es sein musste. Das Testament. Ihre Eltern, die auf so tragische Weise bei einem Autounfall ums Leben gekommen waren ... aus dem Leben gerissen. Hilflos ballte Anne die Fäuste, spürte den Druck ihres abgebrochenen Nagels, froh darum, überhaupt etwas zu fühlen.

»Nun denn ...« Der Mann hatte bisher nichts weiter getan, als Blätter von einem Platz zum anderen zu legen. »Wie ich schon sagte, gibt es ein gewisses Problem und ...«

»Das erwähnten Sie bereits, Herr Trescher«, fuhr ihm Hannes brüsk ins Wort. »Sie haben es bislang allerdings noch nicht für nötig befunden, uns darüber aufzuklären, worum es geht.«

Unverzüglich zuckte ihr Kopf zur Seite. Hannes gesamte Körperhaltung drückte aus, wie ungehalten er über die Verzögerung und diese seltsame Hinhaltetaktik war. Als würde Herr Trescher auf ein bestimmtes Ereignis warten, das nicht eintraf. Anne biss sich auf die Lippe. Wenn sie Hannes jetzt versuchte zu bremsen, würde er erst recht ausrasten. Das hatte sie zu ihrem

Leidwesen bereits einige Male erleben müssen. Der unerwartete Jähzorn, der aus dem Nichts hochkochen konnte. Ein falsches Wort, und ihr Freund explodierte derartig, dass sie sich für ihn schämte. Leider schien er ihren Blick, der auf ihm ruhte, nicht wahrnehmen zu wollen, denn er starrte den Mann ihnen gegenüber unerbittlich ernst an.

Ja, das Warten, die seltsam kalte Atmosphäre des Gerichts, die ihr bewusst machte, dass sie lediglich ein Tagespunkt auf der Liste des Rechtspflegers waren, das alles wirkte auf Anne so, als wäre sie in einem falschen Film gelandet. Als ob dies alles nicht ihr gelten konnte. Sie glaubte sogar, die mitleidsvollen Blicke der Sekretärin durch die geschlossene Tür in ihrem Rücken zu spüren. Am liebsten würde sie den Stuhl, der für eine gewisse Kälte an ihren nackten Beinen sorgte, verlassen und sich vor das tief liegende Fenster stellen. Es zeigte einen Innenhof, in dem ein winziger Springbrunnen vor sich hinplätscherte, und der – wie Anne bereits beobachtet hatte – häufig von größtenteils beschäftigt wirkenden Angestellten überquert wurde.

»Die Lage ist ein wenig prekär, um es vorsichtig auszudrücken«, sagte der Mann hinter dem Schreibtisch, der Anne an ein Lehrerpult erinnerte. »Sie werden es gleich verstehen, ich hatte meine Gründe.«

Diese geheimnisvollen Andeutungen machten die Situation kein bisschen besser. Doch ausgerechnet in dem Moment wurde der Mann vom Klingeln seines Handys unterbrochen. Mit einem entschuldigenden Lächeln nahm er das Gespräch entgegen und lauschte.

»In Ordnung. Danke für die Mühe.«

Er legte auf und rieb sich die Hände, bevor er ein weiteres Mal die Papiere vor sich neu ordnete. Es war zum Aus-der-Haut-fahren. Inzwischen war selbst Annes Geduld an ihrem Endpunkt angelangt.

Sie deutete auf die Kladde, die mit Sicherheit das Testament ihres Vaters barg. »Bitte, können wir jetzt endlich beginnen?«

Was sollte es schon groß zu verlesen geben? Ihre Mutter wäre die Alleinerbin geworden. Unter den gegebenen Umständen würde jetzt sie, die Tochter, den Verlag erben. Davon ging Anne zumindest aus. Immerhin hatte sie auf Wunsch der Eltern den Beruf der Verlagskauffrau gelernt, hatte sich in den Betrieb eingearbeitet und war seit zwei Jahren, seit ihrem vierundzwanzigsten Geburtstag, quasi die rechte Hand ihres Vaters gewesen. *War*, lautete das entscheidende Wort. Genau, wie sie einst Liz Schwester gewesen war. Die vor etwas mehr als einem Jahr an einer Überdosis gestorben war. Schon das war damals schwer genug zu verkraften gewesen. *Ach, Lizzie*, seufzte sie leise in sich hinein. *Ich vermisse unsere Eltern*. Erneut spürte sie das krampfartige Ziehen im Bauch, das seit Tagen kam und ging, das sie jedoch mit aller Gewalt ignorierte. Sie hatte bei Weitem andere Sorgen.

»Tja, wie ich bereits sagte, gibt es etwas, das Sie erfahren sollten. Wir sind unserer Pflicht als Nachlassgericht nachgegangen und haben keine Mühe gescheut, damit die Testamentseröffnung von Herrn Karl Nadler, seinerseits Inhaber des Verlages Nadler&CO, korrekt vonstattengeht.«

Just in diesem Moment spürte sie Hannes schwere Hand auf ihrem Knie und erstarrte kurzzeitig. Seine

Hand fühlte sich wie ein Störfaktor an. Etwas, das sie längst hätte in Ordnung bringen müssen, aber nicht den Mut dafür gefunden hatte, oder auch die nötige Kraft. Immerhin war ihr Hannes seit dem Tod ihrer Eltern nicht von der Seite gewichen, kümmerte sich um den Verlag und hatte sie bei allen nötigen Schritten für die Beerdigung unterstützt. Sie selbst wirkte dagegen wie ein Schatten. Sie stand vollkommen neben sich, wollte noch immer nicht begreifen. Selbst jetzt nicht. Brav hatte sie unterschrieben, was immer man ihr vorgelegt hatte, hatte Kondolenzbekundungen entgegengenommen, die Traueranzeige in der Zeitung abgesegnet. Nur in der Einsamkeit der Nächte, wenn Hannes friedlich neben ihr lag und leise schnarchte, ließ sie ihren Tränen freien Lauf.

»... kurz zusammengefasst«, der Rechtspfleger räusperte sich erneut und gab Anne dadurch die Gelegenheit, seine Stimme wieder wahrzunehmen. »Es gibt einen zweiten Erben, der im Testament Ihres Vaters bedacht wird.«

»Wer?« Hannes sprang wie eine Feder hoch. »Anne besitzt keine weiteren Familienangehörigen, davon wüssten wir! Oder ist es irgendein bedauernswerter Autor, dem er meint, noch etwas schuldig zu sein?« Ihr Freund raufte sich die kurzen Haare, die er morgens immer akribisch stylte.

»Anne, nun sag du doch auch mal was!« Er beugte sich über sie und rüttelte an ihrem Arm, als wäre sie ein kleines Kind, das man zur Vernunft bringen müsste.

»Bitte beruhigen Sie sich, Herr ...«, der Notar sah kurz auf seine Notizen, »... Pilz. Sie können uns glauben, dass alles rechtens ist. Wir machen hier lediglich unsere Arbeit.«

Hannes schnaufte laut auf. Nur mit Mühe konnte ihm Anne ein müdes Lächeln schenken, aus Dankbarkeit, dass er sich an ihrer Stelle derart aufregte. Grund genug dafür hatte er ja. Immerhin hatte er sich zum Vertriebsleiter des Verlages hochgearbeitet. Mittlerweile identifizierte er sich mit dem Unternehmen, als hätte er es selbst aufgebaut. Auch sie hätte gute Gründe dazu, sich Sorgen über diese unerwartete Information zu machen. War ihr Erbe, ihre Lebensgrundlage in Gefahr? Der Mann hinter dem ordentlichen Schreibtisch mit dem dümmlichen Grinsen musste sich irren. Hannes hatte recht. Sie war jetzt Vollwaise und die Letzte aus der Familie Nadler. Sie runzelte die Stirn.

Geschäftig öffnete Herr Trescher die offiziell aussehende Kladde und nahm einen Briefumschlag heraus, dessen Siegel bereits eingerissen war.

»Leider ist es uns nicht gelungen, den Erben zu überzeugen, heute anwesend zu sein. Somit informiere ich Sie, Frau Nadler, darüber, dass das Erbe automatisch als angenommen gilt, sollten Sie nicht binnen sechs Wochen ein rechtskräftiges Schreiben vorlegen, in welchem Sie das Erbe ausschlagen. Dasselbe gilt für ...«

»Ausschlagen, soll das ein Witz sein?«, unterbrach Hannes den Mann mit dröhnender Stimme.

»Dasselbe gilt für den zweiten Erben«, fuhr er unbeeindruckt in seinem monotonen Vortrag fort. »Des Weiteren können Sie innerhalb des Ablaufes von einem Jahr das Testament anfechten oder ...«

»Das werden wir noch sehen!«

Anne nickte lahm, ihr fehlte es an der notwendigen Energie, die Hannes gerade aufbrachte.

Der Mann hüstelte gekünstelt. »Wie Sie meinen. Es ist lediglich meine Pflicht, Sie über Ihre Rechte aufzuklären.«

Als Hannes seine Hände auf die Tischplatte legte, erschrak Anne. Jetzt beugte er sich weit über den Schreibtisch und suchte den Blick ihres Gegenübers. »Was genau bekommt denn dieser ominöse Erbe? Wovon sprechen wir hier eigentlich?«

Auf diese Frage hätte sie auch selbst kommen können. Dennoch raubte ihr Hannes unverschämte Art beinahe den Atem. Ihr Herz klopfte so stark, dass sie sich sicher war, alle im Raum Anwesenden müssten es schlagen hören.

Das Blatt Papier, eng beschrieben, sie erkannte die Handschrift ihres Vaters, zitterte leicht zwischen den Fingern des Mannes. Langsam führte er es vor seine Augen. Sie presste die Lippen so fest aufeinander, dass sie blutleer wurden.

Herr Trescher las stumm, ehe er zu ihnen aufsah. »Nun, so wie es aussieht, erbt Duncan McRohan die Hälfte des Verlages. So steht es hier geschrieben.«

»So ein Erbe taucht doch nicht einfach aus dem Nichts auf! Und dazu noch aus Schottland! Ich habe deine Eltern noch nie über Schottland reden hören, du etwa? Das ist ein einziger Albtraum! Was hat sich dein Vater nur dabei gedacht?«

Mit jeder Stufe, die sie die Treppe des tristen Gerichtsbaus nach unten gingen, redete sich Hannes immer mehr in Rage. Er würde erst Ruhe geben, wenn sie ihm recht gab und im besten Fall ebenfalls über den

Rechtspfleger schimpfte, der am Ende angesichts des unerwarteten Wutausbruchs von Hannes und ihres hartnäckigen Schweigens nur noch ein mühsames Stammeln herausgebracht hatte. Doch sie weigerte sich. Sie weigerte sich, überhaupt etwas zu sagen. Was die Sache natürlich nur noch schlimmer machte.

»Kannst du bitte auch mal deinen Senf dazu geben, Anne? Ich meine, es geht hier nicht um irgendwelche Peanuts. Es geht um unsere Existenzgrundlage, die gerade den Bach runtergeht! Warum hat es dir die Sprache verschlagen?«

Ihr Magen bestand nur noch aus einem einzigen Klumpen. *War das nicht Antwort genug?* Ihr ging gerade jede Menge durch den Kopf. Angefangen davon, dass sie sich betrogen fühlte. Nicht um ihr Erbe, sondern um ein Geheimnis, das ihre Eltern ihr vorenthalten hatte. Dieser Schotte war anscheinend ein Verwandter von ihr. Ein wildfremder Mann, der in ihrem Leben plötzlich eine Rolle spielte. So nach dem Prinzip, ach übrigens, wir haben ganz vergessen, dir von Duncan zu erzählen. Nein, sie wollte nicht weiter daran denken, geschweige denn darüber reden. Was Hannes in seinem Aufruhr aber schlicht nicht begriff.

»Hm«, sagte sie. Mehr nicht. Geradewegs so, als müsste sie erst ihre Stimmbänder testen.

»Was hm? Was, Anne, nun sag schon, was sollen wir jetzt machen?«

Wir? Auch dazu schwirrten ihr allerlei Gedanken durch den Kopf, irgendwo hinter ihrer Stirn. Allerdings ließ sich keiner wirklich fassen. Dazu war die Ungeheuerlichkeit des Gehörten zu groß. Nur so viel war ihr klar: Das alles betraf zunächst sie ganz allein. Sie hatte auf einen Schlag beide Eltern verloren. Sie hatte plötzlich die Nachricht von einem unbekannten Erben aus Schottland erhalten. Und sie musste damit klar kommen.

Mit eiligen Schritten trat sie auf den Gehweg, nachdem sie die schwere Tür aufgedrückt hatte. Was sie jetzt brauchte, war frische Luft. Plötzlich hatte sie das Gefühl zu ersticken. An millionenfachen Fragen. Eigentlich nur an einer: *Warum, Papa?*

Aufgelöst lief sie zum Parkplatz, wühlte dabei in ihrer Handtasche nach dem Autoschlüssel. Zum Glück waren sie mit ihrem Renault gekommen. Den fuhr nur sie. Hannes weigerte sich standhaft, hinter dem Steuer einer so erbärmlichen Schrottkiste zu sitzen. Bunny, so hatte sie den weißen Franzosen liebevoll getauft. Lächerlich, stellte Hannes immer wieder aufs Neue klar, während er seine Augen verdrehte. Heute früh hatte sie es sich nicht nehmen lassen, damit in die Stadt zu fahren. Das Auto hatte sie von ihren Eltern zum Abschluss der Ausbildung geschenkt bekommen. Kein Wunder also, dass sie daran hing. So wie andere an ihrem Hund oder dem Garten.

Wie üblich schnaufte Hannes beim Einsteigen. »Lass uns bei dir weiterreden.«

Überrascht sah sie zu ihm auf, als sie am Steuer Platz nahm. Er schien sich wieder halbwegs beruhigt zu haben. Oder beherrschte sich um ihretwillen. Nichts hasste sie mehr als Gespräche beim Autofahren. Genauso wie das Radio im Hintergrund.

»Später«, antwortete sie. »Erst will ich an den See.«

Der Gedanke war ihr im Moment seines Aussprechens gekommen. Eigentlich hatte sie geplant, nach dem Gericht direkt zum Friedhof zu fahren, weil sie es für angebracht hielt. Um ihren Eltern auf diese Weise nahe zu sein. Sie konnte sich bereits vor der Birke inmitten der Baumreihen stehen sehen, auf den Stein im Boden starrend und sie anflehend. *Was habt ihr euch nur dabei gedacht? Was soll ich jetzt tun?* Stattdessen fuhr sie mit quietschenden Reifen aus der Parklücke. Raus aus der Stadt. Ihre Lippen fest aufeinandergepresst. Sie musste sich zusammenreißen, um sich auf den Verkehr zu konzentrieren. Sie sagte nicht einmal etwas, als Hannes seine Playlist aufrief. Keith Jarrett Live in concert. Eigentlich eine ihrer liebsten Aufnahmen. Ein tiefer Atemzug und die Aussicht auf den See halfen ihr.

Unter der Woche war der Parkplatz wie leer gefegt. Anne stieg aus. Sie wartete nicht einmal ab, ob Hannes ihr folgte. Sie musste atmen, den leichten Wind im Gesicht spüren, sehen, dass die Wellen noch immer sanft gegen das Ufer plätscherten. Die Enten sich mit Vergnügen darauf schaukeln ließen. Dass die Sonne wie gewohnt gegen Mittag hoch am Horizont stand. Dass alles wie immer war. Nur, dass für sie nichts mehr so sein würde wie zuvor. Ein gewaltiger Schlund hatte sich vor ihr aufgetan. Sie stand an dessen Abgrund und wusste nicht, welche Geheimnisse dort in der Tiefe noch verborgen lagen.

Langsam zog sie die feingliedrige Kette mit dem ungewöhnlichen, verknoteten Kreuz aus der Tasche. Das Erbstück, das sie eben erst ausgehändigt bekommen hatte. *Hiermit verfüge ich, dass Duncan McRohan ... um ein altes Unrecht wieder gut zu machen ...,* so in der Art hatte die Verfügung ihres Vaters gelautet.

Nachdenklich wog sie die Kette in der Hand und betrachtete das breite Kreuz, in dessen Mitte ein weißer Stein eingearbeitet war. Sie spürte den silbernen Gliedern nach, von denen sie nicht wusste, ob diese wertvoll waren. *Welches Unrecht hatte ihr Vater im Sinn gehabt, dass er es explizit in seinem Testament festgehalten hatte, und wie hing der unbekannte Erbe damit zusammen?* Tief in ihrem Innern ahnte sie, dass es im Leben ihrer Eltern etwas gab, das so groß gewesen sein musste, dass sie es vor ihr verborgen gehalten hatten. *Aber warum? Oder hätten sie es ihr irgendwann vielleicht erzählt?* Nur, dass es dafür nun zu spät war. Sie hatten das Geheimnis mit ins Grab genommen, und ihr damit jede Menge Fragen aufgebürdet, von denen sie nicht wusste, ob sie diese beantwortet haben wollte.

Wer bist du, Fremder in Schottland?

»Nun sag schon, was denkst du?« Hannes war an ihrer Seite aufgetaucht. Seine Stimme klang ungeduldig und anklagend.

Sie warf ihm einen stummen Blick zu. Wie verbittert er aussah. Wie sehr musste ihn die Tatsache treffen, dass er sich seit Jahren mit all seinem Können in den Verlag eingebracht hatte, nur, um zu erfahren, dass ein Unbekannter jetzt die Früchte seiner Arbeit ernten würde. *Ich verstehe dich*, wollte sie ihm durch ihren Blick sagen.

Noch einmal holte sie tief Luft.

»Vielleicht sollten wir die Sache einfach auf sich beruhen lassen. Vielleicht wird gar nichts geschehen und wir machen im Verlag einfach weiter wie bisher.«

»Das funktioniert nie im Leben!«, schnaubte er zur Antwort. »Irgendwann steht dieser Kerl vor unserer

Tür und hält die Hand auf! Wer ist er überhaupt? Und wer hat ihm unrecht getan? Lass ihn ein armer Schlucker sein, dann zwingt er uns womöglich, zu verkaufen. Nie im Leben können wir ihm seine Hälfte auszahlen!«

»Die Tatsache, dass er nicht zur Testamentseröffnung gekommen ist, bedeutet vielleicht, dass er kein Interesse an dem Erbe hat.« Sie bückte sich nach einem Stein am Ufer und warf ihn ins Wasser. Die kurze Unruhe, die an dem Punkt seines Auftreffens entstand, erzeugte in ihr nur eine eigene Unruhe.

Was hast du mit meiner Familie zu tun, Duncan McRohan?

»Sechs Wochen, in denen kann verdammt viel passieren. Es gibt Fristen, das hast du doch gehört, oder?«

Nachdenklich drehte Anne die Kette um und stutzte. Zwei Namen waren darauf zu erkennen, in verschnörkelter Schrift und nur schwach lesbar. Dennoch war es der einzige Hinweis auf eine Verbindung zwischen ihrem Vater und dem unbekannten Erben. Zwei Namen, eingraviert auf je einer Seite des Kreuzes: Davina und Franz.

Sie runzelte die Stirn. Kühl lag das Silber in ihrer Handfläche.

Plötzlich wurde es ihr weggerissen. »Was gibt es da zu sehen?«

Jetzt, da es nicht mehr in ihrer Hand lag, erfasste Anne eine undefinierbare Traurigkeit.

»Davina und Franz!« Hannes hob das Kreuz näher vor sein Gesicht. »Und hier steht noch ein Datum«, er sah zu ihr, ehe er weitersprach: »1882. Ziemlich alt, was?«

»Ja.« Anne nickte. »Allerdings habe ich keine Ahnung, was das zu bedeuten hat.«

»Es muss nichts bedeuten, Schatz. Vielleicht ist es bloß ein altes Schmuckstück, das deinem Vater durch Zufall in die Hände geraten ist. Vielleicht ist es auch wertvoll und so eine Art Rückversicherung für den Verlag. Das würde Sinn machen, wenn es zum Schlimmsten käme. Am besten, wir lassen es gleich morgen von einem Juwelier schätzen.«

»Wohl eher von einem Antiquitätenhändler, so alt, wie es ist«, erwiderte Anne, lachte bitter auf und wandte sich wieder dem See zu.

Die Sonne schickte sich an, ihre Strahlen auf das Wasser zu lenken, sodass es glitzerte, als wäre es mit Diamanten besprengt, oder kleinen Sternen, die hell vor sich hin flackerten. Erst jetzt gelang es Anne, einen tiefen Atemzug zu nehmen und sich zu sagen, dass es für alles eine Lösung gab. Auch für das Problem mit einem Erben, der irgendwo in Schottland lebte und ein Anrecht auf die Hälfte des Vermögens ihrer Eltern hatte. *Ihres* Vermögens.

»Komm«, sagte sie leise. »Lass uns um den See gehen. Es ist viel zu schön hier draußen, um gleich wieder ins Büro zurückzukehren.«

DUNCAN

Fort William, am nächsten Tag

Die Szene wehrte sich vehement dagegen, zu Papier gebracht zu werden. Duncan massierte sich seinen verkrampften Nacken. Daran, dass er mit seinem Manuskript nicht weiterkam, war einzig und allein dieser Brief aus Deutschland schuld. Er hätte ihn gleich von seinem Schreibtisch verbannen sollen. Besser noch, ihn in den Mülleimer werfen. *Was sollte er mit dem Erbe von einem Verlag anfangen, von dessen Besitzer er noch nie gehört hatte?*

Jetzt war es dafür sowieso zu spät.

Ausgerechnet heute früh schien Muriel entschieden zu haben, ihn bereits vor dem vollen Sechs-Uhr-Läuten zu beehren. Frisch wie das blühende Leben kam sie genau in dem Moment in sein Arbeitszimmer gerauscht, als er die Zeilen ein weiteres Mal nachdenklich überflog. Ertappt ließ er den Brief fallen und bedeckte ihn mit einer Hand.

»Was hast du denn da, Bruderherz? Versteckst du etwas vor mir?«

»Schon mal etwas von Anklopfen gehört?«

Es verstand sich von selbst, dass Muriel so etwas für überflüssig hielt. Egal, wie oft er seine drei Jahre ältere Schwester darum bat, Rücksicht auf seine kreativen

Phasen zu nehmen, sie wischte sie mit ihrer ganz eigenen Form der Fürsorge beiseite.

»Und überhaupt, hast du etwa wieder die ganze Nacht durchgeschrieben?«

Mit energischem Schritt ging sie auf das kleine Fenster zu, und riss die Vorhänge auf.

»Die Luft hier drin ist vollkommen abgestanden, mein Lieber. Wie oft habe ich dir gesagt, du musst für ausreichend Sauerstoff sorgen, damit dein Hirn arbeiten kann.«

Ein Knirschen ließ erkennen, dass sie das Fenster entriegelte, ohne sein Einverständnis einzuholen. Wozu auch, Muriel tat sowieso, was sie wollte. Gestern Nachmittag war sie wie immer ungefragt bei ihm im Cottage aufgekreuzt und hatte seinen Schreibrhythmus durcheinandergebracht, indem sie darauf beharrte, ihn in den Pub ausführen zu wollen. Angeblich nur zu seinem Wohl. *Wenn ich nicht wäre, würdest du sogar das Essen vergessen*, hatte sie behauptet und damit nicht ganz unrecht gehabt. Was er natürlich nie zugeben würde. Ein Blick in den so gut wie leeren Kühlschrank genügte Muriel, um zu erkennen, wie gut sie daran tat, die Fahrt von Edinburgh nach Fort Williams nach Feierabend auf sich zu nehmen. Ob er sie damit ärgern wolle, er solle sich nicht derart gehen lassen, warum er nicht einmal ein halbwegs frisches *Bannock* da hätte … in dieser Art las sie ihm die Leviten, wie es nur große Schwestern können.

Seit dreizehn Jahren waren ihre Eltern nun schon tot. Kurz zuvor hatten sie noch auf seinen fünfzehnten Geburtstag angestoßen. Gefeiert hatte er mit ein paar Kumpels beim Bowlen. Seit jenem Tag, als man ihnen mitgeteilt hatte, dass es ein schreckliches Flugzeugunglück über dem Indischen Ozean gegeben hatte, fühlte sich seine Schwester für ihn verantwortlich. Damals war sie gerade erst achtzehn gewesen. Und bis heute hatte Muriel nicht damit aufgehört, regelmäßig nach ihm, dem kleinen Bruder, zu sehen, ihn zu bemuttern wie am ersten Tag ihres schrecklichen Verlustes. Ihre Eltern hatten die erste Fernreise anlässlich ihres zwanzigsten Hochzeitstages angetreten. Keine vierundzwanzig Stunden später waren sie gestorben.

»Also ...« Muriel musterte ihn durch ihre auffällig große Brille, eine Strähne des langen, hellbraunen Haares war ihr aus dem Zopfgummi gerutscht. »Gibt es etwas, das ich wissen sollte?«

»Nein«, erwiderte er vielleicht eine Spur zu schnell. »Außer, dass ich dank dir die halbe Nacht an der Szene mit dem Auftauchen des *Black Shuck* an der schottischen Küste zu kämpfen hatte.« Sein schwarzer Hund mit den leuchtenden Augen hatte sich gerade ein Opfer auf einem Friedhof auserwählt und die Szene bedurfte einer entsprechend spannungsgeladenen Stimmung, die ihm noch nicht zu seiner Zufriedenheit gelingen wollte. Nichtsdestotrotz bemühte sich Duncan um einen entspannten Gesichtsausdruck und ließ den Brief genau in dem Moment unter dem Manuskriptstapel verschwinden, als sich Muriel naserümpfend über die Vielzahl an halb ausgetrunkenen Teetassen beugte.

»Das habe ich gesehen«, erklang ihre anklagende Stimme, ehe sie sich zu ihrer imponierenden Größe von einseinundachtzig vor dem Schreibtisch aufrichtete und ihn finster anstarrte.

Frustriert gab Duncan dem Bürostuhl einen Schubs, sodass er mehr Abstand als nur den Tisch zwischen sich und Muriel brachte. »Ist nur ein weiterer Fanbrief«, sagte er lapidar und betete darum, dass sie es damit auf sich beruhen ließ.

»Kein besonders netter, wenn ich deine Miene richtig deute, lass mal sehen«, sagte sie und fischte schneller, als er zurück zu dem massiven Möbel gerollt war, an dem bereits seine Großmutter gesessen und entflammende Reden verfasst hatte, nach dem Stück zerknitterten Papier, dessen Ecke zu seinem Leidwesen aus dem Stapel herausschaute.

»Woher kommt der Brief? Die Briefmarke sieht ...«

»Gib her, es existiert so was wie ein Postgeheimnis, Muriel!«

Sie spitzte den Mund und sah ihn durch die Brille schräg an. »Ach, auf einmal? Ist es etwa ein Liebesbrief?« Siegessicher wedelte seine Schwester mit dem Brief vor seiner Nase herum.

Duncan stöhnte auf, was sie zu einem »Ha, wusste ich' s doch« veranlasste. Er kannte Muriel zur Genüge. Sie würde nicht eher Ruhe geben, bis sie den Brief lesen durfte.

»Dann bitte, lies ihn! Aber lass mich endlich in Ruhe weiterarbeiten.« Um seinen Wunsch zu verdeutlichen, steckte er die Nase sofort tief in den Bildschirm seines Laptops, der sich mittlerweile bereits in den Ruhemodus begeben hatte. Zufrieden registrierte er, dass sie wirklich das Zimmer verließ, den Brief wie eine Trophäe fest an ihre Brust gedrückt. Muriel liebte es, seine Fanpost zu lesen. Manchmal hatten sie sich einen Spaß daraus gemacht, dass er ihr die Antwortschreiben überließ. Nicht, dass Duncan jeden Brief beantwortete. Irgendwer in seiner Literaturagentur nahm ihm die Vorarbeit ab, indem man ihm nur die wirklich relevanten Briefe zur Beantwortung zukommen ließ. Alle anderen wurden von irgendwelchen Praktikanten mit einer Standardantwort versehen oder landeten gleich im Schredder.

Es dauerte nicht einmal eine halbe Minute – er hatte gerade einen Satz umformuliert – da hörte er einen Aufschrei.

»Wir müssen reden, Bruderherz!«

»Müssen wir nicht«, gab er gereizt von sich.

»Und ob. Oder was bitte schön gedenkst du deswegen zu unternehmen?«

Gemeint war natürlich der Brief und Duncan war sofort klar, was Muriel vorhatte: Einen *Thing* abhalten. Bei dieser Art Familienrat diskutierten seine Schwester und er üblicherweise so lange, bis sie zu einem einhelligen Entschluss kamen. Erfahrungsgemäß hakten sie dabei ihre Probleme schnell ab, in manchen Fällen konnte ein *Thing* aber auch mehrere Tage dauern. Schon ihre Eltern hatten derartige Zusammenkünfte abgehalten und sie als Kinder mit einbezogen, ganz nach dem Motto Familienprobleme klärte man innerhalb der Familie. Darum hielten er und seine Schwester an dieser Tradition weiterhin fest. Weil ihre Eltern dann in irgendeiner Weise präsent waren. Weil es ihnen ein vertrautes Gefühl gab, als würden sie von ihnen weiterhin durch ihre Entscheidungen gelotst. Insbesondere in den ersten Jahren, als der Verlust noch sehr frisch und sie beide viel zu jung gewesen waren, um als Waisen mit ihrem Leben wirklich klarzukommen, hatten sie sich daran festgehalten. Statt ihren Grandpa, Tanten und Onkel um Rat oder Hilfe zu bitten, hatte die achtzehnjährige Muriel damals entschieden, dass ein *Thing* genau das Richtige wäre, wenn sie nicht weiterwussten. Auf diese Weise hatten sie gemeinsam beschlossen, dass Muriel in St. Andrews ihr Geschichtsstudium aufnehmen und dennoch mit ihm zusammen im Elternhaus in Edinburgh wohnen würde, genauso wie seine Schwester ihn angetrieben hatte, ein Stipendium für Creative Writing an der Universität in Edinburgh zu ergattern. Dies und viele weitere Entscheidungen hatten sie gemeinsam getroffen.

Seit die Erbsache im wahrsten Sinne des Wortes bei ihm auf dem Tisch lag, hatte er diese gezielt verdrängt. Der Moment war schlicht unpassend, so kurz vor seiner aktuellen Manuskriptabgabe. Außerdem hatte er Sorge gehabt, Muriel könnte sich ausgeschlossen fühlen. Schließlich wurde nur er als McRohan in diesem Testament bedacht.

»Du kannst mir nicht einfach einen Brief von einem Gericht aus Deutschland verschweigen, in welchem du jede Menge Geld und einen Anteil an einem Verlag erben sollst! Was hast du dir nur dabei gedacht, Duncan?«

»Ich muss dieses verflixte Manuskript bis Ende des Monats fertig haben.« Er lehnte sich in seinem Stuhl zurück und verschränkte die Arme vor der Brust. »Ich habe wirklich gerade keine Zeit, mich damit auseinanderzusetzen.«

»Aber ich!« Muriel hielt die Hand mit besagtem Brief anklagend in die Höhe. »Du hättest mich fragen können! Auch wenn ich keine gebürtige McRohan bin, sondern adoptiert, kann ich mich doch darum kümmern.

Ein Anruf beim Gericht hätte wahrscheinlich genügt, um alles zu klären.«

»Die Sekretärin ist mir auf die Nerven gegangen«, brummte er mürrisch. »Sie hat zigmal angerufen und gefragt, ob ich zu dem Termin nach München komme. Jedes Mal habe ich dankend abgelehnt, aber sie wollte einfach nichts kapieren.«

»Und du, lieber Bruder, hast anscheinend nicht kapiert, dass du dabei bist, ein großzügiges Erbe auszuschlagen.«

»Ich brauche das Geld nicht.«

Natürlich bemerkte er, wie seine Schwester die Stirn runzelte und nachdachte. Mit Sicherheit suchte sie nach dem schlagenden Argument, um ihn vom Gegenteil zu überzeugen. Als schottischer Bestsellerautor hatte er es allerdings nicht nötig, das Geld Fremder anzunehmen. Und fremd war Duncan nicht nur der Name des Verstorbenen, sondern auch des Verlages: Nadler&CO. Er hatte noch nie von ihm gehört.

»Hast du ...«, Muriel kam um den Schreibtisch herum und lehnte sich mit dem Hintern gegen die Kante. »... eine Ahnung wer dieser Nadler ist?«

Sein Kopfschütteln quittierte sie mit einem Schnauben, während sie ihr Handy aus der beigen Wollstrickjacke fischte. »Das haben wir gleich«, murmelte sie und scrollte über das Display. »Hier, ich habe mir deren Webseite übersetzen lassen. Verlag Nadler, ein deutsches Verlagsunternehmen mit langer Tradition. Sie veröffentlichen anspruchsvolle, hauptsächlich deutsche Literatur. Hm ...« Sie arbeitete sich offensichtlich durch das Buchprogramm. »Ein paar Literaturpreise sind auch dabei. Gar nicht so schlecht, aber sie spielen eben nicht in der ganz großen Liga mit.«

»Okay. Was willst du mir damit sagen?«

»Dass du ...«, seine Schwester bohrte ihm den Finger in die Brust, »ein Idiot bist, weil die Testamentseröffnung gestern gewesen ist. Und dass du vorher mit mir hättest reden müssen. Du weißt schon, alle Entscheidungen gemeinsam treffen, war das nicht so, Bruderherz?«

»Du hast ja recht. Ich war nicht ganz bei der Sache, wegen dem hier.« Er wies auf das Sideboard an der Wand, auf welchem der komplexe Aufbau für sein Worldbuilding des neuen Fantasyromans festgehalten war. Sobald er in die erdachten Welten eintauchte, um zu schreiben, wurde nun mal alles um ihn herum unwichtig. Da konnte es tatsächlich passieren, dass er nicht einmal mehr Anrufe entgegennahm. Was seine Schwester und seine Agentin weiß Gott schon oft zur Weißglut getrieben hatte.

»Aber ein Erbe kann man ausschlagen, das habe ich immerhin recherchiert. Und das habe ich auch dieser nervigen Sekretärin gesagt.«

»Du bist komplett verrückt, sorry, wenn ich das wieder einmal sagen muss, Duncan.«

»Aber du liebst mich trotzdem?« Er warf seiner Schwester einen treuen Dackelblick zu. Einen von der Art, bei der Muriel klar sein musste, dass sie nicht wirklich lange auf ihn sauer oder wütend sein konnte. So lief es immer zwischen ihnen ab. Er kehrte den kleinen Bruder raus, der Fehler machte, sie die große Schwester, die ihm natürlich verzieh, weil sie sich immer noch für ihn verantwortlich fühlte. Manchmal nervte das gewaltig, aber in anderen Momenten tat es einfach gut, dass Muriel derart präsent in seinem Leben war. Sein Cottage in Fort William, es war sein Ort der Inspiration, aber auch seine Zuflucht vor dem Leben und den Menschen. Die er mied, so oft es möglich war. Selbst, wenn man ihn dafür für seltsam hielt, oder auch für einen exzentrischen Schriftsteller. Er konnte damit leben, denn er brauchte das Schreiben wie andere die Luft zum Atmen. Es war seine Leidenschaft, zugleich so etwas wie eine Form der Therapie, um sein großes Trauma von Verlust zu verarbeiten. Tatsächlich war es das erste und einzige Mal gewesen, dass sich sein Grandpa in sein Leben eingemischt hatte, als er ihm nach dem tragischen Tod seiner Eltern das Arbeitszimmer eingerichtet, Stift und Papier auf den Tisch gelegt und zu ihm gesagt hatte: »Schreib es dir von der Seele, mein Junge.« Was er bis heute tat.

ANNE

In einer Art fiebrigen Zustands starrte Anne in den offenen Schrank, in dem die Geschäftsbücher der vergangenen Jahre in Reih und Glied in den Regalen standen. Jedes Einzelne würde von einem erfolgreichen Verlagsunternehmen erzählen. *Sollte sie sich endlich dazu überwinden, diese herauszuholen? Nur, wozu? Was genau hatte sie in das Büro ihres Vaters getrieben? Die Suche nach Antworten?*

Unerbittlich hämmerten die Fragen seit gestern in ihrem Kopf, hatten sie vergangene Nacht kaum zur Ruhe kommen, geschweige denn an Schlaf denken lassen. Stattdessen hatte sie sich unruhig im Bett hin und her gewälzt. Solange, bis sie es schließlich irgendwann zwischen dem ersten Zwitschern der Vögel und den letzten Nachtschwärmern, die gerade erst in ihre Betten schlüpfen würden, aufgegeben hatte. Bepackt mit der Kuscheldecke, die über dem Sessel hing, einem Lieblingsbuch aus dem Verlagsprogramm ihres Vaters und einer Tüte Bonbons war sie auf dem Sofa im Wohnzimmer gelandet. Ein gebraucht gekaufter Dreisitzer aus rotem Cordstoff, an den Sitzflächen bereits leicht abgewetzt. Nach kurzer Zeit war die Tüte fast leer gewesen. Pfefferminze in Kombination mit dunkler Schokolade bildete für Anne schon immer ein echtes Suchtmittel.

Mit Pfefferminzgeschmack im Mund, dicken Socken, in denen ihre Füße förmlich dampften, und keiner einzigen Antwort war sie gegen halb zehn aufgewacht. Hannes hatte sich von seiner zuvorkommenden Seite gezeigt und sie nicht geweckt. Mit Sicherheit hatte er eins und eins zusammenzählen können und geahnt, dass mit ihr an diesem Morgen nicht viel anzufangen war. Nicht nach der Bombe, die der Rechtspfleger am vergangenen Tag hatte platzen lassen. Dafür hatte er ihr einen kurzen Gruß mit einem aufmunternden Smiley auf dem Glastisch zurückgelassen:

Wir schaffen das gemeinsam :=)

Versonnen ließ Anne die Finger über die Geschäftsbücher gleiten. Hannes Geste war rührend, keine Frage. Trotzdem bedeutete sie ihr nichts. Nicht mehr. Was Anne wiederum Sorgen bereitete. *Wie hatte es so weit kommen können? Hatten sie nicht erst im März auf ihr Vierjähriges angestoßen?*

Ihre Eltern hatten Hannes von Anfang an gemocht, ihn im kleinen Kreis ihrer Familie aufgenommen ohne Wenn und Aber. Damals hatte sie darüber gejubelt. Ihr Leben mit Hannes schien perfekt zu sein. Ihre Familie war glücklich und sie war es auch. Sie hatte es ihren Eltern hoch angerechnet, mit welcher Offenheit sie ihrem Freund von Anfang an begegnet waren. Dabei war für diese der Schritt eine Selbstverständlichkeit gewesen. *Jetzt, wo Hannes zur Familie gehört,* Anne hatte die Worte ihrer Mutter noch genau im Ohr, als wäre es gestern gewesen. Seinem Ehrgeiz verdankte er es schließlich, dass er sogar in den Verlag hatte einsteigen können. Entgegen aller Munkeleien seitens der Mit-arbeiter, er würde aus nahe liegenden Gründen bevorzugt, hatte er die Verkaufszahlen sichtlich hochgeschraubt und neue Vertriebsideen mit eingebracht, die am Ende von allen beklatscht worden waren. Innovativ und modern. Auch Anne schätzte es bis heute, dass sie mit ihrem Partner im Rücken für mutige Entscheidungen einstehen konnte. Schnell hatte sich Hannes im Verlag nach oben gearbeitet. Vom einfachen Verlagsmitarbeiter zum Abteilungsleiter im Sektor Sachbücher, später Controller für alle betriebswirtschaftlichen Bereiche. Längst war ihr Lebensgefährte in sämtliche Abläufe im Verlag involviert, sodass er Anne im Tagesgeschehen problemlos vertreten konnte. Mittlerweile arbeitete er über drei Jahre Seite an Seite mit ihr im elterlichen Unternehmen.

Anne fuhr sich mit der Zunge über die Lippen. Noch immer hielt sie etwas davon ab, die heiligen Bücher ihres Vaters anzusehen. Seine persönliche Hinterlassenschaft. Sie wusste, dass sie dort auf seine winzigen Kritzeleien stoßen würde. Gedanken, die ihm während eines Telefonates gekommen waren. Zahlen, die er eingekreist und mit Ausrufezeichen versehen hatte. Ihr Herz klopfte laut. Als sie eines der Bücher ein Stück herauszog, kam es ihr so vor, als beobachtete sie sich selbst dabei. Sie war Anne Nadler, Tochter von Antonia und Louis Nadler, seit Kurzem Vollwaise, Freundin von Hannes Pilz und seelisches Wrack angesichts der Tatsache, dass die Grundlage, auf der sie ihre Zukunft aufgebaut hatte, plötzlich zu wackeln begann. Nicht wie bei einem Erdbeben. Eher mit stetigen

Erschütterungen, die alle zusammen genommen durchaus dazu in der Lage waren, ihr den Boden unter den Füßen wegzureißen.

Gedankenversunken ließ sie ihren Blick durch das Büro schweifen. Alles darin erinnerte sie an ihren Vater. An die freundlichen Augen, die unvermittelt hinter den knisternden Seiten eines Buches hervorblitzen konnten. An seine wohlwollende Stimme, die etwas vom Brummen eines Teddybären hatte. An die Druckerschwärze an seinen Fingern, die nie ganz verschwand, nicht einmal an Sonntagen. Wie viele Kindheitserinnerungen in diesem Raum steckten! Sie sah sich als Fünfjährige, wie sie sich in den alten Ledersessel kuschelte, ein Buch fest an sich gedrückt, und sich geweigert hatte, in den Kindergarten zu gehen. Oder mit acht Jahren, als ihr Vater Anne auf ihr hartnäckiges Drängen hin endlich gezeigt hatte, wie die Buchstaben auf eine Buchseite gelangen konnten. *Ach, Papa.* In eben diesem Moment kam es ihr so vor, als hätte ihr Vater gerade erst das Büro verlassen. Der schwache Hauch seines Aftershaves hing noch immer in der Luft. Für Annes Verhältnisse war es immer eine Spur zu billig gewesen. Billig in dem Sinn, dass sie genügend andere Männer kannte, die sich in eine Wolke von *Davidoff* oder *Yves Saint Laurent* einhüllten und glaubten, damit bedeutungsvoller zu wirken. Das zumindest hatte ihr Vater nicht nötig gehabt. Über die Jahre hatte er sich einen guten Namen in der Verlagswelt geschaffen, zahlreiche Autoren aufgespürt, die als wahre Entdeckung in der Literatur galten, und was dazu kam, für Anne war er ein Held gewesen. Ihr persönlicher Held.

Automatisch fiel ihr Blick auf die zahlreichen Urkunden, die an den Wänden hingen. Auszeichnungen vom Börsenverein des Deutschen Buchhandels, Literaturpreise, die mit Büchern aus ihrem Programm gewonnen worden waren. Die dunklen Holzregale, die vom Fußboden bis an die Decke reichten, quollen über vor Büchern. Unwillkürlich musste Anne den Kopf schütteln. Ihr Vater hatte nicht viel von Ordnung gehalten. Zumindest keiner offensichtlichen. Jedes Mal, wenn sie ihm vorgeschlagen hatte, die Bücher nach Autorenalphabet oder nach Genre zu sortieren, hatte er energisch abgewinkt. *Lass mal, Schnecke* hatte er dann liebevoll zu ihr gesagt, *noch finde ich jedes Buch, das System steckt in meinem Kopf.*

Tja, jetzt würde sie damit ihre Mühe haben. Allerdings wollte sich Anne darüber gerade keine Gedanken machen. Daran und an all die Aufräumaktionen, die in diesem Büro und in der elterlichen Wohnung auf sie warteten. Sie war aus einem vollkommen anderen Grund hierhergekommen. Irgendwo, so sagte sie sich – und augenblicklich beschleunigte sich ihr Puls – würde sie auf eine Spur stoßen müssen. Ein Name auf einem Stück Papier. Ein erklärender Brief. Irgendetwas, das Antwort auf die Frage geben könnte, warum sie nie zuvor von Verwandten in Schottland gehört hatte.

Duncan McRohan, wo verbirgst du dich?

»Hierhin hat es dich also verschlagen!«

Anne zuckte zusammen. Sie hatte nicht bemerkt, dass Hannes in der Tür stand. Er betrat das Büro und kam mit energischen Schritten auf sie zu.

»Was machst du denn da, Schatz?«

Sah er das nicht? Der geöffnete Schrank sprach schließlich für sich.

»Ich ... keine Ahnung ... irgendwo muss ich doch mit der Suche anfangen.« Anne wies vage vor sich. »Das verstehst du sicher.«

»Nein«, kam es ein wenig schroff als Antwort. »In den Geschäftsbüchern wirst du bestimmt nicht viel über diesen McRohan finden. Aber im Internet dafür umso mehr.«

»Wie jetzt?« Überrascht hob sie den Kopf.

»Wir hätten gleich darauf kommen müssen. Er ist Autor, Anne! Und in Schottland wohl kein Unbekannter!«

»Nicht dein Ernst!«

»Ich fürchte doch, Schatz. Das hat dein Vater prima eingefädelt.«

»Aber ...« Sie weigerte sich, einen derartigen Gedanken zuzulassen. »Das kann doch auch einfach Zufall sein.«

Spöttisch lachte Hannes auf. »Zufall? Weißt du, was das für uns bedeutet? Sieh mal ...« Er riss das Handy aus der Hosentasche und suchte nach etwas. »... hier, seine Webseite! Duncan McRohan, Autor von Fantasyliteratur. Angeblich sogar über die Grenzen Schottlands bekannt und Verfasser von mehreren Bestsellern. Ich bitte dich, Anne, der wird den Verlag mit Sicherheit doch nur ausquetschen wollen und sich einen Dreck darum kümmern, dass wir einen Familienbetrieb mit Tradition führen!«

Er sieht ... gut aus, war das Erste, was Anne in den Sinn kam, als sie Hannes das Handy aus der Hand nahm. Ein markantes Gesicht, das Kinn eher spitz zulaufend, minimaler Bartansatz und dazu rotblondes

Haar, allerdings nicht so kraftvoll wie ihr eigenes. Schnell ließ sie den Blick über seine Veröffentlichungen fliegen, Fantasy in der Art eines Patrick Rothfuss oder sogar R.R. Martin, zumindest versprachen die Cover derartiges. Aufgeregt rief sie im Menü seine Biografie auf. *Warum war sie noch nie auf die Bücher dieses Mannes gestoßen?*

»Hier steht nichts drin, das uns weiterbringt. Keine Verbindung nach Deutschland. Nicht einmal ein Deutschlandaufenthalt wird erwähnt.« Sie seufzte leise.

»Die Verbindung kann uns reichlich egal sein. Fakt ist, er ist mit deiner Familie verwandt, und Fakt ist auch, dass er uns das Leben verflucht schwer machen kann.«

»Der Mann ist berühmt, Hannes, wenn es stimmt, was hier steht. Was soll er schon von unserem Verlag wollen? Das hat er gar nicht nötig.«

»Berühmt, pah!«, schnaubte er zur Antwort. »Ich bitte dich, er verdient sein Geld mit Fantasyromanen!«

»Ja, und? Ist doch egal.«

»F a n t a s y, Anne!« Aus Hannes Mund klang das Wort, als würde er sich regelrecht daran verschlucken. »Stell dir bloß mal vor, wir müssten neben der Literatur, für deren hohe Ansprüche wir weithin bekannt sind, so ein Zeug drucken.«

Er kniff die Augen zusammen, dabei gingen die breiten Brauen nach unten und selbst seine Mundpartie wurde härter. Sein finsterer Blick sprach Bände. Im Stillen musste sie ihm recht geben. Auch ihr widerstrebte die Vorstellung. Neben ihrem Programm aus deutschen Literaten und Literatinnen, zum Teil sogar preisgekrönt, würde sich eine Serie wie McRohans *Chronicles of Aulanda* nicht besonders gut machen. Andererseits war ihrem Vater dieser Mann offenbar wichtig, warum sonst hätte er ihn in seinem Testament so großzügig bedenken sollen.

»Wir müssen das Testament anfechten!«

Als ob sie seinen Einwand damit übergehen könnte, griff Anne nach den ersten Büchern und hievte sie auf den modernen Rauchglasschreibtisch, der die Mitte des Raums reichlich ausfüllte und vor gut einem Jahr den von Holzwürmern zerfressenen Tisch hatte ersetzen müssen. Der laute Knall überraschte selbst sie.

»Nein, das möchte ich nicht! Es ist der letzte Wille meines Vaters, und er wusste bestimmt, was er da tat.«

Und ich werde herausfinden, was er damit bezweckt, fügte sie in Gedanken hinzu.

Beschwichtigend hob Hannes die Hand. »Das will ich damit gar nicht behaupten, aber, ob er sich der Tragweite dieser Entscheidung bewusst war, Anne? Wir können doch nicht blindlinks dabei zusehen, wie alles den Bach runter geht!«

Sie spürte eine plötzliche Enge im Hals. Das alles, war zu viel. Zu viele Fragen. Zu viele Wenn's und Aber. Und vor allem fühlte sie sich von Hannes zu einer Reaktion gedrängt, die nicht die ihre war. Auf einmal war sie derart gereizt, dass sie den dringenden Wunsch verspürte, allein sein zu wollen. Hannes kam ihr wie ein Eindringling vor, der ihre Erinnerungen störte. Wie ein falscher Ton. Ein unschöner Fleck auf der Tapete.

»Es war sein letzter Wille«, beharrte sie fest.

Schweigen mischte sich unter den aufgewirbelten Staub. *Der Staub würde sich wieder setzen,* dachte

Anne, als sie den winzigen Partikeln im Licht der Lampe beim Tanzen zusah. Das ungute Gefühl in ihr blieb indes bestehen.

»Warum bist du nicht einfach zu Hause geblieben, Anne?« Hannes Stimme klang unerwartet sanft und verständnisvoll. Er deutete auf die dicken Wälzer auf dem Tisch. »Das hier bringt doch nichts und wühlt dich nur auf.«

»Ich kann nicht nur nichts tun! Ich brauche Antworten. Außerdem erwarten die Mitarbeiter, dass ich ...«

»Die haben vollstes Verständnis dafür, wenn du dir noch eine Auszeit nimmst. Glaub mir, ich habe alles im Griff.«

»Ich weiß«, murmelte Anne. Dennoch kehrte sie zu dem Schrank zurück und griff nach den nächsten Büchern.

Plötzlich spürte sie Hannes Hand auf ihren Fingern. »Lass das, Anne. Es ist noch zu früh. Erst recht nach gestern.« Mit deutlicher Entschlossenheit wollte Hannes sie wegführen. »Und um diesen McRohan kümmern wir uns später.«

»Mir geht es gut«, erwiderte sie kühl und versteifte sich augenblicklich. Keinesfalls wollte sie behandelt werden wie eine bemitleidenswerte Hinterbliebene, die man schonen müsste. Sie hatte gehofft, es Hannes bereits klar gemacht zu haben. Außerdem brauchte sie Klarheit. Und eine Lösung.

Mit einem Mal fiel es ihr wie Schuppen von den Augen. »Ich werde mit den Mitarbeitern reden müssen, sie in Kenntnis darüber setzen, woran sie sind. Oder wohl eher nicht, bis wir mehr wissen.«

Hannes drehte ihr Gesicht mit beiden Händen zu sich. »Sieh mich an, Anne. Du bist durcheinander und aufgebracht, ich weiß. Ich halte es dennoch für unangebracht, dass du die Leute hier verunsicherst. Und das möchtest du doch bestimmt auch nicht.«

Auf einmal fröstelte Anne. Sie spürte Hannes Atem auf ihren Wangen, die Wärme, die sein Körper ausstrahlte. Eine Wärme, nach der sie sich einmal gesehnt hatte. Es war noch nicht lange her, dass sie ihren Freund liebevoll ihr *Öfchen* genannt hatte. Jetzt allerdings stieg ein Widerwille in ihr hoch. *Genügte es nicht, dass sie ihre Eltern vermisste? Auf eine Art, die bis in die Eingeweide schmerzte? Musste sich Hannes ausgerechnet jetzt ihren Entscheidungen entgegenstellen?*

»Ich kann nicht einfach so weitermachen, als ob nichts wäre. Wir können das nicht!«

»Das Ganze ist ein einziger Albtraum, Schatz, ich verstehe dich. Glaub mir, wir werden für unser Recht kämpfen. Niemand nimmt uns den Verlag einfach so weg!«

»Darum geht es nicht«, erwiderte sie leise.

Hannes hob eine Augenbraue. »Worum denn dann?«

»Um uns.«

»Fängst du etwa schon wieder damit an, Anne?« Peng. Seine Hand knallte gegen die Schranktür. »Wir haben weiß Gott gerade andere Probleme!«

»Ich weiß, trotzdem ... lass uns in Ruhe darüber reden, wie ...«

»Ich kann dir sagen, was schiefläuft! *Du* bist es! Du musst immer alles kompliziert machen, weil sich alles nur um dich dreht. Und mich lässt du dabei aussehen wie den letzten Idioten!«

Peitschenhiebe. Jedes einzelne Wort war wie ein lauter Peitschenhieb.

Schützend verschränkte Anne die Arme vor der Brust. Früher hatte es eine Zeit gegeben, da hatte sie darauf vertraut, dass Reden half. Damit Hannes einsah, wenn er eine Grenze überschritt. Doch sobald er sich in Rage schrie, flog durchaus auch mal ein Buch durch die Gegend. Jetzt gab es niemanden mehr, der zwischen ihr und ihm stand. Niemand, der sie in Schutz nahm, wenn er sich im Ton vergriff. Keine Mutter, die ihr Mut zusprach, nicht gleich aufzugeben, wenn es Probleme in der Beziehung gab.

Mama, du fehlst mir!

Ihre Mutter hatte ihre ganz eigene Art und Weise gehabt, die Dinge zu sehen. Mit einer Engelsgeduld hatte sie sich darum bemüht, fehlgeleitete Meinungen zurechtzurücken und für jeden ein gutes Wort einzulegen. Auch für Hannes. Dabei war es Anne schwer gefallen, ihre Mutter ins Vertrauen zu ziehen. Welche Tochter gab schon gern zu, dass sie nicht immer glücklich war. Doch selbst dann hatte ihre Mutter an das Gute im Menschen geglaubt. Hatte an Hannes geglaubt. An den guten Kern, oder was auch immer.

Also gut, Mama, ganz wie du es magst.

Sie ließ die Bücher Bücher sein und lehnte sich mit dem Rücken gegen den Schrank. Hannes meinte es im Prinzip nur gut und wollte sie unterstützen.

»In Ordnung, Hannes, zuerst muss ich diesen Duncan McRohan finden und mit ihm reden. Das kann doch nicht so schwer sein. Diese Unsicherheit im Nacken muss ein schnelles Ende finden. Schließlich planen wir das nächste Bücherprogramm, die Buchmesse steht an, die Druckerei wartet auf ihre Aufträge ...«

»So gefällst du mir schon viel besser, Schatz.« Er legte den Arm über ihre Schulter. »Komm her, du weißt doch, dass ich für dich da bin.«

Ihr Kiefer verkrampfte sich. Ihr gesamter Körper schrie *Nein*. Trotzdem ließ sie sich von Hannes in seine Arme ziehen.

»Das Gericht muss dir auf jeden Fall die Adresse geben. Dazu sind die sicher verpflichtet.« Er strich ihr zärtlich über die widerspenstigen Locken. »Und solange sagen wir der Belegschaft noch nichts.«

»Aber«, Anne stockte, »es ist bestimmt durchgesickert, dass wir gestern bei Gericht waren. Die Leute sind nicht dumm. Was ist, wenn sie Fragen haben?«

»Darum kümmere ich mich, Schatz, mach dir keine Sorgen. Du knöpfst dir dafür diesen Erben vor. Hoffentlich wird dir das nicht zu viel.« In Hannes Stimme lag ein besorgter Ton.

»Nein.« Anne seufzte leise und erlaubte sich, ihren Kopf an Hannes Brust zu legen. Eine kurze Berührung, wie die eines Schmetterlings, der einen winzigen Moment verharrte, ehe er die Flügel ausbreitete und weiterflog. »Ich bin froh, wenn ich abgelenkt werde. Dieses Büro«, sie geriet ins Stocken, »es schmerzt noch viel zu sehr, hier zu sein.«

Hannes schob sie sanft in Richtung Tür. »Siehst du, was habe ich dir gesagt? Am besten gehst du wieder nach Hause und ruhst dich ein wenig aus.«

»Vielleicht mache ich das wirklich«, sagte Anne und lächelte. Hannes musste nicht erfahren, dass sie alles andere tun würde, als untätig zu bleiben. Sie hatte stattdessen eine Reise nach Schottland zu planen. Zum Glück war es keine Weltreise bis dahin. Es hätte also schlimmer kommen können.

Über den Wolken
Zwei Tage später

Annes Nase klebte an der Fensterscheibe des Flugzeugs. Schottland, Edinburgh. In weniger als einer halben Stunde würde sie samt ihrem Koffer durch die Flughafentür treten und zum ersten Mal schottischen Boden betreten. England hatte noch nie auf der Agenda ihrer Reiseziele gestanden. Dann schon eher Norwegen oder gleich Island. Mit Schottland verband sie, wenn sie ehrlich war, nicht viel mehr als Dudelsackklänge, Loch Ness, ein paar außergewöhnlich gute Krimiautoren, und natürlich die Outlander-Serie. Anne wusste, dass sie auf Spuren von Jamie und Claire treffen würde, immerhin führte sie ihre Reise nach Fort William, und dieses Fort spielte eine wichtige Rolle in den ersten Büchern von Diana Gabaldon. Sie hatte diese nie gelesen, dafür aber jede bisherige Staffel mit ihrer Freundin Moni gestreamt.

»Sehr geehrte Gäste, wir befinden uns im Landeanflug auf Edinburgh. Bitte stellen Sie Ihre Sitzlehnen aufrecht, schalten ...«

»Müssen Sie auch umsteigen, oder bleiben Sie in Edinburgh?« Ihre Sitznachbarin hatte sich während des Fluges bisher kaum gerührt und war dermaßen vertieft in ihren Laptop gewesen, dass diese sogar hochgeschreckt war, als die Stewardess sie an der Schulter angestupst hatte, um sie nach ihrem Getränkewunsch zu fragen. Jetzt blickte die Frau auf ihre Uhr, die teuer aussah, genau wie das enge graue Kostüm.

»Warum fragen Sie?« Verwundert hob Anne die Augen.

»Weil wir mal wieder Verspätung haben. Selbst so früh am Morgen ist es der Airline offenbar nicht möglich, pünktlich zu sein.« Die Frau prüfte erneut die Uhrzeit, obwohl sich seit dem letzten Mal nicht viel geändert hatte.

»Ich habe zum Glück etwas Puffer eingeplant«, antwortete Anne. »Wohin fliegen Sie denn weiter?« Nicht, dass es sie wirklich interessierte, sie fragte lediglich der Höflichkeit halber.

»Auf die Orkney Inseln und Sie? Wohin geht die Reise?«

Bereits im Vorfeld hatte sich Anne darauf gefreut, mit dem Zug weiter zu reisen. Der Angestellte im Reisebüro hatte ihr vorgeschwärmt, dass die Eisenbahnstrecke mitten durch die Highlands führte und sie sich dies keinesfalls entgehen lassen sollte. Es hatte sich herausgestellt, dass der junge Mann bereits etliche Male in Schottland gewesen war und unter anderem den West Highland Way von Milngavie bis nach Fort William gelaufen war. Kurzerhand hatte sich Anne beim Buchen entschieden, den Vorschlag des Mannes in die Tat umzusetzen, und versucht, Hannes Unverständnis an sich abperlen zu lassen.

»Was willst du dich durch diese öde Landschaft quälen, Anne? Du verlierst nur wertvolle Zeit. Ich an deiner Stelle wäre direkt nach Inverness geflogen und von dort mit einem Mietwagen weiter gefahren.«

»Aber so sehe ich mehr von den Highlands«, hatte sie eingewandt, auch wenn das nicht der einzige Grund für ihre Entscheidung war. Vielmehr hatte sie plötzlich den Wunsch verspürt, das Ankommen auf diese Weise ein wenig hinauszuzögern. Sich sozusagen darauf einstimmen zu können. Auf Schottland. Auf den kleinen Ort in den Highlands. Und auf einen Autor, der sich am Telefon angeblich sehr abweisend verhielt, wenn sie dem Rechtspfleger Glauben schenken wollte.

»Wie du willst, Schatz, ich rede dir da nicht rein«, hatte Hannes großzügig behauptet, sie jedoch von oben herab angesehen, als wäre sie nicht ganz zurechnungsfähig. Diesen Blick hatte sie in letzter Zeit öfter bemerkt. Genauer gesagt, seit dem Tag, an dem ihre Eltern gestorben waren. Anfangs hatte Anne gedacht, er wäre Ausdruck seines Mitleids, später war ihr klar geworden, dass es der typische Hannes-Blick war, den er auflegte, wenn er sich jemandem überlegen fühlte. Das schmeckte ihr ganz und gar nicht. Allein schon aus Protest zog sie seine Argumente deshalb nicht in Betracht.

»Ich nehme den Zug nach Fort William. Allerdings habe ich zum Glück genug Zeitpuffer dazwischen«, antwortete Anne ihrer Sitznachbarin, obwohl sie befürchtete, diese hätte längst das Interesse an ihr verloren, da sie konzentriert in ihrer Handtasche wühlte.

»Ah, Fort William, die Outdoor-Stadt schlechthin. Da haben Sie quasi alles direkt vor der Haustür: Loch Linnhe, das Great Glen, den Ben Nevis ... Sie werden begeistert sein.«

»Sie kennen sich aber gut aus.«

In Seelenruhe fuhr sich die Frau ihre Lippen mit einem auffallend hellen Rot nach, ehe sie antwortete:

»Ich bin in den Highlands groß geworden. Als ich zehn war, sind wir nach Berlin gezogen.«

»Und jetzt besuchen Sie Verwandte hier?«

Die Frau winkte ab. »Nein, ich reise geschäftlich. Ich besitze ein Hotel auf Mainland, der größten Insel der Orkneys.«

»Oh«, war alles, was Anne herausbrachte. Eine Hotelbesitzerin. Das erklärte vielleicht auch, warum diese während des gesamten Fluges beschäftigt gewesen war.

»In welchem Hotel werden Sie absteigen, wenn ich fragen darf?« Die Frau sah schon wieder auf die Uhr. »Also, rein aus beruflichem Interesse.« Sie wandte Anne interessiert das Gesicht zu. Aus den dezent geschminkten blauen Augen strahlte ihr Freundlichkeit entgegen. Trotzdem war es Anne in dem Moment beinahe unangenehm zu antworten.

»Ich habe ein Zimmer in einem Bed&Breakfast gebucht, ich bleibe nicht lange.« Sie hatte vor, Duncan McRohan so schnell wie möglich zu treffen. Zum Glück hatte sie nicht nur seine Mail-Adresse, sondern auch die Telefonnummer von Herrn Treschers Sekretärin erhalten.

»Wie schade. Die Highlands können einen beim ersten Besuch bereits in den Bann ziehen.«

Mit ihrem offenen Lächeln, das winzige Fältchen um die Augenpartie der Frau zauberte, reichte sie Anne prompt eine Visitenkarte. »Gestatten, ich bin Gill Cameron, Inhaberin des Merkister Hotels in Harray. Falls Sie also beschließen sollten, länger zu bleiben ...«

»Das ...« Anne wusste im ersten Moment nicht weiter. Mit einer derartigen Offenheit hatte sie nicht gerechnet. »Das ist wirklich sehr freundlich von Ihnen, aber mich führt nur ein wichtiger Termin hierher.«

»Vielleicht bei einem nächsten Mal? Ich hoffe doch sehr, dass Ihnen unser Land gefallen wird.«

Anne wackelte mit der Visitenkarte. »Ich werde daran denken.«

»Ach und ehe ich es vergesse ...« Der Lippenstift verschwand wieder in der unauffälligen Handtasche. »... nehmen Sie den Bus 100 zum Waverley Place, das ist der bequemste Weg. Die Busse sind nicht zu übersehen, wenn Sie den Flughafen verlassen. Ich würde Ihnen gern den Weg zeigen, Frau ...«

»Verzeihung, wie unhöflich von mir!« Normalerweise errötete Anne nicht so leicht, doch jetzt stieg ihr eine unangenehme Hitze ins Gesicht. »Anne. Anne Nadler aus München.«

»Freut mich, Frau Nadler. Dann wünsche ich Ihnen einen angenehmen Aufenthalt in unserem Land.«

Anne lächelte. »Danke. Sie klingen, als stünden Sie in Ihrem Hotel und empfingen Ihre Gäste.«

»Ach je.« Frau Cameron verdrehte die Augen. »Das war ganz bestimmt nicht meine Absicht, aber den Arbeitsmodus kann ich nun mal nicht so leicht ablegen.«

»Ich finde es nett, also machen Sie sich keine Gedanken. Mich sieht man dafür nie ohne ein Buch in der Hand. Auch so eine Berufskrankheit, wenn Sie so wollen.« Sie hielt eine alte Ausgabe von Sir Walter Scotts Ivanhoe in die Höhe, auf die sie bei der Suche nach schottischer Literatur in der Bibliothek ihres Vaters gestoßen war.

Gill Cameron schmunzelte. »Der gute alte Scott. Ich hätte Ihnen eher eine modernere Lektüre empfohlen, die neugierig auf die heutige Literatur macht.«

»Ach ja, und die wäre?«

»Lesen Sie Ali Smith. Ihre Kurzgeschichten sind unglaublich. Sie hat eine ungeheuer scharfe Beobachtungsgabe, was die Menschen und die heutige Gesellschaft angeht.«

Anne nickte. »Ich entsinne mich, dass der letzte Band ihrer Jahreszeiten-Trilogie letztes Jahr in Deutsch erschienen ist. Leider habe ich mich noch nicht eingehender mit der Autorin beschäftigt. Danke für den Tipp.«

»Gern geschehen.«

Die letzten Minuten bis zur Landung verbrachten sie schweigsam, sodass es nicht unhöflich wirkte, als sich Anne dem Fenster zuwandte, um die ersten Eindrücke von Edinburgh und seiner Umgebung zu erhaschen. Kaum, dass sie das Flugzeug verließ, verlor sie die freundliche Hotelbesitzerin bereits aus den Augen. *Meine erste Schottin*, dachte sie sich und ein Lächeln schlich sich in ihr Gesicht. Sie beschloss, noch ehe sie ihr Gepäck in Händen hielt, dass sie Schottland und die Einwohner mochte.

DUNCAN

Er sollte raus gehen, um den Kopf freizubekommen. Das letzte Kapitel fühlte sich einfach noch nicht rund an. Vielleicht würde er beim Laufen klarere Gedanken bekommen. Eine Idee. Ein Lichtblitz. Irgendetwas fehlte, damit die Spannung, die Anziehungskraft zwischen seinen beiden Hauptfiguren mehr Tiefe bekam.

Kurzerhand verließ er das Arbeitszimmer und griff im Vorbeigehen nach dem blauen *Fieldjacket*.

»Ich gehe schnell zum *Post Office*«, rief er in Richtung Wohnzimmer, dort, wo er Muriel vertieft in ihre dicken Geschichtsbücher vermutete. Damit wollte er verhindern, dass sie ihn womöglich begleiten wollte.

Natürlich liebte er seine Schwester, und er schätzte es, dass sie ihn ab und zu aus seinem Eremitendasein herausjagte, selbst, wenn er es nicht immer offen zugab. Um den Szenen im Buch allerdings intensiver nachspüren zu können, brauchte er vor allem eines: Inspiration. Und die bekam er nun mal nicht, wenn ihm Muriel im Nacken, sprich im Zimmer nebenan saß. Außerdem brauchte er Ruhe, von der er hoffte, sie würde ihm über die Schreibhürde helfen. Darum schlug er den Weg Richtung *Blarmacfoldach* ein. Sein Cottage lag am Rand von Fort William und damit gute zwanzig Minuten Fußweg von einem Aussichtspunkt entfernt, an dem ihn um die frühe Morgenstunde herum selten jemand störte. Von dort oben hatte er einen großartigen Blick auf den von Hügeln eingebetteten *Loch Linnhe*, auf die Ausläufer des Tals von *Glencoe*, auf Weiden und den Himmel, der alles umspannte. Duncan saß oft dort oben und ließ die Gedanken mit den Wolken ziehen. Dann mochte sie der Wind vor sich hertreiben, auf regenverhangenen Wolken, oder auf von harmlos im Sonnenschein dahingezupften Wattebäuschen hüpfen, stets trug der Himmel seine Geschichte mit sich, um nach einiger Zeit zu ihm zurückzukehren. Klarer als zuvor, angeregt von der kühlen Atemluft, die er ausstieß, oder dem Schweiß, der sich auf seiner Stirn bildete. Er ging zu jeder Jahreszeit auf den Berg, oft nach diesen durchgeschriebenen Nächten, die ihn nicht zur Ruhe kommen ließen. Bisweilen auch nur, um authentisch zu spüren, was seine Figuren durchlebten. Das Leben in all seinen Facetten. Die prickelnde Kälte auf den Wangen, die wärmenden Strahlen auf der nackten Haut, oder der Sturm, der an allem zerrte.

Auch heute tauchte sein Meereshund plötzlich wie aus dem Nichts vor seinen Augen auf, und er zückte Stift und Papier, um ein paar Zeilen aufzuschreiben. Dabei gab er zufriedenes Gemurmel von sich. *Was konnte es Schöneres geben, als in seine fantastischen Welten einzutauchen?* Phasenweise lebte er förmlich in ihnen, seine Figuren wurden ihm im Laufe des Schreibens derart vertraut, dass er wochenlang auskam, ohne andere Menschen zu treffen. Wozu auch, schließlich verbrachte er die Zeit mit seiner Kelpie India, dem jungen Waldläufer Magnus und natürlich dem alten brummigen Hamish.

Du schottest dich zu viel ab, beschwerte sich Muriel regelmäßig und schlug ihm vor, abends in den Pub zu gehen oder sich einer Wandergruppe anzuschließen. Was für eine abstruse Idee. Auch seine Agentin Caroline lud ihn regelmäßig nach Edinburgh ein, um dort an irgendwelchen literarischen Events teilzunehmen. *Zeig der Welt, wer du bist, Duncan.* Ihre Worte klangen stets wie ein Hohn in seinen Ohren. Er war, wer er war. Und er mochte sein Leben, genauso, wie es war. Die Frauen in seinem Leben, die eine wichtige Rolle spielten – allen voran natürlich Muriel – sahen dies zu seinem Leidwesen anders. Selbst Caroline brachte es fertig, unangekündigt bei ihm zu erscheinen. Warum war es ihnen nicht möglich zu respektieren, dass er nicht mehr brauchte? Schon gar nicht Menschenmengen oder Gespräche in lärmendem Hintergrund, die niveauloser wurden, je mehr Alkohol floss. *War er versnobt, so zu denken?* Wenn ja, störte er sich nicht daran, denn es war seine Art, sich vor der Welt, die ihm bisweilen mehr zusetzte, als er verkraftete, zu schützen. Es kam vor, dass seine Schwester besonders verzweifelt gegen ihn anredete und als Letztes zu dem Argument griff, er litte noch immer unter dem Trauma des frühen Verlustes und müsse zu einer Therapie. Er selbst hielt sich lieber ans Schreiben. Schreiben war seine ganz persönliche Form des Vergessens und Heilens.

Kurz hob Duncan den Blick und nickte dem Besitzer eines Collies zu. Sie kannten sich vom Sehen, denn der Mann machte hier regelmäßig seine Runde mit dem Hund. Allerdings wechselten sie nie mehr als ein paar Worte über das Wetter. Um nicht in eine Unterhaltung verwickelt zu werden, beugte sich Duncan sofort wieder über sein Papier. Heute wollte er sich keinesfalls ablenken lassen. Dafür hatten Muriel und dieser Brief schon bereits genug gesorgt.

Er schloss die Lider und suchte im Kopf nach einer gelungenen Beschreibung für die Schwärze des Meeres, in welche seine Kelpie India eintauchen würde, um zu versuchen, der Gefahr zu entkommen. Die grünen Augen des *Black shuck* und seine reißenden Zähne würden sie selbst in der Tiefe verfolgen, schließlich hatte sie mitansehen müssen, wie der Höllenhund einen Menschen zu Tode erschreckt hatte. Jetzt bangte die Kelpie um ihr eigenes Leben. Hamish hatte sie gewarnt. Er hatte ihr und Magnus alte Legenden erzählt. Legenden von einem Dämon, der sich vom Dach einer Kirche gestürzt und seine Opfer getötet oder verbrannt haben sollte. Dieser konnte in Gestalt eines kopflosen Hundes auftauchen und lebte unter anderem in der Nähe von Grabstätten oder düsteren Wäldern. Duncan seufzte leise in sich hinein. Wäre India in dieser Nacht nicht in ihrer Pferdegestalt zum Friedhof gegangen, wäre ihr erspart geblieben, dem Höllenhund zu begegnen. So aber spukte er in deren Kopf herum und ließ sie unwillkürlich erzittern, während sie die Höhle am Meeresgrund ansteuerte, die sie ihr Zuhause nannte.

»Ich habe mir schon gedacht, dass ich dich hier finde.«

Die Bank quietschte, als sich Muriel auf das andere Ende setzte. *Sie hielt immerhin einen gebührenden Abstand,* dachte Duncan sofort, noch ehe er sich der Tatsache bewusstwurde, dass sie sich keinesfalls dazu bewegen lassen würde, wieder zu gehen. Dafür kannte er seine Schwester zu gut. Darum beschloss er, es mit beharrlichem Schweigen zu versuchen. Seine Kelpie musste so oder so warten, da er sich noch nicht entschieden hatte, ob der Höllenhund ihr womöglich auflauern würde, sobald sie das nächste Mal ihre Höhle verließ.

»Du glaubst doch nicht etwa, dass ich nicht weiß, wohin du verschwindest, wenn du allein sein willst.« Ein gewisses Maß an Empörung lag in Muriels Stimme. Er reagierte allerdings lediglich auf das entscheidende Wort.

»*Allein*, du sagst es, trotzdem bist du jetzt hier.« Vorsorglich nahm er seiner Erwiderung jegliche Schärfe.

»Ja«, sagte sie und drehte sich zu ihm. »Dein Handy. Du hast es liegen gelassen.«

»Hier oben brauche ich es nicht.«

»Es hat eine Ewigkeit geklingelt.«

»Ach ja?« Etwas an Muriels Gesichtsausdruck machte ihn hellhörig.

»Ich bin dran gegangen.«

»Du bist *was*?« Er legte Block und Stift beiseite und stand auf. *Was hatte sich Muriel bloß dabei gedacht?*

»Es war schließlich eine Nummer aus Deutschland.«

»Und das gibt dir das Recht, meine Anrufe entgegenzunehmen?« Mit dem Wegkicken eines Stockes, den der Hund in der Nähe der Bank hatte liegengelassen, machte er seinen Unmut deutlich.

»Was denn, Bruderherz, ist doch nichts dabei. Immerhin beantworte ich auch deine Fanpost. Außerdem schien es dringend zu sein.«

Duncan schnaubte. »Wer immer mich erreichen wollte, hätte wieder angerufen.«

»Hat er auch, beziehungsweise hat sie. Etliche Male hintereinander. Darum dachte ich mir, dass ich ...«

»Was dachtest du dir? Dass du meine Privatsphäre einfach so missachten kannst? Erst schnüffelst du in meiner Post herum, dann ...«

»Den Brief hast du vor mir versteckt, schon vergessen?«, ereiferte sich Muriel. Die hellen Augen seiner Schwester wurden zu gefährlichen Schlitzen. Duncan spürte förmlich, wie die Stimmung zu kippen begann. Was er gerade jetzt keinesfalls brauchen konnte, war Stress mit ihr. Nicht, wenn er die letzten Kapitel seines Buches endlich fertig schreiben wollte. Ergeben setzte er sich zurück auf die Bank.

»Und?« Er bemühte sich um einen belanglosen Tonfall. »Gab es etwas Wichtiges?«

»Ja, sonst wäre ich jetzt nicht hier. Es war Anne Nadler.«

»Welche Anne?«

»Nadler! Sagt dir das nichts? Das ist die Frau, die den Verlag geerbt hat, von dem dir die Hälfte gehören könnte.«

Nichts täte Duncan lieber, als das Thema einfach beiseitezuschieben. Der Brief! Dieses seltsame Erbe! Natürlich war an dem Vorwurf seiner Schwester etwas dran. Trotzdem löste es kein schlechtes Gewissen in ihm aus. Er hatte seine Entscheidung diesbezüglich längst getroffen: Er hatte kein Interesse an dem Verlag.

»Sie klang sympathisch«, sagte Muriel und unterbrach seine Gedanken. »Sie ist hierher unterwegs. Außerdem habe ich sie eingeladen. Sie kommt morgen zum Tee.«

»Sie eingeladen? Bist du verrückt, Muriel?« Er zog die Brauen zusammen. Seine Schwester trieb es eindeutig zu weit.

»Ich habe sie morgen zu uns eingeladen.«

»Du hast sie ... zu uns eingeladen?«

»Jetzt stell dich nicht so an und plappere vor allem nicht alles nach, Duncan. Immerhin haben wir den Vorteil, zu zweit zu sein, denn diese Anne klang nicht danach, als ob sie jemanden mitbringen würde.«

»Du meinst, keinen Anwalt?«

»Anwalt, Partner ... egal, du wirst dir auf jeden Fall anhören, was die Frau zu sagen hat.«

»Warum kommt sie extra nach Fort William?« Die Tatsache, dass es eine erneute Störung geben würde, behagte ihm ganz und gar nicht. Während der Arbeit an einem Buch beschränkte Duncan seine sozialen Kontakte nun mal darauf, einmal in der Woche mit seiner Agentin zu telefonieren und dem Kassierer im Supermarkt einen kurzen Augenaufschlag zu schenken, ehe er die nötigsten Lebensmittel einkaufte: Toast, Eier, Bohnen und neuen Whisky, sobald der Vorrat zur Neige ging.

Muriel warf die Hände in die Luft. »Was weiß ich, warum sie nach Schottland gekommen ist. Ich habe sie nicht danach gefragt.«

»Hättest du besser tun sollen«, brummte er schlecht gelaunt.

»Jetzt mach kein Fass auf, Bruderherz. Ich war lediglich höflich, und das in deinem Namen, was man von dir nicht immer behaupten kann.«

»Musst du jetzt damit anfangen?« Duncan lehnte sich zurück und schloss die Augen. Als ob er damit seine naserümpfende Banknachbarin loswerden könnte.

»Ich bin deine Schwester, schon vergessen? Die Einzige, die dir sagen darf, wenn du unmöglich bist.«

»Schon gut, belassen wir es dabei, dass du wie immer recht hast«, erwiderte er und lobte sich im Stillen für seine Strategie. »Wann kommt diese Anne?«

»Morgen um halb vier, zum Tee.«

»Gut«, antwortete Duncan. Dabei war nichts gut. Weitere Stunden, in denen er nicht schreiben konnte. Er rechnete kurz hoch. Bis zum Auftauchen der Deutschen blieben ihm etwas mehr als dreißig Stunden. Er musste sich wahrlich ins Zeug legen, wenn er wenigstens noch zwei weitere Kapitel schaffen wollte.

»Lass uns gehen.« Er stand abrupt auf. »Ich habe zu tun.«

»Ach du.« Muriel seufzte leise, aber dennoch laut genug, damit es ihm nicht entging. »Frühstücken wir wenigstens zusammen?«

»Sorry, aber dafür habe ich keine Zeit, wenn morgen Besuch ansteht.«

Zufrieden erkannte er, dass sie die Lippen zu einem Strich zusammenpresste. »Schon verstanden, natürlich bin jetzt ich Schuld, wenn du mit dem Buch nicht fertig wirst.«

Oder dieser Mensch, der mich zu seinem Erben auserkoren hat, dachte Duncan bitter.

»Bist du nicht, aber mir läuft nun mal die Zeit davon. Du hast ja keine Ahnung, wie es ist, wenn ...«

Seine Schwester packte ihn an den Schultern. »Ich bin nicht schwer von Begriff, Duncan. Du brauchst deine Ruhe und ich gehe jetzt bei Alexander vorbei und frühstücke mit ihm. Vielleicht isst du ja auch mal was, es sind Eier und Pilze im Kühlschrank. Und eine Dusche könnte auch nicht schaden.«

»Du bist nicht meine Mutter«, gab er zurück, obwohl er nicht mit ihr streiten wollte. Natürlich war ihm bewusst, dass Muriel ihre freien Tage besser verbringen könnte. Zusammen mit ihm. Sie hätten im Garten sitzen können, Muriel hätte von ihren neuesten Projekten erzählt, er von seinem nächsten Buch, das bereits in seinem Kopf reifte. Abends könnten sie bei einem Glas Whisky in alten Erinnerungen schwelgen. Wenn Muriel die Gelegenheiten nicht beim Schopf packte, sahen sie sich maximal vier oder fünf Mal im Jahr. Zu wenig, wie sie stets proklamierte. Als angesehene Historikerin verfügte sie zwar über genügend Freiräume, war jedoch oft wochenlang auf Studienreisen. An den fehlenden Möglichkeiten, sich in Ruhe zu treffen, war ihrer Meinung nach dennoch er schuld. Oder wie im aktuellen Fall der nahende Abgabetermin für sein neues Buch. Fantasy-Bücher waren in der Verlagswelt gefragt wie noch nie. Er hatte den richtigen Riecher gehabt, als er sich entschloss, schottische Legenden neu zum Leben zu erwecken, doch mittlerweile erzeugte seine Berühmtheit neben Freude und Stolz durchaus einen gewissen Druck, der ihm nicht immer willkommen war. Jedes Jahr ein neues Buch liefern zu müssen, fiel vielleicht anderen leicht, ihn lähmte es mitunter, sodass er in der Schlussphase schon mal endlose Nachtschichten einlegen musste.

»Tut mir leid«, schob er in einem versöhnlichen Tonfall hinterher, als sie nebeneinander den Berg herunter liefen. »Und grüße Alexander von mir.«

Muriel wuschelte ihm durchs Haar. »Mache ich, Bruderherz, dann bis später.«

Zum Glück besaß Fort William zumindest noch einen anderen Reiz für seine Schwester: der enorme Bestand an alten Büchern von Alexander, einem Clanmitglied der MacGregor, der sich im Ort niedergelassen hatte. Seit einigen Jahren befanden sich Muriel und Alexander in einem regelmäßigen Austausch. Einmal hatte er sich sogar überreden lassen, bei einem Besuch mitzukommen. Die beeindruckende Bibliothek hatte selbst ihn in den Bann gezogen. Der alte Mann hatte gefühlt die gesamte schottische Geschichte und die seines Clans zwischen unzähligen Papierseiten versammelt.

Erleichtert kehrte Duncan allein ins Cottage zurück und stürzte förmlich an seinen Schreibtisch. Essen und Duschen konnten bis morgen warten. Jetzt brauchte er die Zeit, damit Magnus und India sich noch einmal heimlich im Wald treffen konnten. Er würde seinen Lesern eine große Überraschung bereiten.

ANNE

Der hartnäckige Handyton riss Anne aus dem Tiefschlaf. Es dauerte einen Moment, bis sie verstand, wo sie war. In einem fremden Bett. In einer fremden Stadt.

»Hast du etwa noch geschlafen, Anne? Ich dachte, du bist längst dabei ...«

»Kannst du nicht wenigstens guten Morgen sagen, Hannes?«, fiel sie ihrem Freund mürrisch ins Wort und schob sich die Locken aus dem Gesicht.

»Sorry, natürlich. Ich bin gerade auf dem Weg in eine Besprechung. Hast du inzwischen schon etwas erreichen können?«

»Ich bin heute zum Tee verabredet.« In einer Art kindischer Verweigerung hatte sie Hannes gestern noch nichts von diesem Treffen erzählt. Sie hatte direkt vom Bahnhof in Edinburgh aus angerufen und Glück gehabt, Duncan McRohans Schwester zu erreichen. Er selbst war wohl außer Haus gewesen und hatte sein Handy zu Hause liegen gelassen.

»Mit diesem McRohan? Gut gemacht, mein Schatz, ich bin stolz auf dich.«

Anne kniff die Augen zusammen. Sie ließ den Blick über die rosa geblümte Tapete in dem kleinen Zimmer ihrer Unterkunft schweifen. Über dem Bett hing eine goldene Lampe mit weißem Schirmchen sowie ein

goldgerahmtes Bild, das eine verschneite Winterland-
schaft mit einem Hirsch im Vordergrund darstellte. Die
türkis gestreifte Bettwäsche, unter der sie noch einge-
kuschelt war, passte so gar nicht zu Blümchen und
Kitsch.

»Ich ... bin nicht mehr sicher, ob es richtig ist, was ich
vorhabe.« Sie presste ihr Ohr unnötig fest gegen das
Handy.

»Was? Zu diesem Kerl zu gehen? Warum nicht? Was
ist los, Anne?« In Hannes Stimme hörte sie dessen Un-
gehaltenheit.

»Ich weiß nicht, ich habe Angst davor, was mich erwartet. Und«, sie zögerte kurz, »du fehlst mir.« Er fehlte
ihr nicht wirklich als ihr Partner, vielmehr als der
Mann, der seine Ziele kannte und dafür sehr überzeugend einstand. Mit einem Mal fragte sie sich, wie sie
diesem fremden Erben gegenüber auftreten sollte.
*Freundlich und einfühlsam oder eher kühl und ent-
schlossen, um ihr Anliegen deutlich zu machen?*
Ihr Freund ließ ein eindeutiges Schnauben verneh-
men. »Aus dir soll einer schlau werden, Anne. Erst
willst du unbedingt hinfliegen und kannst nicht einmal abwarten, bis ich es organisiert bekomme mitzu-
fliegen, und jetzt stellst du dich so an? Ich weiß, dass du
das packst. Schließlich machst du es für uns, und für
die Zukunft von Nadler&Co.«
Genau das war der Punkt ... dieses *uns*. Plötzlich war
Anne sich nicht mehr sicher über ihre eigenen Motive.
Aus Hannes Mund klang alles ganz einfach. Für ihn
ging es vornehmlich um die gemeinsame Führung des
Verlages. Ganz nebenbei natürlich auch um seinen eigenen Status. Darauf legte er nämlich großen Wert.

Etwas, von dem Anne erst im Laufe ihres Zusammenseins erfuhr. Niemals würde sich Hannes umsonst abrackern, selbstlos war kein Wort, das zu ihm passte. Dafür konnte ihr Freund durchaus auf eine berechnende Art und Weise handeln. Klang das seltsam? Wenn sie daran dachte, wie er ihren Vater mit gutem italienischen Kaffee oder einer seltenen Jazzplatte um den Finger gewickelt hatte, dann blätterte alle Farbe ab, mit der sie sich diese Gesten schön zu malen versucht hatte. Selbst hinter einer Blume, die er überraschend vom Markt mitbrachte, konnte ein Hintergedanke stecken.

Eine Toilettenspülung rauschte.

»Anne? Anne, bist du noch da?«

»Ähm, ja, aber die Verbindung ist nicht besonders. Ich muss Schluss machen. Aber jetzt weißt du wenigstens Bescheid.«

»Dann melde dich, sobald du etwas in Erfahrung gebracht hast. Du schaffst das! Ich liebe dich.«

Die letzten Worte schreckten Anne unerwartet auf. Abrupt ließ sie das Handy auf ihr Bett fallen, als hätte sie sich an ihm verbrannt. *Ich liebe dich.* Drei Worte, die den Weg über das Meer und gut tausendneunhundert Kilometer weit zu ihr suchten. *Warum konnte sie daran nicht mehr wirklich glauben? Musste sie erst so viel Distanz zwischen sich und Hannes legen, um sich der bitteren Wahrheit stellen zu können? Oder lag es einfach nur an ihrer emotionalen Achterbahnfahrt, die sie gerade durchmachte?* Dabei wäre es so einfach, sich an Hannes Schulter zu lehnen und ihm zu sagen, bitte, mach du! Kümmere du dich um alles und lass mich in meinem Kummer versinken. Nein! So weit durfte sie es auf keinen Fall kommen lassen! In ihrer Vorstellung gehörte sie zu den Frauen, die sich einem Mann ebenbürtig fühlten. Sich Schwäche einzugestehen, gehörte keinesfalls dazu. Damit würde sie Hannes nur in die Hände spielen. Heiraten, eine Familie gründen, ihn im Verlag unterstützen, während er den Laden schmiss ... so in etwa hatte er erst kürzlich die gemeinsame Zukunft wie einen wertvollen Teppich vor ihr ausgebreitet. Als wäre es das Selbstverständlichste auf der Welt, jetzt, wo ihre Eltern nicht mehr lebten. Dabei wollte sie arbeiten! Zumindest in den kommenden Jahren. Den Verlag ihrer Eltern weiterführen und sich nicht von Hannes zu einer Nebenfigur umformen lassen. Sie war wirklich gerade ein seelisches Wrack.

Erst nach dem leckeren *Full Scottish Breakfast*, das die reizende Besitzerin ihrer Bed&Breakfast Unterkunft sogar noch so spät persönlich für sie zubereitet hatte, fühlte sich Anne gestärkt und längst nicht mehr derart verloren.

Ob sie auch gestärkt genug war für diesen Tag?

Ein Tag, von dem sie nicht wusste, was auf sie zukommen würde.

Um nicht bis zum Nachmittag untätig herumzusitzen, beschloss sie, eine kleine Wanderung zu machen. Das Wetter spielte überraschenderweise mit, der milde Wind blies selbst die fettesten Wolken schnell über die Berge fort. Gestern hatte sie nach ihrer Ankunft von Fort William aufgrund des einsetzenden Regens lediglich einen ersten Eindruck bekommen, sich mit Keksen, einem Sandwich und Cider in ihr Zimmer verkrochen und ... nichts getan. Nichts, außer zu lesen und den Tropfen zuzusehen, die gegen das Fenster prasselten. Sie hatte sich einsam gefühlt und dieses Gefühl akzeptiert. Einsam, weil sie die letzte Nadler war. Die Letzte, die das Lebenswerk der Familie vor einem möglichen Ende retten konnte. Jetzt, im freundlichen Tageslicht, die Nase in die wärmenden Sonnenstrahlen gerichtet, sah ihre Lage lange nicht mehr so düster aus.

Fort William lag direkt am Loch Linnhe, einem der lieblich in die Landschaft eingebetteten Seen, von denen Anne auf ihrer Zugfahrt durch die Highlands bereits einige gesehen hatte. Das Ortszentrum bestand größtenteils aus Outdoor-Geschäften, Pubs und Restaurants. In ihrem Reiseführer hatte sie gelesen, dass die meisten Touristen, die es an diesen Ort verschlug, auf zwei bekannten Fernwanderwegen unterwegs waren. Da machte das viele Wander- und Regenequipment durchaus Sinn. Ihr Weg führte sie am Ende der High Street zu den letzten Mauerresten des berühmten Forts, dessen Name die Stadt trug, zum Bahnhof und weiter an einem Friedhof vorbei, der nicht mehr als eine wilde Wiese mit ein paar schief stehenden Steinen war. Lediglich ein einzelner Obelisk mit einer Inschrift aus dem Jahr 1841 ließ erkennen, dass dieser sehr alt sein musste. Zurück auf der Hauptverkehrsstraße stieß Anne auf einen Wegweiser, der besagte, dass an dieser Stelle der *West Highland Way* endete. Anne schmunzelte. In Fort William kam man nicht umhin zu bemerken, dass das Wandern irgendwie zu diesem Ort gehörte. Vielleicht reizte es sie genau darum, dem Weg ein Stück zu folgen. Um dazu zu gehören. Zu den Trekkingprofis. Um ein Hauch von Abenteuer mitzunehmen. Obgleich sie sich mit einem Blick auf ihr Schuhwerk sofort als harmlose Spaziergängerin outete.

»Nun denn«, sagte sie zu sich, als sie ein Selfie vor dem Schild machte. Irgendwo hatte sie gelesen, dass man die Wanderer dort willkommen hieß, wo alles begann oder eben endete. Der Gedanke gefiel ihr.

Entschlossen betrat sie den *West Highland Way* und befand sich schnell fernab von den letzten Behausungen. Der beliebte Fernwanderweg verlief laut Beschreibung zunächst entlang des *River Nevis*, führte dann durch die atemberaubende Landschaft der Highlands, über Bergpässe und durch einsame Moorlandschaften, um schließlich gut neunzig Kilometer später in Milngavie nahe Glasgow zu enden. Anne wusste sogar, dass der Weg an Drehorten von *Harry Potter* und *Braveheart* vorbeiführte. Als sie in der Beschreibung darüber las, war ihr Hannes Schwärmerei für Mel Gibson als schottischer Rebell eingefallen. Er hatte so oft von dem historischen Film erzählt, dass sie sich diesen irgendwann zusammen angesehen hatten. Damals hatte sie nicht geahnt, dass sie einmal nach Schottland kommen und auf den Spuren von bekannten Filmkulissen unterwegs sein würde.

Bereits nach kürzester Zeit zog die Landschaft Anne in ihren Bann. Da waren zum einen das Tal mit seiner ganz eigenen Anmutung, grüne Wiesen, die in die baumlosen Berge übergingen, welche aufgrund ihrer Schlichtheit beeindruckten. Sie konnte nicht wirklich in Worte fassen, was genau sie daran faszinierte, zumal die Berge nicht mit dem Bild eines bayerischen Alpenpanoramas vergleichbar waren. Egal, wohin sie den Blick lenkte, alles entlockte ihr ein Lächeln. Ein Lächeln des Erkennens. Nicht in dem Sinn, dass sie Motive aus dem Reiseführer oder einem Bildband wiedererkannte, eher so, als wäre sie schon einmal an diesem Ort gewesen. Sie hätte ewig weitergehen können. Der Schotterweg, auf dem sie kaum einem Menschen begegnete, schien ihre Füße von ganz allein zu tragen. Das Laufen machte ihren Kopf frei und nahm allen Ballast von ihr. *Wie anders sie sich doch Schottland vorgestellt hatte!*

Als sie an einem Parkplatz den Namen *Braveheart Car Park* las, war nichts Besonderes zu erkennen, die Berge sahen nicht anders aus als zuvor und natürlich liefen auch keine Highlander in Kilts herum. Lediglich das Schild wies auf den ehemaligen Drehort hin. Hannes hätte jetzt bei ihr sein können, wenn sie nicht derart kopflos in das Flugzeug gestiegen wäre. Die Wahrheit schmeckte bitter. Anne gestand sich ein, dass sie sich seit dem Tod ihrer Eltern innerlich immer weiter von ihrem Freund entfernte. *Ob er davon überhaupt etwas spürte? Warum sonst war sie von zu Hause regelrecht geflüchtet und hatte Hannes sich selbst überlassen? Hatte er ihr nicht in den Momenten der schlimmsten Trauer so viel wie möglich abgenommen? Hätte sie nicht abwarten können, bis er die Reise mit ihr gemeinsam hätte machen können?* Es hätte ihm gefallen, hierherzukommen. Mit einem Anflug von schlechtem Gewissen schoss sie ein paar Fotos, ehe sie weiter ging. Sie würde sie Hannes später schicken.

Nach einer kurzen Pause an einem Wildbach beschloss Anne umzukehren. Es war beinahe Mittag und sie wollte keineswegs zu spät zu ihrer Verabredung kommen. Darum wurden ihre Schritte mit jedem Meter energischer. Ihr Blick verfing sich jetzt seltener an den blühenden Disteln oder den stolz aufragenden

Glockenblumen am Wegesrand, an den schmalen Einschnitten, in denen Wasser den Berg hinabstürzte, oder an dem Dunst, der wie ein weißes Tuch über dem Ende des Tals lag. Auf einmal hatte sie es eilig, Fort William zu erreichen, denn sie dachte zunehmend an den eigentlichen Grund ihrer Reise. Nicht mehr lange, und sie würde Duncan McRohan gegenüberstehen. *Was, wenn dieser Mensch nicht mit sich reden ließ?*, fragte sie sich prompt. *Wenn er sich überhaupt nicht für ihre Sorgen interessierte, sondern nur die Hand aufhalten wollte, sprich im schlimmsten Fall einen Verkauf anstrebte?* Mit jedem Kilometer malte sich Anne die Szenarien schlimmer aus, und schalt sich eine Närrin, überhaupt nach Schottland geflogen zu sein. Zum Glück gab es niemanden, der von ihrem wild hämmernden Herzen wusste.

Als Anne um kurz nach drei ihre Unterkunft verließ, war sie frisch geduscht und trug ein dunkelgraues Strickkleid, das ihr für den Anlass passend erschien. Ihr Haar hatte sie zu einem losen Zopf zusammengebunden, die Sportschuhe gegen ein paar bequeme Sneakers getauscht. Trotzdem verspürte sie einen weiteren Anflug von Unsicherheit. Für einen Moment ließ sie die Hand auf der roten Mauer liegen, die größtenteils von Büschen überwuchert war und das hübsche rote Haus mit dem kleinen Vorgarten umschloss. Es befand sich auf einer Anhöhe, sodass Anne über Sträucher und Dächer hinweg auf *Loch Linnhe* und die Ausläufer des *Glencoe Tals* blicken konnte. Das Bild vor ihr strahlte Ruhe aus, eine Ruhe, die nichts gemein hatte mit ihrem eigenen inneren Aufruhr. Sie nahm einen tiefen Atemzug. *Ich werde es schaffen! Und zwar ganz allein.*

Allein, dieses winzige Wort stieß plötzlich etwas in Anne an. Ein Flattern im Bauch, das schnell drängender wurde. Als wollte sich die Bauchdecke nach außen stülpen. Als suchte sich die Wahrheit einen Weg durch ihre Gedärme. Vollkommen unvorbereitet überkam Anne Trauer. Die Trauer, die sie mittels ihres spontanen Aktionismus hatte beiseiteschieben wollen. Damit sie nicht in diesem hoffnungslosen Strudel aus Vermissen und Schmerz gezogen wurde. Von einem Tag auf den anderen klaffte ein riesiges Loch in ihrem Leben. Eines von dem Ausmaß eines ganzen Kraters. Sie war ab jetzt allein, reduziert auf sich selbst, wo einst ihre Eltern und die große Schwester das Bild vervollständigt hatten. Ausgerechnet jetzt begann sie auch noch, sich von Hannes zu distanzieren … sich frei zu schwimmen. Etwas, das sie schon viel früher hätte tun sollen, wenn es nach Liz gegangen wäre. *Was hättest du an meiner Stelle jetzt getan, Lizzie?*

Ja, sie kannte sich mit Verlust aus, hatte bereits den eines geliebten Menschen verschmerzen müssen. Anne schluckte. Allein die Erinnerung an den unsinnigen und viel zu frühen Tod ihrer Schwester trieb ihr die Tränen in die Augen. Liz hatte das Leben mit vollen Händen auskosten wollen, sich nie wirklich für den Verlag interessiert, und ihre Eltern mit ihrer rebellischen Art oft genug herausgefordert. Ganz nach der Devise, es ist mein Leben, also sagt mir nicht, wie ich es zu leben habe. Wozu hatte es am Ende geführt? Sie hatte sich auf den falschen Mann eingelassen. Hatte nicht erkannt, wie kaputt er sie machen konnte. Und Ratschläge hatte sie nie hören wollen. Von niemandem. Dabei waren Liz und ihr Vater anfangs so dicke miteinander gewesen. Liz war seine Prinzessin gewesen, die Erstgeborene, er hätte sie auf Händen getragen, wenn sie es nur zugelassen hätte. Anne schüttelte es innerlich. Schließlich war ihr die Rolle zugefallen, alles ins Lot zu bringen. Sie dachte daran, wie sie die Nähe und Aufmerksamkeit ihres Vaters gesucht hatte, wie wohltuend sein Lob gewesen war, als sie sich durch die große Bibliothek im Büro gelesen hatte, auch die wissende Umarmung ihrer Mutter, als sie verkündet hatte, den Beruf der Verlagskauffrau zu wählen, hatte ihr in ihrem Handeln Recht gegeben.

Hastig wischte sich Anne die Tränenspuren aus ihrem Gesicht und lief mit gesenktem Kopf die Straße entlang. Der Verlag hatte von Anfang an so etwas wie ein Zuhause für sie bedeutet. Bei dem Gedanken an den alten Sessel in Vaters Büro, in dem sie so viele Stunden – manchmal sogar heimlich – verbracht hatte, wurde sie ganz wehmütig. Von Anfang an hatte es Anne gefallen, sich mit neuen Manuskripten auseinanderzusetzen, nach literarischen Entdeckungen zu suchen, genau wie ihr Vater. Darin waren sie und er sich letztlich ähnlich. Ähnlicher, als anfangs vermutet. Irgendwann war der Zeitpunkt gekommen, da gab es kein Zurück mehr, denn sie war längst zu einem Teil des Familienunternehmens geworden.

Für den Verlag würde sie alles tun!

Ein Zittern ergriff ihren Körper.

Wie sehr sie Liz und ihre Eltern vermisste!

Instinktiv drückte sie ihre bunte Umhängetasche an sich. Sie befand sich auf dem Weg zu dem Mann, der ihr die Zukunft nehmen konnte. Wie sehr wünschte sie sich, diesen Moment nicht erleben zu müssen. Wie sehr fehlte ihr gerade jetzt der Rückhalt ihrer Eltern. Selbst der von Hannes, der trotz allem wie ein Fels in der Brandung in ihrem Leben war. Rau, bisweilen tat sie sich an dessen Ecken und Kanten weh, trotzdem hatte er sie gehalten, als sie gefallen war. Als die Nachricht vom Unfall ihrer Eltern von dem Polizisten vor ihrer Tür kaum ausgesprochen gewesen war. Sie hörte den Puls in ihren Ohren rauschen. Lauter als jeder Wasserfall. Dabei war sie noch keine zwei Straßen weit gekommen.

Aus einem Impuls heraus kramte sie nach ihrem Handy. Das Tuten am Ohr kam ihr viel zu laut vor. Dann sprang die Mailbox an.

»Ich bin jetzt auf dem Weg zu Herrn McRohan«, sagte sie. »Ich melde mich später.« Hannes hätte ihr im besten Fall Mut zusprechen können, dachte sich Anne, als sie das Handy wieder einsteckte und auf die Kreuzung trat.

Aufgewühlt lief sie bergauf, sog die klare Luft wie eine Erstickende ein.

Atme!

Sie erinnerte sich an die Atemmeditation, die sie im Yoga Retreat ausprobiert hatte. Es fühlte sich an, als pumpte man plötzlich bewusst Sauerstoff in jede Region seines Körpers und nahm so viel mehr wahr. Das berauschende Gefühl von Freiheit im Geist. Alles schien möglich zu sein. Die Energie der gesamten Gruppe hatte dieses Erlebnis noch verstärkt. Vielleicht sollte sie, wenn das mit Schottland erledigt war, ein Wochenende im Allgäu einplanen. Vielleicht würde

Moni wieder mitkommen. Ihre beste Freundin, die gerade auf dem Rückweg aus Indien war, und zu ihrem großen Bedauern nicht zur Beerdigung hatte kommen können.

Atme und befreie dich!

Tief in die Brust einatmen, die Luft kurz anhalten, und die verbrauchte Luft mit aller Kraft ausstoßen. Allen Ballast loslassen. Wieder einatmen. Vom Bauch bis in die Brust die Luft spüren, und jetzt ein befreiender Schrei! Dieser ging im Donnern eines Lasters unter, der gerade vorbeifuhr. Anne lächelte. Sie fühlte sich tatsächlich erfrischt.

Eine Schiffshupe tutete in der Ferne.

Sie richtete den Blick aufs Wasser. Dahinter erhoben sich die Berge. Erstaunt stellte sie fest, wie vertraut ihr dieser Blick bereits war.

Schottland war so ganz anders als ihre bisherigen Reiseziele. In Südtirol mit seinem mediterranen Klima und den sogar noch im Sommer teils schneebedeckten Berggipfeln hatten sie und Hannes lange Wochenenden in Wellnesshotels verbracht. Zwei Mal waren sie an den Gardasee gefahren und hatten bei einem Zwischenstopp Bozen besucht. Hannes hatte darauf bestanden. Ein Muss für jeden Touristen hatte er behauptet und war damals spontan von der Autobahn abgebogen. Er kannte sich aus. Dank seiner Eltern war er schon als Jugendlicher weit gereist. Sie besaßen eine kleine Wohnung in Riva del Garda und hatten von dort aus viele Ausflüge unternommen. Anne konnte sich noch an ihr erstauntes Blättern im Fotoalbum der Eltern erinnern. Venedig, Mailand, die Adria, Florenz, es gab kaum eine italienische Stadt, die Hannes nicht gesehen hatte.

»Entschuldigung, suchen Sie etwas? Kann ich Ihnen behilflich sein?«

Überrascht wandte Anne den Kopf zu einer Frau mit einem rundlichen Gesicht, einem sportlichem Cappy und dunkler Sonnenbrille, hinter welcher die Augen nicht zu erkennen waren. Ihr war gar nicht bewusst gewesen, dass sie noch immer in die Ferne starrte und sich nicht vom Fleck bewegte. Die Frage war in einem exzellenten Englisch gestellt worden, sodass sie problemlos antworten konnte.

»Danke, nein, ich bewundere lediglich die Aussicht.«

Die Fremde verzog die Mundwinkel zu einem Lächeln und deutete in Richtung Berge. »Ah, die Highlands, ich verstehe. Manchmal nehme ich sie gar nicht mehr als etwas Besonderes wahr. Da haben Sie es als Touristin leichter.«

»Ich bin keine Touristin.« Anne runzelte die Stirn. »Jedenfalls nicht im eigentlichen Sinn.«

»Sorry.« Die Frau blickte auf ihre Fitnessuhr und begann bereits im Stehen zu joggen. »Ich muss dann auch weiter. Haben Sie einen schönen Tag!«

Das kurze Gespräch brachte Anne zurück in die Realität. Sie prüfte ihrerseits die Uhrzeit und stellte fest, dass sie, um pünktlich anzukommen, zügig gehen sollte. Die Adresse dieses McRohan war zum Glück in knapp fünfzehn Minuten zu erreichen. Sie musste lediglich ein Stück weiter bergauf gehen. Kurz vor dem Ortsrand würde sie auf die *Lundavra Road* stoßen.

Als sie schließlich vor dem Haus stand, war ihr warm und sie fürchtete, der Geruch von Schweiß würde wie ein unangenehmer Essensgeruch an ihr kleben. Eine hoch gewachsene Hecke verbarg einen Teil des Hauses, das auf den ersten Blick eher schlicht wirkte. An ein altes Cottage aus Naturstein mit seinem klassischen Schieferdach war ein modernes Holzhaus angebaut worden, ein Zaun trennte das Grundstück von einem Stück unbebautem Land, das sich selbst überlassen schien. Auch von hier aus hatte man einen Blick auf das Loch und die Berge, da die parallel verlaufende Straße wesentlich tiefer lag. Die Bebauung rundherum war großzügig, sodass Anne davon ausging, dass ein Autor hier in Ruhe leben und schreiben konnte. Was an Bepflanzung zu sehen war, machte im Gegensatz zu den akribisch gepflegten Gärten der Nachbarschaft keinen großen Staat, darum war sie umso neugieriger, wie es im Haus selbst aussah. Sie hatte erst wenige Autoren und Autorinnen in ihrem Zuhause besucht, in den meisten Fällen traf man sich zu Gesprächen an einem neutralen Ort. Womöglich aus gutem Grund, sagte sich Anne, und zögerte den Moment, die Klingel zu drücken, noch für einen Moment heraus.

DUNCAN

»Wir hätten uns eine Strategie ausdenken sollen.« Mit dem Duft von frisch gebackenem Kuchen riss Muriel die Tür zu seinem Arbeitszimmer auf. »Es ist gleich halb vier!«

»Eine Strategie wofür?« Duncan machte sich nicht die Mühe aufzusehen.

»Na, was du sagen wirst. Ich meine, was ist, wenn dich diese Frau Nadler dazu bringen will, offiziell auf dein Erbe zu verzichten?«

»Dann unterschreibe ich und alles ist gut«, gab er grummelnd von sich. Seine Finger flogen nur so über die Tastatur. Es störte ihn immer noch, dass Muriel den Besuch ohne seine Einwilligung ausgemacht hatte.

Seine Schwester trat an den Schreibtisch. »Nichts ist gut, Bruderherz! Willst du denn gar nicht wissen, warum du überhaupt als Erbe eingesetzt wurdest? Schließlich haben wir null Beziehungen nach Deutschland oder zu einer Familie Nadler, richtig?«

In seiner Konzentration gestört, schob er ein paar Blätter zur Seite, um Platz für ein Buch über die Mythologie Griechenlands zu schaffen. Seine Ideen waren nicht selten angeregt von den Göttern, die oftmals nichts anderes zu tun hatten, als zu lügen, zu betrügen, ihre Macht zu bekunden oder schon mal unwissende Frauen zu schwängern.

»Es muss einen guten Grund geben, warum die Frau eigens nach Schottland reist, findest du nicht?«

»Du hast recht«, lenkte er ein und schenkte ihr ein halbherziges Lächeln. Insgeheim musste er zugeben, dass seine Neugierde natürlich geweckt war angesichts der Tatsache, dass die Frau so kurz nach dem Trauerfall ihr Zuhause verließ. Den Ort, der einen am meisten an den Verlust erinnerte und gleichzeitig Trost spenden konnte, gerade weil alles an die geliebten Menschen erinnerte. Ihm kam es so vor, als wäre es erst gestern gewesen, als er seine Nase in das Kopfkissen des Vaters gesteckt und sich geweigert hatte, in einem anderen Bett als in dem seiner Eltern zu schlafen. Er hatte ihnen nah sein wollen. Ihrem Geruch. Den vertrauten Stimmen, die noch in den Wänden hingen. Hätte man ihn in dem Moment in ein Flugzeug gesetzt, er wäre brüllend herausgestürmt. Er fuhr sich durch sein Haar. Vielleicht lag die Situation jedoch vollkommen anders. Er würde es möglicherweise gleich erfahren, denn genau in diesem Moment klingelte es an der Haustür.

»Ich mache auf, Duncan. Kommst du?«

Gut, dass Muriel hier war, gestand er sich zum ersten Mal ein und verließ schweren Herzens seinen Schreibtisch.

»Willkommen, schön, dass du da bist«, vernahm er ihre flötende Stimme. Nur noch ein paar letzte Schritte, dann kam die Haustür in den Blick.

»Hi, ich bin Anne Nadler. Danke, dass ich so kurzfristig kommen kann. Mir ist es wichtig, das, was ich zu klären habe, nicht am Telefon zu besprechen.«

Duncan stutzte. *Ganz schön forsch, sie kam direkt zur Sache.* Noch hielt er sich bewusst im Halbdunkel des Eingangs auf, so konnte er die junge Frau kurz in Augenschein nehmen. Sie war definitiv jünger, als er erwartet hatte. Und zu seiner Überraschung rothaarig. Ein paar Locken hatten sich aus einem langen Zopf gelöst und umspielten ihr schmales Gesicht. Sie wirkte blass, ob von der Reise oder den Anzeichen ihrer Trauer, konnte er nur erahnen. Die Ringe unter ihren Augen ließen diese noch dunkler wirken.

»Hi, ich bin Muriel, Duncans Schwester. Wir hatten telefoniert. Hast du gut hergefunden?«

»Ja, danke, auch wenn man sich in diesen kleinen Straßen schier verlaufen kann, weil alles so ähnlich aussieht. Also«, sie zeigte um sich, »nicht euer Haus, aber die anderen Anwesen ringsum.«

Ihr Englisch war klar und auf jeden Fall verhandlungssicher, allerdings sprach sie eine Spur zu schnell. Er hörte die Nervosität daraus hervor. Noch immer hinderte ihn etwas daran, sich zu rühren. Es musste daran liegen, dass er jemand anderes erwartet hatte. Unter dem Namen Anne Nadler hatte er sich eine Mittvierzigerin in hochgeschlossener Bluse und schlichtem Rock vorgestellt. In etwa so, wie die Vertriebsleiterin seines Verlages. Zugeknöpft, ohne ein Lächeln im Gesicht.

Anne hingegen lächelte.

Bezaubernd, wenn auch zaghaft.

»Das freut uns«, hörte er Muriel sagen und spürte im selben Moment ihre Hand auf seinem Rücken. Sie schob ihn förmlich vor sich. »Und das ist mein Bruder Duncan. Ich denke, er ist der Grund, warum du hier bist. Er ist derzeit leider sehr beschäftigt mit seinem neuen Buch, nicht wahr?«

Unverzüglich zog er die Brauen zusammen. Es war keineswegs notwendig, dass Muriel so offenkundig klarstellte, warum er nie erreichbar war. Er hätte es Anne gern selbst erklärt.

Ohne auf Muriels Anspielung einzugehen, reichte Anne auch ihm die Hand. »Freut mich, dich kennenzulernen, Duncan.«

Ihre Augen hatten die Farbe von Honig.

In ihnen lag die Traurigkeit der ganzen Welt.

Sofort hatte er das Gefühl, einer vertrauten Seele zu begegnen. Jemand, der wusste, was Verlust bedeutete.

Als er ihren Händedruck spürte, zuckte er regelrecht zusammen. »Ja, ähm, hi, wie Muriel schon sagt, befinde ich mich gerade kurz vor einem Abgabetermin.«

Ganz die gute Gastgeberin, bat Muriel die Frau ins Haus. »Du kommst doch aus der Verlagsbranche.« Sie lachte unerwartet hell auf, was darauf hindeutete, wie angespannt seine Schwester in Wirklichkeit war. »Dann weißt du sicher, wie das mit den Deadlines der Verlage ist.«

»Tut mir leid, wenn ich ungelegen komme.«

In seinen Ohren klang es, als ob es ihr wirklich leidtat. Er wollte schon abwinken, aber da sprach sie weiter.

»Aus gegebenem Anlass konnte ich leider nicht länger warten. Es sind einfach zu viele offene Fragen, auf die ich gern eine Antwort hätte.«

»Die da wären?«, fragte Muriel spitz.

»Jetzt lass sie erst mal ankommen«, drängte sich Duncan dazwischen und schob die Tür zum Wohnzimmer auf. Er hatte das Holzhaus anbauen lassen, weil er sich einen Raum gewünscht hatte, der über die ganze Breite ein Fenster in Richtung Loch und Berge hatte. Mehr als ein Zweisitzer und ein Sessel standen nicht in diesem Raum. Das dunkelbraune Leder auf der Sitzfläche des Sessels war abgewetzt und zeugte davon, wie viel er genutzt wurde. Hierhin drängte es ihn, wenn ihn sein Arbeitszimmer zu sehr erdrückte. Wenn ihn die Regale voller Bücher beim Schreiben zu sehr hemmten und er keine Lust hatte, nach draußen zu gehen. Das Zimmer gab ihm genügend Freiraum für Inspiration.

»Aber ich habe in der Küche gedeckt«, wandte Muriel sichtlich irritiert ein und warf ihm einen fragenden Blick zu.

»Wir kommen gleich«, antwortete er mit Nachdruck. Tief in seinem Inneren verspürte er plötzlich das Bedürfnis, allein mit Anne zu sein. Es störte ihn auf einmal, dass Muriel im Haus war. *Wie es sich wohl anfühlte, wenn diese junge Frau bei ihm sitzen würde, während er Stift und Papier in der Hand hielt?* Nicht, dass er das noch oft machte. Hin und wieder skizzierte er einzelne Figuren, hielt in knappen Worten eine Szene fest, um sie nicht zu vergessen. Er stellte sich vor, dass Anne auf dem alten Sofa saß, die Beine übereinander geschlagen. *Ob der Stoff ihres Kleides die Knie bedecken würde?*

»Die Aussicht ist einmalig.«

Unwillkürlich zuckte Duncan zusammen. Während er seinen ganz eigenen seltsamen Fantasien nachgehangen hatte, hatte sich Anne an das Fenster gestellt.

»Danke. Ich mag es, den Bergen so nahe zu sein.«

»Aber«, sie sah sich irritiert um, »warum ist hier kein Schreibtisch? Also, ich dachte ... als Autor, da ...«

»Ich schreibe nicht hier«, unterbrach er sie. »Hierher komme ich vor allem, um nachzudenken oder ein Problem zu lösen.«

Anne schwieg. Sein Blick blieb an ihren Händen hängen. Unruhige Hände, mit denen sie eine bunt gehäkelte Umhängetasche an sich drückte.

»Schreibtisch, stapelweise Notizen, Laptop, das alles ist im Arbeitszimmer. Sogar ein Kamin. Nur das Fenster geht zur Straße raus.« Es drängte ihn förmlich, sich zu erklären.

»Ich an deiner Stelle hätte den Schreibtisch einfach hierhergestellt. Hier kommt man sofort ins Träumen … ähm ich meine, bei der Landschaft …« Als müsste sie ihren Worten irgendwie Nachdruck verleihen, drehte sich Anne zu ihm um. »Schottland ist wie gemacht für Geschichten.«

»Dann stört es dich nicht, dass ich Fantasy-Geschichten schreibe?« Ihr Lächeln verursachte ein wahres Erdbeben in seinem Inneren. Das, und das warme Goldbraun ihrer Augen.

»Du hast dich über den Verlag informiert?«

»Muriel«, antwortete er wahrheitsgemäß. »Muriel hat über deinen Verlag recherchiert. Sie sieht sich als so etwas wie meine persönliche Managerin. Wenn ich sie ließe, würde sie mein komplettes Leben durcheinanderbringen. Zum Glück lebt sie in Edinburgh.«

»Ach, deine Schwester wohnt gar nicht hier?«

Kaum, dass er sah, wie sich ihre Gesichtszüge verkrampften, wusste er, dass Muriels Anwesenheit alles komplizierter machen würde.

»Sie ist zufällig zu Besuch gekommen«, beeilte er sich zu sagen. Jetzt war er es, dessen Finger nervös gegen das Holz der Tür klopften. »Sie hat dich eingeladen, ohne mich zu fragen, weil sie dachte, dass es wichtig sei. Bitte entschuldige Muriel«, er wies mit dem Kopf in Richtung Flur, »sie kann es nicht lassen, auf mich aufpassen zu wollen, und das bereits, seit unsere Eltern gestorben sind.«

»Oh«, entfuhr es Anne. Für einen kurzen Moment wirkte sie mehr als verloren, wie sie vor dem großen Fenster stand und sich kein bisschen rührte. »Deine Eltern sind auch tot?«

»Das ist ewig her«, sagte Duncan und winkte ab. »Ich war damals fünfzehn.«

»Es tut mir leid.«

Vier schlichte Worte, die ihn aus der Fassung brachten, denn mit ihrer Ehrlichkeit rüttelte Anne an der Mauer, die er in all den Jahren mühsam um sich herum aufgebaut hatte. Kurz lehnte er den Kopf gegen die Wand und schloss die Augen. Nur für wenige Atemzüge. Als er sie wieder öffnete, stand Anne unmittelbar vor ihm. Ihr Blick huschte hin und her, als wollte sie im nächsten Moment die Flucht ergreifen. Er befeuchtete sich die Lippen und überlegte, wie er die nächsten Worte wählen sollte.

»Dein Verlust tut mir ebenfalls leid. Ich kann verstehen, dass du gerade eine schwere Zeit durchmachst.«

»Hmm.«

Das Glitzern in ihren Augen verriet sie. Genau wie der zusammengepresste Mund. Er unterdrückte seinen Impuls, sie zu berühren. Ihr zu zeigen, dass er wusste, welcher Sturm an Gefühlen gerade in ihr tobte. Schmerz. Verlust. Trauer. Hilflosigkeit. Er war damals durch alle hindurchgegangen, hatte anfangs nicht gewusst, wie er überhaupt weiter atmen, den nächsten Tag beginnen sollte. Jetzt kam er sich allerdings wie der letzte Idiot vor. Weil er sich und sein Buch für wichtiger angesehen hatte. Er hätte es besser wissen müssen, was es bedeutete, in seinen Grundfesten erschüttert zu werden. Genau jetzt hätte er alles dafür gegeben, zumindest auf den Brief des Anwalts reagiert zu haben.

»Ich bedauere, dass du extra meinetwegen hierherkommen musstest«, sagte er leise.

Noch immer verharrte Anne schweigend vor ihm, in all ihrer Verletzlichkeit. Offen zu lesen wie in einem Buch.

Etwas Großes lag in der Luft.

Etwas Unvorhergesehenes.

Wenn sie auch nur einen Schritt weiter auf ihn zukäme, er könnte nicht sagen, was dann geschehen würde, mit ihm und mit ihr. Es war wie der lose Anfang eines Fadens. Dem möglichen Anfang einer Geschichte. *Würde sie ihn loslassen oder festhalten, um den Weg durch das Labyrinth ihrer Gefühle zu finden?*

»Ich habe uns einen Carrot Cake gebacken.« Muriels Stimme aus der Küche zerbrach diesen kostbaren Augenblick.

Er spürte den Ruck förmlich, der durch Annes Körper ging. Ihn erwischte es ebenso eiskalt. Der kurze Moment ihrer besonderen Verbindung war verflogen, noch ehe er ihn hätte greifen können. Anne faszinierte ihn, keine Frage. Sie hatte etwas Verletzliches an sich und gleichzeitig sandte sie eine Kraft und Entschlossenheit aus, die ihn beunruhigte. *Weil er sich in der Nähe starker Frauen leicht verunsichern ließ? Weil sie ein vertrautes Muster in ihm hervorriefen?* Schließlich war es seine selbstbewusste Schwester, die sein Leben beeinflusst hatte wie niemand anderes, und die noch heute auf ihre Art darin herumpfuschte. *Was sie wohl von der jungen Deutschen hielt?*

Als hätte sie den Gedanken gespürt, bedachte ihn Anne mit einem fragenden Blick.

Er räusperte sich. »Kommst du?« Er deutete mit der Hand in Richtung Flur und ging voran. Dabei nahm er einen angenehmen Duft wahr, der von ihrer Haut oder ihrem Haar ausgehen musste. Irgendetwas Blumiges, dazu ein Hauch Zitrone, frisch und zugleich intensiv.

Die Küche war schlicht eingerichtet. Eine hellgraue Arbeitszeile, darüber ein langes, altes Holzregal mit Gewürzen und dekorativen Gläsern, die größtenteils leer waren, da er sich nie die Mühe gab, sie zu füllen. Schränke brauchte er nicht, das Wenige, das er an Vorrat einkaufte, passte in die ausziehbare Schublade unter dem Herd. Der dunkle Tisch diente ihm vor allem als Ablagefläche für Post, Zeitungen oder Werkzeug, das er nicht sofort wieder wegräumte. Er störte sich nie daran. Jetzt erkannte Duncan allerdings deutlich die Handschrift seiner Schwester. Sie hatte den Tisch gedeckt. Von irgendwoher hatte sie sogar grüne Bastuntersetzer gezaubert – er erinnerte sich nicht daran, diese zu besitzen – und der Kuchen thronte auffordernd in der Mitte.

»Das Geschirr könnte ruhig mal aufgestockt werden, Duncan. Und eine neue Kanne täte es auch.« Ohne sich zu ihm umzudrehen, goss Muriel Wasser in eine dunkelblaue Teekanne aus Keramik. Diese hatte tatsächlich schon bessere Tage gesehen, das wurde ihm gerade deutlich bewusst, denn der Schnabel hatte einen

Sprung. Da außer Muriel selten Besuch vorbeikam, hatte er es bisher nicht für notwendig angesehen, sie auszutauschen. Außerdem mochte er die Vorstellung, wie viele Tassen Breakfast Tea er daraus bereits getrunken hatte. Die dunklen Teeablagerungen im Inneren der Kanne erzählten deutlich davon. Sie war ein Geschenk seines Grandpas gewesen. Er hatte sie mit den Worten bekommen, dass ein Schriftsteller immer eine gute Tasse Tee auf dem Schreibtisch stehen haben müsse. Der Gedanke hatte ihm als angehender Autor gefallen, und er gefiel ihm immer noch.

»Die Alte tut es allemal«, antwortete er und zog sich einen Stuhl zurecht.

Auch Anne suchte sich einen Platz. Sie schnupperte in Richtung Kuchen. »Mmh, das riecht lecker, wäre aber wirklich nicht nötig gewesen.«

»Ach«, mit einem Grinsen stellte Muriel die Kanne auf den Tisch, »ohne deinen Besuch wäre mein Herr Bruder niemals aus seinem Loch herausgekrochen. Dafür lohnt es sich schon mal, Kuchen zu backen.«

»Danke, sehr witzig«, brummte er.

»Gib zu, dass es dich bereits wieder in den Fingern juckt zu schreiben.« Muriel wandte sich zu Anne. »Es ist nicht leicht, einen Schriftsteller als Bruder zu haben, das kann ich dir verraten.«

»Kann ich mir vorstellen.« Anne reichte ihren Teller über den Tisch und nahm das erste Stück Kuchen entgegen, das er gerade abschnitt.

Prompt musste er mitansehen, wie seine Schwester Anne komplizenhaft zuzwinkerte. »Ab und zu muss ich diesen Männerhaushalt aufmischen.« Sie legte eine

Hand auf seinen Arm. »Auch wenn du dich jedes Mal darüber beschwerst, nicht wahr, Bruderherz?«

»Du inspizierst meinen Kühlschrank und wühlst in meinem Wäschekorb herum«, erwiderte er empört. »Das ist meine Privatsache.«

»Ich kenne dich, Duncan McRohan!« Spaßhaft hob Muriel ihre Hand und drohte ihm damit. »Vor lauter Schreiben vergisst du alles, sogar zu essen. Das kann nicht gesund sein.«

Er kniff die Brauen zusammen. Insgeheim ärgerte es ihn, dass seine Schwester ihn derart schlecht wegkommen ließ. Nachdem er sie auch noch dabei erwischte, wie sie Anne ein weiteres Mal zu zwinkerte, als wären sie beste Freundinnen, hatte er alle Mühe, Muriel nicht die Meinung zu sagen. Annes helles Auflachen machte ihn noch nervöser.

»Ist wahrscheinlich normal, dass große Schwestern eine Art Beschützerinstinkt entwickeln«, sagte sie, als würde sie sich kein bisschen am Schlagabtausch zwischen ihm und Muriel stören.

»Kann man wohl so sagen.« Gequält verzog er das Gesicht.

Muriel richtete sich im Stuhl auf. »Hallo, ohne mich bist du komplett verloren!«

Ehe er zu einer Erwiderung ansetzte, bemerkte er, dass sich Annes Blick für einen kurzen Moment über dem Dampf des Tees verlor. Er nahm sogar wahr, wie sie zögerte, ehe sie einen Schluck trank.

»Ich hoffe, du magst den Tee.«

Überrascht blickte sie auf. Sein Themenwechsel schien sie beinahe zu irritieren. »Afternoon Tea, gehört der nicht irgendwie dazu?«

»Was meinst du?«

»Na ja, zu England.«

»Du bist gerade in Schottland, meine Liebe.« Mit einem Scheppern stellte Muriel ihre Tasse ab. »Aber ja, in diesem Haus trinkt niemand Kaffee. Duncan verabscheut ihn regelrecht, nicht wahr?«

Er nickte nur, die entsprechende Erwiderung schluckte er herunter. Anne interessierte sich gewiss nicht für seine Vorlieben bei Getränken.

»Schon okay, ich trinke sehr gern Tee«, gab Anne lächelnd zu. »Und der hier schmeckt besonders gut.«

»Sehr schön.« Seine Schwester lehnte sich im Stuhl zurück. Vor ihr auf dem Teller lagen zerkleinerte Stücke des Kuchens. »Dann erzähl mal, wie war der Flug? Von wo genau kommst du überhaupt her?«

»Ähm, ich bin ab München geflogen. Der Flug war in Ordnung, danke. Die Zugfahrt hierher hat mir besonders gefallen.«

Unweigerlich weiteten sich seine Augen. »Dann bist du durch die Highlands gekommen?«

Anne nickte. »Ja, ich bin über Glasgow hierhergefahren. Eine traumhaft schöne Strecke.«

Ich weiß genau, was du meinst, hätte er am liebsten gesagt, doch Muriel setzte ihre Befragung fort.

»Und wo bist du untergekommen?«

»Ich habe zum Glück noch ein Zimmer in einem Bed&Breakfast gefunden. War gar nicht so leicht, da meine Entscheidung zu fliegen eher spontan war.«

»Ach, du hättest auch hier ...«, setzte Muriel an, ehe sie seinen warnenden Blick einfing. Seine Schwester ging gerade absolut zu weit. Dies war noch immer sein Zuhause, auch wenn Muriel bei ihren Besuchen immer so tat, als wohnte sie ebenfalls hier. »Egal.« Sie rückte ihre Brille zurecht. »Jetzt erzähl uns endlich, was dich zu uns führt.«

Sofort richtete sich Anne im Stuhl auf. Es war nicht viel mehr als ein winziges Durchstrecken des Rückens, doch Duncan bemerkte es trotzdem. Außerdem fiel ihm auf, dass sie die Finger plötzlich in ihre Beine krallte.

»Also ...«, sie atmete schwerer als zuvor, »... um es kurz zu machen, ich bin wegen des Testaments meines Vaters gekommen.«

»Das dachten wir uns schon.« Muriel nickte. Ihr Blick glitt kurz zu ihm, mit einem Ausdruck, der so viel sagte wie Überlass-mir-das-Reden. »Du sagtest am Telefon, es gäbe da etwas, das du klären möchtest, richtig?«

»Ja«, antwortete sie leise.

Auf einmal rieselte ein Schauer über seinen Rücken. Dieses eine zerbrechliche Wort brachte Duncan dazu, sich bereits jetzt schlecht zu fühlen. Egal, was er sagen oder tun würde, er spürte irgendwie, dass sich die junge Frau neben ihm am Tisch im Stich gelassen fühlte. Und zwar von ihm!

»Tut mir leid, dass ich nicht zur Testamentseröffnung gekommen bin«, sagte er ernst und überging mit voller Absicht die Mahnung seiner Schwester. »Ich habe zwar immer noch keine Ahnung, wie ich zu so einem Erbe komme, aber ich hätte da sein müssen. Das ist mir jetzt klar.«

Bildete er sich das leichte Heben ihrer Brust nur ein?

»Du ...« Sie stockte, sodass er zu ihr aufsah und in ihre weit aufgerissenen Augen blickte. »Du weißt auch nicht, warum?«

Nicht nur ihre Stimme klang aufgewühlt, auch die fahrige Handbewegung, mit der sie eine Locke aus dem Gesicht strich, sprach dafür. Beinahe hilfesuchend sah sie von Muriel zu ihm. »Dann kennst du meinen Vater gar nicht?«

»Nein, sorry«, erwiderte Duncan, wobei er den Kopf schüttelte. »Ich habe noch nie von einer Familie Nadler gehört. Darum dachte ich im ersten Moment, es handelt sich um eine Verwechslung. Das sagte ich auch der Sekretärin am Telefon. Sie beharrte jedoch auf die Richtigkeit und klärte mich über meine Rechte und Pflichten auf. Irgendwie surreal.«

»Hm.« Er beobachtete, wie Anne gedankenverloren mit der leeren Teetasse spielte. Sie schien sich förmlich in sich zurückzuziehen, sodass er nicht sicher war, ob er weiterreden sollte.

Muriels Stuhl kratzte über den Boden, als sie diesen näher an den Tisch schob. »Was genau hast du der Frau am Telefon gesagt, Duncan?«

Über seinen finsteren Blick ging sie geflissentlich hinweg. Taktgefühl war nicht immer ihre Stärke. Stattdessen zog sie eine Braue nach oben, ganz nach dem Motto *Was willst du, wir müssen das jetzt und heute klären,* und verschränkte die Arme vor der Brust. Diese Geste musste Annes Neugier geweckt haben, denn sie sah aufmerksam zwischen ihnen hin und her. Ihre Lippen fest aufeinandergepresst.

Er nahm einen tiefen Atemzug, ehe er antwortete: »Ich sagte der Frau, dass ich das Erbe eines Wildfremden nicht haben wolle.«

»Mein Vater«, stieß Anne gequält aus. Gleichzeitig wandte sie ihr Gesicht ab. »Mein Vater muss sich doch etwas dabei gedacht haben.«

Jedes einzelne Wort drückte aus, wie sehr es die junge Deutsche quälte, über ihren Vater zu sprechen. Duncan schluckte. Für ihn war der Mann zwar wildfremd, für sie hingegen ein Mensch, dem sie sehr nahe gestanden hatte. So viel war deutlich zu spüren.

»Tut mir leid, dass ich dir nicht mehr sagen kann«, rutschte es ihm heraus, obwohl er an der Tatsache, dass Anne gerade ihren Vater verloren hatte, nichts ändern konnte. Duncan fühlte sich beinahe wie ein Erbschleicher.

»Weiß denn deine Mutter nicht, warum Duncan im Testament bedacht wird? Oder irgendwelche Verwandte?«

Anne verlor jegliche Farbe aus ihrem Gesicht. Sofern das bei ihrer Blässe überhaupt möglich war. »Meine Eltern sind beide bei dem Autounfall ums Leben gekommen.«

»Wie schrecklich«, warf Muriel ein, wobei sie die Hand auf Annes Arm legte. »Das wussten wir nicht. Dann bist du eine Waise, genau wie wir.«

Absurderweise empfand es Duncan in dem Moment vollkommen unpassend, ihre eigene Geschichte mit ins Spiel zu bringen. Darum ging es doch überhaupt nicht.

Ein düsteres Schweigen erfüllte jetzt die Küche. Einem ersten Impuls folgend, wäre Duncan am liebsten aufgesprungen und hätte das Weite gesucht. Die ganze Sache wurde ihm zu viel. Zu viele Emotionen, zu viele Fragen, auf die er keine Antworten hatte. Wie viel lieber würde er sich jetzt an seinen Schreibtisch setzen und seine Figuren durch die Buchwelt dirigieren. Dort hatte er zumindest in der Hand, was ihnen widerfuhr und wie sie damit umgingen. Wenn er darüber nachdachte, dann waren seine Helden und Heldinnen in den meisten Fällen auf sich selbst gestellt. Familie, die einen stützte oder in schwierigen Situationen womöglich stärkte, kannten sie nicht. So viel zu der Überlegung, was von ihm selbst in seinen Figuren steckte. Eine besonders beliebte Frage seiner Leser und Leserinnen.

Vorsichtig warf er einen Blick auf Anne. *Was ging wohl gerade in ihr vor?*

Sie hatte sich nicht gerührt. Das Bild am Küchentisch war wie eingefroren.

Muriel schob erneut ihre Brille nach oben. Eine Angewohnheit, die besonders oft zum Tragen kam, wenn sie intensiv nachdachte. »Gab es denn keinen Hinweis im Testament? Ich meine, irgendeine Verbindung muss es zwischen den Familien schließlich geben, oder?«

»Nein, nicht wirklich.« Annes Antwort kam einem Seufzen gleich. Im nächsten Moment bückte sie sich zur Stuhllehne, an der ihre Tasche hing. Sie fingerte darin herum und zog kurz darauf eine schlichte, handgroße Schatulle hervor. »Ich bekam lediglich dieses Schmuckstück überreicht. Dabei hieß es im Testament, dass es die Rechtmäßigkeit des Erbes bezeuge und zusammenführe, was zusammengehöre. Keine Ahnung ...«

Unmittelbar vor seinen Augen ließ Anne jetzt eine Kette baumeln. Eine feingliedrige Kette, an der ein altes, keltisches Kreuz hing. Ihn durchfuhr ein heißer Stich.

»Ich kenne diese Kette!«, entfuhr es ihm. »Oder zumindest habe ich die oder eine ganz ähnliche schon auf Bildern gesehen. Muriel, du weißt schon, die Bildergalerie bei Grandpa, da hingen haufenweise alte Porträts, und ...«

»Das kann reiner Zufall sein«, fiel ihm seine Schwester ins Wort. Sie nahm das Schmuckstück in ihre Hand. »Darf ich mal?«, fragte sie, ehe sie es genauer unter die Lupe nahm. »Solche Kreuze gibt es in zahlreichen Ausführungen, es muss nicht heißen, dass es sich genau um diese Kette handelt, Duncan.«

»Aber, es wäre ein möglicher Hinweis!« Anne beugte sich über den Tisch und kam ihm plötzlich ganz nah. In ihren Augen erkannte er ein erwartungsvolles Leuchten. »Können wir uns die Bilder ansehen?«

»Ich fürchte, nein.« Aufrichtiges Bedauern lag in seiner Stimme. »Als Grandpa starb, sind die Bilder in den Besitz eines Museums übergegangen.«

»Das lässt sich herausfinden«, sagte Muriel betont zuversichtlich. »Wozu hast du eine Historikerin als Schwester.« Mit derselben professorenhaften Überzeugung wandte sie sich an ihre Sitznachbarin. »Keine Sorge, Anne, ich werde der Herkunft dieser Kette nachgehen. Ich bräuchte von dir dazu lediglich ein paar Fakten über deine Familie. Namen, Daten zur Herkunft, Ort und Zeit, all so was eben.«

Zufrieden lehnte sich Muriel im Stuhl zurück. »Gut, dass ich noch heute Abend zurück nach Edinburgh fahre. Da stehen mir die richtigen Quellen zur Verfügung. Und solange«, sie bedachte ihn mit einem vielsagenden Blick, »schlage ich vor, unternehmen wir noch nichts bezüglich dieser Erbsache.«

»Aber ...«, setzte er zum Sprechen an, wurde jedoch jäh von ihr unterbrochen.

»Das ist doch sicher auch in deinem Sinne, Anne, wo du extra nach Schottland gekommen bist, oder?«

Mit einer fahrigen Geste fuhr sich die junge Frau durch ihr Haar. Weitere Locken hatten sich aus dem lockeren Zopf gelöst. Duncan erwischte sich dabei, wie er sich vorstellte, ihr die Strähnen hinter das Ohr zu streichen.

»Ähm ... ja, ich denke, das ist in Ordnung«, sagte sie, wobei er schwören könnte, sie fühlte sich von Muriel genauso überrannt wie er selbst. Seine Schwester hatte die Dinge nun mal gern selbst in der Hand. Und das hatte sie jetzt eindeutig.

»Wie lange kann das denn dauern?«

Er spürte förmlich, dass in Annes Frage jede Menge Zweifel mitschwangen.

»Du musst zurück nach Deutschland, oder?« Er stand auf, weil er plötzlich Abstand brauchte.

»Oh, daran habe ich gar nicht gedacht«, sagte Muriel und begann, das Geschirr zusammenzustellen. »Für wann hast du denn deinen Rückflug gebucht?«

Anne winkte ab. »Ach, das ist schon okay, ich kann den Flug umbuchen. Und wo ich schon mal da bin, kann ich mir genauso gut ein bisschen mehr die Gegend ansehen.«

»Dann bleibst du?« Er kam sich vor, als beträte er gerade völliges Neuland. Jeder Schritt könnte einer in die falsche Richtung sein. Denn er wusste nicht, ob er sich darüber freuen sollte, wenn sie bleibe, oder ob er besser dran wäre, wenn er Anne und alles, was mit ihr zusammenhing, schnellstmöglich aus dem Kopf bekäme. *Wie sollte er sich sonst in Ruhe auf die letzten Kapitel seines Romans konzentrieren?*

ANNE

Nachdem sie sich verabschiedet hatte, taten sich mehr Fragen auf, als dass sie Antworten erhalten hatte. Vor allem hatte sie keine Antwort, die Hannes zufriedenstellen würde. Duncan McRohan hatte zwar mehrfach betont, dass er kein Interesse an ihrem Verlag hätte, doch sie war nicht dumm. Natürlich war ihr das Aufblitzen in Muriels Augen aufgefallen, sobald ihr Bruder die Sprache in diese Richtung lenken wollte. Sie schien ganz und gar nicht seiner Meinung zu sein. Verständlich, dass sie sich jetzt so ins Zeug legte, den wenigen Hinweisen nachzugehen. Von wegen als Historikerin weckte das Ganze ihr Interesse. Allein der einschmeichelnde Ton hatte sie verraten. Ob sie noch eine weitere Tasse Tee wünsche? Oder ein Stück Kuchen? Sie hoffe, ihr schmecke der Carrot Cake. Er wäre typisch englisch und in ihrer Familie so etwas wie ein Hauskuchen.

Anne warf einen Blick zurück zum Cottage. Keine Frage, der Tee war lecker gewesen und der Kuchen erst recht. Saftig und mit einem Cream-Cheese-Frosting überzogen, das Anne besonders gern mochte. Wenn schon sündigen, dann richtig, war stets ihr und Monis Motto, wenn sie sich in einem der Cafés in München trafen, die gerade besonders *in* waren.

Tief in Gedanken versunken folgte Anne der Straße bergab. Ihr war nicht danach, in ihr Zimmer zurückzukehren. Und in den Pubs würde am späten Nachmittag sicher noch gähnende Leere herrschen. Darum steuerte sie das Ufer des Loch Linnhe an. Ein Platz am Wasser fühlte sich gerade genau richtig an, um ihre Gedanken sortieren zu können.

Dieser Duncan war seltsam. Seltsam undurchschaubar.

Im ersten Moment, als er aus dem Schatten seiner Schwester getreten war, hatte ihre Reaktion einem überraschten *Wow* geglichen. Der Mann sah in real noch besser aus als auf den Rückseiten seiner Bücher. Seine rotblonden Haare umspielten das Gesicht, in dessen Zügen etwas unerwartet Weiches lag, das er zumindest für die Autorenfotos gut zu verstecken wusste. Der lässig wilde Haarschnitt erinnerte Anne an ihren reichlich verpeilten Buchhaltungslehrer, der immer zu spät zum Unterricht gekommen war. Womöglich so eine Art Markenzeichen als Autor, sagte sie sich, denn die Haare hatten den Anschein erweckt, an diesem Tag noch keinen Kamm gesehen zu haben. Abgesehen von dem attraktiven Gesicht waren Anne sofort die abgewetzten Hosenbeine aufgefallen, an manchen Stellen sah man kaum noch etwas von der dunkelblauen Farbe. Das beige Leinenhemd hatte locker über den Hosenbund gehangen. Ganz der Style, den sie bei Männern mochte. Hannes wirkte in den letzten Jahren immer viel zu akkurat und zugeknöpft, die langen Haare und der lässige Look waren schon lange Schnee von gestern. Anne schüttelte den Kopf über sich selbst. Sie machte sich eindeutig die falschen Gedanken. Das

Aussehen dieses Schotten sollte sie im Grunde gar nicht interessieren. Viel spannender war die Frage, ob es ihm ernst damit war, herauszufinden, wie und über welche Ecken auch immer sie beide miteinander verwandt waren. Eine andere Erklärung für das gemeinsame Erbe hatte Anne nämlich bisher nicht gefunden.

Sie war inzwischen auf die Uferstraße gestoßen und folgte dieser bis zur nächsten Ampel, um sie zu überqueren. Im Wasser lag ein Boot, das zu einem Restaurant umfunktioniert worden, aber noch geschlossen war. Im Vergleich zur Fußgängerzone, die die Touristen mit zahlreichen Geschäften für schottische Andenken und Whisky sowie den Pubs lockte, empfand es Anne direkt angenehm, wie ruhig es am See war. Sie lief weiter bis zu der kleinen Grünanlage, auf der noch die letzten Mauerreste des ehemaligen Forts standen. Im Grunde waren sie alles andere als spektakulär, lediglich eine Schautafel machte deutlich, wie wehrhaft die Verteidigungsanlage einmal ausgesehen haben musste. Statt eine der Bänke zu wählen, setzte sich Anne auf einen Grasfleck unter den einzigen Baum und lehnte den Kopf an seinen Stamm.

Was genau hatte sie heute Nachmittag erreicht? Entgegen ihres Vorhabens, Duncan um eine Unterschrift auf der Verzichtserklärung zu bitten, hatte sie sich bereit erklärt, noch ein paar Tage in Fort William zu bleiben. Anne kaute auf der Unterlippe herum. Sie musste sich dringend um eine Unterkunft für die kommenden Tage kümmern und im Verlag Bescheid geben. Sie konnte nur hoffen, dass während ihrer Abwesenheit keine gravierenden Probleme auftraten, die ihre Anwesenheit erforderten. Prompt entfuhr ihr ein langer

Seufzer aus der Tiefe ihrer Brust. *Warum hatte sie nur derart schnell eingewilligt? Lag es an McRohans aufkommender Unruhe, als er gefragt hatte, ob sie zurück nach Deutschland müsste? Hatte da nicht ein überraschend empathischer Ausdruck in seinem Blick gelegen? Aber worin bestand sein Interesse, wenn sie blieb?* Ihr Gefühl trog sie sicher nicht, dass er keineswegs immer mit dem Auftreten seiner Schwester einverstanden war. Egal, wie freundlich sie empfangen worden war, Muriel hatte durchaus durchklingen lassen, dass Duncan zu voreilig mit der Ablehnung des Erbes gewesen war. *Was konnte gerade im schlimmsten Fall passieren? Dass sich die Ungewissheit nur noch mehr in die Länge zog? Dass Fakten auf den Tisch kamen, von denen sie besser nichts erfahren wollte? Oder dass Hannes ihr Unfähigkeit attestierte, weil sie nicht in der Lage war, die Erbsache schnell zu klären?*

Die Geschwister haben dich um den Finger gewickelt, Anne, wie konntest du nur darauf eingehen? Mit Sicherheit würde er so etwas in der Art sagen. Vielleicht zögerte sie darum den Anruf in Deutschland hinaus, der längst fällig war.

Natürlich musste sie diesem Duncan zugutehalten, dass er sich für sie und ihr Anliegen Zeit genommen hatte, obwohl er gerade mitten in einem kreativen Schreibprozess steckte. Sie hatte schon mit vielen Autoren zu tun gehabt. In den meisten Fällen Seite an Seite mit ihrem Vater. *Ach Papa!* Die Verlagsautoren und -autorinnen hatten ihren Vater stets geschätzt. Er hatte immer genau die richtige Dosis von Hofieren und klaren Ansagen gefunden. *Du musst von Anfang an klarstellen, dass du als Verlegerin am längeren Hebel sitzt, Anne,* war seine Meinung gewesen. Sie schluckte. Der Kuchen lag ihr plötzlich schwer im Magen. Zukünftig zählte es zu ihren Aufgaben, die Verhandlungen zu führen. Nur, dass sie mit Duncan McRohan keine Verhandlungen über einen Buchvertrag führen musste, sondern über die Zukunft des Verlages.

Ein sanfter Wind kam auf. Er trieb ihr eine Gänsehaut auf die Arme.

Es hilft nichts, sich zu bedauern, sagte sie sich und stand kurz entschlossen auf. Als Erstes würde sie sich um zwei oder drei weitere Übernachtungen kümmern müssen. Auf dem Weg zu ihrem Bed&Breakfast kaufte sie sich im Supermarkt ein Rote Beete Sandwich und eine Flasche Wasser, da ihr die Lust auf ein Abendessen allein im Pub irgendwie abhandengekommen war. Lieber las sie sich in das Buch von Duncan McRohan ein, das sie gestern im Highland Bookshop gefunden hatte. Man konnte nie wissen, wozu dies gut war. Und davor musste sie sich auf jeden Fall zu Hause melden.

Es dauerte lange, bis Hannes an sein Handy ging. Im Hintergrund hörte sie Gelächter.

»Hi, wo bist du?«

»Hey, Babe, gut, dass du dich meldest. Wir haben gerade von dir gesprochen.«

»Wir?«

»Moni und die anderen.«

»Moni ist schon zurück?« Sie riss die Augen weit auf. *Warum wusste sie nichts davon? Oder hatte sie eine Nachricht ihrer Freundin übersehen?*

»Ja, wir sitzen gerade mit Aperol im Englischen Garten und ich musste erklären, warum du nicht mitgekommen bist.«

Unvermittelt spürte Anne einen Stich der Eifersucht. Moni war ihre beste Freundin und sie hätte jetzt dort mit ihr sitzen müssen. Zusammen mit der ganzen Clique. Natürlich würde sie von Indien erzählen, von ihrem großen Selbstfindungstrip. *Wie hatte es dazu kommen können, dass Anne deren Rückkehr nach München nicht mehr auf dem Schirm gehabt hatte? Hatte sie derart tief in ihrem Tunnelblick festgesteckt, dass seit dem Tod ihrer Eltern nur noch die Zukunft des Verlages von Bedeutung war?*

Gitarrenklänge. Ausgelassene Stimmen. Noch mehr Gelächter.

»Können wir später telefonieren? Hier ist es echt laut.«

»Dann ...«, Anne lag quer über dem Bett. Ihr Blick verfing sich an ein paar Staubfäden an der Decke. »Interessiert dich gar nicht, wie es gelaufen ist?«

Sie hatte nicht zickig klingen wollen. Tat sie aber doch. Wobei sich Anne im Stillen sagte, dass es ihr doch nur recht sein könnte, wenn Hannes nicht sofort nachbohrte. Womöglich hätte er ihren Besuch bei den McRohans bis ins kleinste Detail zerpflückt. Dabei wusste sie selbst nicht einmal, was sie davon halten sollte. Sie würde Muriel und Duncan noch ein weiteres Mal treffen, so viel stand fest.

»Ja, schon, aber ... ich melde mich später, in Ordnung?«

In Ordnung? Was war gerade schon in Ordnung? Nichts, um es genau zu sagen. Außer die Beteuerung, kein Interesse am Erbe zu haben, hatte sie nichts erreicht. Gut, Muriel würde zurück nach Edinburgh fahren und dort Nachforschungen anstellen. Ob diese von Erfolg gekrönt sein würden, stand allerdings auf einem ganz anderen Blatt. *Wozu gibt es eine Historikerin in der Familie?* Bei diesem Ausspruch hatte sie Anne wie eine Komplizin behandelt, die ein Geheimnis mit ihr teilte, und hatte damit bei ihrem Bruder ein lakonisches Stirnrunzeln hervorgerufen. Selbst ein Blinder sah zwar, dass zwischen den Geschwistern eine ganz besondere Verbindung bestand, dennoch war sie aus dem attraktiven Schotten nicht schlau geworden. Erst recht nicht, als sie sich höflich nach seinen Büchern erkundigt hatte. Spätestens in diesem Moment hätte er gesprächiger werden können. Stattdessen hatte sich sein Blick irgendwo zwischen Fenster und Tisch verloren. Seine Antwort hatte eher barsch geklungen. Da gäbe es nicht viel zu wissen, das meiste könne man im Internet nachlesen, hatte er gesagt.

Es interessiert mich aber, hätte sie gern erwidert. *Du interessierst mich!*

Dieser kurz aufblitzende Gedanke ließ sie erschaudern. Der Mann hatte etwas Schweres an sich. Schwer im Sinne, dass er nicht leicht aus seiner Höhle hervorzulocken war. Sie stellte sich unwillkürlich vor, wie er über seinem Manuskript brütete, die Finger über der Tastatur schwebten, er die Augen zusammenkniff und … Bestimmt war er froh gewesen, sie wieder los zu sein und verschwendete – anders als sie selbst – keinen weiteren Gedanken an ihren Besuch.

Sie rollte sich auf den Bauch und angelte nach dem Buch, das am Kopfende des Bettes lag. Sekundenlang starrte sie auf das Autorenfoto. *Wer bist du, Duncan McRohan?* In der Stimme des Schotten hatte eine Nuance Bedauern mitgeschwungen, als er beteuert hatte, niemanden mit dem Namen Nadler zu kennen. Wieder gelangte sie an den Punkt, an dem sie nicht weiterwusste. Und doch war dieser Mann heute der Grund für etliche schnelle Herzschläge gewesen.

Gedankenversunken strich Anne über den Einband des Buches. »*The chronicles of Aulanda – The red cape of Loona*«, las sie den Titel leise vor sich hin. Sie hatte bereits verstanden, dass es sich bei Loona um eine Brownie handelte, eine kleine Fee, die ihren Mantel verloren hatte und darauf hoffte, dass jemand ihr einen neuen schenkte. *Wie kam dieser Duncan dazu, ausgerechnet Bücher über schottische Fabelwesen zu schreiben?* Was sie an fantastischer Literatur kannte, beschränkte sich vor allem auf Geschichten über Zauberer, Zwerge und Orks und auch das eher aus Filmen. Sie musste zugeben, dass sie Fantasy-Bücher genau wie Hannes nicht unbedingt für hohe Literatur hielt. Darum verursachte ihr auch die Vorstellung, derartige Bücher womöglich im Verlag ihres Vaters herausbringen zu müssen, einiges an Bauchschmerzen. Um ihre Ziele für den Verlag Nadler bei den Geschwistern McRohan zu verfolgen, musste sie sich auf jeden Fall gut wappnen.

Als Hannes endlich zurückrief, waren ihr die Augen beim Lesen bereits einige Male zugefallen. Sie war müde und entsprechend kurz angebunden. Wie erwartet, fand ihr Freund wenig Verständnis dafür, dass sie beabsichtigte, länger in Fort William zu bleiben. Er unterstellte ihr sogar, die dringende Notlage nicht wirklich dargestellt zu haben.

»Was gibt es denn da zu klären?«, blaffte er sie an. »Bist du sicher, dass der Kerl auch wirklich unterschreibt?«

»Ich konnte denen nicht gleich mit den Papieren kommen, wie sieht das denn aus?«

»Danach, wofür du dort warst: für klare Verhältnisse sorgen.«

»Du vergisst die alte Kette!«

»Bisher haben alle zufrieden gelebt, auch ohne irgendeine weit entfernte verwandtschaftliche Beziehung. Was soll das denn groß bringen?«, schnaubte Hannes.

An seinem aggressiven Tonfall glaubte sie, herauszuhören, dass er viel getrunken hatte und damit ganz bestimmt nicht in der Verfassung war, auf ihre eigene, aufgewühlte Stimmung einzugehen. Was sollte sie auch sagen? Hannes interessierte es reichlich wenig, dass sie sich tief in ihrem Inneren nach Antworten sehnte. Warum hatten ihre Eltern nie von Schottland geredet? Sie konnte sich an keine Erzählungen über einen Urlaub erinnern, nicht einmal, bevor sie Eltern geworden waren.

»Du, lass uns morgen in Ruhe telefonieren, ich habe Kopfschmerzen und möchte schlafen.« Kopfschmerzen vorzuschieben, um das Telefonat beenden zu können, zählte nicht zu ihren Glanzleistungen, doch sie war es leid, sich weitere Klagen anzuhören.

Als das Handy kurz darauf erneut klingelte, war Anne im ersten Moment versucht, es zu ignorieren. Schließlich ging es bereits auf Mitternacht zu und sie hatte keine Lust auf weitere Diskussionen.

»Na, du machst vielleicht Sachen, Anne! Wie ist es denn so in Schottland?«

Moni! Anne richtete sich auf und rutschte mitsamt Kissen ein Stück höher.

»Hi du. Wie wäre es mit einem *Sorry, hast du schon geschlafen?* Oder mit *Hallo, wie geht es dir?*«

»Du klingst nicht, als hätte ich dich geweckt, Süße«, erwiderte Moni schlagfertig. »Außerdem musste ich einfach anrufen. Ich habe anscheinend so einiges verpasst!«

Anne rieb sich über ihr Gesicht, um wieder halbwegs aufnahmefähig zu sein. Wie recht sie hatte. Seit ihrem letzten Gespräch, als Moni ihr mitgeteilt hatte, dass sie es nicht zur Beerdigung schaffen würde, war einiges passiert.

»Hat Hannes dich gebeten, mich anzurufen?« Die Frage war ihr einfach so rausgerutscht.

»Hannes? Wie kommst du darauf?«

»Weil wir gerade eben telefoniert haben.«

»Ach so.« Eine Pause folgte. Eine Pause, in die Anne so einiges hineindeuten könnte. »Ich denke, er macht sich nur Sorgen«, sagte ihre Freundin in ihrer typisch verständnisvollen Moni-Art, die sie wohl besänftigen sollte.

Sie kannte Moni. *Zu gut.*

»Hannes hat sich bei dir ausgejammert, richtig? Macht er sich Sorgen um mich oder eher um den Verlag?«

»Um beides, das liegt doch auf der Hand.«

»Er hat dir alles erzählt?«

Im Hintergrund knisterte es wie von einem Bonbonpapier. »Er hat von nichts anderem geredet. Du kannst dir nicht vorstellen, wie verloren Hannes wirkte. Du fehlst ihm.«

»Ach ja? Das klang eben aber ganz anders. Da hat er mir hauptsächlich Vorwürfe gemacht, weil ich in seinen Augen angeblich unfähig wäre, mich um den Verlag zu kümmern.«

»Das glaube ich nicht, das hast du bestimmt falsch verstanden, Anne.«

Etwas in ihr wand sich wie ein Wurm durch die Magenwände. »Was soll es da falsch zu verstehen geben?«

Sie strich sich über die Stirn. Ein vergeblicher Versuch, diese dämliche Falte zu glätten.

»Süße, ich will nicht mit dir streiten. Ich bin für dich da, wenn du mich brauchst. Das weißt du doch, oder?«

»Ja, danke, lieb von dir.«

Womöglich hatte Moni recht, und womöglich tat sie Hannes unrecht. Andererseits fühlte es sich nicht mehr so an, als zögen sie und er an einem Strang, so wie früher. Als sie sich ihre gemeinsame Zukunft ausgemalt hatten.

Warum zweifelte sie ausgerechnet jetzt an dieser Zukunft? Ausgerechnet so weit weg von zu Hause in einem fremden Zimmer? Wieder stolperte Anne über den Gedanken, mutterseelenallein zu sein und das in jeglicher Hinsicht. Mit dem Tod ihrer Eltern hatte es ihr das Fundament unter den Füßen weggerissen. Jetzt trudelte sie in einem Vakuum herum und wusste nicht einmal mehr, wohin sie gehörte. *An die Seite von Hannes? In das Leben, wie es vorher gewesen war, nur eben ohne ihre Eltern? Hätten sie sich das gewünscht?*

»Du machst gerade eine harte Zeit durch.« Die Worte ihrer Freundin lösten eine erste Träne in ihren Augen. »Und es tut mir leid, dass ich nicht für dich da sein konnte, als du mich brauchtest. Ich war gerade im tiefsten Hinterland und ...«

»Ist schon okay«, unterbrach Anne ihre Freundin. Sie stellte sich vor, wie Moni in ihrem Zimmer saß, das sie bis vor wenigen Tagen untervermietet hatte. Sie hing nicht an Besitz, an dem Zimmer in der WG mitten in Schwabing dafür schon.

»Dazu das Chaos mit dem Testament«, fuhr Moni unbeirrt fort. »Wer braucht schon so was? Aber Hannes meint, ihr bekommt das hin, also das mit eurem Verlag.«

Euer Verlag? Hatte Hannes das so gesagt? Anne fühlte, wie die geistige Erschöpfung mehr und mehr von ihr Besitz ergriff. Sie glaubte, ihren eigenen Ohren nicht mehr zu trauen. Es war nichts Verwerfliches daran, dass Hannes mit ihrer Freundin über die Probleme gesprochen hatte. Eigentlich war es das naheliegendste, denn er kannte Moni genauso lang, wie sie ein Paar waren. Ihre Freundin war nun mal ihre engste Vertraute. Sie wussten alles voneinander. Über den ersten Kuss, sogar den ersten Sex. Als Annes Eltern zum Wechsel aufs Gymnasium an den Stadtrand gezogen waren, hatte die neue Schule einen kompletten Neuanfang für sie bedeutet. Moni war es ähnlich ergangen, als sich ihre Eltern getrennt hatten und sie mit ihrer Mutter in ein anderes Viertel gezogen war. Damals setzten sie sich aus der Not heraus nebeneinander, denn alle anderen hatten irgendwie schon jemanden aus der

Grundschule gekannt, und sie ahnten nicht, dass sie einmal beste Freundinnen werden würden.

Ein Auto hupte. Lautes Grölen.

»Sag mal, sitzt du auf dem Balkon?«

»Hm, ja, die Stadt, irgendwie habe ich sie fast ein wenig vermisst.«

»Du musst mir von Indien erzählen, sobald ich zurück bin. Ich möchte so vieles wissen. Bis ins kleinste Detail. Vor allem der Name Miguel ist in den letzten Wochen häufig aufgetaucht. Wer ist dieser Typ? Hast du ihm das Herz gebrochen?«

Anne hörte das dunkle Lachen ihrer Freundin. »Mädelsabend, sobald dein Flieger landet, dass das klar ist! Ach, und vergiss Miguel, der ist Geschichte.«

»Was ich alles verpasst habe ...« Mit einem Grinsen im Gesicht beendete Anne das Gespräch. »Gute Nacht.«

»Schlaf gut.«

DUNCAN

Anne. Die junge Deutsche schlich sich wieder und wieder in seinen Kopf, während die Finger über der Tastatur innehielten. Es war gerade ein Tag her, dass seine Schwester abgereist war. Mit einer Mission, von der er sich persönlich wenig erhoffte. Wie sollte eine Kette der Schlüssel dazu sein, alte Verbindungen herauszufinden, wenn keine engen Verwandten befragt werden konnten? Andererseits ... gab es in seinen Geschichten nicht auch Zufälle, die keine waren? Ließ er nicht auch Figuren entstehen, die fernab voneinander lebten, um sie dann im entscheidenden Moment zusammenzuführen? Waren erdachte Geschichten so viel anders als das wahre Leben? Natürlich bediente er sich beim Schreiben der alten Legenden und Mythen seines Landes, trotzdem ... Nachdenklich knackte Duncan mit den Fingern, ehe er weiterschrieb. Seine Finger flogen über die Tasten. Plötzlich spürte er die Panik seiner Kelpie, die sich gerade in höchster Gefahr befand, formte Sätze, Bilder eines ungleichen Kampfes, sein Herz klopfte dabei wild, als wäre er an der Stelle seiner Protagonistin. *War es nicht an der Zeit, dass Magnus ihr zu Hilfe eilte? Warum zögerte er, Magnus sich endlich seine Gefühle eingestehen zu lassen?* Gefühle, für die er nur die passenden Worte finden musste. Er wusste doch, wie es sich anfühlte, wenn …

Anne.

Wie um Himmels Willen sollte er weiterschreiben? Seit diese Anne bei ihm zu Hause gewesen war, kam es Duncan so vor, als habe sie durch jeden Raum im Haus einen unsichtbaren Faden gezogen und daraus ein zartes Netz gewoben. Dummerweise hing er darin fest und es erzitterte bei jeder Bewegung. Unsichtbar, und dennoch da. Er rieb sich den Nacken und schob den Schreibtischstuhl vom Tisch weg. Zumindest hier unten war sie nicht gewesen. Es hätte nicht viel gefehlt und er hätte ihr an dem Tag sogar sein heiliges Refugium gezeigt. Das außer Muriel keine Frau jemals betreten hatte. Er hatte einige kurze Beziehungen gehabt, wenn man diese überhaupt so nennen konnte. Mehr als zwei oder drei Monate hatte er es nie ausgehalten, denn sobald eine Frau zu sehr in sein Leben eindrang, verlor er den Fluss seiner Kreativität. Allein deren Anwesenheit bildete Misstöne, die ihm beinahe körperlich wehtaten. Er brauchte das Schreiben. Er brauchte es, um zu überleben. Keine der Frauen konnte verstehen, dass es da diesen Raum gab, zu dem sie keinen Zugang fanden. Nicht in seinem Haus und auch nicht in seinem Kopf. Bei Anne hatte es sich anders angefühlt. Sie schien die Zwischentöne zu hören. Irgendetwas flüsterte ihm ein, dass sie ihn vielleicht sogar verstehen würde. *War es seine eigene Stimme?*

Er stand auf, ging nach oben und goss sich ein Glas Whisky ein. Mit dem Glas in der Hand setzte er sich auf das Sofa im Wohnzimmer. Genau an die Stelle, an der Anne gesessen hatte. Er versuchte, mit ihren Augen durch die Fenster zu sehen. Ihre Begeisterung für die Landschaft selbst zu erleben. Gedankenversunken starrte er nach draußen. *Ich würde ihr gern meine Highlands zeigen.* Der Gedanke überraschte ihn dermaßen, dass er hochschreckte und dabei beinahe den Whisky verschüttete. *Und nun? Wie sollte er weiterschreiben, wenn er den Namen Anne ständig im Kopf hatte?* Selbst in ihrer Abwesenheit fragte er sich, wie es ihr gerade ging. *Ob sie sich einsam fühlte? Oder hatte sie einen Partner, der ihr zur Seite stand?* Die vielen Fragen waren unsagbar laut in seinem Kopf und zerrten an seiner Konzentration. Dabei saß ihm die Zeit, oder besser gesagt seine Agentin im Nacken. Trotzdem erwischte er sich dabei, dass er in die Küche zu seinem Handy ging. Normalerweise ließ er es bewusst dort liegen, um beim Schreibprozess nicht gestört zu werden. Normalerweise ...

»Hi, ich bin's, Duncan. Hast du heute schon was vor? Ich meine, also ...«, er geriet ins Stottern, »... also, falls du Lust auf einen Ausflug hast.«

»Oh, hi, Duncan.«

Die anschließende Stille machte ihn nervös. Er blickte auf die Uhr. Er war so ein Trottel! Es war sieben Uhr einundvierzig! Er hatte die Nacht durchgearbeitet, um endlich den Höhepunkt seiner Geschichte zu erreichen. Der Rest, der sich mit der Auflösung der Erzählstränge befasste, würde hoffentlich nur noch ein Kinderspiel sein. Er hatte die Zeit komplett übersehen.

»Sorry, ich ... Habe ich dich geweckt?«

»Ähm, ja, kann man so sagen.«

»Ich wollte nicht ... oh Mann, ich hätte nachdenken sollen, ehe ich anrufe. Tut mir ehrlich leid.« Er lehnte den Kopf gegen die Glastür, hinter der sein weniges Geschirr stand, und schloss kurz die Augen.

»Du hast geschrieben, nehme ich an.« Anne klang kein bisschen wütend, vielmehr so, als würde sie neben ihm stehen und ihn dabei verständnisvoll anblicken.

»Korrekt, und dabei musste ich an dich denken.«

Beging er gerade einen großen Fehler? Sich dermaßen zu entblößen, hatte er nicht geplant.

»Also, wenn das so ist …«

Er meinte, ein leises Lachen zu hören. Das ließ ihn die Muskeln in seinem Kiefer lockern und tief durchatmen. »Ich kann dich auch später noch mal anrufen.«

»Nein, schon okay. Jetzt bin ich ja wach. An was für einen Ausflug hast du denn gedacht?«

»In die Highlands. Ich würde dir gern zeigen, wohin unsere Eltern Muriel und mich früher mitgenommen haben. Wir gehen immer wieder dorthin, um …«

»Ich weiß, warum«, fiel Anne in sein Zögern ein. »Und ja, ich komme sehr gern mit.«

»Dann sagen wir um neun? Ich hole dich ab, wenn es dir recht ist.«

»Ich wohne noch immer im *Breaside House*.«

»Gut. Dann konntest du verlängern? Das freut mich.«

»Ja, bis später. Ich werde erst mal ausgiebig frühstücken. Das schottische Frühstück ist echt ein Traum.«

Jetzt war er es, der lachte, während er das Gespräch beendete. Er mochte die Art, wie sich Anne für alles Schottische begeisterte. *Ob sie auch seine Bücher mögen würde?*

Da sein eigener Kühlschrank dank seiner Schwester gut gefüllt war, verrührte er Eier mit Tomaten und Pilzen in der Pfanne und aß mit gutem Appetit. Dann packte er den Rest von dem Kuchen, etwas Obst und zwei Flaschen Cider ein. Nur für den Fall, dass Anne gern ein Picknick an den Wasserfällen machen würde. Die *Steal Falls*. Mittlerweile waren sie zwar als Filmsetting für Harry Potter zu einer Touristenattraktion geworden, trotzdem zog es ihn und Muriel immer wieder an diesen Ort. Die Familienausflüge dorthin waren eine der wenigen Erinnerungen, die er tief in sich festhielt, damit sie nie an ihrer Lebendigkeit verloren. Er kannte jeden Steg und Weg in der Nähe der Wasserfälle und freute sich auf die kleine Wanderung. Gleichzeitig war er auf Annes Reaktion gespannt.

Auf der *High Street* zeigte sich um diese Zeit bereits ein geschäftiges Treiben. Wanderer deckten sich in den Outdoor-Geschäften mit Equipment ein, Touristen saßen in den kleinen Cafés, andere steuerten die ersten Pubs an. Zu Fuß dauerte es keine fünfzehn Minuten bis zum Bahnhof. Dort vergewisserte sich Duncan noch einmal, dass der Bus zu den *Lower Falls* auch wirklich fuhr. Bis hierhin hatte er nicht viel Sinnvolles von sich gegeben. Zumindest, wenn man Gespräche über typisch deutsche und schottische Gerichte dazu zählte.

»Unser Bus fährt in zwölf Minuten.«

»Du hast gar nichts davon gesagt, dass wir mit dem Bus fahren.«

Entschuldigend hob er die Hände. »Nun ja, dein Schuhwerk sieht zwar ganz passabel aus, aber ich wollte es dir ersparen, den ganzen Weg am späten Nachmittag wieder zurücklaufen zu müssen.«

»So spät?« Verunsicherung schwang in ihrer Frage mit.

Er ahnte sogleich, dass sein Plan nicht wirklich ein durchdachter war, aber der Bus fuhr leider nicht häufig bis ans Ende des Tals. »Lass dich überraschen, und keine Sorge, du wirst schon nicht verhungern.« Mit einem Zwinkern in Richtung seines Rucksacks versuchte er, die Stimmung zu lockern. »Oder ...«, auf einmal kam ihm ein anderer, wirklich wichtiger Gedanke, »bist du etwa noch verabredet?«

Bislang hatte Anne noch nicht viel von ihrem Privatleben preisgegeben. Er glaubte, bei ihrem Besuch herausgehört zu haben, dass sie allein nach Schottland geflogen war. Was andererseits nicht viel heißen musste. Er spürte, wie sich sein Herzschlag unwillkürlich beschleunigte.

»Nein, kein Problem.«

»Wir fahren auch nur knapp zwanzig Minuten«, fügte er erklärend hinzu.

»Okay.« Sie nickte, wobei ihre Miene nicht wirklich preisgab, was sie wirklich von der ganzen Sache hielt.

Die Einsilbigkeit brachte ihn mehr und mehr dazu, an seiner Idee zu zweifeln. Anne wirkte verschlossen und in sich gekehrt. So ganz anders als am vergangenen Tag. Bei ihrem kurzen Besuch hatte er das tiefe Gefühl einer Verbundenheit gespürt. Eine, die nur daher rühren konnte, dass sie gerade einen Schmerz durchlitt, der seinem mit Fünfzehn so sehr ähnelte. *Nun sag schon*, wollte er sie am liebsten drängen.

»Kann ich mir noch schnell einen Tee holen?«

Er zuckte zusammen und deutete in Richtung Bahnhofshalle. »Dort gibt es ein kleines Café.«

»Ich beeile mich!«

Pünktlich mit dem Eintreffen des Busses tauchte Anne wieder auf. In den Händen einen Becher to go und zwei Toasties.

»Hier, falls du auch eins möchtest. Ich habe zwar gerade erst gefrühstückt, konnte aber trotzdem nicht widerstehen.«

Ihr zurückhaltendes Lächeln erwärmte sein Herz. Ebenso das Gefühl, neben ihr im Bus zu sitzen. Dabei lauschte er dem Knistern der Papierverpackung, dem Geräusch beim Hineinbeißen in den krossen Toast und Annes »Mmmmh, lecker«, das aus tiefstem Herzen zu kommen schien. Sie hatte gut gewählt.

»Gegrillte Tomate mit Cheddar Käse ist auch mein Favorit«, bekundete er grinsend, obgleich er keinen Hunger verspürte. Mit dem angebissenen Toast in der Hand wies er auf die Berge zu ihrer rechten Seite. »Hier drüben verläuft übrigens der West Highland Way.«

»Im Ernst?« Sofort drückte Anne ihr Gesicht regelrecht gegen die Fensterscheibe. »Darum kommt mir die Gegend so bekannt vor. Auf dem Weg bin ich gestern schon ein Stück gelaufen.«

»Dann warst du auch an dem berühmten Ort, an dem William Wallace alias Mel Gibson im Film aufgewachsen ist?« Er senkte seine Stimme theatralisch.

»Aber natürlich, wo denkst du hin?« Sie wandte sich ihm grinsend zu. »Und ehe du dich fragst, ja, ich habe *Braveheart* gesehen. Hannes hat mich regelrecht dazu genötigt.«

»Hannes?«

»Mein Freund. Er kümmert sich in meiner Abwesenheit um den Verlag.«

Hannes. So einfach war das also. Natürlich hatte sie einen Freund. Wie hatte er überhaupt denken können, es wäre anders. Er schluckte. Einmal. Zweimal. Sein Hals fühlte sich plötzlich viel zu eng an.

»Da ... bist du bestimmt beruhigt«, bemühte er sich um eine Antwort. »Ich meine, dass er ...«

»Ehrlich gesagt wäre ich lieber selbst da«, fiel sie ihm ins Wort. »Ich bin so etwas wie die rechte Hand meines Vaters gewesen und das neue Programm sollte längst geplant werden. Sein plötzlicher Tod ...«

Duncan beobachtete, wie die Farbe noch ein bisschen mehr aus ihrem blassen Gesicht wich. Sofort fühlte er sich ihr wieder nah. *Seelenverwandte,* schoss es ihm durch den Kopf. *Gab es so etwas wirklich? Also nicht nur in seinen Büchern?* Noch nie hatte Duncan derart widersprüchliche Gefühle für eine Frau empfunden. *Empfunden? Empfand er etwas für Anne?* Sofort schalt er sich einen Narren. Sie war schließlich eine Fremde, außerdem hatte sie einen Freund. *Aber sie leidet unter einem tragischen Verlust,* sagte eine andere Stimme in ihm sofort. Mehrfach strich er sich nervös über die Hosenbeine.

»Er hatte noch so viele Pläne«, flüsterte Anne. »Und ich vermisse ihn unglaublich.«

Spontan griff Duncan nach ihrer Hand. Die letzten Worte hatte sie mehr gehaucht. »Du bist sicher vollkommen überfordert. Und dann auch noch diese seltsame Sache mit dem Erbe. Ich kann verstehen, wenn es dich frustriert, dass wir keine Antworten für dich haben.«

»Vielleicht«, sie schniefte leise, »findet deine Schwester ja doch etwas heraus.«

»Ja, vielleicht.«

Er hätte noch so viel sagen können, doch es war an der Zeit auszusteigen. Der Augenblick dieser Schwere fiel von Anne ab, kaum, dass er sie in Richtung Brücke führte. Jetzt zählten nur noch die Berge, der sich dahin schlängelnde Fluss und ihr Weg. Bereits die kleinen Wasserfälle, die sogenannten *Lower Falls*, weckten Annes Begeisterung.

»Es ist wunderschön«, hörte er sie rufen, als sie voraus rannte und sich über das Brückengeländer beugte. Selbst von der Seite konnte er ein Strahlen erkennen, das weit über die Augen hinausreichte.

Genau jetzt müsste die Welt kurz anhalten, denn er könnte ihr ewig zusehen, wie sie mit dem Handy von allen Seiten Fotos machte. Wie sie ihre Locken dabei immer wieder aus dem Gesicht schob. Wie das Licht diese Locken rotgolden schimmern ließ. Ihre Unersättlichkeit. Ihre Energie.

Du Narr!, schalt er sich. *Sie hat einen Freund, schon vergessen?* Schon bald würde Anne wieder aus seinem Leben verschwinden. Folglich sollte er sich gar nicht erst zu sinnlosen Träumereien hinreißen lassen. So ein Typ war er nicht. Nicht im Geringsten. Wahrscheinlich kam es daher, dass er sich zu lange in seinem Zimmer vergraben hatte. Wenn er erst das Manuskript abgegeben hatte, würde er mal wieder in den Pub gehen und Freunde treffen, was man halt so tat, wenn man sich unter Menschen mischte.

Den Ausflug bereute Duncan dennoch keine Minute. Annes Liebe zur Natur war unverkennbar. Sie hüpfte wie ein kleines Mädchen vor ihm her, sodass er sie mehrfach ermahnen musste, vorsichtiger zu sein, denn der schmale Weg war uneben, teils fielen die Felsen an der Seite steil hinab. Durch die Bäume blickten sie auf gewaltige, zerklüftete Berghänge, gelegentlich auch auf den Fluss, der von den *Steal Falls* gespeist wurde. Nach dem engen Teil der Schlucht öffnete sich diese zu breiten Wiesen und die Wasserfälle waren erstmals zu sehen.

»Das ist ja die reinste Völkerwanderung hier.« Anne war stehen geblieben und hatte eine größere Gruppe Männer und Frauen, die gemeinsam unterwegs zu sein schienen, vorbei gelassen.

»Harry Potter ist nun mal ein Magnet für die Touristen«, gab er zu bedenken. »Meine Eltern sind regelmäßig mit uns hierher gewandert. Aber ja, ich fürchte, es werden immer mehr.«

»Trotzdem danke, dass du mich hierhergebracht hast. Ich kenne die Filme zwar nicht, aber es sieht äußerst beeindruckend aus.«

»Diese Wasserfälle sind die zweitgrößten in Schottland.«

»Und das ist der Ben Nevis, richtig?«

»Unverkennbar, nicht wahr? Man nennt die Gegend hier übrigens Glen Nevis und der Fluss ist der River Nevis.«

»Besten Dank für die Aufklärung, du machst das sehr gut.« Ihr verschmitztes Lächeln brachte ihn zum Schmunzeln.

Er stand dicht neben ihr. Es kam ihm so vor, als könnte er den Duft ihrer Haare oder den ihres Duschgels riechen. »Nicht, dass du denkst, ich mache so etwas öfter, also den Tourguide spielen.«

»Dann habe ich wohl Glück.« Annes Locken hatten sich größtenteils aus ihrem Knoten gelöst. Sie drehte sie erneut zusammen.

»Wollen wir weitergehen?«

»Puh, ne, da tummeln sich zu viele Leute. Lass uns doch einfach auf die Wiese setzen und eine Pause machen.«

Ihr Vorschlag war ganz in seinem Sinne. Ein Picknick am River Nevis hatte glatt etwas von einem Setting, das er in eines seiner Bücher einbauen könnte. Sie liefen ans Ufer und zogen die Schuhe aus.

»Gut, dass gestern noch genug Kuchen übrig geblieben ist«, sagte er und zauberte dazu die Flaschen Cider aus seinem Rucksack.

Um Annes Mundwinkel zuckte es. »Wie gut, dass ich heute früh nicht *Nein* gesagt habe.« Sie steckte ihre Zehen vorsichtig ins Wasser. »Brr, ganz schön frisch.«

»Finde ich auch.« Er kniff die Augen zusammen und grinste. »Also das mit dem *Nein*, meinte ich.«

»Hmm.« Anne ließ sich rücklings ins Gras fallen und verschränkte die Arme unter dem Kopf. »Hier könnte ich ewig bleiben.«

Sein Herz raste prompt los. In seinem Kopf entstanden automatisch Bilder ... Anne, ihr Kopf mit geschlossenen Augen auf seinen Beinen liegend, er ein paar Gedanken auf dem Papier festhaltend, wie er dann Stift und Blatt beiseitelegte, um ihr sanft durch die wilden Locken zu streichen, sich über sie zu beugen, sein Mund käme ihrem näher ... *Wirf die Szene besser gleich in die Tonne!* Mit einem Ruck richtete er sich auf, blieb steifer als gewollt neben Anne sitzen und ermahnte sich, derartige Gedanken strikt zu verbannen.

Am Ende zählte der Tag trotzdem zu einem der schönsten seit Langem. Er schrieb es der Einträchtigkeit ihrer Nähe zu, dem stummen Genießen der Natur, dem übermütigen Lachen, das er und Anne mitunter teilten. In diesen Momenten konnte er alles andere ausblenden. Sogar die unterschiedlichen Welten, in denen sie beide lebten. Sie blieben so lange, bis sich die letzten Besucher der Wasserfälle auf den Rückweg machten, schossen jede Menge Fotos, die in seinen Augen in die Kategorie *magisch* fielen, denn der Lichteinfall am Nachmittag brachte die Wasserfälle regelrecht zum Leuchten, und liefen anschließend zurück zum Bus. Als er sich von Anne vor ihrer Unterkunft trennte, wünschte er sich einmal mehr, auch für sie würde es ein unvergesslicher Ausflug sein. Leider fiel der Abschied eher holperig aus, denn genau in diesem Moment klingelte ihr Handy und sie drückte es sich sofort ans Ohr, während sie ihm knapp zuwinkte und ins Haus ging. Er wollte sich besser nicht vorstellen, wer am anderen Ende der Leitung war.

ANNE

Zwei Tage waren vergangen. Zwei Tage des langen Wartens, seit Duncan ihr die Wasserfälle gezeigt hatte. Seither herrschte absolute Funkstille. Inzwischen ärgerte sie sich, zu schnell zugesagt zu haben. Dazu, ihren Aufenthalt zu verlängern. Und erst recht zu dem Ausflug. Obwohl, süß war es schon irgendwie gewesen, wie Duncan am Fluss eine Decke, den Kuchen und Trinken ausgepackt hatte.

Jetzt war sie jedoch an dem Punkt angelangt, an dem sie den Schotten regelrecht verfluchte. Ihn und seine Schwester. Inzwischen kannte Anne das Fort William Museum in und auswendig, hatte die zahlreichen Wanderer bewundert, die jeden Tag mit ihren Rucksäcken auf den Beinen waren, außerdem hatte sie etliche Mitbringsel in den Souvenirshops ergattert. Sie war sogar im Kino gewesen und hatte sich einen beeindruckenden Dokumentarfilm über die Highlands aus der Luft angesehen. Passenderweise trug er den Titel *Der Himmel über den Highlands*. Hannes hielt sie bewusst auf Abstand, indem sie behauptete, er selbst hätte ihr geraten, sich ein paar Tage freizunehmen. Warum also nicht in Schottland, wo es ihr trotz allem ausgesprochen gut gefiel. Seine Ungeduld war sogar durch das Handy greifbar. Dennoch ließ sie jegliche seiner

Kommentare an ihrem festen Entschluss, Licht hinter das schottische Geheimnis zu bringen, abschmettern.

Nachdem sie der heutige Tag mit einem allumfassenden Himmelblau geweckt hatte und jeder Blick aufs Handy eine weitere stumme Anklage in Richtung McRohan bedeutete, hatte sich Anne zu einem Ausflug an den Caledonian Kanal aufgemacht. Bei für einen schottischen Sommer angenehm warmen dreiundzwanzig Grad gönnte sie sich gerade den Afternoon Tea im Moorings Bistro, das direkt am Kanal lag. Ihre Laune besserte sich dennoch nicht wirklich, denn sie konnte nun mal nicht so tun, als wäre sie eine der vielen Touristen, die massenhaft unterwegs waren. Es herrschte Hochbetrieb in Fort William. *Genieße es einfach!* Sie hielt ihr Gesicht in Richtung Sonne. Doch wie sollte sie sich angesichts der Ungewissheit bloß entspannen? Wo gab es das Rezept dafür? Hatte sie in den letzten Jahren nicht vor allem gearbeitet? Jede freie Minute für den Verlag, und für ihren Vater geopfert? *Ach, Papa.* Sie stieß einen tiefen Seufzer aus. Er fehlte ihr so sehr. Genau wie ihre Mutter. Doch mit ihrem Vater hatte sie schon immer die engere Verbindung gehabt. Sie hatten die intensive Liebe zur Literatur geteilt, zu den knisternden Seiten der Bücher, in deren Geschichten Anne bereits als kleines Mädchen eingetaucht war. Stundenlang hatte sie gelesen, oft mit der Taschenlampe unter der Bettdecke. Wenn ihre Mutter sie dabei entdeckt hatte, waren liebevolle, aber mahnende Worte gefallen. Darüber, dass sie genug Schlaf bekommen musste, um in der Schule aufpassen zu können. Ihr Vater hingegen hatte dann immer wissend gelächelt, den Finger auf seinen Mund gepresst und die

Bettdecke wieder über sie gezogen. Ob er sie jemals verraten hatte, würde sie nun nie mehr erfahren.

Ach, es gab noch so viel, was sie ihre Eltern gern gefragt hätte. So viel, was sie mit ihnen noch hätte erleben wollen. Dieses jähe Ende, zog einen messerscharfen Schnitt durch ihr Leben, in ein *davor* und *danach*. Davor hatte sie gelacht, wenn ihr Vater von einer Endlichkeit und ihrer möglichen Übernahme des Verlages gesprochen hatte. »Papa, du lebst doch ewig«, hatte sie stets erwidert und ihn wie seinen größten Fan angestrahlt.

Sie schob den Teller mit dem letzten angebissenen Scone beiseite. Die düsteren Gedanken schlugen ihr auf den Magen. Ungeduldig sah sie sich um, um eine Bedienung herbeirufen und die Rechnung begleichen zu können. Sie wusste plötzlich nichts mehr mit sich selbst anzufangen. Die Erinnerungen legten sich wie ein Netz über sie und ließen sie nicht frei. Am liebsten würde sie sich jetzt in den nächstbesten Flieger setzen. Sie sehnte sich nach dem Verlag und nach Papas Arbeitszimmer. Wenn sie einfach nur arbeiten würde, Tag für Tag, gäbe es schlicht keine Zeit mehr für Schwermut. Dann müsste sie lediglich funktionieren. Selbst an der Seite von Hannes. Er könnte wieder zu ihrem Felsen in der Brandung werden. So wie früher. Ja, sie sollte definitiv zurück. So sehr sie sich von Schottland, den Menschen und der magischen Landschaft in den Bann ziehen ließ, darin lag nicht die Lösung. Ihre Begegnung mit Duncan brachte sie genauso wenig einer Klärung des Problems näher. Am besten versuchte sie, sich mit ihm telefonisch in Verbindung zu setzen, um ihm zu sagen, dass sie keinen Sinn darin sah, auf irgendeine mögliche Antwort zu warten. Die Sache musste sofort geklärt werden. Andernfalls würde sie einen Anwalt einschalten müssen, um diese lebenswichtige Unterschrift von ihm zu bekommen.

Der innere Aufruhr führte dazu, dass Annes Schritte sie schnell in den Ort zurückführten. Da die mehrmaligen Versuche, Duncan am Handy zu erreichen, bisher ins Leere gelaufen waren, entschied sie spontan, ihn zu Hause aufzusuchen. Ein Gespräch von Angesicht zu Angesicht machte ihre Entscheidung auf alle Fälle gewichtiger. Sie hoffte, dass er zwar Telefonanrufe ignorierte, aber nicht das Klingeln an der Haustür. Schreiben hin oder her, er konnte sie schließlich nicht einfach vor der Tür stehen lassen.

Nachdem Anne zunächst etliche Male am Haus vorbeiging, um ein Zeichen von Duncans Anwesenheit im Inneren zu erkennen, und sie sich lange genug zum Affen gemacht hatte, straffte sie nun die Schultern und hielt vor dem Gartentor an. Kurz schwebte ihre Hand über der Klingel. Nein! Warum jetzt noch zögern? Sie war nur aus einem einzigen Grund hergekommen, um für klare Verhältnisse zu sorgen. So wie Hannes es von Anfang an von ihr erwartet hatte. Letztlich war er wohl doch im Recht und sie hatte aus purem Starrsinn einen anderen Weg gesucht. Einen, der ohne Konfrontation auskam. Denn sie hasste Ärger jeder Art. In Annes Augen gab es für alles stets eine Lösung, mit der alle Parteien leben konnten. So und nicht anders trat sie den Autoren und Autorinnen im Verlag gegenüber, und in den meisten Fällen lohnte es sich, bei Problemen zu deeskalieren.

Das Geräusch der Klingel ließ sie aufschrecken. Es kam ihr viel zu laut vor und durchdrang das Haus bis nach draußen. Sollte Duncan zu Hause sein, konnte er es zumindest nicht überhören. Eine Ewigkeit rührte sich rein gar nichts. Anne klingelte ein weiteres Mal, und dann noch einmal. Immer drängender. Nur, um sich zu sagen, dass sie nichts unversucht ließ. Unruhig trat sie von einem Fuß auf den anderen. Gerade, als ein nachvollziehbarer Groll gegen Duncan McRohan in ihr aufstieg, und sie überlegte, es später noch einmal zu versuchen, bemerkte sie eine Bewegung. Eher ein Schatten am Fenster. Also war doch jemand zu Hause.

Schon im nächsten Moment öffnete sich die Haustür einen Spalt breit. »Ich habe nichts bestellt, ich spende nichts und jetzt gehen Sie gefälligst weiter und hören Sie auf zu klingeln.«

Raubeiniger ging es ja wohl nicht, dachte sich Anne, ließ sich jedoch nicht abschrecken.

»Ich bin's, Anne!« Sie rief so laut, dass er es einfach hören musste.

»Du?« Im Türrahmen tauchte ein fast schon ungepflegt aussehender Duncan auf. »Waren wir verabredet?«

»Nein, aber ich musste einfach herkommen. Hat sich deine Schwester inzwischen bei dir gemeldet?«

»Ich glaube nicht.«

»Wieso glaubst du es nur?«

Die Situation hatte etwas Surreales an sich. Duncan blieb stur in der Tür stehen, bat sie allerdings auch nicht, näher zu kommen. Anne hatte das Gefühl, einen komplett anderen Menschen vor sich zu haben als den, der mit ihr durch die Highlands gewandert war und darüber hinaus großes Verständnis für ihre Lage gezeigt hatte.

»Ich sehe selten auf mein Handy, wenn ich schreibe.« Prompt trat er zurück, seine Hand lag bereits auf der Klinke.

»Tut mir leid, ich wollte wirklich nicht stören, aber mir läuft die Zeit davon und ich müsste eigentlich zurück nach München.« Sie bemühte sich, mit sanftem Nachdruck zu sprechen, damit er die Wichtigkeit ihres Anliegens begriff.

»Sorry, ähm … du hast mich gerade voll aus einer Szene gerissen. Ich bin sonst nicht so …«

»… unhöflich, meinst du?«, fiel sie ihm ins Wort. Sie hatte das Bild des sich Haare raufenden Mannes am Schreibtisch vor Augen, der nichts weiter als seine Ruhe brauchte.

»Ich …« Duncan trat jetzt auf den Weg. Seine Miene wirkte wie irgendetwas zwischen zerknirscht und um Entschuldigung bittend. »Ich dachte, wir hatten gesagt, wir klären das gemeinsam. Ich brauche einfach einen klaren Kopf für mein Buch. Nur noch ein letztes Kapitel, dann …«

»Ist mir alles klar«, unterbrach sie ihn erneut, jetzt eine Spur ungeduldiger. »Aber ich möchte meinen Mitarbeitern sagen, wie es mit dem Verlag weitergeht, und das kann ich unter diesen Umständen noch nicht.«

»Ich mische mich da nicht ein. Mach einfach weiter wie bisher. Führe den Verlag, so wie du es für richtig hältst.«

Anne rollte einen Stein am Boden hin und her. »Das sagst du auch nicht einfach nur so, oder? Ich meine, wir hatten schließlich ausgemacht, dass du … ich meine, dass deine Schwester ... irgendwie habe ich gehofft, sie findet eine Spur, und ...«

»Ruf sie am besten selbst an.« Duncans Blick verlor sich über den Gartenzaun in die Ferne. »Das ist das Einfachste. Und wenn es dir hilft, dann gebe ich dir schriftlich, dass du den Verlag auch in meinem Sinn allein weiterführen kannst.«

Überrascht riss sie die Augen auf. »Ehrlich? Das würdest du tun?«

»Ja, aber sag Muriel nichts davon, wenn du mit ihr telefonierst, okay?«

»Das ist eure Sache.« Sie winkte ab. »Kannst du mir ihre Nummer geben?«

»Ich schicke sie dir.«

»Danke«, antwortete sie leise. »Dann setze ich ein Schreiben auf und komme morgen noch mal vorbei, ehe ich abreise.«

»Ich hoffe trotzdem, Muriel kann uns mit ihrer Suche weiterhelfen.«

Diese Aussage ließ Anne aufhorchen. *War es ihm doch nicht ganz egal, was mit dem Verlag geschah? Welches Geheimnis hinter all dem steckte?*

»Das hoffe ich auch.«

Sich widerstreitende Gefühle begleiteten ihre Schritte, als sie sich anschließend vom Haus entfernte. Mit leisem Bedauern dachte sie daran, dass sie ihren Rückflug buchen musste, hieß es doch zugleich, den atemberaubenden Landschaften dieses Landes den Rücken zu kehren. Sie dachte an Duncan, der sich in seinem Arbeitszimmer verkoch, und verstand jetzt seine Schwester, die behauptet hatte, sie müsse ab und zu nach dem Rechten bei ihm sehen.

Statt direkt zu ihrer Unterkunft zu gehen, folgte sie der Straße weiter nach unten, bis sie am Ufer des Loch Linnhe stand. Ein einfacher Kutter zog vorüber. Licht und Schatten spielten mit den Bergen. Hier noch eher sanfte grüne Hügel, die nur eine Andeutung dessen waren, was sich dahinter verbarg. Das spektakuläre Tal Glencoe. Die Hochmoore. Anne atmete tief durch. Der See lag vollkommen ruhig vor ihr, nicht eine Welle kräuselte die Oberfläche. Nach und nach breitete sich in ihrem Inneren Ruhe aus. Wasser machte das schon immer mir ihr. Ihre Nerven besänftigen. Ihr Halt geben. Eine Leitlinie im Leben. Als würde ihr erst am Wasser bewusst, was wirklich wichtig war: Der Verlag, das Vermächtnis ihres Vaters. Und wie es schien, würde Duncan ihr diesen nicht streitig machen, geschweige denn sich einmischen. Damit konnte sie getrost zurückkehren. Sie war schon viel zu lange weg. Auch wenn ihr Hannes versicherte, dass im Verlag alles wie am Schnürchen lief. So ganz nahm sie ihm das nicht ab. Wann hatte ihr Vater nicht über irgendein Problem gejammert? Eine falsche Papierlieferung. Eine verspätete Abgabe. Terminkollisionen, die ihn ins Schwitzen brachten. Anne war sich bewusst, dass sie die Dinge nicht gern aus der Hand gab. Nicht einmal an Hannes. Schließlich gehörte der Verlag jetzt ihr. Sie war für das künftige Verlagsprogramm zuständig. Sie sollte Hand in Hand mit ihren Mitarbeitern zusammenarbeiten. *Urlaub hin oder her, was gab es Wichtigeres?*

»Dann hat diese Muriel also eine Spur gefunden?«
Anne konnte nicht genau sagen, warum sie zuerst Moni anrief. Sie saß auf dem Bett ihrer Unterkunft, den

Blick zum Fenster gerichtet. Als sie die aufregende Neuigkeit erhielt – kurz nachdem sie Muriel eine Nachricht auf die Mailbox gesprochen hatte – kam es ihr vor, als würde eine Saite in ihr anklingen, von der sie nicht wusste, ob es Freude oder Panik war. *Was, wenn sie etwas erfuhr, das sie ihren Eltern näherbrachte? Eine Verbindung zu einem unbekannten Zweig der Familie, der aus Schottland stammte?* Womöglich lebten hier noch Verwandte.

»Ja, es scheint so, als ob Duncan recht hatte. Er hat geglaubt, die Kette schon einmal auf einem Foto gesehen zu haben, und Muriel hat dieses Bild in einem Buch gefunden, in dem der Bestand eines Museums aufgelistet ist. Stell dir vor, alles passt zusammen. Eine Davina McRohan trägt meine Kette auf dem Porträt.«

»Weiß Hannes schon davon?«

»Ehrlich gesagt, Nein. Ich wollte ihn nicht bei der Arbeit damit behelligen. Ist ja auch nur ein erster Anhaltspunkt.«

»Was heißt das? Bleibst du jetzt doch noch in Schottland? Ich dachte, nach heute Nachmittag hättest du die Schnauze voll? Ehrlich gesagt, habe ich mich schon auf dich gefreut.«

Anne ließ sich nach hinten auf die Kissen fallen. »Ich mich auch, aber ich kann nicht anders.«

»Süße, du bist echt durch den Wind. Hannes hatte so was schon angedeutet. Also, dass dich das alles, der Verlust, das Testament, viel zu sehr aufreibt. Wenn ich um die Ecke wäre, würde ich dich jetzt ganz doll in den Arm nehmen und mit dir zusammen einen Plan aushecken. So emotional aufgewühlt bist du doch gar nicht in der Lage, klar zu denken, merkst du das denn gar nicht?«

Irgendwie hatte Moni recht. Und doch wieder nicht. Anne war bei klarem Verstand gewesen, als sie die Reise angetreten hatte. Sie hatte die Richtigkeit bis vor Kurzem auch nie angezweifelt. Wahrscheinlich war es einfach nicht geschickt von ihr gewesen, sich nach dem Zusammentreffen mit Duncan sofort bei ihrer Freundin zu melden und ihre Rückkehr anzukündigen. Was Moni nicht wusste, war, dass sie, statt nach Flügen zu suchen entlang der Uferstraße bis zu dem kleinen Park gelaufen war und sich dort auf eine Bank gesetzt hatte, um in Ruhe nachzudenken. In ihr stritten sich zwei Seelen. Die eine, die hoffende, die sich an jeden noch so winzigen Strohhalm festhielt und bis zu Muriels Rückruf jede weitere Entscheidung vor sich herschob. Die andere, die den Groll bei den Hörnern packen und sofort abreisen wollte. Was sich in dem Ort als nicht ganz so einfach erwies, denn die Züge richteten sich nun mal nicht nach ihrer Lust und Laune. Natürlich gäbe es da noch die Autovermietung oder den Bus … Im Nachhinein war Anne jedoch froh, nicht überstürzt gehandelt zu haben, denn wie es das Schicksal wollte, rief Muriel an, als sie bepackt mit einem Veggie Burger und einer Flasche Wasser im Zimmer angekommen war. Das Zimmer roch jetzt nach Zwiebeln, die Schärfe der Soße lag ihr noch auf der Zunge, und der Koffer stand ungepackt in der Ecke.

»Anne, Süße? Bist du noch dran?«

»Hm, sorry, ich bin mir nur gerade über etwas klar geworden.«

»Und das wäre?« In Monis Frage schwang eine große Portion Skepsis mit.

»Ich bin hier, und endlich gibt es eine Spur. Sollte ich dafür zur Isle of Skye müssen, dann werde ich dorthin fahren.«

»Die Isle of Skye? Warum denn dorthin?«

»Weil Duncans Vorfahren oder zumindest diese Davina dort gelebt haben soll. So viel hat Muriel rausbekommen.« Anne rieb sich über die Augen. »Ich muss das machen, verstehst du das?«

»Ehrlich gesagt Nein, und Hannes sicher noch weniger. Er würde dir ganz bestimmt helfen, wenn du ihn nur lassen würdest.«

Sie gab ein leises Stöhnen von sich. »Hat er dir so was gesagt, oder wie kommst du darauf?«

»Nicht genau mit diesen Worten, aber ich kenne deinen Freund. Er meinte, dass du dich schon wieder in dein Schneckenhaus zurückgezogen hast und er nicht mehr an dich rankommt.«

»Dann soll er bitte schön erst mal in meiner Situation sein!«

»Er ist dein Partner, Anne. Du musst das nicht allein durchziehen. Komm zurück, und wenn du erst wieder hier bist, siehst du bestimmt klarer.«

Das war unfair. Anne schluckte. Es fühlte sich so an, als ob ihre Freundin ihr in den Rücken fiel. Sich mit Hannes zu solidarisieren, statt zu versuchen, sie zu verstehen. Natürlich wusste Anne genau, auf was Hannes angespielt hatte. Der Tag, an dem ihr die Familie genommen worden war, hatte sie einsamer denn je gemacht. Und ja, vielleicht hatte sie sich auch mehr als sonst zurückgezogen ... von Hannes ... von allen. In ihrer aufgewühlten Verfassung hatte sie Hannes gar nicht mehr richtig zugehört. Selbst wenn er in manchen Punkten recht gehabt hatte. Aber schließlich hatte nicht er seine Eltern auf einen Schlag verloren!

Bei dem bloßen Gedanken daran verschleierte sich ihr Blick. Sie zog die Nase hoch.

»Weinst du, Anne?«

»Nein«, erwiderte sie mit belegter Stimme.

Ach, wenn sie nur sagen könnte, dass sie bei Hannes den nötigen Trost finden konnte. Sicher, er gab sich Mühe. Auf seine Weise. Nur plötzlich reichte ihr das nicht mehr. Auf einmal wog jedes hässliche Wort doppelt so schwer, jede laute Auseinandersetzung tat noch mehr weh. Sie glaube nicht daran, dass die feinen Risse wieder gekittet werden konnten. Seit dem Tod ihrer Eltern traten sie ungewöhnlich deutlich hervor. Womöglich hatte sie nur ihren Eltern zuliebe an der Beziehung festgehalten.

Ausgerechnet jetzt kam es ihr so vor, als zöge er sogar Moni auf seine Seite. Sie war ihre beste Freundin! Keine Frage, die beiden hatten sich von Anfang an gut verstanden. Sogar besser als Anne je gedacht hätte. Schließlich verkörperte diese genau das Gegenteil von dem, was Hannes in seinem Leben verfolgte. Eine Karriere, Geld, materieller Besitz zählte für ihre Freundin wenig. Sie zog dem allem ihre Freiheit vor. Frei zu entscheiden, wohin der Fluss des Lebens sie führte. Selbst, wenn es sie bis nach Indien trieb. Ihre Freundin befand sich auf der immerwährenden Suche nach mehr Spiritualität, nach einer Form der Selbstverwirklichung, die Hannes und auch ihr selbst eher fremd war. Trotzdem hatte sie Moni stets darin bestärkt, sich auszuprobieren. Vielleicht genau aus dem Grund, weil sie selbst sich das niemals zutrauen würde.

»Du musst nach Hause kommen, Süße, diese Reise, Schottland, irgendwie tut dir das nicht gut. Du wirkst so verändert«, hörte sie Moni sagen. Die Worte kamen ihr plötzlich wie ein Weckruf vor. Moni lag falsch. Natürlich machte die Reise etwas mit ihr. Sie trat endlich aus dem Kernschatten von Hannes heraus. Sie traf endlich wieder eigene Entscheidungen. Womöglich würde sie auch ihre eigenen Fehler machen. Alles zusammen fühlte sich allerdings äußerst befreiend an. Als könne sie endlich wieder leichter atmen.

»Ich bleibe«, erwiderte sie darum mit fester Stimme.

»Jetzt hörst du dich wie ein bockiges kleines Kind an.«

»Falsch, Moni, ich tue genau das Richtige. Ich folge meinem Gefühl. Das solltest du eigentlich am besten verstehen.«

»Aber Hannes ...«

»Hier geht es ausnahmsweise mal um mich, und ich muss jetzt leider auch los. Ich schreibe dir, sobald ich mehr weiß.«

Entschlossener denn je beendete sie das Gespräch. Irgendwo im Innern versetzte es ihr einen kleinen Stich, ihre Freundin abgewürgt zu haben, aber was hätte das Gespräch gebracht? Sie drehten sich lediglich im Kreis. Sollte sich Hannes bei Moni auf der Couch ruhig ausjammern, von ihr aus! Darin war ihre Freundin sowieso besser. Im Männer verstehen und im Männer trösten.

Atmen, Anne! Konzentrier dich jetzt auf dich!

Es klang so einfach.

Einatmen und ausatmen.

Sie setzte sich aufrecht in den Schneidersitz, polsterte sich das Kissen unter den Po und konzentrierte sich auf ihren Atem. Richtiges Atmen war immens wichtig. Atmen konnte extrem befreien. Im Yogazentrum hatte sie neben Atemtechniken auch das Meditieren kennengelernt. Der feste Vorsatz, diese Praxis in ihr Leben zu integrieren, war bisher leider kläglich gescheitert. Vielleicht auch an Hannes hartem Urteil. Die Erinnerung lag noch nicht in allzu weiter Ferne. Mit leuchtenden Augen hatte sie ihm von ihren Erfahrungen von dem Yogaretreat erzählt. Bis zu dem Moment, als sein Gesicht zu einer Fratze erstarrte. Er hatte nicht glauben wollen, dass Moni sie dorthin geschleppt hatte. Genau die Freundin, die ihn womöglich jetzt mit ihrer Wir-haben-uns-alle-lieb-Philosophie und ihren großen dunklen Augen ansah, und ihm das gab, was er gerade brauchte: Verständnis und Liebe. Dabei konnte Moni noch so exotisch sein, nach Indien auf einen Selbstfindungstrip fliegen, sich überlegen, eine Schamanin zu werden, sie würde nur noch aufregender auf jeden Mann wirken. Das hatte Anne an der Seite ihrer Freundin oft genug erlebt. Egal, wo sie zusammen auftauchten, Moni zog unweigerlich die Blicke aller auf sich. Wie das Licht die Motten. Weil sie etwas ausstrahlte, das anders war. Ständig suchte sie Augenkontakt, berührte ihr Gegenüber, lächelte, und gab einem das Gefühl, jemand Besonderer zu sein.

Den Wandel hatte Anne hautnah miterlebt. Wie ihre Freundin ihre Pläne, eine Banklehre zu machen und anschließend eine Familie zu gründen, von einem Tag auf den anderen über den Haufen geworfen hatte und behauptete, sie müsste ihre innere Mitte finden, sich mehr spüren, mehr Liebe in die Welt geben. Etliche Retreats und die Begegnung mit einem Schamanen hätten ihr die Augen geöffnet, was im Leben wirklich wichtig wäre. Anfangs hatte Anne nur gestaunt, ihre Freundin sogar zum Yoga begleitet. Die sportliche Komponente hatte ihr gefallen. Das ganze Drumherum mit Mantra-Gesängen, Räucherstäbchen und Kraftkarten, darüber sah sie großzügig hinweg. Erst auf dem Retreat, das sie und Moni besuchten, glaubte sie zu verstehen, worum es im Yoga wirklich ging. Vielleicht lag darin ihr größtes Problem. Die Einheit von Geist und Seele, diese alte Lehre aus Indien, funktionierte bei ihr nicht. Nicht in einem Atemzug mit Hannes. Das waren zwei sich abstoßende Pole. In der Diskussion hatte er wie ein Kämpfer in einer Arena mit Argumenten um sich geschlagen. Von einer erbärmlichen Suche nach was auch immer bis hin zum Trend, den gerade jeder mitmacht, war alles dabei gewesen, was er zu diesem Thema vorzubringen hatte. Vielleicht war es Annes Glück, dass ihr Interesse relativ schnell ins Leere verlief, nachdem sich Moni zu der Reise nach Indien entschlossen hatte. Zumindest stellte es Hannes so dar. Nicht zu glauben, welchen Einfluss ihre Freundin sonst auf sie und damit unbewusst auf ihre Beziehung ausgeübt hätte. Anne spürte, wie sich etwas in ihrem Hals zu einem Knoten zusammenzog.

Vergiss nicht, zu atmen! Ruhig und tief atmen!

Also schloss sie die Augen, legte die Hände auf den Oberschenkeln ab und konzentrierte sich auf ihren Atem. In den Bauch hinein, bis hoch in die Brust. Die Gedanken kommen und gehen zu lassen, sie willkommen zu heißen und nicht zu bewerten. Loslassen, darin lag der ganze Trick. Vor allem die negativen Gedanken loslassen zu können. Mit jedem Ausatmen mehr.

Auf einmal glaubte Anne wieder eine Ahnung zu haben, was es bedeutete, sich lebendig zu fühlen. Frei von inneren und äußeren Zwängen. Für einen kurzen Moment tauchte die alte Kette vor ihren geschlossenen Augen auf. Bislang steckte sie in ihrer Tasche wie ein Störfaktor. Wie etwas, das sie klären, nein, aus dem Weg räumen musste. Zweifellos war sie der Anlass, warum sie nach Schottland gekommen war. Aber ... hatte es letztlich nicht auch sein Gutes? Bei all ihren ungelösten Fragen, die sie mit im Gepäck trug, hatte die Kette ihr immerhin den Impuls gegeben, wegzufahren. Rauszukommen aus ihrem Zuhause, in dem sie ständig an ihre Eltern erinnert wurde. In dem Hannes nur darauf wartete, dass das Problem gelöst und der Verlag gerettet wäre. *Wann hatte Anne zum letzten Mal ihre eigenen Bedürfnisse in den Vordergrund gestellt? Wann überhaupt darüber nachgedacht? Hatte sie sich letzten Endes nicht doch über ihre Beziehung definiert?*

Plötzlich taumelte sie. Sie hielt die Augen geschlossen und wartete, bis sich der kurze Schwindel legte.

Ich bin hierhergekommen, um auch ein paar Dinge für mich zu klären.

Nun sah sie dieser Wahrheit endgültig ins Gesicht. Darum beugte sie sich über das Bett zu ihrer Tasche und wühlte darin nach dem schmalen Kästchen, in dem sie die Kette verwahrte. Bewegt legte sie das kühle Schmuckstück in die Handfläche und betrachtete es. Neben all den ungelösten Fragen dachte sie erstmals ohne jeglichen Gram an ihre Eltern. Ohne den stummen Vorwurf, sie allein gelassen zu haben. Sie war nicht allein. Tief in ihrem Herzen wusste sie das. Und genauso klar war ihr, dass ihr eigenes Leben weitergehen musste. In welche Richtung, hatte sie jetzt selbst in der Hand. Vielleicht sogar dank dieser Reise.

Die Sonne versank bereits hinter den Bergen, als Anne sich endlich dazu bewegen konnte aufzustehen. Ihre Beine fühlten sich steif an. Im Rücken verspürte sie ein leichtes Ziehen. Sie streckte sich, rekelte sich wie eine Katze. Eine warme Dusche würde ihr jetzt guttun. Anschließend würde sie Duncan anrufen. Muriel musste inzwischen auch mit ihm gesprochen haben. Alles Weitere würde sich zeigen.

DUNCAN

Duncan ertappte sich dabei, dass er unkonzentriert arbeitete. Er spürte schon, während er die Zeilen schrieb, dass sie nicht perfekt waren. Dabei war er der Perfektionist schlechthin. Er rang mit jedem Satz, feilte an jeder Szene zig Mal herum, bis er sie für sich selbst absegnete. Sein Manuskript stand so kurz vor dem Abschluss, doch noch kämpfte er mit den letzten Szenen. *Hatte er zu viel Drama hineingepackt? War es glaubwürdig, wenn India und Magnus am Ende eine Zukunft zusammen vor Augen hatten? Oder grenzte das Finale nicht eher an Kitsch?*

Darum wird sich mein Lektor kümmern müssen, beruhigte er sein Gewissen, als er das letzte Kapitel fertig schrieb und innerlich ein großes *Ende* darunter setzte. So mies hatte er lange nicht mehr gearbeitet. *Ob man merkte, dass er den Schluss aus einer Laune heraus abgeändert hatte, anstatt sich an seinen Plot zu halten?* Es würde sich zeigen, sobald Caroline die Geschichte gelesen hatte. Erst mit ihrem Okay ging sie ins Lektorat.

Es war kurz nach drei Uhr nachts. Auf einmal brannte es ihm zwischen den Fingern, das Manuskript, dessen größten Teil er längst mehrfach gelesen und überarbeitet hatte, endlich abzuschließen. Darum hatte er die Datei vor wenigen Minuten abgeschickt, ehe er es sich noch einmal überlegen konnte. Um Abstand von seinem Laptop – oder anders gesagt von seinen Protagonisten – zu bekommen, setzte er sich ins Wohnzimmer. Es herrschte eine fast schon gespenstische Stille um ihn herum. Draußen war es stockdunkel, nicht ein Stern war zu sehen. Totale Schwärze. Er starrte durch die großen Fenster und versuchte, seine Geschichte loszulassen, sie wie eine zweite Haut abzustreifen. Eine, in der er monatelang gesteckt hatte und die ihm derart vertraut vorkam, als wäre er selbst ein Teil des Buches geworden. Irgendwann knurrte sein Magen. *Wann hatte er das letzte Mal etwas gegessen?* Daran erinnerte sich Duncan nur schwach. Dafür umso mehr an Annes Besuch. Den sie beendet hatte, kaum, dass er ihr die schriftliche Zusage angeboten hatte, nicht im Verlag mitmischen zu wollen. Wonach ihm keine Sekunde der Sinn gewesen war, seit er den Brief aus Deutschland erhalten hatte. *Würde Anne jetzt wirklich abreisen? Aus seinem Leben verschwinden? Abtauchen wie eine Kelpie und sich in den Menschen zurückverwandeln, der ein Leben in München führte, einen Freund hatte und sich um einen Verlag kümmern musste?* Ihm war noch nicht ganz klar, ob die kurze Nachricht seiner Schwester, dass sie auf etwas Spannendes gestoßen sei, daran etwas ändern konnte. *Ob er überhaupt wollte, dass diese Information etwas änderte? Und wenn ja, inwiefern?* Er rührte sich, suchte eine bequemere Position auf dem Sofa, allein der Gedanke daran piesackte ihn. Sein Kopf war schwer. Schwer vom Denken. Zu schwer, um sich aufzurappeln und etwas zu essen zu holen. Lieber schloss er einen Moment die Augen. Der Schlaf kam von ganz allein.

»Du hier? Ich habe es doch heute Nacht erst abgeschickt.«

Caroline beförderte ihn und seine Frage mit einem energischen Schubs beiseite und bahnte sich einen Weg in die Küche. »Ich brauche einen Kaffee. Hast du Kaffee da? Ich habe nicht viel Zeit, Duncan.«

Verschlafen fuhr sich Duncan über das Gesicht. Er träumte offenbar nicht. Dafür war sie zu real und das Klingeln an der Haustür zu energisch gewesen. Ihretwegen hatte er sich mühsam vom Sofa hochgequält, der steife Nacken war nicht das einzige Anzeichen dafür, dass er besser ins Bett hätte gehen sollen.

Das gerötete Gesicht seiner Agentin tauchte im Gang auf. »Was stehst du da rum und starrst Löcher in die Luft? Sag mir lieber, wo ich meinen Koffeinschub herbekomme. Und sieh dir gleich mal die Vorschläge für die Werbekampagne an. Wir sollten die Location für deine Premierenlesung am besten schon gestern gebucht haben.«

Er kannte Caroline nur so, immer unter Strom, immer auf dem Sprung. Aufgrund ihrer eher schmächtigen Figur und dem zarten Puppengesicht würde man das nicht sofort erwarten. Dabei machte sie ihre Arbeit mehr als gut. *Aber, und das war hier die Frage, aus welchem Grund war sie extra aus Edinburgh gekommen?* Die Vorschläge hätte sie auch in einem Videocall mit ihm besprechen können.

»Was machst du hier?«

»Tut das etwas zur Sache?« Sie legte den Kopf samt der aktuellen Frisur – stoppelkurz und weißblond gefärbt – schief und sah ihn durch ihre dicke, schwarze

Brille, die sie seiner Meinung nach eher als modisches Accessoire trug, auffordernd an. Ganz nach dem Motto: Frag-besser-nicht. Er wollte es dennoch wissen.

»Noch einmal, Caroline, und ich meine es ernst, du kennst mich. Wie komme ich zu der Ehre deines Besuches? Hat Muriel etwas damit zu tun?«

Der Gedanke war ihm spontan gekommen. Seine Schwester hatte Caroline bei diversen Verlagsevents, zu denen sie ihn gern begleitete, kennengelernt, und ihm schien es danach jedes Mal so, als verschworen sich gleich zwei Frauen gegen ihn. Carolines Zögern war ihm jetzt im Grunde Antwort genug.

»Was hat sie dir gesagt?«

Mit deutlich festem Schwung ließ Caroline ihre Handtasche auf den Tisch fallen und öffnete hektisch einen Schrank nach dem anderen. »Kaffee?«, fragte sie noch einmal und drehte ihm ihr Gesicht bittend zu.

»Im Kühlschrank.«

»Im Kühlschrank, aha. Hat der überhaupt noch Aroma?«

»Muriel hat ihn mitgebracht.«

»Dann mache ich mir schnell einen und danach reden wir?«

Seine Agentin war bekannt für ihre Kaffeesucht. Wenn sie morgens nicht mindestens drei Kaffee hintereinander trank, war sie hibbelig und bisweilen sehr kratzbürstig. Darum holte er, um seinen guten Willen zu zeigen, den Kaffee und reichte ihr die Bialetti, die seit Muriels Besuch ein einsames Dasein auf dem Herd fristete. Frische Milch hatte er keine, aber eine Dose mit angetrocknetem Zucker fand sich zumindest noch.

»Also, jetzt noch mal von vorn«, begann er, als die dampfende Tasse vor Caroline stand. »Warum bist du hier?«

»Nun ja.« Er beobachtete, wie sie mit gerümpfter Nase ein wenig Zucker aus der Dose kratzte und den Kaffee umrührte. »Muriel hat erwähnt, dass du nicht ganz bei der Arbeit wärst, weil dich ein unerwarteter Besuch aus Deutschland ablenken würde.«

Ungeduldig trommelte er mit den Fingern auf seinem Oberschenkel herum. »Und weiter?«

»Sie meinte auch, dass es da ein Problem gäbe, oder besser gesagt ...«, sie hob die Hand, um das Gesagte sofort zu korrigieren, »eine große Sache mit einem deutschen Verlag, und dass ich dich dabei sicher bestens beraten könnte.«

»Mehr nicht?« Er zog die Augenbraue hoch und fokussierte den Blick auf sein Gegenüber.

»Ach, Duncan, nun mach es nicht so kompliziert.« Sie seufzte theatralisch auf. »Du weißt genau, von was ich spreche. Dieses Erbe ... das ist eine große Sache.«

Er stieß den Atem laut aus. »Für mich wird es erst zu einer großen Sache, seit alle meinen, sich einmischen zu müssen.«

»Und mit *alle* meinst du ...«

»Natürlich Muriel. Und jetzt auch noch du?« Er musste aufstehen und sich bewegen. Wie ein Tiger im Käfig lief er zwischen Tisch und Herd herum. »Wirklich, Caroline, du kennst mich doch. Wenn Muriel dir Panik gemacht hat, dass ich den Abgabetermin nicht schaffen würde, dann habt ihr euch beide getäuscht. Das Manuskript befindet sich seit heute früh fertig in deinem E-Mail-Postfach.«

»Worüber ich sehr dankbar bin, ehrlich. Die Programmleitung saß mir bereits im Nacken und hat dezente Anspielungen gemacht, ob man langsam besser auf neue Namen setzen sollte. Und gerade darum ist das mit dem Erbe so eine große Chance!«

»Inwiefern?«

»Na, um Campell zu überzeugen, dass du unser Mann bist und bleibst, und dass du jetzt problemlos an einen deutschen Verlag rankommst. Du weißt schon, die zieren sich noch immer, sobald es um Fantasy geht, die nicht aus Amerika kommt.«

»Du willst eigentlich sagen, wenn es um *meine* Bücher geht.« Er räusperte sich. Ihm persönlich genügte der Erfolg, den er im englischsprachigen Raum errungen hatte. Außerdem riss er sich nicht um noch mehr Lesereisen, womöglich außerhalb von Großbritannien.

»Nein, nein, du missverstehst das völlig.« Caroline wirkte aufgedreht, ob von dem starken Kaffee oder ihrer Vision, ihn noch größer herausbringen zu können. »Der Fantasy-Markt dort ist ein ganz anderer als bei uns oder in Japan und Amerika. Denen ist das meiste oft nicht literarisch genug, zumindest ist es das, was ich von der Buchmesse gespiegelt bekomme.«

Duncan lehnte sich gegen die Arbeitsplatte und stützte die Hände darauf ab. Er brauchte etwas, an dem er sich festhalten konnte. »Ich verstehe ziemlich gut. Der Kuchen muss noch fetter werden, egal zu welchem Preis. Hat Muriel zufällig auch erwähnt, dass ich das Erbe nicht antreten will?«

Ein Moment der Stille breitete sich zwischen ihnen aus. Eine Stille, die alles sagte und nichts.

»Du musst verrückt sein, Duncan, mein Guter. Nicht nur wegen des finanziellen Aspekts. Denk doch einfach mal größer ...« Energisch schob sie den Stuhl nach hinten und stand auf. Jetzt, auf Augenhöhe mit ihm, sah sie ihn prüfend an. »Ich weiß, du möchtest nur in deinem Zimmer sitzen und schreiben. Aber ist dir bewusst, dass du immer eigenwilliger wirst? Ja, ich weiß, Corona hat auch eine Schuld daran. Du warst gezwungen, dich zurückzuziehen. Aber inzwischen ... Duncan, das Leben geht weiter! Und zwar da draußen!«

»Danke, ich weiß deine Fürsorge zu schätzen«, erwiderte er mürrisch. »Du kannst dich wahrlich mit Muriel zusammentun. Sie bläst in dasselbe Horn. Aber entweder machen wir es nach meinen Regeln oder eben gar nicht. Ganz wie du willst.«

»Ach, Duncan.« Caroline griff nach ihrer Handtasche. Sie hatte sich nicht einmal die Mühe gemacht, ihren langen Mantel auszuziehen. »Ich muss weiter, wir telefonieren ein anderes Mal. Mein Termin kann leider nicht warten.«

»Schön, dass du vorbeigekommen bist«, sagte er und setzte dabei ein Pokerface auf, um ihr nicht zu verraten, wie sauer er eigentlich auf Campell, den Big Boss im Verlag, war und auf Caroline, die im Grunde auch nur ihre Arbeit machte. Aber allen voran auf seine Schwester, denn sie versuchte immer wieder, sich in sein Leben einzumischen und behauptete dabei stets, es nur gut zu meinen. Allein die Tatsache, dass sie seine Entscheidung bezüglich des Erbes aus Deutschland nicht einfach akzeptierte, gab ihr kein Recht, seine Agentin in die Sache mit reinzuziehen.

Statt sich auf der Stelle bei seiner Schwester zu melden, zog er sich, kurz nachdem Caroline die Kaffeetasse wie eine stumme Anklage auf dem Tisch stehen gelassen hatte und verschwunden war, Jogginghose und Sportschuhe an und ging raus. Was er jetzt dringend brauchte, war ein klarer Kopf. Noch besser einen Boxsack, auf den er einhauen konnte. Joggen war zumindest eine gute Alternative, die sofort umsetzbar war.

Der Tag befand sich noch im Zwischenzustand. Eine leichte Morgenkühle begrüßte ihn, Nebelfetzen hingen über dem Loch. Es war noch nicht erkennbar, ob der Tag Regen oder erneut Sonne bringen würde. Er rannte los, ohne genau zu wissen, welches Ziel er hatte. Bergauf. Vorbei am Aussichtspunkt, weiter die Hügel hinauf. Sein Puls trieb schnell in die Höhe, er spürte Stiche in der Seite, mit seiner Kondition stand es nicht zum Besten. Trotzdem trieb es ihn weiter. Solange, bis es vor seinen Augen zu flimmern begann und er unweigerlich stehen bleiben musste und nach Luft japste. *Muriel* Er war immer noch wütend. Vor allem auf sich selbst, weil er seiner Schwester zu viel durchgehen ließ, wann immer sie meinte, in seinem Leben mitreden zu wollen. Es war an der Zeit, eine deutliche Grenze zu ziehen. Eine, die sie respektieren musste. Immer noch hechelnd beugte sich Duncan vornüber. Die Hände ließ er baumeln.

»Du bist also auch nicht nur der Typ Stubenhocker.«
Erschrocken richtete er sich auf. Viel zu schnell, sodass ihm im nächsten Moment schwindlig wurde. *Oder lag es an Annes überraschendem Auftauchen?*

»Was machst du denn hier?« Irgendwie war das heute die Frage der Fragen.

»Spazieren gehen.« Sie drehte sich mit geöffneten Armen einmal in alle Richtungen. »Ein bisschen auch verirren. Ich habe tatsächlich die Orientierung verloren. Plötzlich waren überall Hügel um mich herum und ich weiß nicht, wo es zurück zum Ort geht.«

»Da kann ich Abhilfe leisten«, sagte er und trat neben sie. Insgeheim hoffte er, nicht zu sehr nach Schweiß zu stinken. »Direkt vor uns liegen die Ausläufer des Glencoe Tals. Ein Stück weiter könnte man bei klarem Wetter die Spitze des Ben Nevis entdecken. Ach«, er wies zu dem Hügel, den er gerade heraufgejoggt war, »und zu deiner Rechten liegt Fort William. Zufällig kenne ich auch den Weg zurück.«

»Das kommt mir sehr gelegen. Ich hatte nämlich vor, einen bekannten Autor in Fort William zu besuchen. Also nicht, dass er denkt, ich stalke ihn oder so.«

Er verdrehte gekonnt seine Augen. »Um Himmels willen, auf die Idee würde er niemals kommen. Aber by the way, was willst du denn von ihm? Ihn wieder mit Sturm Klingeln aus seiner Arbeit reißen?«

Ihr Lächeln hatte etwas Spitzbübisches an sich. »Ich fürchte, da hast du mich von meiner ungeduldigen Seite kennengelernt. Ich versichere hoch und heilig, mich zu bessern. Natürlich nur unter der Bedingung, dass besagter Autor nicht ganz so kratzbürstig daherkommt.«

»Ist er das? Kratzbürstig?«

»Na ja, zumindest, wenn man ihm beim Schreiben stört, so viel habe ich bereits gelernt.«

»Dann würde ich es auf einen neuen Versuch ankommen lassen.«

»Wenn du es sagst.«

Jetzt war er es, der grinsen musste. Ein warmes Gefühl breitete sich in seinem Bauch aus. Sie zu necken, bereitete ihm eine ungeahnte Freude.

»Dann sollte ich mich vielleicht besser auf den Weg machen, nicht, dass er seine Meinung ändert.«

»Ich kann dich begleiten, wenn du möchtest.«

Erstaunt sah sie zu ihm. »Du joggst nicht weiter?«

»Ist schon okay. Ich brauchte das eben, damit meine Wut nachlässt«, gestand er ihr und fühlte sich dabei keineswegs besonders heroisch.

»Und hat es funktioniert?« Ihre Miene zeigte ehrliches Interesse. »Ich meine, ist sie jetzt weg?«

Um seine Mundwinkel zuckte es. »Definitiv ja. Mir ist da nämlich jemand überaus Reizendes über den Weg gelaufen ...«

»Oh, freut mich, zu hören.« Er hätte schwören können, dass ihr eine leichte Röte ins Gesicht stieg.

Als hätten sie sich abgesprochen, gingen sie los. Schweigend. Ein wohltuendes Schweigen, wie Duncan feststellte. Annes Gegenwart hatte etwas Besänftigendes. Wie ein Honigbonbon, das man kleinen Kindern in den Mund steckte, damit sie sich beruhigten. Machte das Sinn? Als hätte er das ihnen entgegenkommende Paar heraufbeschworen, nickte er den jungen Leuten freundlich zu. Der Mann trug in einer Kraxe ein kleines Kind, das selig schlief. *Gut, dass es noch nichts von den Problemen der Welt wusste,* dachte er bei sich. Wobei seine eigenen Probleme mit Sicherheit lösbar waren. Er dachte an die ewigen Diskussionen um die Folgen des

Klimawandels, an die jüngste Weltklimakonferenz, an das zweiwöchige Ringen der Vereinten Nationen, ohne wirklich durchgreifende Erfolge zu erzielen. Er gehörte zwar nicht zu den Schwarzmalern, trotzdem ertappte er sich dabei, sich mit seinem Schreiben in seiner Höhle zu verstecken, um nicht täglich mit ansehen zu müssen, wie schwerfällig sich die Politik tat.

»Hat Muriel eigentlich mit dir gesprochen?« Annes Frage durchbrach seine Überlegungen.

»Sie hat mir eine Nachricht hinterlassen.«

Ihr Schritt verlangsamte sich und Duncan passte sich ihrem an.

»Dann weißt du, dass die Kette aller Wahrscheinlichkeit nach im Besitz eurer Familie gewesen sein muss?«

»Ja.« Er war sich nicht sicher, ob er schon bereit war, an das Gespräch von zuvor mit Caroline anzuknüpfen, selbst wenn alles darauf hinauslief. Lieber genoss er die Nähe zu Anne, die sich so gut, so vertraut anfühlte. Der Gleichtakt ihres Rhythmus, das leise Schnaufen wie das bei einer verschnupften Nase, ihr Profil, auf das er hin und wieder einen unauffälligen Blick warf. Er mochte ihre Nase. Sie war nicht zu klein, fast schon von aristokratischer Linie. Die leichte Andeutung der Wangenknochen, auf denen eine Spur von Röte lag. *Ob sie schon lange unterwegs war?* Dann musste sie sehr früh aufgestanden sein. *Konntest du auch nicht schlafen, Anne?*

»Duncan? Was ist los? Du sagst gar nichts weiter dazu.«

Einmal mehr ertappte sie ihn dabei, dass er vor sich hinträumte. »Die Kette, ach so. Dann habe ich mich also richtig erinnert.«

»Muriel konnte Davina McRohans Spur bis auf die Isle of Skye zurückverfolgen. Ist das nicht aufregend? Ich meine, schließlich geht es um deine Familiengeschichte.«

»Und vielleicht auch um deine«, fügte er leise hinzu. Nicht zum ersten Mal fragte er sich, wie er reagieren würde, wenn er womöglich erfuhr, dass sie verwandt wären. *Sträubte er sich darum innerlich gegen eine Wahrheit, die ... ja, was nur ... seinen zaghaften Träumen ein jähes Ende bereiten würde?*

Zwei, drei Hügel weiter nahm immer noch keiner von ihnen den Gesprächsfaden wieder auf. Zu gern wüsste er, was Anne jetzt dachte. *Woran* sie dachte.

Kurz bevor sie sein Haus erreichten, blieb er jäh stehen. »Was hältst du davon, mit mir auf die Isle of Skye zu fahren?«

»Mit dir ... auf die Isle of ...«

Verwunderung, Zweifel, ein verständliches Zögern, jede Regung in Annes Gesicht löste ein Kribbeln auf seiner Haut aus. *Sag einfach ja!* Er wunderte sich selbst über seine Frage, dabei war sie die einzig richtige Antwort auf Carolines und Muriels Einmischung. Er entschied selbst, was er für richtig hielt. Und gerade fühlte es sich einfach richtig an, mit ihr auf die Insel zu reisen.

»Das kommt ein bisschen plötzlich«, nuschelte Anne von unten, da sie sich gebückt hatte, um ihren Schuh zu binden.

»Ich weiß. Aber du wirst es nicht bereuen. Die Insel ist magisch. Nirgendwo sonst bekomme ich so viel Inspiration wie dort. Ich fahre oft rüber. Meist mit der Fähre.« *Was machte er hier gerade?* Ehe er ins Schwimmen geriet, sprach er hastig weiter: »Ich kann dir die

Insel zeigen, und nebenbei können wir Muriels Spur weiter verfolgen, was denkst du?«

»Ich ...« Sie stockte. »Ich hatte eigentlich vor, deine Schwester zu fragen, ob sie mir bei der weiteren Recherche hilft.«

»Oh, verstehe.« Natürlich, der Gedanke war naheliegend, nachdem Muriel bei dem Thema angebissen hatte. Schließlich war sie die Historikerin. Allerdings auch eine mit einem großen Arbeitspensum. »Vergiss es einfach, war nur ein Gedanke«, beeilte er sich, darum schnell zu sagen, ehe seine Stimme brach. *Was hast du dir bloß dabei gedacht?*

»Was ist mit deinem Buch? Deine Arbeit klang dringend.«

»Heute Nacht abgeschickt.«

Anne hob beide Daumen in die Höhe. »Gratuliere. Dann ... überlege ich es mir vielleicht noch ... ich meine, das mit der Insel, okay? Aber jetzt muss ich dringend frühstücken gehen. Ich bin viel zu lange gelaufen. Aber danke, dass du mir den Weg zurück gezeigt hast. Von hier aus finde ich allein weiter.«

Mit diesen Worten drehte sie sich um und ging zielstrebig an seinem Haus vorbei. Duncan sah ihr nach, wie sie die Straße kreuzte und hinter der nächsten Kurve aus seinem Blickfeld verschwand. Es hatte etwas Endgültiges. Er kniff die Augen zusammen und schüttelte ungläubig den Kopf. Das konnte sie nicht bringen! Nicht einfach so! *Sollte er ihr hinterhergehen? Sie später anrufen?*

Was wolltest du mir eigentlich sagen?

Hatte sie nicht erwähnt, zu ihm zu wollen? Nichts machte Sinn. Er seufzte tief. Wenn das wahre Leben nur ein klein wenig wie in seinen Büchern war, dann konnte er weiter hoffen, dass es nicht das Ende war. Dass da noch ungeschriebene Seiten für eine ungeahnte Wendung existierten.

Als er sein Cottage betrat, hing noch ein Hauch von Carolines Parfüm darin. Hastig riss er die Fenster in der Küche auf, stellte ihre Kaffeetasse in die Spüle und setzte sich eine Kanne Tee auf. Auf einmal verspürte Duncan eine ungeheure Erschöpfung. Sich dieser hingebend, legte er sich wieder auf die Couch im Wohnzimmer. Die Füße ragten über die Lehne. Seinen Kopf barg er unter den verschränkten Armen. Wie nach jedem Buch, unter das er das magische Wort *Ende* geschrieben hatte, fiel er zunächst in eine Leere. Als hätte er sich wie ein Chamäleon aus der Haut geschält und ließe diese zurück. Was damit geschah, lag nicht mehr in seiner Hand. Er schloss die Augen und dachte an Anne. Sie erfüllte sein Denken viel zu sehr. Er rief sich die mürrische Falte auf ihrer Stirn auf, das selige Lächeln, das sich in ihr Gesicht schlich, wenn sie sich von der Landschaft überwältigen ließ. Er wollte sie festhalten. Oder auch nur schlicht ihre Hand halten. Seine langen, eher schlanken Finger mit ihren kräftigen, nach Anpacken aussehenden Fingern verschränken. Sie trug keinen Nagellack und wenig Schminke. Annes Make-up war so dezent, dass es kaum ins Auge fiel. Er mochte das, weil es den Blick nicht vom Wesentlichen ablenkte. Duncan spürte, wie er unfreiwillig in den Schlaf abdriftete, nachdem die Nacht viel zu kurz gewesen war. In Gedanken noch immer bei Anne, deren Auftauchen etwas tief in seinem Innern zum Erschüttern brachte.

Als er sich ein weiteres Mal aus dem Schlaf schälte, war sein erster Gedanke, dass sich Anne gemeldet haben könnte. Mit einem Stöhnen wegen des steifen Rückens stand er auf und suchte in seiner Jacke, die er achtlos über einen Küchenstuhl gehängt hatte, nach dem Handy.

Vier verpasste Anrufe. Alle von Muriel. Dazu drei Sprachnachrichten von ihr.

Ist dir klar, dass es womöglich ein dunkles Geheimnis in der Familie der McRohans gibt, das wir aufdecken könnten?

Bruderherz, melde dich bitte! Es gibt jetzt kein Zurück mehr. Nicht, nachdem, was ich herausgefunden habe. Stelle dir nur mal vor, du besitzt die Hälfte eines eigenen Verlages! Und ja, ich weiß, dass dich das wenig interessiert. Aber überleg' mal, du wärest frei in deinen Entscheidungen, du könntest mit deinen Büchern tun und lassen, was du wolltest. Du wärest nicht mehr abhängig von Carolines gnadenlosem Urteil. Und versuche nicht, zu behaupten, du bist nicht jedes Mal ein nervliches Wrack, bis sie ihr ,Go' gibt.

War Caroline bei dir? Hat sie dir ins Gewissen geredet? Ich an deiner Stelle würde mich mit Anne gut stellen. Sobald dir die Hälfte des Verlages gehört, kannst du nach und nach deine Vorstellungen einbringen. Das ist eine einmalige Chance, vermassle es nicht! Und ruf endlich an! Dein Handy liegt sicher wieder in der

*Küche und ist auf lautlos gestellt. Aber irgendwann
musst auch du mal was essen und trinken!*

Eine von seinem Schulfreund Kevin, dieser war nach
Japan ausgewandert, nachdem er Akira, seine große
Liebe aus dem Studium, geheiratet hatte.

*Wie sieht es aus, mal wieder Bock auf ein Pint? Ich bin
ein paar Tage im Land.*

Keine Nachricht von Anne.

Fluchend legte er das Handy auf den Tisch. *Und jetzt?*
Er trank einen Schluck des kalt gewordenen Tees. Er
schmeckte bitter. Nicht weniger bitter stieß ihm die
Überlegung auf, Anne könnte bereits wieder unterwegs
in Richtung Deutschland sein.

ANNE

Nach dem ausgiebigen Frühstück und einer wohltuenden Dusche war sich Anne endlich im Klaren darüber, was zu tun war. Lange war sie sich einer Sache nicht mehr so sicher gewesen. Darum rief sie Hannes an, der überraschenderweise sofort ans Handy ging.

»Gut, dass ich dich gleich erreiche, Hannes. Ich habe beschlossen, gemeinsam mit Duncan nach der Herkunft der Kette zu suchen und dafür auf die Isle of Skye zu reisen. Seine Schwester hat leider keine Zeit, aber sie hat mir wertvolle Tipps gegeben.«

»Du hast *was* vor?« Seine Stimme schnellte regelrecht nach oben.

»Na ja, ich muss die Gelegenheit einfach nutzen.« Sie wusste, wie wenig überzeugend das Argument in den Ohren ihres Freundes klingen musste. Dennoch ließ sie sich nicht beirren. Visualisierte eine Art inneren Schutzschild herauf, um die Vorwürfe abzuschmettern, die unweigerlich folgen würden. Sie kannte Hannes schließlich.

»Anne, nur damit ich es richtig verstehe: Du willst mit diesem fremden Kerl auf die Isle of Skye fahren und einer irrsinnigen Spur nachgehen? Wozu? Es ging doch bloß um eine winzige Unterschrift auf dieser Verzichtserklärung, um die du dich kümmern solltest. Was ist los mit dir? Moni hat schon so was erwähnt, aber du rennst da einem Hirngespinst nach. Das hilft uns kein bisschen weiter!«

Wut und Ärger schlugen ihr mit jedem Satz entgegen. Aufgewühlt schielte sie zu ihrem Koffer auf dem Bett, den sie bereits halb gepackt hatte. »Egal, was du sagst, ich kann nicht anders.«

Am anderen Ende blieb es einen Moment still. Anne atmete tief ein und aus, ihr Blick verlor sich durch das Fenster in Richtung Himmel.

»Denkst du bei all dem überhaupt an deine Eltern?« Hannes hatte die Stimme gesenkt. Eine Art Beschwören schwang darin mit. »Daran, dass ihr Lebenswerk den Bach runter gehen könnte? Willst du das wirklich?«

»Ich, ja ...«

Er fiel ihr ins Wort. »Ich hätte doch mitkommen sollen! So angeschlagen, wie du bist.«

Anne schüttelte den Kopf, auch wenn er es nicht sehen konnte. »Es ist alles okay mit mir. Ich bin viel unterwegs, bemühe mich, den Kopf freizubekommen und nicht dauernd an Mama und Papa zu denken. Aber jetzt geht es um die Kette. Papa muss sich etwas dabei gedacht haben, sie mir zu überlassen. Womöglich wusste er sehr viel mehr darüber.« Dieser Gedanke schoss wie aus dem Nichts hervor. Er schien ihr sogar einleuchtend. Ihr Vater war niemand, der zu unüberlegten Handlungen neigte.

»Warum lässt ein Vater seine Tochter in derartiger Ungewissheit?«

»Vielleicht ...« Sie lehnte den Kopf gegen die Fensterscheibe. »... weil er nicht gedacht hat, dass ihm keine Zeit mehr bleibt?«

»So traurig es klingt, Anne, er und vielleicht auch deine Mutter hatten ein Geheimnis, das sie nicht mit dir teilen wollten. Bestimmt hatten sie ihre Gründe.«

»Und genau die möchte ich in Erfahrung bringen, versteh' mich doch bitte.«

»Wir beide können das genauso gut herausfinden. Ein Anruf, und ich lasse alles stehen und liegen und komme zu dir.«

»Danke, aber mir ist wohler, wenn ich weiß, dass du für unsere Leute da bist, wo ich es schon nicht bin.«

»Glaube mir, jeder im Verlag hat Verständnis dafür, dass du dich gerade rausnimmst.«

»Es sind nur ein paar Tage ...«

»Ich brauche dich, Babe. Vergiss das nicht.«

Hannes warme Worte ließen ihren Puls hochschnellen. Wie trostreich sie sein könnten, wenn sie es nur zuließe. »Ich weiß.« Sie verließ den Platz am Fenster und lief ins Bad, um die restlichen Sachen einzupacken. Gerade musste sie sich mit Irgendetwas beschäftigen. »Aber jetzt erzähl schnell, was gibt es Neues im Verlag?«

Glücklicherweise ging Hannes sofort auf ihr Nachhaken ein. Sobald es um den Verlag ging, standen weder Vorwürfe noch ungeklärte Fragen zwischen ihnen, und das machte es einfacher, mit ihm zu reden. Sie ließ sich die wichtigsten Verlagsangelegenheiten berichten, einen Kondolenzbrief von einem befreundeten Paar vorlesen, das gerade in Amerika Flitterwochen machte, und bestärkte Hannes darin, alles in ihrem gemeinsamen Sinn entschieden zu haben. Dafür würde sie versuchen, in den nächsten Tagen in ein Manuskript reinzulesen, bei dem ihr Team unsicher war, ob sich die Investition in diesen neuen Autor lohnen könnte. Hier brauchte es ihre Erfahrung, das stand außer Frage. Es gab ihr einen kurzen Stich, sich daran zu erinnern, wie oft sie gemeinsam mit ihrem Vater in seinem Büro gesessen, argumentiert und gerechnet hatte. Nun lag es in ihrer Hand, derartige Entscheidungen zu treffen.

Nachdem sie Hannes mehr schlecht als recht vertröstet und das Telefonat beendet hatte, packte sie den Koffer fertig. Dabei dachte sie an die Isle of Skye und fragte sich, was sie dort wohl erwarten würde. Nur darum holte sie die Kette aus dem Kästchen und hängte sie sich um den Hals. Lange hielt sie das Kreuz mit der Hand umschlossen und drückte es gegen die Brust. *Welches Geheimnis verbirgst du?* Sie haderte noch immer damit und fragte sich nicht zum ersten Mal, wie viel ihre Mutter überhaupt darüber gewusst hatte.

Die Tränen fanden ihre Schleuse in die Freiheit von ganz allein. Sie weinte stumm. Ihr Körper bebte. Zu lange hatte sie ihre Tränen zurückgehalten. Tränen, die sich mit dem Gefühl vermischten, dass – egal wie sie ausfiele – eine Antwort allemal besser sein würde als diese Schwere, die auf ihr lastete, seit die Polizei vor ihrer Wohnungstür gestanden und ihr Beileid ausgesprochen hatte. Was für eine bizarre Situation. Eine, die sie bis dahin allerhöchstens aus Krimis kannte, die sie gelesen oder im Fernsehen gesehen hatte. Dabei hatte sie absurderweise immer Mitleid mit den Polizisten und Polizistinnen als den Hinterbliebenen gehabt. *Konnte man eine derartige Nachricht überhaupt schonend beibringen?*

Anne massierte ihren verkrampften Nacken. Durch das geöffnete Fenster drangen Motorengeräusche zu ihr. Eine Autotür wurde zugeschlagen. Schlurfende Schritte, die vorübergingen. Ein einsamer Vogel. Sie sollte Duncan Bescheid sagen, dass sie mitfahren würde. Wann immer er plante zu fahren, sie war bereit. Sie hatte bereits in Erfahrung gebracht, dass am späten Nachmittag die letzte Fähre zwischen Malaig und Armadale fuhr. Diese sollten sie auf jeden Fall erreichen.

»Duncan? Ich bin's, Anne.« Er hatte das Gespräch bereits nach dem zweiten Klingeln angenommen.

»Ähm, hi.«

Als nach der Begrüßung nichts weiter folgte, wurde Anne nervös. *Hatte sie irgendwas falsch verstanden?* Es kam ihr fast so vor, als störte sie ihn.

»Ist alles okay bei dir?«

»Ja, ja, ich bin nur gerade überrascht.«

»Worüber?«

»Dass du anrufst.«

Jetzt war sie es, die schwieg. Besser, sie sagte gar nichts, bevor sie etwas Falsches sagte.

»Wo bist du?«

»Noch im Breaside House.«

»Reist du ... ab?« Seine Frage kam zögerlich, als wäre er in einer Habachtstellung.

»Na ja, ich habe mir die Zeiten der Fähre angesehen, und dachte mir ... schaffen wir noch die um viertel vor sechs? Ich weiß nicht, wann du vorhattest zu fahren, und ...«

Sie vernahm ein Lachen am anderen Ende. »Du ... du kommst mit mir mit?«

»Sage ich doch gerade, oder ...«, kurz zögerte sie, »gilt dein Angebot nicht mehr?«

»Ich kann dir gar nicht sagen, wie erleichtert ich gerade bin. Ich habe dich mit der Isle of Skye ganz schön überfahren, das wurde mir erst später klar, und dann ...«

»Ehe wir noch länger herumeiern, sag einfach, wann du loswillst. Ich bin bereit.«

»Ich hole dich in vierzig Minuten ab. Wir brauchen eine Stunde bis zum Hafen. Dann können wir uns sogar noch den Ort in Ruhe ansehen und etwas essen.«

»Gut, dann bis später.«

Malaig war ein winziger, jedoch überraschend lebhafter Fischerort. Für Touristen vor allem interessant, weil der Harry Potter Zug, dort endete. Anne hatte darüber gelesen. Ein berühmter Viadukt auf der Bahnstrecke, das wohl häufigste Fotomotiv der Gegend, zierte Postkarten und Werbeflyer. Der Schiffsverkehr war dagegen eher vernachlässigbar. Zur Isle of Skye gelangte man nämlich auch über eine Brücke, da Insel und Festland an der schmalsten Stelle gerade einmal einen halben Kilometer voneinander entfernt waren. Die Isle of Skye lag unmittelbar vor der Westküste der schottischen Highlands.

Am Hafen warteten nur wenige Autos und zwei Kleinbusse. Sie freute sich auf die Überfahrt zur Insel, darauf, sich den Wind um die Nase wehen zu lassen und die Aufregung zu spüren, wann endlich Land in Sicht kam. Die Realität sah allerdings anders aus. Die Fähre entpuppte sich eher als Fischkutter, auf dem nicht mehr als eine Handvoll Autos Platz hatten. Wind, ja, den gab es mehr als genug, und keinen Ort, um ihm aus dem Weg zu gehen. Womit Anne nicht gerechnet hatte, war der Wellengang. Obgleich die Überfahrt nach Armadale laut Duncan lediglich eine halbe Stunde dauerte, verfluchte Anne innerlich jede einzelne Minute. *Wie hatte sie vergessen können, dass sie kein bisschen seetauglich war?* Ihre letzte Bootsfahrt lag so lange zurück, dass sie gekonnt verdrängt hatte, wie sie sich damals vor der andalusischen Küste geschworen hatte, nie mehr ein Schiff zu betreten. Das Gefühl, sich magentechnisch auf der reinsten Achterbahnfahrt zu befinden, stülpte sich exakt in dem Moment hoch, als sie die Sicherheit des Hafens verlassen hatten.

»Ist alles okay, Anne?«

»Ja.« Sie umklammerte regelrecht die Reling und konnte nur hoffen, keinen allzu verkrampften Eindruck zu machen. Sie wünschte, sie hätte ein Pfefferminzbonbon bei sich, um sich von der Übelkeit abzulenken.

»Du bist so still.«

Im Gegensatz zur Autofahrt, meinst du wohl. Da hatte sie Duncan entgegen ihrer Gewohnheit, im Auto nur das Nötigste zu reden, tatsächlich mit Fragen zur Isle of Skye und zu der Gegend, durch die sie fuhren, bombardiert. Hauptsächlich, weil sie mit der unerwarteten Nähe in seinem Auto, einem schwarzen Bentley mit dezentem Luxus im Innenraum, nicht klarkam. Es hatte sich seltsam intim angefühlt. Als hätte Duncan sie mit dem Öffnen der Wagentür gebeten, in sein Allerheiligstes zu treten. Sie roch Leder, aber auch den ganz persönlichen Geruch im Auto, der sich mit seinem männnlich anregenden Aftershave mischte. Infolgedessen stellten sich sogar leise Zweifel ein, ob ihre Entscheidung die richtige war. Sie strich sich die Locken aus dem Gesicht. Sei's drum, sie war jetzt hier auf der Fähre und konnte, wie es aussah, auch nicht so schnell wieder weg.

»Ich frage mich, was wir auf der Insel finden werden«, sagte Anne, um nicht vollkommen abweisend zu erscheinen. Duncan musste nicht wissen, wie sehr sie diese Überfahrt hasste. Auf der Rückfahrt würde sie auf jeden Fall auf den Landweg pochen. Freiwillig würde er sie nicht noch einmal auf die Fähre bekommen.

Jetzt stöhnte sie leise auf, denn die Fähre drehte sich mitten hinein in die Wellen, sodass diese jetzt von der Seite kamen und das Schiff in ein neues, nicht weniger unangenehmes Schaukeln katapultierten. Sie biss die Zähne zusammen, während der Wind mit dem Wasser spielte und an Gesicht und Haaren zerrte.

»Zumindest eine unbeschreiblich schöne Landschaft, einzigartige Wanderungen, bekannte Whisky-Destillerien und vielleicht auch die eine oder andere Mücke, schließlich lieben sie den Sommer.«

Anne warf ihrem Gegenüber einen finsteren Blick zu. »Haha, sehr witzig, wir fahren nicht hin, um Urlaub zu machen.«

»Warum bist du so streng mit dir? Es schadet doch niemandem, wenn du auch ein Auge für die Schönheit der Insel findest. Also nebenbei, während wir auf Spurensuche nach unserer Familiengeschichte gehen.«

Aus Duncans Mund klang es leichter, als es sich für Anne anfühlte. Plötzlich schlich sich nämlich so etwas wie ein schlechtes Gewissen bei ihr ein. Gehörte nicht

Hannes an ihre Seite, um die vielen Fragen zu klären? Egal, wie oft sie in den letzten Tagen gehadert hatte, es ging hier schließlich um Familie, und Hannes war in den letzten Jahren Teil ihrer Familie gewesen.

»Du hast recht.« Sie deutete ein Nicken an, umklammerte gleichzeitig mit den Fingern die Reling, da ihr die Angst, sich über Bord erbrechen zu müssen, noch mehr den Magen verknotete.

»Schon besser.«

Auf sein süßes Lächeln, das ihr unter anderen Umständen womöglich weiche Knie machen könnte, wenn sie nicht schon welche hätte, reagierte sie versuchsweise mit dem Heben der Mundwinkel. *Wie konnte dieser Mann nur derart aufgeräumt wirken, als wäre er vollkommen im Reinen mit sich?* Zumindest jetzt, wo er sein Manuskript abgeschickt und den Kopf wieder frei für andere Sachen hatte, kam er ihr wie ausgewechselt vor.

»Was für ein Projekt steht als Nächstes bei dir an? Ich meine, hast du schon eine Idee für den folgenden Roman?«

»Guter Themenwechsel.« Duncan zwinkerte ihr zu. »Aber ja, wenn es dich interessiert, eine neue Geschichte steckt bereits in den Startlöchern. Ich kann es mir nicht erlauben, ein Manuskript abzugeben und dann keinen Plan zu haben. Das wäre fast so, als würde ich in einem luftleeren Raum landen und ziellos umhertreiben. Das geht gar nicht.«

»Und? Verrätst du mir, worum es in der neuen Geschichte geht?«

Duncan antwortete nicht sofort. Er wandte sich ab und sein Blick verlor sich über dem Wasser. Als sie kaum noch damit rechnete, eine Antwort zu erhalten, hätte der Wind seine Worte fast mit sich gerissen.

»Interessiert dich wirklich, was ich schreibe?«

Für einen Moment vergaß Anne sogar ihre Angst und lachte auf. »Es ist nicht so, wie du denkst.«

»Was denke ich denn?«

»Meine Arbeit besteht darin, gute Geschichten zu entdecken und zu drucken. Es wäre vermessen zu behaupten, diese gäbe es nur in der Literatur.«

Erneut stockte das Gespräch. Jetzt war es Anne, die nicht weiterwusste. *Sollte sie ihm von ihrer Sorge erzählen? Was würde geschehen, wenn er sich doch noch anders entschied und in den Verlag einsteigen wollte? Könnte sie damit leben, dem Verlag ein anderes, neues Gesicht zu geben?*

»Das Verlagshaus Nadler«, begann sie darum stockend, »es ist ein Traditionsverlag und schon seit 1831 in der Hand der Familie meines Vaters. Zu unserem Programm zählt seit Beginn an anspruchsvolle Literatur und Lyrik. Und ich gebe zu, mit Fantasy-Geschichten habe ich mich bisher noch nicht groß beschäftigt.«

»Bisher?«

»Na ja.« Anne spürte, wie ihr die Röte ins Gesicht stieg. »Ich habe die Geschichte von Loona gelesen.«

Duncan riss die Augen weit auf. Das dunkle Braun ließ sie gerade an Nugat denken, warum auch immer. »Du hast *The red cape of Loona* gelesen?«

»Ja. Dein Erzählstil hat mich sofort in seinen Bann gezogen. Bildhaft und dabei sehr ausdrucksstark.« Es war gut, dass ihr die Haare gerade ins Gesicht wehten, denn womöglich würde ihre Miene verraten, wie tief berührt sie tatsächlich von der Geschichte war.

»Das freut mich natürlich.« Er schenkte ihr und der Welt um sie herum ein breites Lächeln. »Mir ist es wichtig, dass die alten Erzählungen, die über Generationen weitergegeben wurden, nicht verloren gehen. Man sagt, Schottland steckt voller geheimnisvoller Legenden über Geister, Hexen und monsterhaften Kreaturen, und für mich macht es einen Teil unserer Geschichte aus.«

»Und damit liegst du offenbar richtig, schließlich bist du ein berühmter Autor geworden.«

Duncan lehnte gegen die Reling. Auf einmal veränderte sich sein Gesichtsausdruck und bekam beinahe etwas Finsteres. Er verschränkte die Arme vor der Brust. »Das war nie mein Plan. Genauso wenig, wie ich vorhabe, meine Geschichten in deinem Verlag zu veröffentlichen, wenn es das ist, worauf du letztlich hinauswillst. Aber das habe ich dir ja bereits gesagt.«

Energisch schüttelte Anne den Kopf. »Darum geht es mir nicht, also ich meine ... natürlich war das unsere erste Sorge, als wir das mit dem Testament erfuhren. Aber jetzt ... jetzt bin ich hier, und alles ist anders.«

»Wir? Du meinst, dein Freund und du?«

»Mit *wir* meine ich die gesamte Belegschaft. Natürlich verunsichert das erst mal, wenn es heißt, jemand Fremdes gehört nun die Hälfte des Verlages. Es gibt genug Beispiele, da haben Veränderungen an der Verlagsspitze verheerende Folgen bis hin zur Insolvenz eines Verlages.« Das Gespräch lief plötzlich in eine vollkommen falsche Richtung. Sie hatte nicht vorgehabt, ihm ihre Sorgen anzuvertrauen.

»Anne.« Duncan legte seine Hände auf ihre und löste sie sanft von der Reling. Sie zuckte regelrecht zusammen. Als er ihren Blick suchte, beschleunigte sich ihr Herzschlag unerwartet. »Egal, wie das hier ausgeht, ich werde meine Meinung nicht ändern.«

Wie kannst du dir da so sicher sein?

»Und was ist mit deiner Schwester? Sie sieht das, glaube ich anders. Ich möchte nicht zu einem Streitpunkt zwischen euch werden.«

»Muriel kann nicht anders, sie ist meine ältere Schwester und hat sich als solche ungewollt früh um mich kümmern müssen.« Unvermittelt drehte er sie in den Wind. »Da, schau mal, man sieht schon das Pier von Armadale!«

Verwundert stellte Anne fest, dass sie das Näherrücken der Insel gerade bedauerte. Zu gern hätte sie Duncan danach gefragt, wie er seine Eltern verloren hatte. Wie er den Verlust damals verkraftet hatte. Er hatte gesagt, er wäre erst fünfzehn gewesen. Wie ging es ihm heute damit? Andererseits bedeutete ihr Ziel ebenfalls, dass sie bald wieder Boden unter den Füßen hatte oder besser gesagt einen bequemen Sitz im Auto. Vom Meer aus kommend sah Anne bewaldete Hügel, vereinzelte Häuser und kleine Buchten. Nichts deutete darauf hin, was die Isle of Skye an magischen Plätzen zu bieten hatte. Märchenhafte Wasserfälle, ausgefallene Felsformationen oder saftige Wiesen. Sie musste sich auch in diesem Fall gedulden.

Gegenüber dem lebhaften Malaig kam ihr die Gegend recht eintönig und langweilig vor. Nach Fisch riechender Schlick und scharfe Felsen zierten die Bucht, auf die sie zusteuerten. Auf dem Pier befand sich eine kleine Ansammlung weißer, containergroßer Häuser.

Die Fähre nahm direkten Kurs auf die Rampe, die für den Autoverkehr vorgesehen war.

»Ziemlich trist hier«, murmelte sie vor sich hin, während sie Duncan zurück ins Auto folgte.

Er musste sie dennoch gehört haben, denn er drehte den Kopf zu ihr nach hinten. »Warte ab, du wirst gleich merken, dass der erste Eindruck trügt.«

Sein freches Grinsen brachte sie erneut aus dem Konzept. *Was war nur los mit ihr?* Duncan war so vieles, mal redselig und witzig, dann wieder schweigsam und undurchschaubar. Und genau darum beschäftigte er sie wohl mehr, als er sollte.

Wie recht Duncan hatte, musste sie wirklich bald zugeben. Armadale befand sich fast am südlichsten Zipfel der Insel, und während sie die Küste entlang fuhren, eröffneten sich immer wieder Blicke auf das Meer – mitunter auch nur eine Meerenge – zur Rechten und die Glens zur Linken. Hinter den ersten Hügelketten tauchten die nächsten, höheren Hügel auf. Sattes Grün überzog die Erde, schmale Bäche bahnten sich ihre Wege aus den Bergen. Annes Augen klebten förmlich an der Fensterscheibe, denn irgendetwas hatte die Insel an sich, das sie nicht in Worte auszudrücken vermochte. War es das ständige Spiel von Licht und Schatten über den Hügeln oder die Wolken, die förmlich wie lang gezogene Wattebäusche über den höheren Bergen klebten? Nirgendwo wuchs mehr als nur ein wenig Gestrüpp, vereinzelte Häuser oder auch Hütten entdeckte sie oft erst bei genauerem Hinsehen.

»Wie viele Einwohner hat die Insel, weißt du das vielleicht?«

Ihre Frage musste ihn aus seinen eigenen Gedanken gerissen haben, denn er räusperte sich kurz. »So um die Zehntausend, sie ist die größte Insel der Inneren Hebriden.«

»Trotzdem sieht es hier sehr einsam aus. Das ist in etwa so, als lebte man bei uns in den höchsten Alpenregionen. Dort findet man mitunter auch kleine Hausansammlungen und einzelne Bergbauernhöfe fernab von jeglicher Zivilisation.«

»Dann sieht es dort ähnlich aus wie hier?«

Anne schmunzelte angesichts des Vergleiches. »Nein, die Felsen sind schroffer, und natürlich viel höher. Wie hoch ist der höchste Berg in Schottland?«

»Der Ben Nevis ist über tausenddreihundert Meter hoch.«

»Das wäre bei uns ein Berg im Alpenvorland. Wenn du in die italienischen oder französischen Alpen gehst, findest du zahlreiche Viertausender.«

»Das Matterhorn zum Beispiel, richtig? Über das habe ich mal was gelesen.«

»Ja, das liegt allerdings in der Schweiz. Aber du kannst die Alpen nicht mit hier vergleichen. Keine Ahnung …« Anne verstummte. Ihr fiel beim besten Willen kein Vergleich ein, um zu beschreiben, was sie an Schottland mochte. Und zwar vom ersten Tag an. So, als würde dieses Land ihr guttun. Ihr und ihrer Seele.

»Was hältst du davon, wenn wir morgen einen Ausflug machen, ehe wir mit unserer Suche beginnen?«

»Wohin?«

»Sie liegen zwar nicht direkt auf dem Weg, aber die *Fairy Pools* musst du einfach gesehen haben.«

»Das klingt ... märchenhaft.« Anne war sich nicht sicher, ob Sightseeing ihren Zeitplan nicht eher durcheinanderbringen würde. Ewig konnte sie nicht weg aus München bleiben. Trotzdem hatte Duncan ihre Neugier geweckt. Nachdenklich zupfte sie an den weiten Ärmeln ihrer Bluse.

Viel zu schnell endete die Fahrt und sie erreichten einen Ort namens Broadford, der unmittelbar an der Broadford Bay lag. Bereits von Malaig aus hatte sich Duncan nach freien Unterkünften erkundigt, denn auf der Insel herrschte Hochsaison und gerade in der Hauptstadt Portree, in der sie ihre Suche beginnen wollten, war es fast unmöglich, um diese Zeit ein freies Bett zu finden. Darum landeten sie in der zweitgrößten Stadt, die auf Anne allerdings eher den Eindruck eines kleinen Dorfes machte.

»Wir haben Glück, dass wir im Broadford Hotel für zwei Nächte unterkommen können«, sagte Duncan, nachdem er geparkt hatte und ihren Koffer aus dem Auto hievte. Er schulterte seine Reisetasche und wollte gerade nach dem Koffer greifen, da legte Anne die Hände auf den Griff.

»Den kann ich selbst nehmen, aber danke.«

Sie liefen nebeneinander zum Eingang. »Wir können später zusammen essen gehen ... wenn du möchtest.«

Anne war das kurze Zögern keinesfalls entgangen. Sie hatte ihn eben nicht vor den Kopf stoßen wollen, aber es kam ihr einfach unpassend vor, wie ein eingespieltes Paar aufzutreten. Schlimm genug, dass sie sich hier nicht auskannte und in dieser Hinsicht auf Duncan angewiesen war. Im Grunde hatte sie die Dinge gern selbst in der Hand. Gerade fehlte ihr sogar ihr kleiner Bunny.

Zu gern würde sie selbst am Steuer sitzen und über die Insel fahren, entscheiden, wohin die Reise gehen sollte. Sie brauchte ihre Unabhängigkeit. Darauf hatte sie stets großen Wert gelegt. Weil sie sich schon immer von ihrer Mutter abgrenzen wollte. Von dem Frauenbild, das sie ihr vorgelebt hatte. Abgesehen davon, dass ihre Eltern sich gegenseitig sehr geschätzt hatten, hatte sich ihre Mutter mit der Rolle der Hausfrau all die Jahre über zufriedengegeben. Sie hatte ihrem Vater den Rücken freigehalten und dafür war er dankbar gewesen. Auf ihre Weise waren sie ein gutes Team gewesen. Trotzdem hatte sie selbst Beziehung anders leben wollen.

Als sie Hannes auf der Frankfurter Buchmesse bei einer Verlagsfeier kennengelernt hatte, war für sie von Anfang an klar gewesen, es langsam angehen zu lassen. Seinem Drängen, nach nur einem Jahr Beziehung zusammenzuziehen, gab sie nicht nach. Zum Entsetzen ihrer Eltern. Wie sähe denn das aus, hatten sie stets gemeint, und darauf gewartet, dass dieser nächste Schritt endlich folgte. *Zu unseren Zeiten*, hatte die Mutter damals geseufzt, *hätte er ihr längst einen Heiratsantrag gemacht, aber heutzutage, ihr jungen Leute solltet froh sein, dass ihr so viele Freiheiten habt.* Dabei hatte sie Anne zugezwinkert, als teilten sie sich ein Geheimnis. Während also alle Welt samt Hannes nur auf den Tag wartete, da sie endlich zusammen ein Haus beziehen würden, hatte sie sich ihr eigenes kleines Reich bewahrt. Schließlich sähen sie und Hannes sich jeden Tag im Verlag, darum könne ein bisschen Privatsphäre nicht schaden, hatte sie argumentiert. Hannes akzeptierte es bis heute mit zusammengebissenen Zähnen, trotzdem erwähnte er immer wieder die eine oder andere Wohnung, die zum Verkauf stand. In jüngster Zeit wurde er immer ungeduldiger. Was es noch lange zu überlegen gäbe? Er würde ihr sogar bei der Wahl der Wohnungseinrichtung freie Hand lassen. Sie hatte ihm bestätigt, dass sie seine Großzügigkeit zu schätzen wüsste, sich innerlich trotzdem gewunden.

Und dann war der Unfall geschehen.

Damit hatten sich andere Themen in den Vordergrund gedrängt.

Mühsam riss sie sich selbst aus ihrem Gedankenstrudel heraus. Erst jetzt nahm sie wahr, dass Duncan immer noch neben ihr stand und eine Antwort erwartete.

»Bitte entschuldige, ich war mit den Gedanken woanders«, sagte sie und schenkte ihm ein Lächeln, von dem sie hoffte, es würde die richtige Botschaft vermitteln. »Natürlich habe ich Hunger, das Sandwich in Malaig war nicht gerade üppig.«

Tatsächlich stellte sie fest, dass sich ihr Magen bereits von der Überfahrt erholt hatte und ein warmes Abendessen daher nicht verkehrt war.

»Okay«, sagte Duncan, wobei ein leiser Zweifel aus seiner Stimme herauszuhören war. »Dann lass uns einchecken und wir treffen uns um halb acht im Bistro.«

DUNCAN

Er sah Anne kommen, noch ehe er einen Blick auf die Speisekarte hatte werfen können. Sie sah wunderschön aus, wenn sie ihr rotes Haar offen trug. Kurz zögerte sie und machte auf ihn den Eindruck eines verlegenen Schulmädchens, das nicht weiterwusste. Von seinem Tisch aus beobachtete Duncan, wie sie mit dem Kellner sprach und er sie zu ihm führte.

»Wünschen Sie vorab einen Begrüßungssekt, Frau Nadler? Der geht aufs Haus.«

»Nein, danke.« Ihr Blick blieb kurz an ihm hängen. Fragend, ob sie anders hätte wählen sollen. Um sie zu beruhigen, griff er nach seinem Bier. Nichts ging über ein gutes Ale.

Währenddessen zog der Kellner Anne formvollendet den Stuhl nach hinten, wartete, bis sie sich gesetzt hatte, um ihr daraufhin die Menükarte zu präsentieren. »Wir hätten heute als Vorspeise wahlweise eine Rote Beete Suppe mit Croûtons oder Salat vom Buffet anzubieten.«

Sie sah erneut zu ihm, wobei sie eine Augenbraue fragend nach oben schob. »Hast du schon gewählt?«

»Nein, ich habe auf dich gewartet.«

Der Kellner stand mit dem weißen Tuch über dem Arm höflich abwartend an ihrem Tisch.

»Dann nehme ich die Suppe, danke.«

»Die Suppe bitte zwei Mal«, fügte er hinzu, froh darüber, dass sie nicht in einem Salat herumstochern würde, während er die warme Suppe löffelte.

»Sehr wohl.« Das übertrieben vornehme Auftreten des Kellners amüsierte Duncan. Er zwinkerte Anne zu, die jedoch im selben Moment von diesem abgelenkt wurde. »Vielleicht noch Wein zum Essen? Wir hätten da …«

Sie unterbrach den Mann, indem sie ihre Hand über das Glas hielt und den Kopf schüttelte. »Nein, keinen Wein, bringen Sie mir bitte einfach eine Flasche Wasser ohne Kohlensäure.«

Als der Mann gegangen war, richtete sich Anne in ihrem Stuhl auf und streckte die Schultern durch. Er glaubte eine gewisse Unruhe an ihr zu spüren. So als fühlte sie sich auf dem Präsentierteller und die Augen aller Gäste wären auf sie gerichtet. Oder doch nur seine? In jedem Fall begegnete sie ihm mit einer Spur Zurückhaltung, die er auf der Fahrt hierher so nicht gespürt hatte.

»Passt alles mit deinem Zimmer, Anne?«

Sie nickte, nahm die Serviette und breitete sie auf ihren Beinen aus. Ihr Blick irrte durch den Raum, blieb an den Blumen am Fenster, an einem Gemälde an der Wand, dem Geschirr auf dem Tisch hängen, nur nie an ihm. Ihre Distanziertheit war deutlich spürbar. Er würde lügen, wenn er nicht selbst leicht verkrampft war. Die Fahrt auf die Insel hatte einem Abenteuer geglichen, das sie ohne die alte Kette niemals angetreten hätten. So viel war ihm längst klar. Im Normalfall, also ohne Muriels Einmischung, wäre Anne niemals in sein

Land gekommen, um zu bleiben, und erst recht nie mit ihm hierhergefahren. *Gingen ihre Gedanken in eine ähnliche Richtung? Fühlte sich das hier, dieses gemeinsame Essen, nicht plötzlich nach viel mehr an? Fast schon nach einem Date?* Er rieb sich den Nacken, spürte dabei, dass seine Handfläche feucht war.

»Also, ich habe die Öffnungszeiten des Museums überprüft, auf das uns Muriel hingewiesen hat. Hoffentlich treffen wir diesen McDonald morgen überhaupt an. Ist ja alles recht spontan.«

»Oh ja.« Sie lachte hell auf, hielt den Blick aber gesenkt. »Das mit dem *spontan* kannst du laut sagen. Ich habe das Gefühl, seit ich meinen Flug nach Schottland gebucht habe, läuft das nur noch darauf hinaus.«

»Und ist das gut oder schlecht?« Er spürte ein leichtes Zittern in seiner Stimme.

Genau in der Sekunde hob sie den Kopf. Neugierig und ihn musternd, als stünde in seinem Gesicht die Antwort darauf. »Sag du es mir.«

Er verdrehte die Augen. »Echt jetzt? Du möchtest von mir wissen, was ich von unserem Plan halte? Machst du es dir da nicht ein bisschen leicht?«

»Nein. Im Klartext heißt das nämlich, wenn du dein Buch nicht gerade beendet hättest, wären wir nicht hier, richtig?«

»Ja.« Er schüttelte aufs Heftigste den Kopf. »Ähm, ich meine natürlich nein, ich bin sehr gern mit dir hier. Die Idee hierherzufahren, hätte ich nur nicht derart ungeplant umsetzen können.«

Jetzt schlug sie die Hände auf den Tisch und beugte sich zu ihm. »Erwischt. Du bist also auch nicht der spontane Typ.« Um ihre Mundwinkel herum zuckte es.

Ergeben nickte er. »Dann … bringt der Tod deiner Eltern gerade ziemlich viel Unruhe in dein Leben, was?«

»Kann man so sagen. Manchmal habe ich das Gefühl, mich selbst nicht mehr wiederzuerkennen.«

»Ich weiß, was du meinst.« Seinen Gedanken nachhängend drehte er sein Bierglas zwischen den Fingern. Genau dies waren die Momente, die ihm kostbar wie ein Geschenk vorkamen. Momente, in denen er sich dieser Frau nahe fühlte, ohne dass sie mehr sagen musste. Solche, die er nicht missen mochte.

Der Kellner brachte eine Flasche Wasser und schenkte Anne ein. Mit seinem Kommen hatte er etwas von diesem Zauber ungewollt zerstört.

»Ich bin mir sicher, wir finden etwas heraus«, sagte sie leise und ließ ihr Glas gegen seines klirren.

»Von dem Museum und diesem McDonald verspreche ich mir ehrlich gesagt nicht so viel, aber irgendwo müssen wir ja anfangen.«

Anne zog eine Braue nach oben. »Warum so pessimistisch, Duncan? Sieh es als eine Art Recherche für einen Roman an, da musst du sicher auch viel in alten Büchern und Schriften wühlen.«

»Ich bin nicht pessimistisch, in diesem Fall bin ich nur ein Realist.«

»Und dennoch bist du mit mir auf die Insel gefahren?«

Er verschluckte sich beinahe an seinem Bier. Wenn er nur wüsste, was er tun konnte, um bei Anne nicht immer eine Gegenreaktion auszulösen. Eine, mit der er nicht klarkam. Eine, die sein Ego ankratzte oder ihn in irgendeiner Form infrage stellte. Wahrscheinlich lag es daran, dass er sich – wie Muriel stets behauptete – zu wenig unter Menschen aufhielt. Dabei wünschte er sich, dass Anne ihn verstand. Dass sie in ihm sah, wer er wirklich war. Denn aus einem völlig unlogischen Grund fühlte er sich zu ihr hingezogen. Unlogisch, weil sie einen Freund hatte und gar nichts von ihm wollte. Er lehnte sich zurück, nahm einen tiefen Atemzug und versuchte auf diese Weise, auf Abstand zu gehen. Wenn schon nicht emotional, dann zumindest so.

Zum Glück wurde die Suppe serviert, ehe das Schweigen zwischen ihnen unangenehm wurde. Der Kellner wünschte ihnen einen guten Appetit.

»Mmh, das sieht lecker aus«, sagte Anne.

Er nickte lediglich und umschloss den Löffel mit den Fingern. Während er aß, beobachtete er Anne aus den Augenwinkeln. Ein flüchtiger Blick zu ihrem Kleid, dessen dünne Träger schöne Schultern betonten. Ihr fülliges Haar, das sie vergeblich versuchte, hinter dem Ohr zu bändigen, damit es ihr beim Essen nicht ins Gesicht hing. Die zarten Finger, die er sich mit frischer Druckerschwärze an den Kuppen vorstellte, wenn sie arbeitete. Die wachen Augen. In einem Goldbraun, das einem guten Whisky glich. Er schmeckte nicht viel, er gab nichts darauf, dass die cremige Suppe einen angenehmen Geschmack im Mund hinterließ.

»Schon verrückt, die ganze Sache«, griff er das Gespräch wieder auf, nachdem er seinen leeren Teller zur Seite geschoben hatte. »Aber ich bin froh, dass wir hier sind.«

Anne hielt in ihrer Bewegung inne, der Löffel schwebte über dem Teller. »Was ich mich die ganze Zeit über frage, ist, warum ich nichts von dir gewusst habe. Also ... ich meine, warum meine Eltern dich oder

Schottland nie erwähnt haben.« Sie zuckte mit den Schultern.

»Da haben wir etwas gemeinsam. Nicht einmal mein Onkel scheint etwas zu wissen, Muriel hat ihn im Seniorenheim angerufen. Allerdings ist er nicht mehr der Jüngste und vergisst schon mal, dass wir seine Nichte und sein Neffe sind.«

»Was hat sich Papa nur dabei gedacht?«

Die Traurigkeit in ihrer Stimme war etwas, was er schwer aushielt. Zu gern würde er seine Hand auf ihre legen, ihr zumindest irgendeine Form des Verstehens signalisieren. »Diese Frage beschäftigt mich ehrlich gesagt auch, seit du bei mir im Haus aufgetaucht bist.« Was er ihr nicht gestand, war, dass sie sich ständig in seinen Kopf schlich, ohne, dass er etwas dagegen unternehmen konnte.

»Ach ja?« Sie musterte ihn mit einer Spur Skepsis. »Das klang anfangs aber anders, da hattest du nur dein Buch im Kopf.«

Er beugte sich über den Tisch und suchte ihren Blick. »Kannst du möglicherweise«, er senkte die Stimme, »darüber hinwegsehen, dass ich mich reichlich danebenbenehme, wenn ich mitten im Schreibprozess stecke? Muriel und Caroline würden das jederzeit unterschreiben.«

»Wer ist Caroline?«

»Meine Agentin.«

»Verstehe.«

Der Kellner hüstelte, um auf sich aufmerksam zu machen, da er die Teller abräumen wollte. Duncan schreckte regelrecht hoch, und ärgerte sich, weil Anne erneut in ein undurchschaubares Schweigen verfiel.

»Was geschieht gerade hinter deinem schönen Gesicht? Man kann förmlich sehen, wie du nachgrübelst.« Er hoffte, die Stimmung auflockern zu können.

Irritiert hob Anne den Blick.

»Wenn es dich beruhigt, kann ich dir die Verzichtserklärung auch sofort unterschreiben. Egal, was wir herausfinden werden.«

»Darum geht es nicht.« Interessiert verfolgte er ihr Mienenspiel. Sie rang sichtlich mit sich, oder mit einer Antwort. »Zumindest nicht nur«, fügte sie hinzu.

»Um was dann?«

»Um meine Arbeit ... im Verlag wartet Arbeit auf mich, und ich sitze hier auf der Isle of Skye mit ...«

»... mit einem dir komplett fremden Mann, meinst du wohl«, vervollständigte er den Satz. Zu gern würde er lächeln, denn diese Tatsache verursachte ein warmes Gefühl irgendwo in seinem Bauch. Eines, das er nicht so schnell verlieren wollte.

Anne seufzte. »Ja, und das verwirrt mich.«

»Sagtest du nicht, dein Freund würde sich um den Verlag kümmern, während du weg bist? Dann ist doch alles in Ordnung und wir konzentrieren uns einfach auf das, wozu wir hergekommen sind.« *Wie edel er klang. Dabei war nichts gut, wenn er bloß an ihren Freund dachte.*

»Schon gut, vergiss, was ich gesagt habe.« Anne klang, als müsste sie sich selbst überzeugen, oder entsprang dies seinem Wunschdenken?

Plötzlich zog sie unter ihrem Kleid die Kette hervor. Beinahe gedankenverloren spielte sie mit dem alten Kreuz. Davina und Franz, lauteten die beiden eingravierten Namen. Die einzige Spur einer möglichen Verbindung ihrer Familien.

»Wir werden schon herausfinden, was es mit den beiden auf sich hat, das verspreche ich dir«, sagte er mit dem Brustton der Überzeugung. Er würde alles tun, damit es Anne gut ging.

»Die Kette lässt mir keine Ruhe. Was hat sie für eine Bedeutung bei all dem? Und wie kann sie dein rechtmäßiges Erbe bestätigen? So hat es zumindest im Testament gestanden.«

»Sie hat uns zusammengeführt, nur das zählt«, sagte er bedeutungsvoll über das Klirren von Besteck und den gedämpften Gesprächen an den Nachbartischen hinweg. »Und uns verbindet jetzt schon einiges.«

»Wir haben beide niemanden mehr, den wir danach fragen können, meinst du das?«

»Unter anderem, ja.«

»Was wäre, wenn mein Vater nur zufällig auf diese Kette gestoßen ist? Irgendwo in einem Antiquariat? Und jetzt soll sie nur zurück in deinen Familienbesitz?«

Duncan musste sich beherrschen, um nicht aufzuspringen. Er dachte nun mal lieber im Gehen nach. »Das macht doch keinen Sinn. Woher sollte er wissen, dass die Kette meiner Familie gehört? Ich kenne keinen Franz, wie auch immer dieser mit Nachnamen heißen mag. Und vor allem, warum hat dein Vater damit bis zu seinem Tod gewartet?«

Anne stieß einen schweren Seufzer aus. »Du glaubst nicht, wie oft ich mich das schon gefragt habe.«

»Bestimmt wissen wir morgen um diese Zeit schon mehr. Dann kannst du beruhigt zurück nach Deutschland fliegen.« *Was ritt ihn nur, Dinge zu sagen, die er so niemals meinte?* Er wünschte sich alles andere, als dass sie schnell wieder aus seinem Leben verschwand!

»Danke«, kam es schlicht aus dem Mund der Frau, die ihn mühelos um den Finger wickeln könnte, wenn sie davon wüsste.

ANNE

Sie hatte wenig geschlafen und lediglich ein paar Löffel Porridge gegessen, denn die vielen Fragen und die damit einhergehende Unruhe ließen sich nun mal nicht abschalten. Da konnte Duncan noch so einfühlsam sein und sich scheinbar wirkliche Sorgen um sie machen. Sie war froh, dass die Nacht vorüber war und sie endlich im Auto saßen.

Der Motor schnurrte leise, die liebliche Landschaft – genauso schön und beeindruckend wie gestern – zog an ihr vorüber. Berge, Wasser, jede Menge Schafe auf den Wiesen. Das Grün schien heute Morgen noch stärker zu leuchten und der Himmel war von keiner einzigen Wolke durchzogen. Das perfekte Wetter für einen Besuch der Insel. Wenn nur ihr Kopf frei dafür wäre.

»Willst du eigentlich darüber reden, was passiert ist? Ich meine, mit deinen Eltern?«

Duncans unerwartet sanfte Stimme riss sie aus ihren Gedanken. Die Frage löste so etwas wie einen Erdrutsch in ihrem Inneren aus, obgleich sie diese schon etliche Male gehört hatte. Dieser Mann an ihrer Seite kannte sie im Prinzip gar nicht und trotzdem brachte er ihr, wenn er sich nicht gerade wie ein widerspenstiger Griesgram benahm, derart viel Wärme und Verständnis entgegen, dass sie schwer schlucken musste. Hastig wischte sie sich eine Träne aus den Augen.

»Sie sind umgekommen, weil irgendein Raser sie voll in der Kurve geschnitten hat. Sie hatten keine Chance, nicht die geringste.«

Sie spürte eine mitfühlende Hand auf dem Knie.

»Tut mir leid, ich wollte dir nicht zu nahetreten.«

»Es tut einfach weh, wenn ich daran denke.«

»Das glaube ich dir.« Die Hand verschwand, hinterließ aber eine Wärme auf der Haut, die sie sofort vermisste. Der Tod ihrer Eltern machte sie einfach zu emotional, warum sonst bedauerte sie das? Eingehüllt in den Kokon der Vergangenheit fragte sie sich unwillkürlich, was ihr Vater wohl denken würde, wüsste er davon, dass sie mit Duncan unterwegs war. Schließlich hatte er sie beide zusammengeführt.

Eine Zeit lang schwiegen sie. Noch immer zog die einsame Landschaft an ihnen vorbei, entlang der Lochs und durch kleine Orte, die nur aus wenigen Häusern bestanden. Schon bald befanden sich um sie herum nur noch grüne Hügel und blauer Himmel.

In Annes Kopf blitzten bruchstückhafte Erinnerungen auf: Ihr Vater tief gebeugt über seine Geschäftsbücher, wie er bei ihrem Eintreten mit einer schnellen Bewegung Blätter zur Seite schob. Das seltsame Schweigen ihrer Eltern, wenn sie unerwartet den Raum betrat, so als dürfte sie nicht Teil des Gespräches werden. Im vergangenen Jahr hatte sie dies mit der Trauer um Lizzie abgetan und einfach nicht nachgehakt. Doch plötzlich stolperte sie darüber.

»Meine Eltern ... es muss einen Grund geben, warum sie diese Kette vor uns verheimlicht haben.«

Duncan drehte das Gesicht kurz zu ihr. »Uns?«

»Liz«, antwortete sie leise. »Meine ältere Schwester ist vor einem Jahr gestorben. Ich bezweifle allerdings, dass sie mehr gewusst hat.«

»Ich hatte keine Ahnung ... ähm ... das ist verdammt traurig.«

Anne presste die Lippen zusammen. Der Schmerz kam und ging. Lizzie zu verlieren, war das eine gewesen. Die Art ihres Todes, daran hatte sie als Schwester viel länger zu knabbern. Weil sie sich immer wieder fragte, ob sie es hätte verhindern können. Klar, Lizzie hatte damals jede Hilfe abgelehnt, dennoch hätte Anne im entscheidenden Moment für sie da sein sollen. Sich eine Überdosis zu verabreichen, klang einfach nach einem letzten Hilfeschrei. Oder danach, dass alle versagt hatten. Weder ihre Eltern noch sie hatten gemerkt, wie sehr Lizzie bereits abgerutscht war. Immer wieder reichte sie ihnen Strohhalme, nach denen sie griffen und hofften, alles würde besser werden. Als Lizzie aus Frankreich zurückkehrte und behauptete, sie würde eine Ausbildung zur Goldschmiedin anfangen. Was natürlich nie geschehen war. Ein paar Bewerbungen, die ersten Absagen, das war es bereits wieder gewesen. Ein anderes Mal versprach sie ihnen, sich von ihrem neuen Lover zu trennen. Ihre Abhängigkeit war für Außenstehende offensichtlich gewesen. Lizzie hatte hingegen an die große Liebe geglaubt. Den Stoff hatte sie von ihm bekommen. Dafür hätte man ihn vielleicht belangen können. Doch der Typ war längst in der Versenkung verschwunden, ehe ihre Eltern und Anne aus der tiefsten Trauer wieder aufgetaucht waren.

»Habt ihr euch nahe gestanden?« Der warme Klang von Duncans Stimme fing sie auf, ehe sie sich in der quälenden Spirale aus eigenen Vorwürfen und dem entsetzlichen Vermissen gänzlich verlor.

»Ja, auch wenn Lizzie manchmal behauptet hat, wir würden auf unterschiedlichen Planeten leben. Sie war schon immer eine Träumerin gewesen.«

»Hat deine Schwester auch im Verlag mitgearbeitet?«

Sie schüttelte unmerklich den Kopf. »Nein, Liz hat sich für das Familienunternehmen nie interessiert.«

»Dafür bist du in den Verlag eingestiegen.«

Genau genommen war es keine Frage, sondern eher eine Feststellung.

Mit gemischten Gefühlen sah sie zu Duncan. Sein weiches Profil, das sie während der Fahrt schon ein paar Mal bestaunt hatte, die hellen Wimpern, seine schmale Nase, der leichte Ansatz eines rötlichen Bartes, den er nicht regelmäßig abzurasieren schien. Im Hintergrund die Glens der Insel. Alles passte zusammen. Es fehlte lediglich, dass er einen Kilt trug.

»Ja«, antwortete sie wahrheitsgemäß. »Ich wollte, dass meine Eltern stolz auf mich sind.«

»Das ist nachvollziehbar.«

Nachvollziehbar? War das alles, was ihm dazu einfiel? Wie oft hatte Lizzie sie beschworen, ihr eigenes Leben zu führen und nicht um der Eltern willen Entscheidungen zu treffen. Ihre Schwester hatte gut reden gehabt. Sie war diejenige, die sich nach dem abgebrochenen Abitur einfach davon gestohlen hatte.

Was war ihr denn anderes übrig geblieben? Lag es nicht auf der Hand, dass sie letzten Endes die Ausbildung zur Verlagskauffrau anfing? Als sie später

Hannes kennenlernte, hatte sich schließlich alles perfekt ergeben. Wie zwei Zahnräder, die ineinanderpassten. Nur, dass es in letzter Zeit lautstark knirschte. Als wäre Sand im Getriebe.

»Was ist mit deinen Eltern? Hast du eigentlich noch weitere Geschwister?«

»Du lenkst von dir ab.«

»Nein, ich interessiere mich für deine Familie.«

Jetzt grinste Duncan, sie konnte es selbst aus den Augenwinkeln erkennen. »Wem willst du das gerade weismachen?«

Sie lehnte den Kopf gegen die Fensterscheibe und starrte nach draußen. »Ich habe dir von meinen Eltern erzählt. Jetzt bist du dran.«

Womöglich lag es an der Nähe im Auto, die kein Entkommen möglich machte oder daran, dass er sich überraschend gut in sie einzufühlen vermochte. Plötzlich existierte eine gewisse Vertrautheit zwischen ihnen, die ihr half, sich im Jetzt wohlzufühlen. Mit Duncan. Unterwegs auf einer fremden Insel. Es war ein ganz anderes Gefühl, als am Abend zuvor, als sie sich lediglich auf den inneren Rückzug konzentriert hatte.

»Da gibt es nicht viel zu erzählen. Meinen Eltern ging es ähnlich wie deinen. Null Chance. Sie sind bei einem Flugzeugabsturz ums Leben gekommen. Muriel und ich kamen zu meinem Grandpa. Sie war kurz zuvor achtzehn geworden und hat sich immer für mich verantwortlich gefühlt, hat quasi die Rolle der Mutter zu ersetzen versucht.«

»Und das macht es kompliziert«, dachte Anne laut nach. »Man merkt sofort, wie eng verbunden ihr seid, aber andererseits hatte ich das Gefühl, dass du dich auch eingeengt von ihr fühlst.«

»Gut beobachtet«, erwiderte Duncan, wobei er sich ein wenig versteifte. Seine Hände lagen nicht mehr ganz so locker auf dem Lenkrad wie bisher.

»Lebst du gern hier?« Sie deutete auf die Glens, das Rundumpaket an Natur. »Ich meine, Fort William ist nicht gerade eine Großstadt, und hier auf der Isle of Skye scheint es auch nicht viel Aufregendes zu geben.«

Ein kurzes Auflachen ertönte an ihrer Seite. »Du meinst wohl, ob ich meinem Ruf als Einsiedler gern gerecht werde?«

»Das hast du jetzt gesagt«, versuchte sich Anne, zu verteidigen. »Aber ja, ich stelle es mir eher einsam vor. Oder hast du ...?« Sie merkte, wie die Hitze in ihrem Gesicht hochstieg. Tatsächlich hatte sie noch mit keinem Gedanken daran gedacht, ob er eine Freundin hatte. In seiner Vita auf der Seite des Verlages hatte nichts davon gestanden, dass er verheiratet war.

Zu ihrem Pech ließ Duncan sie rigoros zappeln. Statt einer Antwort auf ihr Gestammel, setzte er den Blinker und fuhr in dem Moment einen Parkplatz an. *Fairy Pools* stand auf dem Schild, das in Richtung der Hügel zeigte.

»Oh, ich hatte gedacht, wir fahren erst nach Portree.«

Der Wagen kam zum Stehen. Duncan schnallte sich ab und wandte sich zu ihr. Sein Gesicht hatte gerade etwas Unergründliches. »So früh am Morgen ist hier noch nicht viel los, ich halte die Idee für ausgezeichnet, mit einem kleinen Spaziergang zu starten. Das kühlt auch erhitzte Gemüter ab.«

»Haha, findest du das witzig?«

Er öffnete die Tür und stieg aus. Anne sah seinen Kopf noch einmal auftauchen. »Ehrlich gesagt ja«, erwiderte er mit einem breiten Grinsen.

Na warte! Betont langsam verließ sie das Auto und würdigte Duncan keines Blickes. Ja, sie mochte Männer mit Humor, und darum war es umso schwerer sich einzugestehen, dass es Duncans spitze Bemerkung genau auf den Punkt brachte. Sie war innerlich erhitzt und durcheinander. Das war nicht gut. Gar nicht gut. Übertrieben lange studierte sie ein Informationsschild, hörte dabei eine Gruppe Motorräder ankommen und vereinzelte Stimmen derjenigen, die sich auf den Weg machten. Sie befanden sich direkt am Startpunkt der Wanderung.

Plötzlich spürte sie eine Hand auf ihrer Schulter. »Sorry, das war nicht fair.« In seiner Stimme klang ein ehrlicher Ton des Bedauerns mit. »Hast du trotzdem Lust, zu den Pools zu gehen? Dort ist es einfach zu schön. Es wäre schade, wenn du sie dir nicht ansiehst, wo wir schon mal hier sind.«

Sie kaute auf ihrer Lippe, hin und hergerissen zwischen dem Wunsch, schnell zu irgendwelchen Ergebnissen bezüglich ihrer Suche zu kommen, und der Vorstellung, sich fallen zu lassen und einfach zu genießen. *Fairy Pools*, das klang geradezu märchenhaft. Und angesichts der Tatsache, dass bereits jetzt fast die Hälfte der Parkplätze besetzt war, siegte ihre Neugier, und sie verspürte auch so etwas wie Abenteuergeist. Davon hatte sie lange nichts mehr in sich gefühlt. Darum drehte sie sich abrupt um, selbst überrascht davon, wie nah sie Duncan dadurch kam.

»Okay, dann lass uns gehen.«

Um seinem schönen Lächeln zu entkommen, lief sie los, hörte jedoch anhand seiner Schritte, dass er ihr folgte. Kaum hatten sie den kleinen Parkplatz hinter sich gelassen, führte der Weg mitten durch die hügelige Landschaft. Er schlängelte sich förmlich durch sie hindurch. Erst unerwartet steil bergab, dann wieder bergauf. Immer einem Fluss folgend und direkt auf die kahlen Berge zu, deren Fels im frühen Morgenlicht beinahe bläulich schimmerte. Die Wanderer vor ihnen wirkten wie vereinzelte Perlen auf einer langen Schnur. Ein leichter Wind blies über die Ebene. Sie war froh um den leichten, hellblauen Blouson, für den sie sich spontan entschieden hatte.

Eine Weile hing Anne ihren Gedanken nach, froh darüber, dass Duncan das Schweigen nicht durchbrach. Dennoch war sie sich seiner Nähe bewusst, merkte, wie sich ihre Schrittlängen wohl eher unbewusst einander anpassten. Zwei ältere Männer im Trekkingoutfit überholten sie und grüßten im Vorbeigehen.

Als sie das Flussbett über große, kantige Steine überquerten, hüpfte Duncan in einer fast kindlichen Freude voran. »Wir haben Glück, dass er gerade nicht viel Wasser führt, er kann auch ganz anders«, sagte er und wies in Richtung Glens. »Der Fluss heißt übrigens River Brittle, oder auch Allt Coir' a Mhadaih. Die *Fairy Pools* sind dank ihm auf ganz natürliche Weise entstanden.«

Der Name des Flusses klang geheimnisvoll und fremd.

»Warum heißen die Pools eigentlich so?«

»Du meinst, dass wir dort Feen sehen werden?«

Duncan grinste sie herausfordernd an. »Ich glaube an alte Legenden, wie ist es mit dir?«

»Ich weiß nicht«, gestand sie, »ich habe mir darüber noch nie Gedanken gemacht. Aber hierher passt es irgendwie. Mit ein wenig Fantasie kann ich mir vorstellen, dass sie über dem Wasser schweben oder hinter den Bergen hervorschauen und uns beobachten.«

Genau in diesem Moment geriet sie ins Stolpern, weil sie in die Ferne sah, statt auf ihre Füße zu achten.

»Hoppla, Vorsicht.« Ein sanfter Druck an Ellbogen und Schulter, als Duncan sie mehr oder minder auffing. »Alles in Ordnung, Anne?«

»Ja, danke.«

Sein besorgter Blick ruhte länger als nötig auf ihr. Seine Hand lag warm und keineswegs unangenehm auf ihrem Arm. Ihr Herz schlug gefühlt schneller. *Was soll das hier werden?* Stumm ermahnte sie sich, besser auf den Weg zu achten und Duncans Aufmerksamkeit nicht zu viel Beachtung zu schenken. Er war nur höflich, sagte sie sich.

Sie gingen weiter flussaufwärts, das Wasser bahnte sich leise plätschernd seinen Weg. Umso verwunderter war Anne, als sie auf die ersten Pools stießen. Manche waren aufgrund des niedrigen Wasserstands eher kleine Badewannen voll glasklaren Wassers, an anderen Stellen zeigten sich die Felsen hartnäckiger, sodass der Fluss sich unterhalb durchgearbeitet und den Stein ausgehöhlt hatte. Schon bald erreichten sie den ersten Wasserfall. Er entlockte Anne wahre Begeisterungsrufe.

»Oh, ist das schön hier! In natura sieht es noch viel beeindruckender aus.« Natürlich hatte sie Bilder von den Pools gesehen. Noch während der Autofahrt, als Duncan den Vorschlag gemacht hatte, hierherzukommen.

Duncan lachte und wies mit der Hand in Richtung Berge, die schon ein gutes Stück näher gekommen waren. »Warte ab, es kommen noch viel mehr.«

Anne konnte sich bereits an den ersten Wasserbecken kaum sattsehen. In einigen schimmerte das Wasser grünlich, in anderen türkisblau wie in der Karibik. Überall standen die Leute herum, den Blick genau wie sie nach unten gerichtet. Direkt vor ihr kletterte gerade eine Gruppe Jugendlicher lautgrölend über die Felsen. Es waren Deutsche, sodass Anne ihre coolen Sprüche unfreiwillig hörte.

»Wollen wir auch ans Wasser?« Sie richtete den fragenden Blick auf Duncan.

Um seine Mundwinkel zuckte es. »Wenn du magst, auch *ins* Wasser.«

»Es ist kalt, oder?« Sie mochte den Spaß, den er sich mit ihrer Unwissenheit machte. »Bei uns sind die Gebirgsflüsse jedenfalls eiskalt.«

»Im Schnitt zehn Grad, aber bitte«, jetzt grinste er noch breiter, »steig doch mal mit den Füßen rein, dann merkst du es gleich. Jetzt ist auch noch nicht so viel los.«

Natürlich war ihr inzwischen bewusst geworden, was für ein Touristenmagnet die *Fairy Pools* waren. Duncan hatte richtig entschieden, so früh nach dem Frühstück hierher zu fahren.

»Im Sommer gehen immer wieder Leute schwimmen. Wenn der Wind nicht zu schroff ist, ist es eine echte Abkühlung.«

»Und du? Warst du auch schon in den Pools?«

»Ja, und in einem bin ich sogar einer Fee begegnet.«

Der sanfte Ton in seiner Stimme ließ Anne aufblicken. Duncans Miene verriet ihr nicht, ob er das ernst meinte. Zuzutrauen wäre es ihm, dachte sie bei sich, immerhin schrieb er Bücher über Feen, Selkies oder Trolle.

Das Platschen von Wasser lenkte Anne ab. Der Erste der draufgängerischen Typen war tatsächlich ins Wasser gesprungen. Er brüllte jetzt wie ein Affe und schlug sich entsprechend die Arme um den Oberkörper. »Leute, das ist … brr … saukalt, ehrlich!«

Lautstark forderte er seine Kumpels auf, es ihm gleich zu tun. Anne hatte keine Lust auf ihr Ich-bin-ein-harter-Kerl Gehabe.

»Lass uns weiter nach oben laufen.«

Duncan nickte. »Ja, klar, es geht gerade laut zu da unten.«

Tatsächlich achtete Anne nicht darauf, ob er ihr folgte. Es zog sie einfach immer weiter. Je mehr Pools sie bewunderte, desto mehr stellte sie fest, dass diesem Ort eine ganz eigene Magie innewohnte. Nicht, dass sie plötzlich begann, an Feen zu glauben, trotzdem entstanden ganz besondere Bilder in ihrem Kopf, während sie einen Wasserfall bewunderte, der sich kraftvoll zwischen den Felskanten in die Tiefe stürzte. Die Pools besaßen die unterschiedlichsten Formen. Selten waren sie ganz rund, oft krumm oder ganz länglich. In dem einen oder anderen entdeckte sie mutige Schwimmer, fröhliches Lachen erklang neben dem teils lauten Rauschen des Flusses. Wenn sie Badesachen in ihrem Gepäck gehabt hätte, wer wusste schon, ob sie nicht auch zu diesen Mutigen gehört hätte.

»Es ist hier einfach nur traumhaft schön, ich wünschte, wir könnten den ganzen Tag hier bleiben.« Ihr entfuhr ein tiefer Seufzer, während sie in das tiefgründige Blau blickte. Es war so klar, dass sie jeden einzelnen Felsen darin erkennen konnte.

Duncan, der längst wieder zu ihr aufgeschlossen hatte, zwinkerte ihr zu. »Ich mag Frauen, die Sinn für die Magie von Schottland haben.«

»Aha«, erwiderte Anne. »Und ich mag Männer, die Kilts tragen und Holzstämme durch die Luft werfen.«

»Autsch, das ist dann wohl die romantische Vorstellung von uns Schotten. Der verwegene Mann, der die Frau seines Herzens aus jeder Lebenslage rettet.«

Jetzt konnte sie ihr Lachen kaum unterdrücken. »Und? Steckt denn in dir der geheimnisvolle, romantische Held?«

»Steckt nicht in jedem von uns etwas Geheimnisvolles, das es zu entdecken gibt?«

»Uh, auf welches Geheimnis würde ich denn bei dir stoßen?«

»Finde es heraus«, gab Duncan locker von sich, ehe er behände über den nächstbesten Felsen vor sich nach unten zum Wasser kletterte.

Er flirtete mit ihr, sagte sich Anne, was ihr mehr gefiel, als sie sich eingestehen wollte. Prompt spürte sie, wie ihr heiß wurde. Heiß in dem Sinn, dass ihre Gedanken in eine gefährliche Richtung abbogen. In der Art, wie Duncan sie eben angesehen hatte, lag etwas Verschwörerisches, so als hätte sie den nächsten Schritt in der Hand. Stopp! Derartige Gedanken mussten sofort aufhören. Duncan und sie könnten schließlich verwandt sein, und außerdem ... Sie hatte ein Unternehmen zu retten. Anne spürte deutlich ihren Herzschlag, als sie sich auf den glatten Stein setzte und die Füße baumeln ließ, während sie Duncan beim Klettern zusah. Sie musste an ihre Kindertage denken, an die Zeit, als ihr bester Freund Max und sie ein großes Geheimnis bei den Erwachsenen entdeckt hatten und sich schworen, es niemandem zu sagen. Diesen Schwur hatten sie mit einem Kuss besiegelt.

Sie war damals sieben gewesen und Max ihre erste große Liebe.

»Anne, warum antwortest du nicht auf meine Nachrichten? Ich hab dich zig Mal versucht, zu erreichen!«

»Musst du mich deswegen gleich so anschreien?« Sie bemühte sich darum, nicht zu laut zu reden, immerhin saß Duncan neben ihr im Auto. Sie befanden sich auf dem Weg nach Portree, und scheinbar hatte sie, ohne es zu bemerken, bei den Pools kein Netz gehabt. Den Anflug von schlechtem Gewissen schob sie tunlichst beiseite. Sie hatte wenig Lust, sich den fantastischen Vormittag von einem schlecht gelaunten Hannes vermiesen zu lassen. Und dass er schlechte Laune hatte, hörte sie bereits an den ersten Sätzen.

»Wo warst du? Du weißt doch, dass ich wissen muss, ob es dir gut geht. Ich habe mir wirklich Sorgen gemacht.«

»Tut mir leid, das wollte ich nicht. Wir sind gut angekommen und haben gerade eine kleine Wanderung gemacht. Ich schicke dir gleich ein paar Fotos. Es ist wunderschön hier.«

»Wieso wandern? Was will dieser McRohan vor dir? Ich dachte, du fährst auf die Isle of Skye, um Nachforschungen anzustellen?«

»Wir sind jetzt auf dem Weg nach Portree zu einem Termin im Museum. Bis eben hatte ich einfach kein Netz, also mach kein Drama daraus.«

»Mir gefällt das nicht, Anne. Du klingst seltsam. Irgendwie weit weg.«

Anne zögerte. Genau so etwas in der Art dachte sie auch gerade. Weil es irgendwie stimmte. Ihr Leben in der Großstadt, München, Hannes, alles rückte in die Ferne, kam ihr vor wie aus einem Traum, während die Insel und die atemberaubende Natur das Hier und Jetzt waren. Greifbar. Herzklopfnah. Sie warf einen kurzen Blick zu Duncan, der sich aufs Fahren konzentrierte, sich mit Sicherheit aber seinen Teil dachte. Natürlich befanden sie sich auf dem Weg in die Hauptstadt, wo sie sich erste Informationen erhofften. Muriel hatte ihnen schließlich den Kontakt zu dem Museumsleiter besorgt. Aber wo stand geschrieben, dass sie nebenher nicht auch noch ein paar Eindrücke von der Insel mitnehmen konnte? Unvergessliche Eindrücke, die sie mit diesem Mann neben sich teilte.

»Ich erkläre dir alles später. Wir kommen gerade in den Ort.«

»Okay. Aber versprich mir, dass du dich ins nächste Flugzeug setzt, sobald du dort genug in Erfahrung gebracht hast.« Hannes Stimme bekam einen versöhnlichen Tonfall. »Du fehlst mir, Babe.«

Wieder wand sich Anne innerlich. Gleich einem Wurm, der sich verzweifelt in die ausgetrocknete Erde buddeln wollte. Was für ein passendes Bild.

»Ich kann dir noch nicht sagen, wie lange ich bleiben werde, Hannes. Es kommt ganz darauf an, ob wir ...« Krampfhaft hielt sie das Handy fest.

»Was soll das heißen? Anne, was hast du denn noch vor?«

»Duncan und ich verfolgen eine erste Spur, das sagte ich dir bereits. Kann aber sein, dass wir noch woanders hinfahren müssen, das verstehst du doch, oder?«

»Nein, Anne, wie soll ich das bitte verstehen?« Die Worte wurden ihr nur so ans Ohr geschmettert. »Dieser Kerl nutzt deine Gutgläubigkeit aus oder was auch immer.«

»Blödsinn«, unterbrach sie ihren Freund. »Es geht mir darum, zu klären, welcher Zusammenhang zwischen meiner und Duncans Familie besteht.« Auch ihre Stimme wurde lauter, dabei hasste sie es, ins Handy zu brüllen. Sie war sich Duncans Nähe mehr als bewusst, der betont unbeteiligt den Wagen durch den kleinen Ort lenkte.

»Und was dann? Was, wenn er die Hand ausstreckt und dir am Ende doch den Verlag wegnimmt? Du begibst dich auf sehr dünnes Eis, Anne. Lass die Finger davon und komm ...«

Mehr hörte sie nicht mehr, denn sie beendete das Gespräch. Ihre Finger flogen eilig über das Display.

Schlechter Empfang, sorry, ich melde mich später.

Anschließend blickte sie stur zum Fenster raus und war dankbar dafür, dass Duncan nichts sagte. *War es wirklich notwendig, dass ihr Freund derartigen Stress machte?* Andererseits hatte er echte Panik, den Verlag zu verlieren. *Sollte sie besser genauso denken, anstatt sich mit Duncan zusammenzutun, ohne zu wissen, was am Ende dabei herauskam?*

Doch sie vertraute dem Schotten.

Fragte sich nur, bis wohin.

Portree lag an der Hauptverkehrsstraße, die weiter in den Norden der Insel führte. Es kam Anne so vor, als erwachte sie selbst gerade aus einem Dornröschenschlaf, denn die Stadt versprühte eine unerwartete Lebhaftigkeit. Die Gehwege waren voller Menschen und jede Menge Touristenbusse mischten sich plötzlich unter die Autos. Dunkle, für Schottland eher typische Steinhäuser wechselten sich mit helleren Farben ab. Eine schlichte Kirche fiel ihr ins Auge, als sie um die Kurve fuhren, weil sich davor besonders viele Besucher drängten. Duncan schien genau zu wissen, wohin er wollte. Als er in eine Seitenstraße abbog, geriet Anne erst recht ins Staunen.

»Oh, wie hübsch!« Ausnehmend kleine Geschäfte und Pubs reihten sich hier aneinander, alles wirkte bunt und fröhlich. Größtenteils waren die Fenster farbig umrahmt, sodass jedes Haus anders aussah. Im Vorbeifahren entdeckte sie etliche Pubs und Souvenirshops.

»Die Stadt ist äußerst beliebt und ihre Bucht am Hafen eines der am häufigsten abgebildeten Motive auf Postkarten und Fotos«, erklärte ihr Duncan, während er auf einen Platz zufuhr, auf dem er einen der letzten freien Parkplätze ergatterte. »Das hier ist der Town Square. Am besten gehen wir zu Fuß weiter.«

»Ganz, wie du meinst.«

Der Stadtplatz selbst machte nicht wirklich viel her, er war wohl hauptsächlich eine Art Busbahnhof. Ein paar Bäume, gerade mal zwei Bänke, dafür entdeckte Anne ein Café und eine *Bakery*.

»Kann ich mir noch schnell einen Tee holen?«

Duncan zog die Augenbrauen zusammen. »Das *Skye and Lochalsh Archive Centre* schließt um eins, also beeile dich besser. Später können wir dann in Ruhe etwas essen gehen.«

Die Schlange vor der *Bakery* ließ Anne fürchten, dass es länger dauern würde, doch nur wenige Minuten später ging sie bepackt mit einem Earl Grey im Pappbecher und einem Stück *Oat Cake* strahlend auf Duncan zu. »So, jetzt bin ich gerüstet.«

Der Weg zum Museum dauerte nur wenige Minuten und führte sie aus dem Stadtzentrum raus. Zufrieden kauend lief Anne neben Duncan her. Ein Wegweiser, an dem er eher achtlos vorüberging, verwies auf einen *Woodland Walk*, der sie neugierig machte. Insgeheim überlegte sie, ob sich eine weitere Möglichkeit für eine Wanderung ergeben würde. Sie mochte die Insel. Sie mochte alles, was sie bisher gesehen hatte. Vor allem aber schätzte sie es, Duncan an ihrer Seite zu haben.

Vor einem zweistöckigen weißen Gebäudekomplex mit schwarzen Dächern machten sie halt. Ein Schild verwies Besucher zum Eingang.

»Ich habe uns heute früh angekündigt«, sagte Duncan der grauhaarigen Frau, die hinter einer Theke saß und sie mit einem freundlichen Lächeln willkommen hieß. »Wir sollen hier Herrn MacDonald treffen.«

»Aber natürlich, ich sage ihm gleich Bescheid, dass Sie da sind. Setzen Sie sich doch bitte so lange, bis er kommt.«

Anstatt sich zu setzen, verschaffte sich Anne anhand der Informationkästen eine Vorstellung davon, wo genau sie sich befand. Das *Skye and Lochalsh Archive Center* besaß angeblich eine ansehnliche Sammlung historischer Fotografien und zeigte wechselnde Ausstellungen zur Geschichte der Inseln Skye und Lochalsh. Die Vorstellung stimmte sie zuversichtlich, denn sollte sich Muriels Spur als korrekt erweisen, waren sie in diesem Museum auf jeden Fall an der richtigen Adresse.

»Bist du eigentlich als kleiner Junge mit deinen Eltern auf der Isle of Skye gewesen?« Die Frage war ihr jetzt erst gekommen. Sie trat zu Duncan, der in einem ausgebeulten Ledersessel saß, der so gar nicht zu dem sterilen Eingangsbereich passte. »Ich meine, wenn ihr womöglich Verwandte hier habt?«

»Nicht, dass ich wüsste. Ich habe die Insel wegen meiner Recherchen für die Bücher erst richtig kennengelernt.«

»Aber haben deine Eltern nie über die alten Zeiten geredet? Ich meine, wie anders es früher war? Darin war mein Vater ein Meister. Zumindest wenn es um die Geschichte des Verlages ging.« Anne lehnte sich mit dem Rücken gegen eine Säule.

»Geschichten geraten in Vergessenheit, wenn keiner da ist, der sie erzählt«, sagte Duncan und strich sich mehrfach über das Kinn. »Das hat mein Grandpa immer gesagt. Ihm verdanke ich übrigens, dass ich mit dem Schreiben angefangen habe.«

»Er fehlt dir bestimmt.« Die Spur von Traurigkeit war nur unschwer zu überhören.

»Hmm.«

Zu gern hätte sie mehr erfahren. Duncan schien eine enge Beziehung zu seinem Großvater gehabt zu haben. Ausgerechnet in dem Moment kam ein Mann mit schütterem weißen Haar und einer auffälligen Brille auf sie zu.

»Gehe ich richtig in der Annahme, dass Sie Herr McRohan sind?«

»Ja, ich hatte Kontakt zu Ihnen aufgenommen«, antwortete Duncan. Er stand auf und deutete auf sie. »Und dies ist Frau Nadler aus Deutschland. Wir sind gekommen, weil wir einer geheimnisvollen Verbindung in unserer Familiengeschichte nachgehen wollen.«

Anne nickte eifrig. »Wir hoffen, die Sache möglichst schnell aufklären zu können, und dabei können Sie uns bestimmt eine große Hilfe sein.«

DUNCAN

Aus einem ganz bestimmten Grund ärgerte ihn Annes Eifer. Wenn es nach ihm ging, könnte diese Familiensache im Dunklen bleiben. Für ihn würde sich rein gar nichts ändern. Nicht an der Tatsache, dass ihn das Erbe, sprich der Verlag von Annes Vater nicht interessierte, noch daran, dass er Anne besser kennenlernen wollte. Das eine schloss das andere schließlich nicht aus. Nicht, solange sie in Schottland war. Jetzt allerdings redete sie in einem fort auf den Museumsarchivar ein, sodass dieser verständnisvoll nickte und sein Interesse an ihrem Fall bekundete.

»Für eine solche Suche bin ich eigentlich nicht zuständig, aber ich werde sehen, was ich tun kann. Wenn Sie mir bitte folgen möchten.«

Er führte sie in einen großen Raum, in dessen Mitte ein runder, brauner Tisch stand. Die Fenster gingen bis auf den Boden und ließen viel Tageslicht hinein. An den Wänden hingen verglaste Schaukästen, in denen allerlei historisches Material zu sehen war.

»In unserem Archiv wird die lokale Geschichte der Insel und ihrer Familien bis zurück ins siebzehnte Jahrhundert verwahrt. Da Sie vor allem der Zeitraum um 1882 interessiert, schlage ich vor, Sie nehmen sich zuerst die alten Jahrbücher vor. Wir sind stolz darauf, dass das meiste Material, das uns zur Verfügung steht, digitalisiert ist. Aber ich warne Sie, es ist eine mühsame Arbeit.«

»Schon gut, wir sind extra deswegen gekommen«, sagte Anne. »Es ist wirklich dringend.«

»Was wäre ...« Duncan war ein Gedanke gekommen. Er trat zu Anne. »Hast du die Kette bei dir? Vielleicht kann Herr MacDonald uns mehr dazu sagen. Ob es ein Unikat ist oder im Besitz eines Clans gewesen sein könnte. Muriel ist da noch nicht weitergekommen.«

»Eine Kette?« Die Neugier des Mannes war prompt geweckt.

»Warten Sie, ich trage sie bei mir«, beeilte sich Anne zu erwidern, und zog diese unter ihrer Jacke hervor.

»Es geht um ein Erbe, sagten Sie?«

»Ja, genau.« Duncan nickte. Dabei verfolgte er aufmerksam die Reaktion des Mannes, nachdem Anne ihm das keltische Kreuz in die Hand gelegt hatte. Ein kurzes Hochziehen der Augenbrauen, ein leichtes Schürzen der Lippen, nichts, das wirklich etwas verriet.

»Und in wessen Besitz war die Kette bislang?«

Mit der Antwort kam ihm Anne zuvor. »Das ist es ja, was uns verwundert. Sie gehörte meinem Vater. Sehen Sie die beiden eingravierten Namen? Es ist die einzige Spur, die wir haben, denn mein Vater hat mir die Kette hinterlassen, um angeblich ein Unrecht wiedergutzumachen.«

Er bemerkte, wie ein flüchtiger Schleier der Traurigkeit bei der Erwähnung ihres Vaters über ihr Gesicht zog.

»Wie sieht es mit den Verwandten aus? Weiß niemand etwas über ihren Erwerb?«

»Es gibt leider niemanden mehr, den ich fragen kann«, sagte Anne. »Die Familie Nadler ist seit Jahrhunderten im Besitz eines gut gehenden Verlagshauses, erst in Stuttgart, seit 1881 liegt der Sitz in München. Mir ist keine Verbindung nach Schottland bekannt.«

»Aber ausschließen können Sie es nicht, Frau Nadler, wenn ich Sie richtig verstehe. Denn diese Kette stammt mit großer Wahrscheinlichkeit aus dem Besitz einer schottischen Familie. Sehen Sie ...« Der Mann näherte sich Anne, sodass er sich automatisch dazu beugte, um ebenfalls einen Blick zu erhaschen. »Allein die Form des Kreuzes spricht dafür. Was mich allerdings nachdenklich stimmt, sind nicht die Namen – da hat Muriel bereits gute Vorarbeit geleistet und eine Verbindung zu den McRohans aufgespürt – es geht eher um die Jahreszahl, die mir Kopfzerbrechen macht.«

»Inwiefern?« Duncan runzelte die Stirn.

»Zu dieser Zeit hat eine ungewöhnlich hohe Zahl an Einwohnern die Insel verlassen und Bauernhöfe wurden geschlossen. 1882 kämpften die Landwirte sogar um ihre Weiderechte.«

»Warum?« Eher zufällig fing Duncan Annes ungeduldigen Blick auf, ganz nach dem Motto *Und was soll uns das helfen?*

»Die damaligen *Lairds* waren sich ziemlich einig, dass sie in die Schafzucht intensivieren wollten. Die Bauern wurden regelrecht vertrieben. Man nannte das *Highland Clearances.*«

»Und was kann das mit der Kette zu tun haben?«

Mit einer ruckartigen Bewegung schien der Museumsarchivar seine Gedanken aus dieser wenig erfreulichen Zeit zurückzuholen. Behutsam legte er die Kette auf den Tisch. »Verzeihung, ich habe nur laut gedacht. Sollten die McRohans, die meines Wissens nach zu den Gutsherren jener Zeit gehörten, ihre Leute ebenfalls vertrieben haben, wäre es zumindest denkbar, dass die Kette auf diesem Weg nach Deutschland gelangt ist. Obwohl«, er kratzte sich im Nacken, »die meisten Gälen wurden nach Übersee zwangsumgesiedelt.«

»Aber selbst, wenn, uns interessiert vor allem die Verbindung, die zwischen unseren beiden Familien bestehen könnte«, schob Anne ein. »Wie würden Sie da am besten vorgehen?«

»Ich?« Der Mann sah sie verwundert an. »Meine Zeit ist ehrlich gesagt begrenzt. Ich kann Sie nur an die Jahrbücher verweisen. Wenn Ihnen diese bei Ihrer Suche nicht weiterhelfen, würde ich noch Einblick in die alten Kirchenbücher nehmen.«

»Wir sind Ihnen wirklich sehr dankbar«, sagte Duncan. Aus den Augenwinkeln sprang ihm Annes Ungeduld förmlich entgegen.

»Gut. Am besten führe ich Sie in den Keller, da können Sie ungestört arbeiten.« Mit diesen Worten verließ der Archivar den Raum, und ihm und Anne blieb nichts anderes übrig, als ihm zu folgen. Der Gebäudekomplex war groß und die zahlreichen Flure reichlich verwirrend, sodass Duncan nicht wusste, ob er den Weg problemlos zurückfinden würde. Ihm war schleierhaft, warum sie nicht den Aufzug genommen hatten, als sie an einer Aufzugstür vorbeikamen.

Die Lichtröhren schalteten sich eine nach der anderen an und erleuchteten einen nüchternen Raum mit Regalreihen voller alter Bücher. »So, da wären wir. Ich gebe Ihnen einen Gastzugang zum Archiv. Dafür müssten Sie mir allerdings zunächst noch ein Formular ausfüllen.«

Hier sah es aus wie in einer staubigen alten Bibliothek und so ähnlich roch es auch. Duncan kam der Geruch vertraut vor. Eine Note zu muffig. Als hätte schon lange niemand mehr die Fenster geöffnet, die sich auf halber Höhe über ihnen befanden.

Mit ein paar Klicks an einem der Computer, die in diesem tristen Raum vor sich hin schlummerten, öffnete ihr Begleiter ein Dokument. »Hier bitte füllen Sie den Antrag aus. Damit versichern Sie, dass Sie nichts beschädigen, keine Daten abfotografieren und schon gar nichts entwenden.«

»Ich verstehe«, sagte er knapp. Anne warf er hingegen einen siegessicheren Blick zu, der so viel sagte wie *Na bitte, geht doch.* Das Erbe war tatsächlich eine Art Sesam-öffne-dich, und ihrer beider Hoffnung stieg natürlich, irgendetwas über die Familie McRohan und am besten über Divina McRohan und einen Franz in den alten Unterlagen zu finden.

»Ich fühle mich gerade wie bei den *Drei Fragezeichen*«, sagte Anne grinsend, als der Archivar sie nach einer kurzen Einführung allein zurückließ.

»*Rocky Beach*? Ich erinnere mich.«

»Wir zwei geben ein gutes Team ab.«

»Auf jeden Fall. Ich könnte mir vorstellen ...«

Die Tür wurde aufgedrückt, ein klappernder Rollwagen tauchte als Erstes auf, dahinter Herr McDonald.

»So, und hier wäre noch weiteres Material, das von Interesse sein könnte. Eher historisch relevante Aufzeichnungen und Zusammenhänge, aber wer weiß. Sollten die McRohans politisch aktiv gewesen sein, findet sich hier vielleicht auch ihr Name. Alles andere, Zeitungen, Kirchenbucheinträge, Eheschließungen, Rechtsurteile, das ist digital erfasst.« Mit einem lauten Knall stellte er einen Karton auf den Tisch. »Wenn Sie dabei nichts finden, würde ich es auf jeden Fall in der Parish Church versuchen. Diese existiert seit 1854. Oder auf dem Friedhof.« Ein abgehacktes Lachen kam aus dem Mund des Mannes. »Kleiner Scherz am Rande.«

»Besten Dank für Ihre Unterstützung, damit sollten wir eine Weile beschäftigt sein.«

Besagter nickte eilfertig und ging zur Tür. »Lassen Sie mich bitte rufen, wenn Sie etwas brauchen«, sagte er, ehe er aus ihrem Blickfeld verschwand.

»Von der Sorte habe ich schon viele kennengelernt«, sagte Duncan schmunzelnd. »Immerhin nehmen sie ihre Arbeit wichtig, und das kommt uns zugute.«

»Ich hätte keine Lust, in einem verstaubten Archiv zu arbeiten«, meinte Anne, ehe sie den Karton zu sich heranzog. »Der arme Mann kann einem leidtun.«

Augenblicklich strich er mit seinem Finger über den Tisch und grinste. »Also von verstaubt kann keine Rede sein, ist alles lupenrein sauber.«

»Also doch nur ein Märchen von wegen buckliger Archivar, der zwischen den Regalen seine geheimen Zaubertränke versteckt hält.«

Duncan fuchtelte mit einem unsichtbaren Stab in der Luft herum. »Ein Zauberspruch wäre nicht schlecht. Dann könnten wir uns die ganze Suche sparen.« Er wollte geistreich klingen, erntete allerdings wenig Reaktion.

»Lass uns besser anfangen«, sagte Anne und zeigte auf den Rechner. »Wer übernimmt was?«

»Mir egal, ich kann gern die Jahrbücher übernehmen.«

Gefühlte hundert Seiten weiter, die er aufgerufen
hatte, stieß er zum ersten Mal auf den Namen seiner
Familie. Dort wurde von einem Empfang zu Ehren von
Alastair McRohan gesprochen, der irgendwelche Gel-
der für die Unterstützung des Sheriffs bei der Eindäm-
mung der rebellischen Kleinbauern hatte fließen lassen. Besagter Sheriff hatte sogar ein Kanonenboot an-
gefordert. Letztlich war er wohl am Widerstand der
Einwohner gescheitert, so der Artikel:

*Zu Ehren von Alastair und Davina McRohan, großzü-
gige Unterstützer der Highland and Island Emigration
Society.*

»Kaum zu glauben, was damals politisch los war«, vernahm er ein Murmeln. »Weil es nicht genug zu essen
gab, sind viele Schotten freiwillig nach Australien ausgewandert. Was ist, wenn wir gar nichts finden können, weil ...«
Duncan sah von seinem Bildschirm auf. »Denk nicht
mal darüber nach«, unterbrach er sie. »Ich bin gerade
auf den Namen Davina gestoßen.«
»Wirklich?« Sofort schob Anne ihren Stuhl zu ihm.
Mit ihr kam ein frischer blumiger Duft. Annes Duft.
Der sie umgab wie ein Besuch in einem Blumenladen.
Nicht, dass er diese oft betrat, aber es erinnerte ihn nun
mal daran. Darum ertappte er sich bei ein paar tiefen
Atemzügen, um ihr noch auf eine weitere Weise nahe
zu sein.

»Ja, es fand ein offizieller Empfang statt, lies selbst.«

Während er beobachtete, wie sie sich in den kurzen Text vertiefte, hätte er alles dafür gegeben, ihr die Hand auf den Arm zu legen. Ihr zu zeigen, ich bin für dich da und du kannst dich auf mich verlassen. Im ihm erwachte eine intensive Vorstellung davon, wie sie den Kopf an seine Schulter lehnte, er ihr Geborgenheit und Zuversicht schenkte. *Du verliebter Narr! Sie hat einen Freund!* Obgleich sie diesen bisher kaum erwähnte, das Telefonat, das er heute unfreiwillig im Auto mitanhören musste, führte ihm dessen Präsenz allerdings klar vor Augen. Zugleich glaubte er, zu spüren, dass der Typ nicht mit ihrer Fahrt auf die Insel einverstanden war. Wie erbärmlich, dass er daraus eine gewisse Genugtuung für sich herauszog.

»Das ist doch schon mal ein Anfang.« Annes Antwort riss ihn aus seinen Gedanken. »Was wir brauchen, ist ein Taufregister, die Bekanntgabe der Hochzeit, oder einen Vermerk über verwandte McRohans, um zu sehen, ob der Name Franz irgendwo auftaucht. Die Familie war anscheinend keine Unbekannte im Ort.«

Jetzt lachte er. Zu laut für seine eigenen Ohren. »Deine Motivation reicht auf jeden Fall für zwei.« Damit sie seine Nervosität nicht spürte, stand er auf und lief auf das nächstgelegene Regal zu. »Das mag ich an dir«, fügte er leise hinzu, wagte jedoch nicht, Anne anzusehen. Lieber ließ er die Hände über die alten Bücher gleiten, hinter deren Seiten unendlich viele Geschichten steckten.

»Ich war zwar nicht auf Komplimente aus, aber danke«, hörte er sie in seinem Rücken sagen. Dann ruckelte ihr Stuhl. Er hielt den Atem an. *Und jetzt? Hatte er sich bereits zu weit aus dem Fenster gelehnt?*

»Ich meine …« Er stockte. *Machte er alles gerade nur schlimmer?* »Dein starker Wille. Ohne den wärest du nie zu mir nach Schottland gekommen.«

»Hmh.«

Auf einmal bekam die Situation etwas Bizarres, fast schon Intimes in diesem kleinen Kellerloch. Er hätte schwören können, dass Anne ebenfalls aufgestanden war. Irgendetwas ließ sie jedoch zögern. Er befeuchtete seine Lippen.

Plötzlich spürte er eine Bewegung und hörte ihren Atem. Nah. Gefährlich nah.

»Duncan«, sagte sie. »Ich weiß es wirklich zu schätzen, was du hier für mich machst. Es ist nicht selbstverständlich, immerhin kennen wir uns kaum.«

Das ließe sich ändern. Er wagte sich nicht zu rühren. Noch nicht. Was, wenn er sich umdrehte und …

Eine Hand legte sich auf seine Schulter. »Ist alles okay? Habe ich etwas Falsches gesagt?«

Jetzt oder nie! Langsam drehte er den Kopf zu Anne. Sein Herz klopfte laut und wild. Meereswild. Er blickte direkt auf ihren geöffneten Mund und kämpfte mit sich, sich diesem nicht zu nähern. Einfach, weil alles in ihm *Küss sie* schrie. Aber der Moment war genauso schnell vorüber, wie er gekommen war. Anne rückte unmerklich von ihm ab. Nicht viel, aber genug, um deutlich zu machen, dass es eine Grenze gab und er diese nicht zu überschreiten hatte.

»Ähm, alles bestens, ich bin inzwischen selbst neugierig, was wir herausfinden«, beeilte er sich, zu sagen, ehe er durch sein Zögern noch mehr von seiner Verwirrung preisgab. Verwirrung angesichts der Tatsache, dass er sich gerade gewaltig in etwas verrannte.

»Dann ist ja gut.«

Sie hörte sich erleichtert an. Fragte sich nur, aus welchem Grund.

»Lass uns weitermachen«, sagte er so überzeugend wie möglich und drängte sich schnell an ihr vorbei. »Wir sind schließlich nicht zum Vergnügen hier.« Seine Stimme kratzte dabei wie Schmirgelpapier.

Artikel für Artikel arbeitete er sich weiter. Er stürzte sich förmlich in die Suche, untersagte sich dabei jeden Seitenblick zu Anne. Sonst wäre es mit seiner Konzentration gleich wieder vorbei. Das Knurren seines Magens kündigte an, dass es längst Mittag sein müsste. Die Zeit verflog regelrecht. Gerade überlegte er, eine Pause vorzuschlagen, da blieb sein Blick an einem Bild auf dem Display hängen.

Okay, das hier könnte interessant werden. Mühsam begann er, die alte Schrift zu entziffern. *Meine Verwandten ...* Er klickte weiter und weiter in dem Dokument.

»Anne!« Wie festgefroren starrte er auf den Bildschirm. »Ich habe ein Porträt der Familie McRohan vor ihrem Haus gefunden. Und darunter stehen Namen. Auch der von Davina. Sie ist zu der Zeit mit dem Gutsherren Alistair verlobt. Wenn ich es richtig verstehe, wurde das Porträt von einem deutschen Maler namens Franz Meyerling gemalt. Es ist 1882 entstanden.«

»Mensch, das sind unsere Namen!« Anne sprang regelrecht auf und beugte sich über seine Schulter.

Kopfschüttelnd widmete er sich wieder dem alten Text. »Das kann purer Zufall sein. Wie willst du da eine Verbindung zu der Kette herstellen?«

»Na ja, aber es passt doch so gut. Immerhin haben sich dieser Maler und deine Urururahnin zur selben Zeit hier auf der Insel aufgehalten.«

»Aber Davina war verlobt«, erwiderte er, erntete dafür ein empörtes Schnauben.

»Es kann kein Zufall sein.« Anne klang wie ein trotziges Kind, das auf den Boden stampfte.

»Lass uns einfach sehen, ob wir mehr rausfinden.« Er heftete die Augen standhaft auf den Bildschirm, spürte gleichzeitig Annes Anwesenheit in seinem Rücken, als sie sich wieder tiefer beugte. Sofort stieg sein Puls an. Wie wäre es, wenn sie ihre Arme von hinten um ihn schlingen würde und ... *Schluss damit!* Er erkannte sich selbst kaum wieder.

»Das ist ja fast nicht zu entziffern«, beschwerte sich Anne in dem Moment und kam noch näher. Er konnte ihr Kinn auf seiner Schulter förmlich spüren. Bei jedem anderen, selbst bei Muriel, würde er entsprechend barsch reagieren, denn dieses über die Schulter schauen, konnte er nicht ausstehen. Es erinnerte ihn zu sehr an seine Schulzeit und besonders an einen besonders penetranten Mathelehrer. Bei Anne fühlte es sich dagegen irgendwie warm und vertraut an.

»Hier«, er deutete auf eine Stelle im Text. »Hier steht, dass das Gemälde nie vollendet wurde, da dieser Meyerling überraschend abgereist ist. Es hat einen Skandal gegeben, weil er mit einem wertvollen Schmuckstück und einer Stange Geld, das er für das Gemälde erhielt, über Nacht verschwunden war. Mehr steht hier leider nicht.«

»Die Kette!« Annes Finger deutete auf das vergrößerte Gemälde. »Hier ... Davina trägt auf dem Porträt ein-deutig eine Kette! Hast du nicht gemeint, dass dein Großvater ein Bild besessen hat, auf dem Davina McRohan mit unserer Kette zu sehen ist? Womöglich gibt es noch mehr Bilder.«

»Wenn es wirklich die Kette ist, dann ...«

Anne ignorierte seinen Einwand und las weiter. »Hör mal, es heißt hier, die McRohans hätten damals spektakuläre zwanzigtausend englische Pfund bezahlt.« Sie pfiff anerkennend. »Ganz schön ärgerlich, wenn das Porträt nicht fertig gemalt wurde.«

»Ganz schön dreist von dem Maler, würde ich sagen«, ergänzte er. »Steht da eigentlich ein Datum von dem Artikel? Ich habe vorhin nicht darauf geachtet.«

»September 1882.«

»Bingo. Das passt alles zusammen. Er malt das Bild, die beiden verlieben sich, und er haut ab, bevor es ernst wird.«

»Oder sie erhört ihn nicht und vor lauter Trauer nimmt er die Kette einfach mit.«

Er zog die Stirn kraus. »Du meinst als Erinnerung an sie?«

»Also doch eine unglückliche Liebe, ach je.«

Annes Seufzen löste ein Kribbeln auf seiner Haut aus. Eines, das rein gar nichts mit der Recherche zu tun hatte.

»Besser ein unglücklicher Liebhaber, als ein gehörnter Ehemann. Immerhin wurde Davina noch im selben Jahr eine McRohan.«

Das verschmitzte Zucken um Annes Mundwinkel war nicht zu übersehen. »Klingt alles ziemlich weit hergeholt, oder?«

»Und ehe wir weiter rumspinnen, sollten wir vielleicht mal recherchieren, was es zu diesem Meyerling zu finden gibt. Nicht, dass er ein alter Tattergreis ist ...«

»Oh, daran habe ich im Eifer gar nicht gedacht.«

»Das lässt sich schnell klären, sobald wir aus diesem Keller verschwinden«, wandte er ein. »Hier unten gibt es leider kein Netz.«

»Okay, dann sollten wir sehen, dass wir mehr herausfinden. Wir haben immerhin eine heiße Spur.« Sie schnappte bereits ihre Tasche. »Mir reicht es eh für heute. Kannst du den PC runterfahren und Bescheid sagen, dass wir gehen?«

»Alles klar, Holmes, wird erledigt.«

»Da hat wohl jemand Spaß am Detektivspiel?« Sie grinste ihn frech an.

»Ich gebe zu, es bringt ein wenig Abwechslung, nachdem ich mich monatelang in meinem Arbeitszimmer aufgehalten habe.«

»Oh je, dann ist es ja gut, dass ich dich da rayshole, sonst verstaubst du womöglich noch.«

»Haha, das findest du wohl witzig.« Er bemühte sich um eine finstere Miene, obgleich er am liebsten laut gelacht hätte. Wie sehr er den ganz eigenen Humor dieser Frau mochte! Was auch immer sie in Erfahrung bringen würden, jede Minute in Annes Nähe war das Zusammensein wert.

Auf dem Weg zum Auto nahm er sein Handy in die Hand und gab Franz Meyerling in die Suche ein. »So, gleich wissen wir mehr.«

»Und? Gibt es was Interessantes über ihn im Netz?«

»Hier steht tatsächlich was über diesen Franz Meyerling. Er ist 1861 in Stuttgart geboren und ...«

»Dann war er einundzwanzig, als das Porträt gemalt wurde«, warf Anne dazwischen. Ihre Augen leuchteten und sagten so etwas wie Siehst-du-wir-liegen-richtig.

»Hier steht außerdem, dass der Mann schon mit siebzehn Jahren als Künstler auf sich aufmerksam gemacht hat und etliche Jahre gereist ist. Dabei hat er sich vor allem durch das Porträtmalen einen Namen gemacht.«

Aufgeregt wie ein Kind klatschte Anne in die Hände. »Yes, dann war er also in Schottland, hier auf der Isle of Skye, und hat unter anderem die Familie McRohan porträtiert und auch Davina, das wissen wir gesichert, weil das Bild im Besitz deines Großvaters war.«

»Und dann ist der Kerl einfach abgehauen, warum auch immer, das werden wir wohl in Erfahrung bringen müssen.«

Anne lehnte sich gegen den Wagen und spielte mit dem Kreuz der alten Kette. »Franz und Davina, meinst du, er ist es wirklich?«

»Hm, möglich ist es schon.« Er strich sich über das Kinn. »Sollte er anschließend zurück nach Deutschland gereist sein, wäre das eine Antwort, was mit der Kette passiert ist.«

»Das alles hilft uns nur nicht wirklich weiter, oder?«

Er drückte den Autoschlüssel und öffnete die Tür. »Nein, aber wir sind gerade erst am Anfang unserer Suche, richtig?«

»Und wie soll es jetzt weitergehen? Hast du eine Idee?«

»Die McRohans haben in Dunvegan gelebt. Wir könnten hinfahren und ...«

»Einverstanden.«

Ihre schnelle Bereitschaft ließ ihn unwillkürlich lächeln. Hieß es doch, dass sie sich noch nicht so schnell aus seinem Leben verabschieden würde. Duncan wusste selbst, wie erbärmlich das klang. Bekanntermaßen starb die Hoffnung jedoch zuletzt.

Er sah zu Anne auf. »Dann konzentrieren wir uns erst mal auf Davina und ihre Geschichte.«

»Ja, eins nach dem anderen. Dieser Franz könnte auch jemand ganz anderes sein. Vielleicht ein Kind? Die McRohans hatten doch Kinder, sonst ...«

»Sprich es nur aus«, er lachte, »sonst gäbe es mich nicht. Das ist es doch, was du sagen willst, oder?«

»Du kannst ja richtig amüsant sein«, konterte Anne prompt.

Er mochte die Leichtigkeit mit ihr. Er mochte auch ihre zart geröteten Wangen, die warmen Augen, den schlanken Hals ... einfach alles an ihr.

»Dann also auf nach Dunvegan.«

ANNE

Dunvegan war eine echte Überraschung. Der kleine Hafenort lag im Nordwesten der Insel und bestand gefühlt nur aus einer Straße, an der sich wenige Restaurants und Cafés, eine Schule, eine Tankstelle und ein Museum aneinanderreihten. Dennoch herrschte unerwartete Betriebsamkeit.

»Ganz schön was los hier«, wunderte sich Anne.

Duncan klopfte ungeduldig mit den Fingern auf das Lenkrad, während er hinter einem Bus zum Stehen kam. »Das alte Castle ist ziemlich berühmt.«

»Darüber lese ich gerade«, antwortete sie. »Da müssen wir unbedingt hin, wo wir schon mal hier sind. Das Dunvegan Castle ist der Wohnsitz der MacLeods«, zitierte sie aus dem Reiseblog, den sie im Handy aufgerufen hatte. »Außerdem ist es das älteste schottische Schloss, das durchgängig bewohnt wird, und es muss eine sehenswerte Parkanlage haben.«

»Ich war schon mal dort und es stimmt. Ich warne dich nur gleich vor den vielen Touristen.« Er setzte den Blinker und überholte.

»Das erklärt dann wohl die vielen Busse und Hinweise auf Parkmöglichkeiten.«

»Ja, und ehe wir uns auf den Weg zur Kirche machen, sollten wir uns besser um eine Unterkunft kümmern.

Es wird heute sicher zu spät zum Zurückfahren, wenn wir uns ein wenig umsehen wollen. Hier ist gerade ein Hinweisschild zu einem Bed&Breakfast gewesen.«

»Okay, wenn du meinst.«

Anne traute sich nicht, ihn anzusehen. Noch eine Nacht, noch ein gemeinsamer Abend. All das hatte sie kein bisschen eingeplant. Trotzdem war sie selbst überrascht, dass es sie nicht wirklich störte. Ganz im Gegenteil. Sie verbrachte gern Zeit mit Duncan. Mit ihm war nichts schwer, oder wenn, dann hatte sie das Gefühl, er würde sie auch ohne viele Worte verstehen.

Duncan und Schottland, das dachte sie mittlerweile in einem Atemzug.

»Es gibt übrigens zwei Kirchen, das habe ich schon überprüft. Auf die Idee hat mich unser Archivar gebracht. Wobei die eine wohl nur noch eine Ruine ist.«

Sie hob den Daumen. »Gute Vorarbeit würde ich sagen.«

Duncan folgte den Hinweisschildern zu einer Unterkunft, die etwas abseits der Hauptstraße lag, und parkte davor.

Wie sich herausstellte, war nur noch ein Doppelzimmer frei. Die quirlige Wirtin, die Anne gerade bis zum Kinn reichte, stellte sich als Maisie vor. Sie wies daraufhin, dass sie Glück hätten, weil ihr heute Morgen ein Ehepaar abgesagt hatte.

»Es ist gerade Hochsaison, ihr Lieben, da sind wir hier im Ort voll ausgebucht.«

Auf Duncans fragenden Blick hin nickte Anne lediglich. Besser als noch lange herumzufahren, sagte sie sich. Die Frau würde schon wissen, wovon sie sprach. Ihr Magen knurrte leise und erinnerte sie daran, dass ihre letzte Mahlzeit aus dem Frühstück und einem Müsliriegel bestanden hatte. Trotzdem ignorierte sie geflissentlich das nagende Hungergefühl, trank stattdessen einen großen Schluck Wasser aus ihrer Flasche, während Duncan sie in das Zimmer eincheckte.

»Ich schlage vor, wir lassen das Gepäck im Wagen und laufen von hier aus zur Kirche, was hältst du davon?« Er ließ den Schlüssel zwischen den Fingern baumeln, nachdem Maisie durch einen geblümten Plastikvorhang in einem Hinterzimmer verschwunden war.

»Wenn es später die Aussicht auf etwas zu essen gibt, bin ich dabei.«

Sofort setzte Duncan eine entschuldigende Miene auf. »Oh, da hätte ich selbst draufkommen können, entschuldige bitte.«

Sie grinste. »Du ernährst dich wohl vor allem von Buchseiten und Luft, was?«

»Erwischt. Wenn ich schreibe, vergesse ich schon mal eine Mahlzeit. Aber wir kommen gleich an der ältesten Bäckerei der Insel vorbei, dann kannst du wieder zuschlagen.«

Sie boxte ihm spaßhaft gegen die Brust. »Hey, was denkst du denn von mir?«

Er hob die Hände. »Ich? Gar nichts. Also außer, dass da bestimmt auch was für mich abfällt.«

Natürlich schlug sie in dem Café im wahrsten Sinne des Wortes zu. Da sie sich bei der herrlichen Auswahl an Kuchen nicht entscheiden konnte, hatte Anne gleich vier Stücke einpacken lassen und dazu noch zwei Becher Tee. Damit fühlte sie sich gleich viel besser und folgte dem energisch losmarschierenden Duncan gut gelaunt in Richtung *Dunvegan Paris Church*.

»Wie geht es meinem Holmes? Du bist so still.«

Mit diesen Worten entlockte ihr Duncan ein winziges Lächeln. »Ich betrachte die Umgebung und merke mir wichtige Punkte, das kann nie falsch sein«, antwortete sie schelmisch und biss dann genüsslich vom Carrot Cake ab.

»Dann ist ja gut«, erwiderte er. »Und ich dachte schon, du bist im Zuckerschock bei so viel Kuchen.«

»Mach nur weiter so, dann bekommst du nichts mehr ab.«

»War doch nur Spaß«, wehrte Duncan ab und ging ein paar Schritte voraus, ehe er sich zu ihr umdrehte. »Danke auch für den Tee, das war eine gute Idee.«

»Wie weit ist es überhaupt zu der Kirche?«

»Nur noch ein kleines Stück die Straße entlang.«

»Woher weißt du das?«

Duncan deutete auf seine Nase. »Das sagt mir meine Watson Nase.«

»Haha, nun sag schon.«

Ergeben breitete er seine Arme aus. »Als du in der Bäckerei warst, habe ich einen Passanten gefragt. Er sah nach Wanderer aus und wusste gut über die Gegend Bescheid. Es gibt übrigens einen ausgeschilderten Weg, der sich *Two churches walk* nennt und durch eine offene Moorlandschaft führt. Er hat ihn mir sehr ans Herz gelegt.«

»Auf Wandern war ich ehrlich gesagt nicht eingestellt«, gab sie zu bedenken. »Ich dachte, wir wollen unser Glück gleich im Pfarrhaus versuchen.«

»Ich dachte an morgen früh. Die Wanderung klingt wirklich vielversprechend. Und anschließend sehen wir uns das Castle an. Ich habe uns schon einen Slot für mittags gebucht.«

»Wann hast du das denn gemacht?« Sie staunte wirklich über diesen Mann, der sie immer wieder überraschen konnte.

»Wie gesagt, bis du deine Kuchen ausgesucht hast, konnte ich ...«

»Ich war keine fünf Minuten da drin!«

Duncan legte den Kopf schief und sah sie mit einem breiten Grinsen an. »Die Buchung hat nicht mal eine Minute gedauert.«

»Du hättest mich ruhig fragen können.«

»Hätte ich, ja.«

Was für ein Geheimniskrämer. Es gefiel Anne, dass er den Aufenthalt auf diese Weise verlängern wollte, auch wenn sie es nicht zugeben würde. Außerdem mochte sie seinen neckischen Unterton, und die spitzen Bemerkungen, die er von sich gab. Mitunter reichten drei kleine Worte und er hatte sie eingefangen in einem Netz aus schottisch rauem Charme. Dabei untersagte sie sich jegliches schlechte Gewissen, sobald sich Hannes in ihre Gedanken einschlich.

Die Kirche lag direkt an der Straße, dahinter begann dichter Wald. Ihre weiße gekalkte Fassade sah aus, als wäre sie frisch gestrichen. Drei hohe Spitzbogenfenster zierten das Kirchenschiff, das Dach war mit grauem Schieferstein bedeckt. Der Turm erstaunte Anne, denn er hatte eher etwas von einer Burg mit kleinen Zinnen als die gewohnte Spitze.

Schließlich drehte sie sich zu Duncan. »Die Kirche sieht gar nicht so alt aus.«

»Neogotisch, würde ich tippen.«

»Aha, da kennt sich jemand wohl nicht nur mit Büchern, sondern auch mit Baustilen aus.«

Er winkte lässig ab. »Zu viel der Ehre. Habe ich vorhin recherchiert.«

»Wollen wir reingehen?« Eine Kirche zum ersten Mal zu betreten, hatte für Anne stets etwas Magisches an sich. Der Geruch – oft nach Weihrauch – dazu die lauten Schritte auf dem glatten Kirchenboden, egal, wie sehr man sich bemühte leise aufzutreten, und das verlegene Hüsteln, wenn jemand in den Kirchenbänken saß, ließen automatisch ein Gefühl von Ehrfurcht aufkommen. Sie mochte lieber schlichte Kirchen als solche mit Gold, Engeln und Heiligen überladenen. Ihre häufigsten Erinnerungen an Kirchenbesuche waren verknüpft mit ihren Eltern und Urlauben in anderen Städten, als sie noch klein war. Unscheinbare Kirchen, ländliche Dorfkirchen, große Dome. Ulm, Köln, Paris. Hannes verstand dieses ehrfürchtige Betreten von Kirchenräumen nicht, oftmals machte er sich nicht einmal die Mühe, einen Blick hineinzuwerfen. Doch sie hielt daran wie an einem lieb gewonnenen Ritual fest. Darum war es jetzt auch sie, die die Klinke als Erste nach unten drückte und die schwere Eisentür aufschob.

Im Inneren erwarteten sie ein schlichter Altar, helle Kirchenbänke und weitere Sitzbänke rundum im Obergeschoss. Die freundliche Atmosphäre verwunderte sie. Bis auf ein Blumengesteck gab es kein Schmuckwerk, keine Bilder oder Heiligendarstellungen. Auf den ersten Blick schien die Kirche leer zu sein. Wie erwartet hallten ihre und Duncans Schritte auf dem Boden. Erst, als Anne am Altar ankam und sich umdrehte, entdeckte sie in einer der oberen Reihen einen Mann und eine Frau, die ihre Köpfe zum Gebet tief nach unten gebeugt hielten.

»Meinst du, wir finden hier jemanden, den wir fragen können?« Selbst ihr Flüstern kam ihr zu laut vor.

Duncan zuckte mit den Schultern. »Lass uns besser gleich zum Pfarrhaus gehen.«

»Ist es okay, wenn ich noch einen Moment bleibe?«

»Ich warte draußen.«

Für einen flüchtigen Augenblick legte er eine Hand auf ihren Arm und sein sanfter Blick ruhte auf ihrem Gesicht. Erst dann lief er in Richtung Ausgang. Diese wortlose Geste trieb Anne Tränen in die Augen. Als ob Duncan genau wusste, warum sie jetzt allein sein musste. Allein mit den Erinnerungen an ihre Eltern. Allein mit der aufkommenden Trauer. Gab es einen besseren Ort, um ihnen nahe zu sein? Sie setzte sich in eine Bankreihe und suchte das stumme Zwiegespräch. Natürlich würde sie keine Antworten erhalten, dennoch sollten ihre Eltern wissen, dass sie sich gerade ihretwegen in Schottland aufhielt. Sie mussten auch von Duncan erfahren, schließlich war er der Erbe, der im Testament bedacht worden war. Würde sie das Rätsel darum gemeinsam mit ihm lösen? Für einen Moment lauschte Anne in die Stille der Kirche hinein, spürte ihren regelmäßigen Herzschlag, ihren Atem, der ruhig ein und ausströmte. Für diesen kurzen Moment war sie ganz bei sich.

Als sie die schwere Flügeltür hinter sich zufallen ließ, blendete sie das helle Tageslicht. Suchend sah sie sich nach Duncan um, konnte ihn jedoch nicht gleich entdecken. Ein roter Kombi parkte unweit der Straße und lenkte ihre Aufmerksamkeit auf sich. Von dort hörte sie Stimmen und bemerkte eine hoch aufgeschossene Frau in einem weiten Trenchcoat, die nicht wesentlich älter als sie selbst sein konnte. Sie befand sich im Gespräch mit Duncan. Sobald er sie entdeckte, winkte er sie zu sich.

»Anne, darf ich vorstellen, das ist Pastorin Riley. Wir haben Glück, dass sie gerade vorbeikommt, um nach den Aushängen für die Woche zu sehen. Wir können gleich mit ihr mitgehen und einen Blick in die Kirchenbücher werfen.«

»Guten Tag Pastorin Riley, freut mich, also ich meine, dass Sie uns helfen.«

»Wie ich schon sagte«, nahm die Frau den Faden eines begonnenen Gespräches wieder auf, »die Kirche wurde 1832 erbaut, das Pfarrhaus allerdings sehr viel später.« Sie entschuldigte sich mit einer Geste in Richtung Kirche. »Ich bin gleich wieder bei euch.« Sie lief mit großen, eiligen Schritten zum Eingangsportal.

»Gut gemacht, Watson«, neckte sie Duncan. Angesichts der Chance, mehr über die McRohans erfahren zu können, wurde sie geradezu hibbelig und trat von einem Fuß auf den anderen.

»Ich setze darauf, dass wir mit Eurem Spürsinn, Licht ins Dunkel bringen können, Holmes«.

Der unerwartete Ernst in seiner Stimme brachte sie zum Lachen. »Wenn ich zurück bin, muss ich mir unbedingt mal wieder ein paar Folgen *Sherlock* ansehen.«

»Wenn du zurück bist ...«

Irritiert blickte sie zu Duncan. *Warum klang es so, als hätte sie etwas Falsches gesagt?* Ehe sie jedoch nachhaken konnte, kam die Pastorin auf sie zu.

»Steigt doch bitte ein, zum Pfarrhaus ist es ein Stück. Es liegt direkt am Loch Dunvegan.«

»Warum so weit weg von der Kirche?«, wollte Anne wissen.

Die Frau stand an der geöffneten Wagentür. »Ich habe ehrlich gesagt keine Ahnung. Ich weiß nur, dass es ziemlich unpraktisch ist.«

Das Pfarrhaus entpuppte sich als zweigeschossiges, weiß gekalktes Gebäude. Bei genauem Hinsehen sah man von dort aus tatsächlich das Wasser des Lochs aufblitzen. Die Sonne stand mittlerweile so tief, dass sie die Wasseroberfläche mit einem Sternenfunkeln überzog, so einladend, dass Anne am liebsten sofort dorthin gelaufen wäre.

»Ich kann verstehen, dass eure Suche sich nicht gerade einfach gestaltet. Wenn die McRohans in Dunvegan gelebt haben, dann sollten sich zumindest Eheschließungen und Sterbedaten finden. Mein Sekretär sucht euch das Nötige heraus. Ich habe ihn gerade noch erwischt, bevor er nach Hause geht.«

Sie waren eben erst durch den Eingang des Pfarrhauses getreten, da wurde die Tür mit Schwung geöffnet und ein untersetzter Mann mit schütterem Haar trat ein. Auf seiner Stirn befand sich eine finstere Furche.

»So, alles erledigt. Die entsprechenden Kirchenbücher liegen in der Bibliothek bereit.«

»Danke, Richard, dass du mir noch unter die Arme gegriffen hast«, sagte die Pastorin, während sie den Mantel auszog und an einen der Garderobenhaken hängte.

»Eigentlich hätte ich längst Feierabend«, gab er brummend zur Antwort.

»Ich weiß, aber die jungen Leute sind extra vom Festland hergefahren. Es ist quasi ein Notfall.«

Notfall klang gut, sagte sich Anne, doch selbst die Pastorin als Freundlichkeit in Person konnte den mürrischen Mann nicht überzeugen.

»Wenn ich jetzt in meinen wohlverdienten Feierabend gehen dürfte ...« Er warf einen Blick auf seine Uhr. »Ich habe zweiundzwanzig Minuten und zehn Sekunden überzogen.«

Wie hielt die Frau es mit so einem Mitarbeiter aus? Der Mann klang nicht nur, als hätte er gerade in eine saure Zitrone gebissen, er sah auch genauso verkniffen aus.

»Schon verstanden, Richard, dann komm morgen zweiundzwanzig Minuten später. Ich danke dir trotzdem für deine Mühe«, rief die Pastorin durch die Tür ihres offenen Büros, in das sie verschwunden war.

»Haben Sie trotzdem vielen Dank. Sie haben uns sehr geholfen.«

Echt jetzt, Duncan? In Annes Augen war das eindeutig zu viel der Höflichkeit.

»Du zählst zu den wenigen Gutmenschen, die ich kenne, die sich von so einem mürrischen Kerl nicht aus der Ruhe bringen lassen«, sagte sie kurze Zeit später, als die Pastorin sie und Duncan in der Bibliothek allein gelassen hatte. »Wenn ich den als Mitarbeiter hätte, würde das ziemlich an meinen Nerven kratzen.«

»Er hat doch nur seine Arbeit gemacht.«

»Und uns dabei innerlich verflucht, wetten?«

Duncan warf ihr vom Tisch, auf dem die alten Kirchenbücher gestapelt waren, einen neugierigen Blick zu. »So kenne ich dich gar nicht, Anne. Kann es sein, dass du schlechte Erfahrungen gemacht hast, oder woher kommt deine vorgefertigte Meinung?«

»Das willst du lieber nicht wissen.« Ihr kurzes Auflachen kam ihr unecht vor, und sie war sich sicher, dass auch Duncan dies bemerkte. Sie dankte es ihm mit einem kurzen Durchatmen, dass er es dabei beließ und nicht weiter nachhakte.

Zugegeben, er traf einen wunden Punkt bei ihr. Sie ärgerte sich selbst mitunter darüber, dass sie sich an Leuten aufrieb, die in ihren Augen immer nur das Negative sahen. Angefangen vom Wetter, der zu langen Warteschlange im Supermarkt, die nicht voranging, bis hin zur Chefetage, wo man es Denjenigen kaum recht machen konnte. Ihr Freund war in mancherlei Hinsicht auch kein Unschuldslamm, vor allem Geduld zählte nicht zu seinen Stärken. Darum schätzte Anne ihr Team im Verlag besonders, denn dort brachte sich jeder ein und keiner sah auf die Uhr, ob endlich Feierabend war.

Über zwei Stunden waren vergangen und Duncan und sie keinen Schritt weitergekommen. Die abendliche Stimmung lockte Anne immer noch nach draußen, sodass sie sich zurücklehnte und frustriert den Nacken rieb. »Das bringt doch alles nichts!«

Ihre ganze Aktion kam ihr auf einmal sinnlos vor. Sie war eigentlich nicht der Typ, der schnell aufgab. In gewisser Weise vertraute sie immer darauf, dass jedes Problem gelöst werden konnte. Erst recht, seit sie im Verlag arbeitete, und sich dort haufenweise Probleme und Fragen auftaten. Sie hatte gelernt, zielorientierter zu denken und zu handeln. Dazu gehörte eine große

Portion Mut, den vor allem ihr Vater bei innovativen Ideen gezeigt hatte. Ganz nach dem Spruch *Wer nicht wagt, der nicht gewinnt.* Die neuen Druckermaschinen, die auf Drängen von Hannes vor nicht allzu langer Zeit gekauft worden waren, bedeuteten zum Beispiel einen wahren Quantensprung. Das hatten alle im Team bezeugt, als er kurz darauf seine Mitarbeiter an den runden Tisch gerufen hatte, um ihre Meinung darüber zu hören, welchem nächsten Debüt sie eine Chance geben wollten. *Ach, Papa, ich vermisse dich so sehr.*

»Und wieder arbeitet es hinter deiner Stirn ...« Duncan lächelte vor sich hin. Sie sah seine Hände auf sich zukommen, noch ehe sie begriff, was er vorhatte. Mit einer fast schon zärtlichen Geste strichen seine Finger über ihre Stirn, verharrten an der Schläfe, und massierten diese in sanften Kreisen. »Weißt du eigentlich, dass dein Blick manchmal ins Leere läuft, gerade so, als würdest du dich kurz aus dem System abmelden? Dann bekommen deine Augen immer einen schimmernden Ausdruck und leuchten regelrecht von innen.«

Ein seltsamer Bann legte sich über diesen Moment. Die Welt schien den Atem anzuhalten, jegliche Geräusche verstummten, lediglich ihr Herz schlug lautstark gegen die Brust. Statt zu antworten oder diesen Bann zu lösen – was sie im Grunde hätte tun sollen – versank sie in die sanfte, wohltuende Berührung.

Zeit zwischen zwei Atemzügen.

Ein weicher Blick. So voller Rätsel.

Die Stille zwischen ihnen dehnte sich aus. Selbst, als er von ihr abließ, spürte Anne seine Finger, dort, wo sie eben noch verharrt hatten.

Zu ihrem Bedauern ging er zurück zu dem offen liegenden Kirchenbuch aus dem Jahr 1882 und deutete darauf. »Immerhin wurde die Eheschließung von Davina und Alistair am 16.9.1882 darin festgehalten, und auch die Namen ihrer Kinder. Kein Franz, und auch nirgendwo sonst ein Hinweis auf diesen Namen.«

Duncan fehlte ihr sofort. Schmerzlich und am ganzen Körper. Dabei trennte sie nicht einmal eine Stuhlbreite voneinander.

Mach das bitte noch einmal!

Anne erschrak über ihren eigenen Gedanken. Immerhin war sie in einer festen Beziehung und diese Was-auch-immer-sie-bedeutet-hat-Massage sollte sie nicht dermaßen aus dem Tritt bringen. Zweifelsohne hatte ihr Herz für einen kurzen Moment die Regie in die Hand genommen, versuchte sie sich zu beruhigen und schalt sich zugleich eine Närrin. Ein vorsichtiger Seitenblick zeigte ihr, dass Duncan im Begriff war, das schwere Buch zu schließen.

»Noch eine halbe Stunde, solange halte ich durch.« Ihre Stimme hörte sich leicht kratzig an.

Seite um Seite. Zeile für Zeile. Sie arbeitete sich durch verstaubte Daten aus der Vergangenheit Dunvegans. Womöglich blieb die Geschichte von Davina und Franz ewig im Dunkeln. Andererseits konnte es sein, dass sie mit ihren Vermutungen über die heimliche Liebschaft mit dem Maler der Wahrheit nähergekommen waren, als sie ahnten. Die Zeit verflog regelrecht, und doch war jede Sekunde mit Duncan wertvoll. Selbst, ohne aufzusehen, spürte sie Duncans Anwesenheit an ihrer Seite.

»Ich habe gerade den Namen meines Urgroßvaters entdeckt, Douglas McRohan«, hörte sie ihn auf einmal murmeln.

»Zeig her!«

Abrupt drehte sie ihren Kopf. Da Duncan sich ebenfalls zu ihr gewandt hatte, trennten ihre Gesichter plötzlich nur wenige Zentimeter. Seine Nasenflügel bebten. Er öffnete seinen schönen Mund, nur, um ihn sofort wieder zu schließen. Annes Herz donnerte gegen ihre Brust. Kurzzeitig vergaß sie sogar, zu atmen.

»Was machen wir hier?«

Diese Frage hätte ebenso gut sie stellen können.

»Ich weiß es nicht«, hauchte sie.

Im Hinterkopf hörte sie plötzlich die Stimme ihres Partners, der zu Hause auf sie wartete. Der es nicht verdient hatte, dass sie ihn hinterging. Nicht einmal in Gedanken. Der sich fragte, was sie mit ihrer Suche bezweckte. Der womöglich froh war, wenn sie keine Antworten finden würde. *Wenn er ein direkter Erbe ist, dann kann er uns alles wegnehmen, ist dir das eigentlich klar?* Sie hatte Hannes Frage überhaupt nicht ernst genommen. In Wirklichkeit, wenn sie tief in sich hineinhorchte, ging es ihr vor allem darum, ihren Eltern näher zu sein. Jede Spur zu Franz und Davina brachte sie einer Vergangenheit näher, die irgendwie mit ihnen verknüpft war.

Plötzlich spürte sie Duncans Hände, die ihre umschlossen, und erschauderte wie schon zuvor bei seiner Berührung.

»Ist schon gut, Anne. Egal, was wir finden oder eben nicht finden, es ändert nichts.«

Seine Gedanken mussten in eine ähnliche Richtung gehen, dachte Anne. Sie seufzte. »Das sagst du jetzt, aber ...«

»Es gibt kein *aber*, vertrau mir.«

Duncan strich mit dem Daumen über ihren Handrücken, übte einen sanften Druck aus, als wollte er seine Worte damit unterstreichen. »Lass uns essen gehen. Mir ist schon ganz schummrig.«

»Aber dein Urgroßvater ... was ist mit ihm?«

»Der kann warten. Ich werde vielleicht wirklich mal den Stammbaum unserer Familie aufsetzen. Aber jetzt ist ein fetter Burger eine viel bessere Aussicht.«

Der Vorschlag entlockte ihr ein Grinsen. »Schon überredet.«

Kaum, dass sie sich bei der Pastorin verabschiedet hatten und das Pfarrhaus verließen, legte Duncan wie selbstverständlich den Arm um ihre Schulter. Ihr stockte der Atem. *Was jetzt?* Auf keinen Fall durfte er merken, wie gut sich das für sie anfühlte. Nach ... Geborgenheit? *Das ist verrückt,* antwortete sie sich selbst. Genau genommen war so vieles an diesem Tag verrückt und dazu auch unerwartet. Unerwartet schön. Unerwartet intensiv.

»Weißt du eigentlich«, unterbrach Duncan ihre Grübelei, »dass die Schotten die Isle of Skye auch *Insel der Nebel* nennen? Ich fürchte, wir werden den Nebel, der über dem Geheimnis von Davina und Franz liegt, nicht zur Gänze lüften können. Aber eines ist doch wohl erwiesen, wir sind nicht miteinander verwandt. Richtig?«

Anne stolperte beinahe über die eigenen Füße. »Ähm, ... so weit habe ich ehrlich gesagt noch gar nicht gedacht, aber ja, das stimmt.«

»Siehst du, genau dafür braucht ein Sherlock Holmes seinen Doktor Watson. Um den Überblick nicht ganz zu verlieren.«

Spielerisch knuffte sie ihm den Ellbogen in die Seite. »Schon verstanden, du willst lieber, dass wir die Rollen tauschen.«

»Aber nein, ich bin sehr zufrieden damit. Ich würde dir ja anbieten, auf Spurensuche nach Franz Meyerling in Deutschland zu gehen, aber das fällt dann eher in deinen Aufgabenbereich.« Duncan schenkte ihr ein breites Grinsen.

»Ich weiß gar nicht, ob ich da noch weiterbohren will.« Sie leckte sich über die Lippen. »Wenn ... wenn die Kette dazu beigetragen hat, dass ich auf ihrer Spur nach Schottland gereist bin, dann sollte es einfach so sein. Ich liebe dein Zuhause, Schottland, diese Insel ... ich kann gar nicht sagen, wie unbeschreiblich wohl sich meine Seele hier fühlt.«

Augenblicklich rückte Duncan von ihr ab. Dort, wo sein Arm gelegen hatte, fühlte sie eine plötzliche Leere. *Hatte sie zu viel verraten?* Die Erkenntnis hatte sie selbst geradezu erschrocken. Wie ein Faustschlag in die Magengrube, nur im positiven Sinn. So, als wäre sie auf ein Karussell aufgestiegen, das anfangs in einem gemütlichen Tempo die Runden drehte und urplötzlich an Fahrt aufnahm. Ihr schwindelte bei dem Gedanken, irgendwann würde jemand den Aus-Knopf drücken und sie in die Realität zurückholen, in der sie keine neuen Träume zulassen durfte. Darum spürte sie ein beklemmendes Gefühl auf der Brust, während sie stumm nebeneinander hergingen. *Nun sag schon was!* Ihr Blut pulsierte, sie hörte das Rauschen in ihren

Ohren. *Verdammt, warum hatte sie nicht den Mund ge-halten?*

»Das macht die verzauberte Landschaft mit einem, ich weiß, was du meinst.«

Und du? Wie geht es dir mit ... uns?

»Verzaubert, also«, sagte sie und lachte eine Spur zu übertrieben und gleichzeitig erleichtert darüber, dass er überhaupt etwas sagte. »Dann kann ich also damit rechnen, dass gleich eine Elfe oder ein Kobold aus dem Wald tritt?«

»Ich denke da eher an die Sidhe, Feen, die unter den Hügeln leben. Man erzählt sich hier gern Geschichten darüber, dass sie nachts im Mondlicht tanzen, heilende Kräfte haben und mitunter sogar Wünsche erfüllen können.«

Um ihre Mundwinkel herum zuckte es. »Da kommt jetzt wohl der Fantasy-Autor aus dir hervor, oder glaubst du etwa wirklich an solche Geschichten?«

Duncan schüttelte missbilligend den Kopf. »Das ist ty-pisch. Sobald man an Geister glaubt, wird man in die Schublade *Verrückt* gesteckt.« Mit einer energischen Bewegung fuhr er sich durch das Haar. »Denk einfach mal an früher. An die Kelten und ihre geheimnisvollen Rituale. Ich bin mir sicher, dass die Menschen damals sehr viel respektvoller mit der Natur umgegangen sind. Und wer weiß, vielleicht haben sich ihnen die Natur-geister darum gezeigt.«

Zugegeben, es fiel ihr schwer, ernst zu bleiben, dabei wollte sie es um Duncans willen unbedingt. *Lag es nicht nahe, dass er an alle möglichen Fabelwesen glaubte, wo er selbst ständig in diese mystischen Geschichten ein-tauchte?*

»Es klingt auf jeden Fall schön, wenn man glaubt, so eine Fee könnte einem einen Wunsch erfüllen«, sagte sie wahrheitsgemäß.

»Und welcher wäre das bei dir?«

Hier bleiben. Es war die erste Reaktion auf seine Frage. Das würde sie Duncan allerdings nie und nimmer unter die Nase reiben. Darum war sie froh, dass sie gerade auf die Kreuzung kurz vor dem Ortseingang trafen, und der Verkehr ihre Aufmerksamkeit forderte. Zwei Busse hatten Mühe, wegen eines parkenden Autos an der Fahrbahnseite aneinander vorbeizukommen.

»Warst du schon mal in München?«

Duncan warf ihr einen kurzen Seitenblick zu, ehe er sie mit einem leichten Druck am Arm dazu ermunterte, die Straße zu überqueren. »Was hat das mit meiner Frage zu tun?«

»Nichts, oder doch, ich meine, ich habe mir zwar noch nie gewünscht, mal nach Schottland zu fahren, aber jetzt, wo ich da bin, ist der Wunsch quasi im Nachhinein in Erfüllung gegangen.«

»Das zählt nicht.«

»Und was ist mit dir? Wünscht du dir, dass dein nächstes Buch auch wieder erfolgreich wird?«

»Wie kommst du bloß darauf?«

Sein Ausruf klang derart empört, dass Anne ihn nicht wirklich einordnen konnte. »Ich meinte nur ...«

»Meine Bücher haben auch ohne eine Sidhe Erfolg«, unterbrach er sie.

»Ach so, Mister Ich-bin-berühmt, wie konnte ich nur so etwas denken?«

»Ich meine es ernst, Anne«, warf Duncan ein und stellte sich ihr demonstrativ in den Weg. »Also, wie lautet dein innigster Wunsch?«

Auf einmal lief es ihr heiß den Rücken herunter. Ihr Puls beschleunigte sich angesichts dessen, was ihr gerade in den Sinn kam. »Den kann die Fee nicht erfüllen«, flüsterte sie.

»Weil ...?«

»Weil man Tote nicht zum Leben erwecken kann.«

»Deine Eltern!«, entfuhr es ihrem Gegenüber erschrocken. »Tut mir leid, ich ... ich wollte nicht ...«

Sein Stammeln machte es nicht besser. Ihre Augen füllten sich bereits mit Tränen. In dem Moment von Duncans Armen an sich gezogen zu werden, war das Letzte, womit sie wahrscheinlich gerechnet hatte. Und gerade darum tat es ihr unendlich gut. »Tut mir wirklich leid, Anne, ich bin so ein Trottel. Natürlich sehnst du dich nach ihnen. In einem Moment sind sie noch bei dir, im nächsten ...«

Ihr Schluchzen ließ den ganzen Körper in seiner Umarmung beben. »Du weißt genau, wovon ich rede«, schniefte sie. Bei der Vorstellung, wie viel jünger er gewesen war, als er seine Eltern verloren hatte, musste sie noch mehr weinen. Sie weinte seine Jacke feucht, ließ sich in seinen Armen gehen, wie sie es die ganze Zeit nicht bei Hannes hatte tun können. Vielleicht musste sie erst viele Kilometer zwischen sich und München bringen, um das Gefühl der Trauer wahrhaftig zulassen zu können. Vielleicht lag es auch an Duncan, der in genau dem richtigen Moment das Richtige tat.

»Ich würde übrigens sehr gern mal nach München kommen«, hörte sie ihn mitten in dem eigenen Bedauern flüstern. Er wisperte es in ihr Haar, sie spürte seinen Atem an ihrem Kopf. »Vielleicht werde ich irgendwann zu einer Lesung eingeladen.«

»Ich weiß, dass du gerade grinst«, sagte Anne. Trotz der nassen Schlieren auf ihren Wangen löste sich ein lachender Gluckser in ihr.

»Ertappt.«

Als sie sich voneinander lösten, war irgendetwas anders zwischen ihnen. Vertrauen schuf man, indem man den anderen mit seinem ganzen Herzen sah. Ohne Filter. Ohne beschönigende Worte. Anne kam es so vor, als könnte Duncan ihr mitten ins Herz sehen, und was er darin sah, sprach von Kummer, von tiefem Schmerz über den Verlust, von Zweifeln und Ängsten, was die Zukunft für sie bereithielt. Zugleich konnte er ihren Willen erkennen, sich nicht unterkriegen zu lassen. Entsprechend entdeckte sie den weichen Kern, den unter seiner Rauheit und Coolness zu verbergen Duncan geradezu meisterhaft gelang.

»München hat ziemlich viele Buchhandlungen. Zu einigen habe ich sehr gute Kontakte.« Sie zwinkerte ihm zu.

»Du bist also ein echtes Großstadtmädchen.«

»Hhm, kann man wohl so sagen.«

»Für eine aus der Stadt bist du zumindest gut zu Fuß unterwegs.«

Für diese Bemerkung knuffte sie ihn in den Bauch. »Ganz schön frech, der Herr Autor!«

Mit einem breiten Lächeln auf den Lippen grüßte sie eine alte Frau, die einen Kinderwagen an ihnen vorbeischob. Von irgendwoher drang der Duft von fettig Gebratenem zu ihr.

»Riechst du auch schon den Burger?«, fragte Duncan genau in dem Augenblick.

»Burger, Pommes und Kuchen und alles zusammen.«

»Oh oh, da sollten wir dir schleunigst Abhilfe verschaffen.«

Eher beiläufig drückte sie seine Finger. »Worauf warten wir dann noch?«

Zu Annes Bedauern mussten sie sich mit dem Essen beeilen, da der Pub kurze Zeit später bereits schloss. Ähnlich wie in Portree richteten sich die Öffnungszeiten nach den Touristen. Und nachdem die letzten Busse abgefahren waren, klappten auch hier die Bürgersteige bereits um acht Uhr hoch. Inzwischen waren sie vor ihrer Unterkunft angekommen. Eine Unterkunft, in der ein gemeinsames Zimmer auf sie wartete. Wenn sie Pech hatte mit einem Doppelbett. Auf einmal hatte Anne vor Augen, was das bedeutete. Sie würde mit Duncan in einem Bett schlafen. Sofort schnellte ihr Puls nach oben. *Da ist nichts dabei,* versuchte sie sich zu beruhigen. Dennoch meinte sie, dass ihr allein bei der Vorstellung die Röte ins Gesicht stieg.

»Ich bleibe noch einen Moment draußen.« Auf einmal fehlte ihr der Mut, sich den Tatsachen zu stellen. Vor allem nach vorhin, nach seiner Trost spendenden Umarmung ... nach ihrem Witzeln beim Essen über den nächsten Fall als Holmes und Watson, weil sie ein derart gutes Team abgaben. Sie wusste selbst nicht, was es alles zu bedeuten hatte. Zwischen ihren Scherzen und der unvermittelten Nähe lag stets nur ein schmaler Grat.

»Ich bin platt und lege mich schon mal hin.« Duncans Miene war schwer zu deuten.

»Gut«, sagte sie leise. »Ich telefoniere noch mit Hannes.«

Eine Grenze. Sie musste diese Grenze deutlich ziehen, ehe sie sich in etwas verrannte, was nicht sein durfte. Ihr Leben war in München an der Seite ihres Freundes. Punkt aus. Wie ein Mantra sagte sie es sich stumm vor sich her, während sie in den sich deutlich verfärbenden Abendhimmel starrte.

»Alles klar.« Duncan wandte sich derart schnell ab und verschwand durch die Tür, dass sie ihm dafür dankbar sein sollte. Dieser Gedanke machte sie traurig, bedeutete er doch, dass er schlicht das in die Tat umsetzte, was sie eingefordert hatte.

Die innere Unruhe ließ sie ein paar Schritte in Richtung Wasser gehen. Das Haus lag unweit der kleinen Bucht, wo früher mal ein hoch frequentierter Hafen gewesen war. Erst dort fand sie den Mut, Hannes Nummer zu wählen.

»Ich habe Neuigkeiten«, platzte sie sofort heraus.

»Gut, dass du dich endlich meldest, Anne!«, fiel Hannes ihr ins Wort. »Dann erzähl mal.«

»Ich mache es kurz. Davina und Franz sind allem Anschein nach ein heimliches Liebespaar gewesen. Daher die Gravur in der Kette. Vielleicht wollten sie zusammen durchbrennen, was auch immer. Dieser Franz, Franz Meyerling, ist ein deutscher Maler. Er hat die McRohans porträtiert, auch Davina mit der Kette, und genau die hat er dann neben einem Haufen Geld für sein nicht vollendetes Porträt mitgehen lassen, als er die Insel fluchtartig verließ. So zumindest stellt es sich mit dem dar, was wir bisher an Informationen gefunden haben.«

»Wer hätte das gedacht. Auf den Namen Meyerling bin ich auch gestoßen. Das erklärt so einiges.«

»Du klingst, als ob du mehr weißt.« Anne sah zu den beleuchteten Fenstern des Hauses. Hinter einem von ihnen war Duncan gerade dabei, seine Sachen auszupacken und ins Bett zu gehen. Das Doppelbett, das sie sich in dieser Nacht teilten. Schnell wandte sie sich ab und betrachtete die kleinen Lichter auf dem Wasser. Vielleicht Fischer, vermutete sie.

»Na ja, kommt darauf an, was du dazu sagst, dass der Name eures Verlages nicht von deinen männlichen Urahnen stammt, sondern von einer Frau. Ich habe nämlich in der Zwischenzeit auch fleißig recherchiert, unter anderem in der Verlagschronik. Das Ganze ist ziemlich verzwickt, denn Clara Nadler wird offiziell gar nicht als Gründerin genannt – was ja wohl der damaligen Zeit geschuldet ist – sondern ihr Vater. Dieser besaß eine Galerie in Stuttgart.«

Sie spielte mit einem Faden an ihrem Pullover. »Du meinst, der Vater hat sie bloß finanziert?«

»Möglich«, erwiderte Hannes. »Jetzt wird es nämlich erst spannend. Clara Nadler war wohl von einem anderen Mann schwanger, und euer Maler, dieser Meyerling, hat sie trotzdem geheiratet, den Namen des Verlages aber nicht ändern lassen. Vielleicht hat der ne Menge Kohle mit seinen Bildern verdient und es da reingesteckt.«

»Das klingt interessant. Seine Bilder sind heutzutage vermutlich einiges wert. Wie es damals war, keine Ahnung. Was, wenn er die Kette zu Geld gemacht hat?«

»Nicht logisch, denn wie sollte sie dann in den Besitz deines Vaters gekommen sein?«

»Da hast du auch wieder recht.«

»Claras Sohn Lothar Nadler ist übrigens dann in den Verlag eingestiegen und sogar dafür verantwortlich, dass dieser nach München umgezogen ist. Das war mir bisher nicht wirklich bewusst.«

Seine Ausführungen drangen nicht in ihrer vollen Bedeutung zu ihr durch, denn auf einmal fröstelte sie und beschloss zurückzugehen. »Tausend Dank für deine Infos, Hannes, das hilft uns natürlich weiter.«

»Uns?«

Ein winziges Wort aus drei Buchstaben konnte so viel mehr bedeuten.

»Na ja«, lenkte Anne ein und gab sich Mühe, in ihre Stimme entsprechenden Ernst zu legen. »Immerhin wissen wir jetzt, dass Duncan und ich nicht verwandt sind. Also mit ziemlicher Sicherheit zumindest.«

»Sehr gut, dann ist die Sache wenigstens nicht noch komplizierter, als sie sowieso schon ist. Wie schätzt du das Ganze denn ein, ist er wirklich nicht auf Geld aus dem Verlag aus? Wenn eure Theorie stimmt, ist seine Familie damals immerhin um viel Geld geprellt worden.«

Sie schüttelte missbilligend den Kopf. »Nein, er hat mir mehrfach versichert, dass er von dem Erbe nichts will.«

»Dann lass dir das endlich schriftlich geben und schwing dich morgen in den nächsten Flieger. Du fehlst mir, Babe.«

Ihr ganzer Körper versteifte sich. »Oh, mein Akku ist gleich leer, ich melde mich morgen wieder, okay?« Was für eine schale Ausrede. Wie hätte sie Hannes auch glaubhaft antworten sollen, dass er ihr ebenfalls fehlte? Denn es wäre eine Lüge. Noch nie zuvor hatte sie sich derart zerrissen gefühlt. Statt erleichtert zu sein, dass ihr Verlag finanziell nicht in Gefahr war, zögerte sie. Hannes hatte recht, alles sprach dafür, endlich den Rückflug nach München zu buchen. Welche Antworten suchte sie denn noch? *Belüg dich nicht selbst!* Ihr Blick schweifte zu dem heimelig wirkenden Bed & Breakfast. Dort wartete Duncan auf sie.

DUNCAN

Als Anne nach einer gefühlten Ewigkeit endlich ins Zimmer kam, hatte er nur die kleine Lampe auf seiner Bettseite angelassen. Er hatte sich ins Bett gelegt, obwohl er alles andere als müde war. Ganz im Gegenteil, sein Körper stand extrem unter Strom. Sie hatte gerade mit ihrem Freund telefoniert und es ihm deutlich unter die Nase gerieben. *Was hatte das zu bedeuten?* Dutzende von Fragen wirbelten durch seinen Kopf. Fragen, die er besser nicht stellen sollten. Die ganze Zeit über nicht gestellt hatte. Sein Blick schweifte über die Rosentapete. Rosen überall, egal, wo er hinsah. Die aufgeplusterte Rosenbettdecke, die ihm viel zu warm war, bis über die Brust gezogen, lag er mit einer englischen Zeitschrift da und tat so, als ob er lesen würde.

Er hörte zu, wie sie sich im Bad die Zähne putzte und die Spülung der Toilette betätigte. Selbst auf dem Toilettendeckel waren Rosen. Dann sah er aus den Augenwinkeln, wie sie fast schon verschämt, nur in einem T-Shirt, zum Bett kam und hastig unter ihre Decke kroch.

»Hey.«

Er gab ein Brummen von sich, das signalisieren sollte, wie vertieft er in seine Lektüre war.

Immerhin zwei Matratzen.

Zwei Bettdecken.

Ein großes Bett.

Was hätte er tun sollen? Nach einem anderen Hotel, nach zwei freien Zimmern suchen?

Verdammt, er hatte es kommen sehen. Mit jeder Faser seines Körpers war er sich Annes Nähe bewusst. Eine Nähe, die sich im Laufe des Tages dank ihrer Suche und der aufkommenden Vertrautheit, einfach gut angefühlt hatte. Zu gut. *Sie ist kein Single, du erbärmlicher Held.* Er hörte ihre Bettdecke rascheln. Dann ein leises Seufzen, das wahrscheinlich nicht für seine Ohren bestimmt war. Er schluckte schwer. *Oh Mann, wie sollte er jemals an Schlafen denken? Das ist der typische Klassiker in Büchern*, sagte er sich. Zwei Fremde strandeten in einem Hotelzimmer und natürlich waren beide ausgehungert nach Sex oder was auch immer. Nein, so einer war er nicht! Niemals würde er die Situation ausnutzen. Erst recht nicht, weil Anne gerade emotional sehr angeschlagen war. All sein Grübeln half ihm jedoch nicht. Die Frau hatte schon den ganzen Tag über eine Anziehung auf ihn ausgeübt, der er sich nur schwer entziehen konnte.

»Du bist so still. Ich kann dich denken hören.«

Auf einmal drehte sie sich zu ihm um und berührte seinen Arm. Ein Stromschlag war nichts dagegen.

Ihre Finger waren warm.

Warme Haut auf kalter Haut.

Über seinen Arm zog sich eine Gänsehaut.

Er hatte Mühe, seine Stimme zu kontrollieren. »Ich denke an Muriels Nachricht. Ich habe sie gerade erst bekommen. Sie weiß nichts von dem unvollendeten Bild. Es muss verschollen sein.«

»Dann hat sie sich also genau wie Hannes auf die Suche nach Antworten gemacht?«

Da war er, der Name, den er heute Abend in diesem Zimmer keinesfalls hatte hören wollen.

Er stand zwischen ihr und Anne.

Wie der harte Schlitz zwischen den beiden Matratzen.

Wie ein nervtötender Ton, der nicht mehr aufhören wollte.

»Ja, ich hatte ihr geschrieben und sie darum gebeten. Sie hat dafür das Porträt von Davina ausfindig machen können und ist sich sicher, dass diese deine Kette darauf trägt.«

»Und die beiden Namen? Meinst du, Davina hat die eingravieren lassen? Als Zeichen ihrer heimlichen Liebe? Immerhin war ihr zukünftiger Ehemann um einiges älter als sie, da kann man schon mal schwach werden, oder?«

Er lachte. »Entweder hast du eine blühende Fantasie oder hast zu viele Bücher gelesen.«

»Beides.« Sie rollte sich auf den Rücken zurück. »Hannes hat übrigens herausgefunden, dass mein Verlag von einer Clara Nadler gegründet wurde. Stell dir vor, sie war mit Franz Meyerling verheiratet, hat seinen Namen aber nicht angenommen. Was für eine moderne Frau, kaum zu fassen!«

»Oh ja, aber reichlich passend, finde ich, schließlich wirst du jetzt ebenfalls den Verlag führen.«

»Hmm.«

Er richtete sich auf, musste einfach ihr Gesicht sehen, während sie sprachen.

»*Was?*«, fragte er, weil sie nicht weitersprach. Keine Begeisterung. Keine Erklärung. Sie ließ ihn einfach in einer Blase zappeln.

Wie zur Antwort zog sie die Brauen hoch. Das machte sie gern und oft. Als wäre es ein bewährtes Kommunikationsmittel. Er stellte sich vor, wie sie dies bei Vertragsverhandlungen mit Autoren oder Autorinnen einsetzte, um den anderen dazu zu bringen, etwas zu sagen, was er vielleicht gar nicht sagen wollte. Womöglich ein Zugeständnis bei den Konditionen.

»Oder hat dein Hannes etwas dagegen, dass du den Verlag leitest? Es soll Männer geben, die es nicht mögen, wenn ...«

»Das ist es nicht«, fiel sie ihm ins Wort.

»Was dann? Gibt es Probleme im Verlag? Musst du zurück?« Er wünschte, er hätte nicht gefragt, denn die Antwort könnte ihm nicht gefallen. Schon spürte er, wie sie sich kleinmachte. Also menschlich klein. *Dieser Kerl verdient dich nicht!*

»Hannes möchte, dass ich morgen zurückfliege.«

»Und du? Willst du das auch?«

»Warum fragst du?«

Was wollte sie hören? Ja, klar, war nett mit dir, aber die Show ist vorbei? Oder ein theatralisches Flehen: Bitte bleib noch? Ihm wurde heiß und kalt. Er registrierte, wie sich ihre Brust hob und senkte. Wie sie ihre Augen niederschlug, um ihn nicht ansehen zu müssen.

»Du solltest tun, was du für richtig hältst, Anne. Nach Schottland zu kommen, das war dein Wunsch. Also ...« Er ließ den Satz einfach so stehen.

»Tut mir leid.«

Seine Verwirrung musste ihm ins Gesicht geschrieben stehen.

»Dass ich dich mit meinen Problemen nerve. Du hättest nicht mal mit mir auf die Insel fahren müssen.«

»Du denkst, ich bereue die Fahrt hierher?«

Irgendetwas lief gerade in die falsche Richtung. Anne musste sich für rein gar nichts entschuldigen. Eher sollte er sich dafür entschuldigen, dass er von ihr erwartete, die Nacht mit ihm in einem Hotelzimmer zu verbringen. Im Grunde war er ein Fremder für sie. Ein Fremder, den ihr Vater aus scheinbar moralischen Gründen mit einem Erbe bedacht hatte, an dem er keinerlei Interesse hatte. Es hätte vollkommen genügt, ihm die Kette zukommen zu lassen, weil sie vor Urzeiten dem Besitz seiner Familie entwendet worden war.

Unbeabsichtigt streiften seine Finger ihre Hand. Allein diese winzige Berührung löste eine Vielzahl an Reaktionen in ihm aus. *Ich mag sie. In ihrer Nähe fühle ich mich unglaublich wohl. Ich möchte mehr ...*

»Ja und nein. Ich meine, ich habe dein Leben ganz schön durcheinandergewirbelt.«

Er lachte leise auf. »Und das bereitet dir gerade Sorgen? Ich bin ein erwachsener Mann, schon vergessen? Und ich weiß, was ich tue.«

»Ach ja?«

»Ja, genau. Und ich weiß gerade, dass ich dir furchtbar gern deine Locken aus dem Gesicht streichen würde, um darin besser lesen zu können.«

Sie zuckte zusammen. *War er zu weit gegangen?* Er musste das auf der Stelle geradebiegen.

»Vergiss, was ich gerade gesagt habe. Erzähl mir lieber von deinen Eltern. Wie waren sie so?«

»Das wollte ich dich über deine Eltern auch schon fragen.«

Er legte den Kopf schief. »Du lenkst ab.«

Schweigen breitete sich zwischen ihnen aus. Erfüllt vom Geräusch der Dusche ein Zimmer weiter und dem leisen Brummen einer Männerstimme.

Er räusperte sich. »Dann fange ich mal an. Meine Mom war lange krank, ein Nervenleiden. Darum musste sie oft zur Kur fahren. Mein Vater hat sich, so gut er konnte, um mich gekümmert. Und da war noch Grandpa. Wir wohnten damals in Glasgow, hatten einen winzigen Garten. Dort verbrachte ich viel Zeit und dachte mir Geschichten aus. Geschichten, die alle ein gutes Ende hatten. Mom war herzensgut. Wenn sie zu Hause war, saß sie oft mit Muriel und mir auf der Hollywoodschaukel und redete mit uns. Mit ihr konnte man über alles sprechen. Sie war mehr wie eine gute Fee. Vielleicht, weil sie sich immer wieder verflüchtigte. Also rein körperlich, wenn sie wieder nur im abgedunkelten Zimmer liegen konnte und schlief.«

Warum tauchte genau diese Kindheitserinnerung jetzt in ihm auf? Er hatte viele schöne Erinnerungen an seine Mutter. Dank ihrer Medikamente hatte man ihr später kaum noch etwas angemerkt. Sie und sein Dad hätten noch viele glückliche Jahre vor sich gehabt. Eine Welle der Traurigkeit umspülte ihn, doch ehe sie ihn mit sich reißen konnte, begann Anne zu reden.

»Meine Mama ...«, ihre Stimme klang brüchig, »ist fast wie eine Freundin für mich gewesen. Sie hat meinen ersten Liebeskummer miterlebt, sie hat mich unterstützt, als ich über die Ausbildung nachdachte und gemeint, ich sollte frei und unabhängig vom Familienunternehmen entscheiden, was ich gern lernen möchte. Und mein Vater war mein großer Held, der immer alles regelte. Die Probleme im Verlag, aber auch den besten Tisch im Restaurant, Karten für eine ausverkaufte Theaterpremiere, eine Köchin aus Spanien, die Mama die tollsten Rezepte beibrachte. Anitas Paella war unübertroffen das Beste, was ich je gegessen habe. Sie hätten dich gemocht.«

Nichts, was jetzt geschah, war geplant. Seine Hand suchte ihre. Einfach aus dem Grund, ihr nah zu sein. Sanft strich er mit dem Daumen über ihren Handrücken. Sie so zu berühren, hatte etwas Tröstliches. Und Trost konnten sie beide gerade brauchen. Als sie die Decke ein Stück nach unten schob und sich zu ihm drehte, stand die Zeit plötzlich still. Er schluckte, spürte dabei, wie sein Adamsapfel sich bewegte. Unter ihrem Blick wurde ihm heiß. Er wanderte langsam von seinen Augen zum Mund, weiter zum Hals, zu seiner Brust ...

»Du bringst mich noch um den Verstand.«

»So? Tue ich das?« Sie grinste spitzbübisch. Es schien ihr zu gefallen, ihn so nervös neben ihr liegen zu sehen. Es imponierte ihm, dass sie die Dinge gern selbst in die Hand nahm. Apropos in die Hand nehmen ... wie gut, dass der Rest seines Körpers unter der Decke steckte. Sein steifes Glied würde ihr nur allzu deutlich zeigen, was er sich jetzt insgeheim von ihr wünschte.

»Danke«, sagte sie vollkommen aus dem Kontext gerissen.

»Wofür?«

Ihr bedeutungsvolles Lächeln war fast mehr, als er ertrug. »Das kannst du dir aussuchen. Für die Fahrt hierher ... für deine Aufrichtigkeit ... dein Verständnis ...

dafür, dass du da bist, und ...« Sie schluckte und sprach nicht weiter.

»Und?«, fragte er erregt. »Ich denke, ich nehme das *Und*.«

Jetzt seufzte sie sehr leise.

»Ja?«

Die Luft zwischen ihnen war wie elektrisiert. Keiner bewegte sich. Als würde die Zeit anhalten. Sein Pulsschlag dröhnte förmlich in seinen Ohren. Er stöhnte auf, als sie ihre Hand hob und die Decke von seinem Oberkörper schob. Langsam wie eine Marionette, die an Fäden gezogen wurde. An den Fäden seiner Nerven, die bis zum Anschlag gespannt waren.

»Du«, setzte sie an, ehe sie sich zu ihm beugte, damit ihr Mund endlich seinen fand.

Ihre Lippen waren genauso weich, wie er es sich vorgestellt hatte. Sie schmeckten nach Zwiebeln und Cider. In seine Nase stieg der leichte Duft einer süßlichen Note, die auf ihrer Haut lag.

»Mmh«, hörte er Anne brummen.

Unersättlich. Es war das erstbeste Wort, das ihm kurz danach durch den Kopf schoss. Sie beide waren unersättlich nach dem anderen. Und er wollte nicht, dass es jemals aufhörte. Dieses zu viel von allem. Dieses pure Glücksgefühl, das ihn zusammen mit jeder Menge frei gelassener Hormone durchströmte. *Wann war es passiert, dass sie so aufeinander zusteuerten, als gäbe es kein Halten mehr?*

Dann war sie es, die aufstöhnte.

Sofort stand sein Körper in Flammen.

»Du machst mich verrückt«, murmelte sie zwischen zwei Augenblicken, die sie zum Luftholen nutzte.

Er lachte ein heiseres Lachen in ihr Ohr. »Dito.«

Seine Zunge spielte mit ihrer, suchend, erforschend, genauso nimmersatt wie sie nach ihm. Er drängte sich an sie, spürte ihre Brüste, irgendwo zwischen Brust und Halskuhle, legte seine Hand in ihren Nacken. Stark, ihr Halt gebend.

Natürlich spürte sie seine Erregung, ahnte oder wusste längst von seiner Härte. Trotzdem japste sie leise auf, als ihre Hand sein Glied streifte. Er wollte sie! Mit jeder Faser seines Körpers. Jetzt! *Was machte er da*? Eine Stimme meldete sich zu Wort, irgendwo in seinem Hinterkopf. Sie hatte einen Freund, verflucht noch mal, er konnte nicht ... da fuhr ihre Hand unter sein T-Shirt und zerrte daran. Er entzog sich ihr. Unter Aufbietung all seiner Überwindung schaffte er Abstand zwischen ihnen und sah sie beinahe flehentlich an.

»Entschuldige, das hätte ich nicht tun dürfen.«

»Du?« Im ersten Moment schien sie nicht zu begreifen, was er ihr sagen wollte.

Mit einer Geste, die verlegen wirkte, rieb er sich über die Stirn. »Ich meine, d... du hast einen Freund, und ich habe kein Recht ...« Er verstummte.

»Stimmt«, sie stockte, »wir ... wir sollten besser nicht ...«

»Wir sollten wie gesittete Leute nebeneinander einschlafen«, sagte er laut und deutlich, damit die Botschaft irgendwo in seinem Hirn ankam. Dabei fiel es ihm extrem schwer, einen klaren Kopf zu bekommen, aber genau den brauchte er jetzt. Nervös beobachtete er Annes Mienenspiel, irgendetwas zwischen beschämt und aufgewühlt, was Fragen über Fragen aufwarf. *War er zu weit gegangen? Hätte er erst gar nicht zeigen dürfen, wie sehr er sie begehrte? Wo war der verdammte Knopf, mit dem er alles rückgängig machen konnte?* Wobei ... Anne hatte derart intensiv auf ihn reagiert, dass er schwören könnte, sie wollte es auch, wollte *ihn.* Sein Herz donnerte gegen die Brust.

»Ich ... sorry, das war nicht geplant und ...« Anne rollte sich auf den Rücken und starrte nach oben.

Ein tiefes Schweigen füllte den Raum, schnürte ihm förmlich die Luft ab.

»Ich weiß gerade nicht mehr, was mit mir los ist. Das mit dir und mir, es ist keine Laune oder so, es ist eher so, dass ich dich ... ach, verflucht, ich will das irgendwie.« Sie sprach zur Decke, sah nicht einmal zu ihm.

»Aber du bist natürlich keine, die ihren Freund einfach mal so betrügt.« Alles andere würde seine Meinung über Anne Lügen strafen. Sie hatte ihr Leben bis vor Kurzem wahrscheinlich klar vorausgesehen. Hochzeit, Kinder, die glücklichen Großeltern ... Sein Atem ging immer noch heftig. Es kam ihm vor, als spielten sie beide gerade mit dem Schicksal. *Waren die Würfel bereits gefallen oder konnten sie einfach so tun, als wäre das eben, diese unglaubliche Anziehung und Leidenschaft nicht gewesen?*

»Mein Kopf sagt klar Nein, aber ...« Anne drehte sich zu ihm, ihre Hand überwand die Schlucht, die sich bildlich zwischen ihnen aufgetan hatte, dabei lediglich ein paar Zentimeter Bettlaken bedeutete, und suchte seine. »Ich habe ehrlich keine Ahnung, wo das hinführt, Duncan.«

Mit diesen Worten schlängelte sie sich aus dem Bett, ging kurz ins Bad und kam nackt und mit einem Kondom in der Hand wieder zurück.

Er stöhnte leise auf. »Wie war das, wer macht hier wen verrückt?«

Es dauerte nur einen Wimpernschlag, da zog er sie zu sich auf das Bett. Die Federn quietschten leise.

»Verrückt nach mehr«, raunte sie und hob sein Shirt an, damit er es über den Kopf streifte.

Ein Schauder zog über seinen Körper, als sie ihn auf die Brust küsste.

»Du bist so schön«, flüsterte er. »Das habe ich vom ersten Moment an gedacht, sogar, wenn du angespannt bist – und das bist zu häufig –, bist du wunderschön, Anne.«

Als wollte er seine Worte unterstreichen, bedeckte er ihre Augen, ihre Stirn und die Nase mit zärtlichen Küssen. Ihre Mundwinkel zogen sich nach oben.

»Mmh, mehr davon.«

Pures Glück strömte von ganz tief unten in ihm hinauf. So heilsam, dass er am liebsten jauchzen würde.

Als sich ihre Münder fanden, setzten sie mühelos fort, wo sie unterbrochen hatten. Bei der ersten Berührung ihrer Brustwarzen zuckte Anne zusammen. Das und ihre Art, wie sie sich ihm auffordernd entgegen bäumte, löste eine Erregung in ihm aus, die er kaum noch zu unterdrücken vermochte. Sein Mund wanderte zu ihrer Brust, seine Zunge leckte an den aufgerichteten Warzen, er umschloss sie und saugte zuerst zärtlich daran, und dann immer schneller. Sein Glied schien schier zu platzen. Sie krallte ihre Finger in seinen Rücken, zog ihn an sich und schien auf schnelle Erlösung zu hoffen. Er hatte aber anderes mit ihr vor, ließ sich viel Zeit, erkundete ihren Körper ausgiebig, während sie ihn spaßhaft als ihren *Peiniger* bezeichnete.

Als er sehr viel später aufwachte, lag das Zimmer hell erstrahlt im Sonnenlicht und Anne entspannt und ruhig atmend neben ihm. Mit einem versonnenen Lächeln dachte er an die vergangenen Stunden und an die viel zu kurze Nacht. Stundenlang hatten er und Anne Seite an Seite im Bett gelegen und geredet. Dann hatten sie sich erneut geliebt. Erst, als das Licht der Morgendämmerung durch das Fenster gefallen war, hatten sie sich gegenseitig ermahnt, ein wenig schlafen zu müssen.

Jetzt dachte er erstmals daran, wie es mit ihm und Anne weitergehen könnte. Die Vorstellung, dass es sich lediglich um eine Nacht gehandelt hatte, in der Anne alle Probleme und Sorgen hatte vergessen wollen und dass sie mit schlechtem Gewissen nach München in ihr altes Leben zurückkehren würde, war unerträglich für ihn. In der Dunkelheit der Nacht schien plötzlich so vieles möglich zu sein.

»Bist du schon wach?« Eine müde Stimme riss ihn aus seinen Gedanken.

»Ja, aber noch nicht lange. Mein Magen knurrt. Er schreit nach Frühstück.«

»Wohl eher ein frühes Mittagessen«, erwiderte Anne, die einen Blick auf ihr Handy warf.

»Ups, ist schon ganz schön spät.«

»Aber nicht zu spät für das hier!« Mit diesen Worten zog er sie an sich und ließ sie seine Erregung spüren.

Lachend legte sie ihr Gesicht in seine Halskuhle und saugte an seinem Ohrläppchen. Sein Aufstöhnen schien ihr zu gefallen, denn sie schwang die Beine über ihn und setzte sich auf ihn. Sein steifes Glied streckte sich ihr genüsslich entgegen.

»Wie recht du hast.« Sie zwinkerte vielsagend. »Essen wird vollkommen überbewertet.«

Sie hatten den Besichtigungstermin von Dunvegan Castles ganz knapp geschafft. Danach waren sie noch eine Weile durch den moorigen Wald gelaufen, hatten die Ruine der St. Marys Church gefunden, und waren daher erst am frühen Abend von der Insel aufgebrochen. Die letzte Fähre war längst weg, darum verließen sie die Insel über die *Skye Bridge*, bepackt mit einer Tüte voller frisch gebackener Scones und Tea to go. Im stillen Einverständnis kosteten sie jede einzelne Minute ihres Beisammenseins aus.

Nach der vergangenen Nacht hatte sich viel verändert.

Im Grunde alles.

Allerdings sprachen sie nicht darüber. Noch nicht.

So verlief die Fahrt in einer angenehmen Mischung aus Reden über die Highlander Clans und ihren Kampf um die Unabhängigkeit und entspanntem Schweigen. Wann immer er oder Anne das Wort aufgriffen, tauchten sie sofort tief in die Geschichte Schottlands ein. Es gefiel ihm, mit seinem Wissen zu punkten, und Anne sog jede Information wie ein Schwamm auf.

»Warum hat mich das Schicksal der Schotten bisher so wenig interessiert?«, ärgerte sich Anne immer wieder. »Nicht mal, als es um das neue Referendum über die Unabhängigkeit Schottlands ging.«

»Das Premierminister Johnson gnadenlos abgelehnt hat. Du wirst sehen, irgendwann klappt es und eine

Mehrheit wird sich für die Unabhängigkeit ausspre-
chen.«

»Ist das so?« Lässig legte sie eine Hand auf Duncans
Arm. »Hast du als Schotte auch so einen Freiheits-
drang?«

Sein ungehaltenes Lachen erfüllte den Wagen. Annes
Humor strapazierte seine Lachmuskeln bisweilen sehr.
Er mochte das. Er mochte ihre ernsten Diskussionen,
aber auch die Leichtigkeit, mit der sie mit ihren Mei-
nungsverschiedenheiten umgingen. Seine Schwester
hatte politisch gesehen eine eher vorgefertigte Meinung – mit Sicherheit durch ihren Mann – und hielt ei-
sern daran fest, während er sich für das politische
Weltgeschehen im Grunde viel zu wenig interessierte.
Seine Welt drehte sich nun mal um das Schreiben seiner Bücher. Dafür tauchte er vornehmlich in alte Geschichten und mystische Legenden ein. Nach dem kurzen Aufwallen von jugendlicher Rebellion hatte er sich
in die Buchwelt zurückgezogen. Sie gab ihm Halt, ließ
ihn zeitweise aus der Realität, in der er nicht so gut zu-
rechtkam, verschwinden. Er hatte seinen Schulab-
schluss gemacht und danach klargestellt, er bräuchte
nicht mehr als Papier und Stifte, um reich zu werden.
Muriel behauptete bis heute, er hätte es nur ihr zu verdanken, dass er immerhin studiert und ihn dies als Autor weit gebracht hatte. Allerdings bemängelte sie
gleichzeitig, dass er sich zu sehr zurückziehen würde.
*Um zu schreiben, braucht es Inspiration, und die be-
kommst du nicht hinter deinem Schreibtisch* – so klang
es allzu gern aus ihrem Mund. Es war ihre hilflose Art,
damit umzugehen, dass sie sich so selten sahen. Nach
Edinburgh reiste er lediglich, wenn es um Vertrags-

abschlüsse ging oder zu einer seiner Lesungen. Dabei beschränkte er seine Lesereisen im Land auf ein Minimum. Sie strengten ihn an, erwartete man von ihm doch, dass er ständig lächelte und freundliche Statements von sich gab. Kaum jemand schien Verständnis zu zeigen, dass er viel lieber in dunklen Archiven saß und aus Recherchezwecken alte Bücher studierte. Mit Anne könnte er gerade die ganze Welt umarmen, sagte er sich. Ihr war es gelungen, ihn von seinem Schreibtisch wegzuholen. Angelockt von einer alten geheimnisumwitterten Geschichte, die es zu lüften galt. Sie gäbe wirklich einen guten Stoff für ein Buch ab.

»Ich fühle mich vor allem frei zu schreiben, worüber ich möchte. Und mit dir diese Reise machen zu können, ist geradezu inspirierend.«

»Hmh.«

Er wartete, dass sie etwas dazu sagte. Selbst einer ihrer Scherze wäre besser als die jetzige Stille. Seine Finger umklammerten das Lenkrad viel zu fest. »Woran denkst du gerade?«

»An meine Freundin Moni. Sie behauptet dasselbe. Dass Reisen pure Inspiration wäre. Gerade war sie in Indien und ich«, Anne stockte, »... ich habe sie noch nicht einmal danach gefragt, wie ihre Reise war.«

»Dann holst du das nach, wenn ihr euch wieder seht. Sie hat sicher Verständnis für deine besondere Situation.«

»Ja, das hat sie bestimmt.«

Erneutes Schweigen.

Irgendwie markerschütternd laut und angefüllt mit seinem stürmischen Herzklopfen.

Die nächtliche Dunkelheit wähnte ihn in einem Kokon. Nur er und Anne im Wagen. Hier die Lichter der Armatur, draußen brach das Scheinwerferlicht an den Hügeln, sobald er eine Kurve fuhr. Heimlich warf ihr er kurze Blicke zu. Ihr Kopf war seitlich nach unten gesackt. *Schlief sie?* Er musste sich zwingen, die Straße nicht aus den Augen zu lassen. Vielleicht war die Nacht der richtige Moment für seine Frage, selbst wenn er sich vor der Antwort fürchtete.

»Sag mal, fliegst du wirklich morgen zurück nach München?«

»Nein!« Aus den Augenwinkeln bemerkte er den Ruck, mit dem sie sich aufrichtete. »Wenn du nichts dagegen hast, würde ich gern noch ein oder zwei Tage bleiben.«

»Wie könnte ich? Du machst mich zum glücklichsten Mann der Welt.«

»Du musst wirklich nicht gleich übertreiben.«

Ich übertreibe nicht.

Sein Herz vollführte wahre Kapriolen.

Glück ... genauso sollte es sich anfühlen.

Er hob die Mundwinkel und grinste wie ein verliebter Teenager in sich hinein. Wenn sich die unweigerlich nahende Trennung von Anne auch nur für ein paar Tage hinauszögern ließ, so würde er alles dafür tun, dass sie sich bei ihm wohlfühlte.

»Du kannst so lange bleiben, wie du möchtest. Es gibt ein ungenutztes Zimmer im Haus, ich glaube, Muriel hat es mal für Besucher hergerichtet.«

»Ähm, es ist dein Cottage, richtig?« Ihre Stimme klang amüsiert.

»Ja.«

»Und du weißt nicht, wie das Zimmer aussieht?« Er spürte ihren Blick auf seinem Profil ruhen, während er stur geradeaus sah. »Irgendwie klingt das absurd. Andererseits, wenn du dich vor allem in deinem Schreibzimmer verbarrikadierst, kein Wunder.«

Er stieß laut die Luft aus. »Jetzt klingst du schon wie Muriel.«

»Was meinst du damit?«

»Na ja, mit diesem leicht tadelnden Unterton. Als ob es verboten ist, in seinem Arbeitszimmer zu arbeiten. Schließlich heißt es nicht umsonst so.«

»Das habe ich nicht gemeint!«

»Aber gedacht, oder?«

Ihre Blicke trafen sich im Licht der Straßenlaterne. Nur kurz, aber das verschmitzte Grinsen glaubte er dennoch zu erkennen.

»Hey, unterstellst du mir etwa, dass ich schlecht von dir denke? Das tue ich ganz bestimmt nicht.«

»Das beruhigt mich ungemein, dann halte ich ab jetzt besser meinen Mund und bringe uns sicher nach Hause.«

ANNE

Nach Hause. Ein Zuhause ohne ihre Eltern. Ein Zuhause, das deren Fehlen überall spürbar machte. Ein Zuhause, in dem aber auch Hannes auf sie wartete und ihre Arbeit. Auf einmal fröstelte Anne. *Was war der wahre Grund, warum sie nicht zurück nach München wollte?* Sie, die stets alles im Griff haben musste, erlebte gerade das Abenteuer ihres Lebens. Nachdem sie der Schwere und der Leere in München entflohen war, hatte sie sich in diese alte Geschichte regelrecht hineingesteigert und ... dabei verliebt? In den letzten Tagen schien plötzlich alles leicht zu sein. Duncan und sie lachten viel zusammen, um im nächsten Moment wieder ernst zu werden. Mehr als jeder andere verstand er, was es bedeutete, die beiden wichtigsten Menschen in seinem Leben auf einen Schlag zu verlieren. *Hatte das Schicksal sie beide zusammengeführt?* Es gab keine Zufälle, die nicht von Bedeutung waren. Daran glaubte sie fest.

Schottland.

Duncan, der Erbe.

Duncan, der mürrische und abweisende Autor.

Duncan, der an Mythen und Legenden glaubte, und damit die Welt so viel geheimnisvoller für sie machte.

Duncan, der einfühlsame und anziehende Mann.

Duncan, nackt mit ihr im Bett.

Sie könnte die Liste ewig weiter führen. Selbst jetzt, als seine Hand plötzlich auf ihrem Bein landete, warm und selbstverständlich, existierte diese intime Verbindung zwischen ihnen, die sich kostbar und einzigartig anfühlte. *Wollte sie ihre Heimreise hinauszögern, um mehr davon zu bekommen? Mehr Duncan? Und dann?*

»Irgendwann werde ich trotzdem zurückmüssen. Der Verlag, die Arbeit dort ...«

»Ich weiß.« In seiner Stimme schwang ein melancholischer Unterton mit. »Auf mich wartet auch ein Haufen Arbeit.«

Sie nickte. »Das Lektorat, richtig? Wann ist denn der Erscheinungstermin, steht das schon fest?«

»Anfang Dezember.«

»Also pünktlich zum Weihnachtsgeschäft. Klug gewählt.«

»Ja, wenn alles gut läuft.«

»Wie ist die Zusammenarbeit mit deinem Lektor? Bist du zufrieden?«

Sie sah ihn bestätigend nicken. »Er arbeitet schnell und effizient.« Seine Hand landete wieder am Lenkrad. Sie fuhren gerade über eine Brücke.

»Da vorn, auf der rechten Seite, siehst du übrigens gleich Eileen Donan Castle, falls es dich interessiert.«

»Oh, ja. Das musste doch auch für eine Filmkulisse herhalten, oder?«

»Ja, für *Highlander.* Ist leider schon zu dunkel für Fotos, aber wir können gern noch mal herkommen, wenn du möchtest. Von Fort William aus sind er nur anderthalb Stunden Fahrzeit.«

»Danke, aber ich möchte dich nicht von deiner Arbeit abhalten, schließlich ...«

»Ich bin alt genug, das selbst zu entscheiden.«

Sie kicherte. »Die Retourkutsche musste wohl sein. Aber ganz im Ernst, vielleicht gehe ich die nächsten Tage einfach nur durch die Gegend, setze mich irgendwo auf eine Bank und ...« Sie zögerte. Wenn sie nur wüsste, was genau sie dann machen konnte. Die Rückkehr hinauszuzögern, bedeutete im Grunde nur, die Auseinandersetzung mit Hannes hinauszuzögern. *Was, wenn sie ihm die Wahrheit sagte?*

Du, ich habe mich in Schottland verliebt. Es gibt da diesen Mann ...

»Ohne mich? Wo ich doch der beste Führer von ganz Schottland bin.«

»Schon verstanden. Du hast großes Glück, hier zu leben, weißt du das eigentlich? Schottland ist wunderschön.«

»Wo du es gerade sagst ...« Unversehens legte er seine Hand auf ihre, die in ihrem Schoß ruhte und sprach mit verführerischer Stimme weiter. »Das liegt vielleicht an den gut aussehenden Schotten, die hier rumlaufen.«

Sie verdrehte die Augen. »Ich weiß gar nicht, wie du darauf kommst, ganz ehrlich!«

Duncan fiel in ihr Lachen mit ein. Wie schon so oft kamen sie zu dem Punkt, an dem sie sich gegenseitig foppten und ihren Spaß hatten.

Spaß! Ein Wort, das Seltenheitswert in ihrem Leben bekommen hatte. *Wann hatten sie und Hannes das letzte Mal gemeinsam Spaß gehabt? Passten er und dieses Wort überhaupt noch zusammen? Er, der alles immer so ernst nahm und jedes ihrer Worte auf die*

Goldwaage legte. *Und schon wieder drängte er sich in ihre Gedanken.* Es nagte also doch das schlechte Gewissen an ihr. Sie würde wirklich mit Hannes reden müssen, egal, worauf ihre Entscheidung letzten Endes auch hinaus lief. Nach all den Jahren hatte er zumindest Ehrlichkeit verdient.

Eine Zeit lang fuhr Duncan durch die Dunkelheit, die Silhouetten der Hügel zeichneten sich fast schwarz am Himmel ab. Sie las die Namensschilder der wenigen Orte, durch die sie kamen. Ein lang gestreckter See schimmerte rechts von ihnen, als sie dessen Ufer folgten. Sie hätte Duncan nach seinem Namen fragen können, doch die Stille ließ ihre Gedanken träge werden. Solange, bis er sie irgendwann durchbrach.

»Auf dich wird eine anstrengende Zeit zukommen, wenn du die Verlagsleitung übernimmst.«

»Anstrengend ist nicht das richtige Wort. Arbeitsintensiv, ja, das lasse ich durchgehen, aber Sätze wie *Ich bin vollkommen ausgelaugt* oder *Die Arbeit ist so anstrengend*, die habe ich im Gegensatz zu Kollegen und Kolleginnen aus der Branche noch nie gesagt. Jedes neue Buch, das wir veröffentlichen, ist wie ein Baby, das unser Haus verlässt.«

»Das Los teilen wir tatsächlich. Ich muss allerdings schon loslassen lernen, sobald ich das Manuskript abschicke. Dann kommt es in fremde Hände, jemand bildet sich eine Meinung darüber, dann erfährt es durch das Lektorat Veränderungen, und am Ende ist es ein reifes, fertiges Buch, das erst nach dem ganzen Prozess zum Endprodukt geworden ist.«

»Diese Sichtweise hatte ich noch nicht. Der Prozess klingt ein bisschen schmerzhaft.«

»Schmerzhaft und schön zugleich.«

Schmerzhaft wird es, mit Hannes weiterhin im Verlag zu arbeiten, schoss es ihr durch den Kopf. Wenn er erst erfuhr, dass sie mit dem Gedanken spielte, sich von ihm zu trennen, dann ... Ein Zittern ging durch ihren Körper. So weit war es also gekommen. Einmal gedacht, und nichts war mehr wie zuvor.

»Ich kann verstehen, dass du dir noch eine Auszeit nimmst«, bekräftigte Duncan in dem Moment, als wüsste er von ihren Sorgen.

Sie seufzte tief. »Ich werde mir Zeit nehmen und in Ruhe nachdenken.«

»Wegen des Verlags?«

»Das auch, vor allem aber, wie ich Hannes das alles am besten erklären soll.«

»Er wird nicht gerade begeistert sein, was?«

Sie schluckte schwer. »Das ist noch milde ausgedrückt. Er wird eher rasen vor Wut, wenn er von uns erfährt.«

»Ich hatte nie die Absicht ...«

Energisch winkte sie ab. »Das mit dem Erwachsensein hatten wir doch bereits.«

»Hast du noch Sachen im Bed&Breakfast? Sonst fahren wir direkt zu mir. Ich richte dann schon mal das Gästezimmer her.«

»Das Gästezimmer?« Im ersten Moment stutzte Anne. *Meinte er das ernst? Nach der letzten Nacht hatte sie gedacht, dass ...*

»Haha, du hättest gerade mal dein Gesicht sehen sollen.« Der Wagen kam an einer Ampel zum Stehen. Gerade waren sie am Ortsschild von Fort William vorbeigefahren. Mit einem breiten Grinsen im Gesicht drehte sich Duncan zu ihr. »Ganz ehrlich, ich möchte, dass du dich bei mir wie zu Hause fühlst, Anne. Alles andere wird sich zeigen, meinst du nicht auch?«

»Ja«, antwortete sie, überrascht von seinen deutlichen Worten. »Mir geht es genauso. Vielleicht kann ich mich revanchieren, indem ich für uns koche.«

»Ernsthaft?« Duncan legte den Kopf schief. »Ich wüsste nicht einmal, wo ich in meiner Küche einen Kochlöffel fände.«

Jetzt klopfte sie ihm auf den Oberarm. »Wie überlebst du nur in deiner Höhle?«

»Das fragt sich Muriel auch immer. Ihr Zwei müsstest euch blendend verstehen.«

»Apropos Muriel, hast du ihr eigentlich schon erzählt, was wir herausgefunden haben?«

»Das kann bis morgen warten.«

Der Wagen wurde langsamer, als Duncan in die Straße zu seinem Cottage einbog. Nur wenige Lichter leuchteten hinter den Fenstern der Häuser. Er wohnte in einer ruhigen Gegend. Ruhig genug für ihren ganz persönlichen Rückzug. Nur ein, zwei Tage, mehr wünschte sie sich nicht, um das Unausweichliche aufzuschieben. Um jede Sekunde mit Duncan zu genießen.

»Hmm«, kam es genießerisch aus ihr heraus. »Ich weiß dafür, was nicht warten kann.«

Auch die zweite Nacht mit Duncan war eine verheißungsvolle Mischung aus Begehren und Reden und wenig Schlaf. So lernten sie sich kennen, ihre Körper, ihre geheimsten Wünsche, Gedanken, die sie bewegten. Anne war schwindelig vor Glück, als sie am frühen Morgen neben Duncan im Bett aufwachte. In den vergangenen Stunden hatte sie beide die unbändige Sehnsucht auf den anderen vorangetrieben, sich von einem Höhepunkt zum nächsten katapultiert. Sie schrie laut und befreiend auf, wenn sie sein Glied in sich umschloss und ihn ritt. Er stöhnte ihren Namen ein Dutzend Mal. Ihre Fingernägel hinterließen Spuren auf seinem Rücken, sie war wund von all ihrem Begehren. Bisweilen lachten sie wie kleine Kinder oder hielten sich tröstend in den Armen. Duncan hatte von seiner rebellischen Jugendphase erzählt. Von der Sorge seines Großvaters, er könnte in dem Strudel aus Trauer, Provokation und Grenzen austesten irgendwann tief fallen. Darum hatte er ihm Stift und Papier in die Hand gedrückt und gemeint, er solle sich den Schmerz von seiner Seele schreiben. Was für ein kluger Mann sein Großvater doch war.

Versonnen drehte sich Anne zu ihrem Bettgenossen um. Er lag auf dem Rücken, die Arme von sich gestreckt und den Mund leicht geöffnet. *Völlig hingegeben an den Schlaf,* dachte sie und ahnte gleichzeitig, warum sie wach geworden war. Sie hatte am Rand des Bettes gelegen, ihr Arm hatte herausgehangen und das Blut war in die Finger geflossen. Natürlich war Duncan es gewöhnt, das Bett für sich allein zu haben. *Vielleicht änderte sich das gerade.* Das brachte sie zum Lächeln. Eine andere Stimme in ihrem Kopf ermahnte sie, sich nicht in etwas hineinzustürzen, das ihr bisheriges Leben erschüttern könnte. Sie hatte gerade erst einen tiefen Verlust erlitten, lag es da nicht nahe, dass sie extrem emotional war? *Aber mit Duncan ...* Mit Duncan hatte sie jemanden gefunden, der sie ernst nahm und sie zugleich antrieb. Sie waren wie zwei Zahnräder eines Uhrwerks, die sich ganz selbstverständlich zusammenfügten.

Ihre beiden Herzen schlugen im Gleichtakt.

Da sich Duncan genau in dem Augenblick zu rühren begann, schob sie den Gedanken an Hannes schnell beiseite. *Jetzt noch nicht,* sagte sie sich. Jetzt noch nicht daran denken, dass sie Hannes gerade betrog und ihn damit womöglich tief verletzte. Natürlich würde sie mit ihm reden müssen und ihm erklären, was gerade mit ihr passierte. Dass sie sich seit Langem zum ersten Mal wieder selbst spürte und nicht einfach nur funktionierte. Wenn sie ehrlich zu sich war, hatte sie schon eine Weile daran zu knabbern gehabt und mit dem Gedanken an eine Trennung gespielt, es wegen ihrer Eltern, wegen des Verlags oder aus purer Bequemlichkeit aber immer wieder sein lassen. Doch jetzt war der Punkt gekommen, da sie die Konsequenzen tragen würde. In all ihrer Unfassbarkeit und Tragweite.

In der Dunkelheit der Nacht hatte sie Duncan von ihm erzählt. Von Hannes, der sich in ihr Leben geschlichen hatte, als sie noch lange nicht gewusst hatte, was sie selbst eigentlich wollte. Der in den Augen ihrer Eltern den perfekten Mann an ihrer Seite ausmachte. Er kümmerte sich um alles und jeden. Und dann war er auch noch in den Verlag mit eingestiegen. Hätte es einen besseren Mann für sie geben können?

Anne rieb sich über die Arme. Noch immer hatte sie die Stimme ihrer Mutter im Kopf, als diese behauptete, sie hätte mit Hannes das große Los gezogen. Nur Lizzie hatte hinter der ganzen Fassade womöglich mehr gesehen und sie immer wieder herausgefordert. Warum sie sich so früh binde? Ob sie nicht noch ein wenig Spaß im Leben haben wollte – nein, mit Hannes konnte man den gewiss nicht haben – oder sich noch ausprobieren wollte, eine andere Stadt, ein anderes Land, fremde Männer? Es sei das Leben ihrer Schwester gewesen, das diese vor ihr ausbreitete, hatte sie stets darauf geantwortet, und dass sie so nicht wäre. Hannes hatte so etwas wie Stabilität bedeutet. Stabilität und Sicherheit. Wenn ihre Eltern ihn mochten, dann würde Anne sie nicht enttäuschen. Selbst bis heute als erwachsene Frau steckte diese Forderung an sich selbst noch in ihr, nie ihre Eltern zu enttäuschen.

Sie musste dringend mit Hannes reden. Und einen Rückflug buchen. Morgen. Morgen, klang gut. Für heute hatten sie und Duncan eine längere Wanderung und einen Besuch in seinem Lieblingspub geplant. Er hatte zwar behauptet, schon ewig keinen Pub mehr besucht zu haben, aber das würde sich jetzt ändern. Er würde dem Einsiedlerleben den Rücken kehren.

»Anne! Da bist du ja endlich!«
Wie aus dem Nichts schoss eine Gestalt auf sie zu.
Hannes!
»Was machst du denn hier?« Entsetzt sah sie ihren Freund an.
Der dunkel verhangene Himmel ließ die Straße grau und trist aussehen und sie hatte vorgehabt, eine Runde zu laufen. Eine seltsame Unruhe hatte sie heute früh erfasst. Um Duncan nicht zu wecken, hatte sie beschlossen, noch einmal zum Aussichtspunkt auf den Hügel zu gehen. Vielleicht half die Bewegung, der Gedankenlawine zu entkommen, die kaum, dass sie die Augen geöffnet hatte, auf sie zugerollt war. Aus diesem Grund

überrumpelte sie Hannes plötzliches Auftauchen komplett. *Woher wusste er, wo er sie finden konnte?*

»Ich habe es in München nicht mehr ausgehalten. Warum hast du dich nicht mehr gemeldet? Ich hatte Glück, dass ich gestern am späten Nachmittag jemanden im Verlag dieses McRohan erwischen konnte, um seine Adresse herauszubekommen. Ich habe den frühesten Flieger genommen, et voilà, jetzt bin ich da. Es wird höchste Zeit, dass du heimkommst.«

Er war im Begriff, sie in die Arme zu nehmen, doch Anne wehrte es irgendwie ab, indem sie sich zu ihren Schuhen bückte.

»Ich wollte gerade ein Stück laufen, kommst du mit?«

»Was soll das, Anne? Ich denke, du holst am besten gleich deine Sachen und wir fahren los. Ich habe einen Wagen gemietet, damit kommen wir ganz schnell nach Edinburgh.«

Eine junge Frau mit Kinderwagen und einem kleinen Kind an der Hand, ging an ihnen vorbei. Das Kind sah müde aus und ließ sich eher unfreiwillig mitziehen. Anne nickte ihr freundlich zu, obwohl sich in ihr gerade alles nach Panik anfühlte. Hannes hier und Duncan lag ahnungslos im Bett?

»Okay.« Der Knoten in ihrem Magen wuchs gerade zu einem Felsbrocken heran. *Was sollte sie bloß tun? Wie konnte sie es schaffen, Hannes freundlich, aber bestimmt Richtung München zurückzuschicken?* »Du bist echt für eine Überraschung gut«, sagte sie, um Zeit zu schinden. Gleichzeitig lotste sie ihn vom Gartentor weg.

»Ich hatte irgendwie ein seltsames Gefühl. Diese ganze Geschichte, deine Fahrt auf die Insel, dieser

Autor, der sich tatsächlich als echter Erbe herausgestellt hat. Da dachte ich mir, du könntest hier bestimmt Unterstützung brauchen. Ich meine, nicht, dass er dir zusetzt und aus heiterem Himmel doch noch Forderungen stellt.« Er legte den Arm um sie und zog Anne an sich, ehe sie reagieren konnte. »Außerdem habe ich dich vermisst.«

Nicht gut! Das war gar nicht gut!

Ein unbestimmtes »Hmm« war alles, was sie von sich gab. Man konnte über ihren Partner alles Mögliche sagen, aber er war ein Mann der Tat. Was ihr im Verlag eine gute Unterstützung war, sich jetzt allerdings als ein mittelgroßes Problem darstellte.

»Du bist so steif, was ist los? Freust du dich denn gar nicht, mich zu sehen?«

»Doch, schon, ich hatte nur ...« *Andere Pläne!* Ihr entwich ein gequälter Seufzer, den Hannes prompt falsch interpretierte.

»Du Ärmste, war es so schlimm mit dem Kerl? Du siehst vollkommen fertig und übermüdet aus. Was machst du überhaupt hier?« Jetzt hielt Hannes sie eine Armlänge von sich und betrachtete sie genauer. Sofort spürte Anne, wie ihr die Röte ins Gesicht stieg.

»Wir sind gestern erst mitten in der Nacht angekommen und da hat mir Duncan der Einfachheit halber sein Gästezimmer angeboten. Ich war komplett fertig und bin direkt ins Bett.«

»Und warum ... ich meine, was hast du jetzt vorgehabt?« Ein leiser Zweifel schwang in seiner Stimme mit. *Sah er ihr etwa an, dass sie sich gerade um Kopf und Kragen redete?*

»Wie schon gesagt, ich bin früh aufgewacht und wollte eine Runde laufen. Das lange im Auto sitzen und Blättern in verstaubten Kirchenbüchern sitzt mir noch immer in den Knochen.« Sie musste hier weg! Nicht eine Sekunde länger hielt sie das Rumstehen aus. *Was, wenn Hannes mit ins Cottage kam?* Eine Lösung musste her, und zwar schnell. Jetzt brauchte sie die Bewegung noch dringender als zuvor. Schließlich hatte sie sich ganz allein in diese knifflige Lage gebracht. Darum löste sie sich aus Hannes Umarmung und ging einfach los, die Straße bergauf.

»Warte, Anne, wo willst du denn hin?«

Sie wandte den Kopf zu ihm und deutete in Richtung Hügel. »Von dort oben hat man eine einmalige Aussicht auf das Loch und die Landschaft. Ich möchte dort gern noch mal hin.«

Was ich vor allem brauche, ist ein klarer Kopf und eine Entscheidung.

Mit festen Schritten holte Hannes sie ein. Die Art, wie er neben ihr herlief, zeigte seine Ungeduld. Als könnte es ihm nicht schnell genug gehen. »Du benimmst dich seltsam, Anne. Ich dachte, du bist froh, hier endlich wegzukommen.«

»Ich mag Schottland«, antwortete sie. Drei Worte, die so viel mehr für Anne bedeuteten.

Hannes schnaubte. »Soll das jetzt eine Erklärung sein, warum wir uns nicht sofort ins Auto setzen?«

»Ich hatte viel Zeit zum Nachdenken, Hannes.« Sie konzentrierte sich auf den Weg, den Blick auf den Hügel gerichtet, der wie ein stummer Zeuge ihrer Lebenslüge vor ihnen lag. *Würde sie hier und jetzt den Mut finden, Hannes die Wahrheit zu sagen?*

»Dann kannst du mit dem Verlust jetzt besser umgehen? Moni meinte, die Reise könnte dir vielleicht guttun, um Abstand von München und allem zu finden.«

»Irgendwie schon«, antwortete sie leise. »Und Duncan hat mir dabei sogar geholfen. Er hat seine Eltern ganz früh bei einem Flugzeugunglück verloren.«

»Ach so. Du und dieser Duncan, ihr habt viel Zeit zusammen verbracht?«

Annes Herz flatterte gegen ihre Brust. »Schon, aber das weißt du ja.«

»Du weichst mir schon wieder aus, Anne.« Prompt stellte er sich breitbeinig vor ihr auf. Sein Blick war hart. »Also speise mich nicht so ab. Was ist wirklich los?«

»Da gibt es nichts zu erzählen.«

Die Wahrheit! Sag ihm die Wahrheit!

Am liebsten würde sie jetzt losrennen. Weit weg von Hannes. Sogar vor sich selbst, wenn sie könnte. Denn wie kam man damit klar, dass sein Leben plötzlich einen unvorhergesehenen Abzweig nahm? Einen Abzweig, der sie unweigerlich von ihrem früheren Leben und damit von Hannes entfernte? Die Erschütterung angesichts dieser Wahrheit kam einem Erdstoß gleich. Ihre Zukunft ... was wünschte oder erhoffte sie sich jetzt von der Zukunft? War sie bereit, diese neu zu gestalten?

»Oben ist ein Aussichtspunkt mit einer Bank, lass uns noch bis dahin gehen und in Ruhe reden, ja?«

»Anne, was soll das?« Hannes Stimme klang auf einmal gefährlich leise.

Sie sah, wie seine Halsschlagader pochte und er den Oberkörper unmerklich nach vorn beugte. Statt sich gegen die ihr plötzlich entgegenschwappende Aggression zu wappnen, schrumpfte Anne in sich zusammen. Sie hasste sich dafür. *Wie oft mutierte sie zu einem wimmernden Wurm, einem Nichts, auf dem ihr Partner herumtrampeln konnte, wie es ihm beliebte, nur, um später reumütig zu ihr kommen?* Es war immer dasselbe, sobald er in Rage geriet. Anne spürte die Fingernägel in ihren Handflächen. Sie hatte gar nicht bemerkt, wie sie die Hände zusammenballte. Der Schmerz tat gut. Er riss sie aus ihren bitteren Erinnerungen.

»Ich ...«, setzte sie zu einer Erklärung an und hielt inne. Sie suchte nach Worten. Nach den *richtigen* Worten. Dabei war ihr im Grunde klar, dass sie mit Worten alles nur noch schlimmer machte und ein Rückzug die bessere Alternative wäre. Sie ließ den Blick über die kargen Hügel schweifen, als könnte ihr ein früher Wanderer zu Hilfe kommen. »Es war ein Fehler, dass du gekommen bist, Hannes. Ich werde noch ein paar Tage hierbleiben. Ich muss mir über einiges klar werden. Auch über uns.«

Ein Ruck ging durch Hannes Körper. Er richtete sich zu voller Größe auf, seine Augen blitzten dunkel auf. »Das meinst du nicht ernst, Anne! Drehst du jetzt vollkommen durch?«

»Nein, es ist mein voller Ernst«, erwiderte sie, wobei ihre Stimme leicht zitterte.

Er packte sie am Handgelenk, hart und unnachgiebig. Vor Schmerz verzog Anne das Gesicht.

»Du tust mir weh, Hannes, lass mich los!«

Zumindest lockerte er die Finger. Gerade genug, dass der Schmerz nachließ.

»Hat dir das dieser McRohan eingeflüstert? Habt ihr einen Plan ausgeheckt, wie ihr mich aus dem Verlag schmeißen könnt? Oder was für eine irre Idee steckt dahinter, Anne?«

»Es hat nichts mit dem Verlag oder mit deiner Arbeit zu tun«, erwiderte sie gequält. Sie wagte es kaum, sich zu bewegen. »Es ist einfach nur so, dass ich ein bisschen Abstand brauche. Du und ich, das funktioniert schon eine Weile nicht mehr gut.«

»Was für eine gequirlte Scheiße redest du denn da? Wir wollen heiraten! Wie kannst du da behaupten, wir gehören nicht zusammen?«

Annes Puls stieg deutlich an. Sie hörte das Blut in ihrem Kopf rauschen. »Niemand gehört hier irgendwem.« Sie gab ihrer Stimme Festigkeit. »Ja, wir sind schon lange ein Paar, aber ich möchte einfach sicher sein, dass ich den richtigen Weg gehe und nicht den, den meine Eltern sich für mich gewünscht haben.«

»Das ist absolut verrückt, Anne. Du bist durcheinander, und ich verstehe das. Geh von mir aus auf diesen verdammten Hügel hoch und bekomm' dort oben einen klaren Kopf. Ich suche mir in der Zwischenzeit ein Café und warte auf dich.«

Er stand unter Strom, keine Frage. Anne fürchtete sich davor, ihn weiter zu reizen. Andererseits wollte sie beenden, was sie angefangen hatte. »Nein, du musst nicht auf mich warten, Hannes. Ich bleibe noch ein paar Tage hier. Das mit dem Verlag regele ich bis dahin telefonisch, also keine Sorge. Herr Hollesch bekommt alle nötigen Anweisungen.«

»Der Prokurist, war ja klar!« Hannes spuckte die Worte förmlich aus. »Du willst mich also doch aus dem

Verlag drängen, ist doch so, oder? Jetzt, wo deine Eltern nicht mehr leben, zeigst du also dein wahres Gesicht!«

»Hannes!« Jede weitere Erwiderung würgte sie herunter. Hannes war gerade wütend und verletzt. Für Erklärungen hatte er jetzt kein Ohr. Zu wissen, dass sie für seine Verzweiflung verantwortlich war, machte es nicht gerade leichter. Trotzdem blieb sie ruhig und entschlossen. »Ich werde jetzt gehen. Tut mir leid, wenn du es nicht verstehst, aber meine Entscheidung steht.«

Ehe sie sich wegdrehen konnte, packte Hannes sie grob an den Schultern und schüttelte sie derart heftig, dass sie es mit der Angst zu tun bekam. »Das machst du nicht mit mir, Anne! Ich bin kein Fußabtreter, den man einfach so ablegt!« Er redete sich immer weiter in Rage und spuckte ihr seine Wut ins Gesicht. »Ich tue alles für dich und den Verlag. Wenn deine Eltern das wüssten, sie würden sich im Grabe umdrehen.«

»Lass meine Eltern aus dem Spiel, Hannes, du weißt ja nicht, was du da sagst.« Ihr war übel. Hannes aufbrausende Art, bei der er sich kaum unter Kontrolle hatte, war ihr nicht fremd. Dennoch erschütterte es sie jedes Mal. *Wie hatte sie dies nur so lange erdulden können? Wie sich damit trösten, dass ihre Eltern in ihm den perfekten Partner und Schwiegersohn sahen? Weil er anderen stets nur den Sunnyboy vorspielte.* Anne riss sich von seinem Griff los. Dort, wo seine Hände grob zugedrückt hatten, verspürte sie ein Pochen.

»Warum dann, Anne? Ich kapiers's nicht. Hat dir dieser schottische Kerl doch den Kopf verdreht? Den knöpfe ich mir vor, das lasse ich nicht auf mir sitzen.«

Ihre Gedanken rasten. So weit durfte es auf keinen Fall kommen. Sie musste Duncan dringend eine Nachricht schicken. Ihn vorwarnen, dass Hannes plötzlich aufgetaucht war.

Ein Hundebellen kam näher. Sie horchte auf. Hannes musste es auch gehört haben, denn er wich einen Schritt zurück. Sein Atem ging schnell. Er fuhr sich durch das Haar, starrte auf den Weg, wo jetzt ein zotteliger Hund auftauchte. *Benja!* Sie erinnerte sich an den Namen des Hundes, und an den alten Mann, der sie mit seinen wachen Augen eingehend gemustert hatte. Die beiden kamen genau im richtigen Moment. Kurz hinter dem Hund erschien er in ihrem Blickfeld. Anne winkte dem Mann zum Zeichen des Erkennens zu. Erst dann wandte sie sich noch einmal ihrem Freund zu – nein, jetzt ihrem Ex-Freund.

»Lass Duncan aus dem Spiel, Hannes, er hat damit nichts zu tun.«

Ihre Beine zitterten, als sie auf den Hund zuging. Der Schock saß noch immer tief. »Hallo, du Hübscher«, sagte sie leise. »Was hältst du davon, wenn ich mit euch zurückgehe?«

Benja kam schwanzwedelnd auf sie zu und leckte ihr sofort über die ausgestreckte Hand. Sie vergrub ihre zitternden Finger in dem zotteligen Fell. *Bitte, mach, dass Hannes verschwindet!* Mit seiner Hartnäckigkeit hatte sie nicht gerechnet.

»Anne, komm mit mir, ich bitte dich.« Er stellte sich dicht neben sie, ignorierte jedoch den Hund, der ihn jetzt neugierig beschnüffelte.

»Guten Morgen, auch schon wieder so früh auf den Beinen?«

»Oh ja, falls es heute noch regnen sollte, wollte ich vorher lieber noch ein bisschen raus gehen«, antwortete sie freundlich, wohingegen Hannes nur ein brummiges »Hallo« für den Hundebesitzer übrighatte. »Wenn Sie nichts dagegen haben, begleite ich Sie ein Stück nach unten.«

»Aber, wolltest du nicht hoch zu diesem ...«, fing Hannes an und deutete nach oben.

»Ich habe es mir anders überlegt«, unterbrach sie ihn. Nichts wäre ihr lieber, als wenn er stattdessen dorthin ging. Wenn er sich nicht wie eine mahnende Anklage an ihre Fersen heftete. Dank des alten Mannes war zumindest jedes weitere Streitgespräch unterbunden. Da dieser sich nicht besonders gesprächig zeigte, war es ein sehr stiller Rückweg. Still bis auf das Bellen des Hundes, als dieser übermütig über die Wiesen rannte. An der Kreuzung, an der die Straße zu Duncans Cottage führte, verabschiedete sie sich von den beiden.

»Danke für die reizende Begleitung«, sagte der Mann an Anne gerichtet. »Und passen Sie gut auf sich auf.« Für einen Moment ruhte sein tiefgründiger Blick auf ihr, als könnte er in das Innerste ihrer Seele sehen, oder bildete sie sich das nur ein? Vielleicht zog er auch nur aufgrund ihres Schweigens und Hannes verkniffener Mundpartie seine eigenen Schlüsse.

»Auf bald«, antwortete sie und nickte ihm freundlich zu.

Kaum, dass er fort war, fand Hannes seine Stimme wieder. »Anne! Was soll dieses *Auf bald?* Du hast hier doch nichts verloren. Oder brauchst du einfach noch ein paar Tage Urlaub?« Er klang auf einmal wie ausgewechselt. Liebevoll und voller Verständnis. »Ich kann uns auch ein schönes Hotel buchen, von mir aus auch irgendwo hier in diesem Kaff.«

Eine tiefe Erschöpfung griff mit ihren Spinnenfingern nach ihr. Sie schüttelte den Kopf. »Nein, Hannes, das geht so nicht. Ich muss allein sein.«

»Das kannst du nicht bringen, du gehörst zu mir!«

Nein, ich gehöre zu niemandem!

Der lieblich zwischen der Stadt und den ersten Hügeln der Highlands eingebettete See lag auf einmal düster und unheilvoll vor ihr. Ein Auto fuhr aus der Garage, der Fahrer winkte freundlich. Nur noch wenige Schritte, dann würden sie das Cottage erreichen. Annes Herz klopfte laut und stürmisch. Wie naiv sie gewesen war! Naiv genug, um zu glauben, Hannes würde ihre Entscheidung verstehen. Seine weit aufgerissenen Augen, der bittere Zug um seinen Mund, dazu die unbändige Wut ... ihre Worte hatten ihn eiskalt erwischt. Auch jetzt war seine Miene eine einzige Anklage.

»Autsch«, entwich es ihr, als sie eine Unebenheit auf dem Weg übersah und beinahe umgeknickt wäre.

»Was ist, hast du dir wehgetan?«

Sie winkte ab. »Nein, schon gut.«

Wie sollte es weitergehen? War sie wirklich gerade dabei, vier Jahre Beziehung zu beenden? Und wie sollte das funktionieren, ohne einen Scherbenhaufen zu hinterlassen?

»Und was nun?«, fragte Hannes, da sie soeben seinen Leihwagen erreicht hatten.

»Ich weiß es nicht, Hannes.« Ihre Worte waren nicht viel mehr als ein Flüstern.

»Dann schlage ich vor, ich miete uns ein Zimmer und du nimmst deine Sachen gleich mit.«

»Nein.« Sie warf ihm einen traurigen Blick zu. »Bitte versteh' mich nicht falsch, aber es ist immer noch das

Beste, wenn du allein zurückfliegst. Ich verspreche dir, ich komme in ein paar Tagen nach. Bis dahin übernimmst du stellvertretend die Verlagsleitung, was denkst du?«

Na bitte, geht doch. So in etwa deutete sie Hannes Gesichtsausdruck.

»In Ordnung, aber nur, wenn du mir sagst, dass das eben alles nur ein Scherz war.«

Sie zuckte mit den Schultern. »Ich weiß gerade gar nichts mehr. Ist wohl doch alles ein bisschen viel auf einmal.«

»Aber ich möchte für dich da sein, Anne. Wie kann ich das in München?«

Seine Frage rührte sie tatsächlich. Trotzdem wich sie nicht von ihrem Entschluss ab. »Es hilft mir, wenn ich weiß, dass zu Hause alles gut läuft. Das tut es doch, oder?«

»Ja, auf jeden Fall. Was den Verlag angeht, habe ich alles im Griff. Das nächste Programm kann ich auch ...«

»Das spreche ich wie gewohnt im Team ab. Ich lade für morgen online zu einer Sitzung ein und lasse mich auf den aktuellen Stand bringen.«

»Möchtest du nicht doch noch eine Nacht darüber schlafen, Babe? Ich sehne mich so nach dir und ich brauche dich doch.« Hannes war kurz davor gewesen, sie erneut zu bedrängen. Sie spürte bereits das kühle Metall des Wagens im Rücken.

»Ich bleibe bei meiner Entscheidung, mach, was du willst«, erwiderte sie mit fester Stimme und schob ihn von sich. »Ich packe jetzt meine Sachen und gehe zum Bahnhof.«

»Wo willst du hin?« Seine Verwunderung war deutlich in seinem Gesicht zu erkennen.

Sie wusste es selbst nicht, murmelte etwas von Inverness und Aberdeen. Die beiden einzigen Städte, die nicht in Richtung Süden lagen und Hannes davon abbringen würden, sie zur Mitfahrt zu überreden.

»Ich kann doch mitkommen und ...«

»Was bitte verstehst du nicht daran, wenn ich sage, dass ich allein sein muss?«

»Weil es sich falsch anfühlt.« Er warf ihr einen Blick zu, hinter dem sie sein verletztes Ich erkannte.

»Für mich nicht, tut mir leid.«

Was genau ihr leidtat, darüber würde sie später in Ruhe nachdenken. Sie fand schlicht keine tröstenden Worte. Nichts außer dem Wissen, dass sie schon bald nach München zurück musste, weil dort der Verlag und ihre Arbeit auf sie warteten, konnte sie ihm in die Hand geben.

Als sie mit ihrem Koffer am Bahnhof stand, fror sie immer noch. Nicht wegen der überraschenden Kühle des Tages, sondern von ganz tief drinnen. Hannes hatte darauf bestanden, sie zu fahren. Was sie wiederum eine Menge Überredungskunst gekostet hatte, um zu verhindern, dass er nicht mit ins Cottage kam und dort auf Duncan traf. Nicht auszudenken, wie er reagiert hätte, wenn er die Wahrheit erkannt hätte. Die Wahrheit? Was genau das zwischen Duncan und ihr bedeutete, darüber war sie sich im Grunde ja selbst noch nicht einmal im Klaren. Sie stieß einen tiefen Seufzer aus. Aus der Not heraus hatte sie eine Entscheidung getroffen. Eine, die auch Duncan komplett überrumpelte. Sie hielt ihm allerdings zugute, dass er sich bemühte, ihr

Verständnis entgegenzubringen, selbst wenn sie ihm ansah, wie schwer es ihm fiel. Ihre gemeinsamen Pläne hatten schließlich ganz anders ausgesehen. Ja, sie würde eine Weile allein sein müssen. Den Brocken mussten sowohl Duncan als auch Hannes letztlich schlucken. Schweren Herzens hatte sie die Tür des Cottages hinter sich zugezogen. Bei dem Gedanken daran zerknüllte sie beinahe den Fahrplan der ScotRail in ihrer Hand.

Ohne weiter nachzudenken, nahm sie ihr Handy aus der Tasche und rief Duncan an.

»Bist du noch am Bahnhof?« Seine Frage klang gedehnt, als fürchtete er die Antwort.

»Ja. Der Zug kommt aber gleich. Ich wollte dich noch einmal hören, bevor ich fahre.«

»Ach ja?« Wie kühl er plötzlich klang. Innerlich weit weg. Der Gedanke schmerzte sie.

»Hör mal, Duncan, dass ich fahre, hat nichts mit dir zu tun, das hast du doch verstanden, oder? Hannes Auftauchen hat mir einfach gezeigt, dass ich mir über einiges klar werden muss. Und das mit uns ist auch eine Sache davon.«

»Das mit uns ist mir verdammt ernst, Anne.«

Genau jetzt sah sie ihn vor sich, wie er ihr Gesicht zum ersten Mal zwischen seine Hände genommen hatte. Sie dachte an seine Arme, die er tröstend um sie gelegt hatte. Dann sah sie ihn wiederum in seinem Haus. Allein.

»Wo stehst du gerade?«

»In der Küche, warum fragst du?«

»Weil ich jetzt gern bei dir wäre.«

»Und warum bist du es dann nicht?«

Sie drückte das Handy fest gegen das Ohr und lauschte seinem Atem, während sie schwieg. *Was hätte sie auch sagen sollen?* Es zerriss sie innerlich zu gehen.

»Du bist eine tolle Frau, Anne. Ich hoffe, dein Freund weiß das zu schätzen.«

»Er wollte mich heiraten«, flüsterte sie gerade so leise, dass er es hören konnte.

»Das ... warum hast du es mir nicht früher gesagt? Ich hätte nie ...«

Sie bremste ihn. »Es spielte keine Rolle.«

»Für mich schon.« Der Ernst in seiner Stimme machte es nicht einfacher. Wie viel lieber hätte sie dieses Gespräch von Angesicht zu Angesicht geführt.

»Was zwischen mir und dir passiert ist, das ...«, begann sie.

»Du meinst, dass wir Sex miteinander hatten, und zwar richtig guten Sex?«, fiel er ihr ins Wort. Sie vernahm ein Krachen, als würde etwas umfallen, dann ein unterdrücktes Fluchen.

»Für mich ist es mehr als nur das«, stieß sie hervor.

Als Duncan daraufhin schwieg, breitete sich ein Schwindelgefühl in ihr aus, das sie dazu zwang, sich auf eine Bank zu setzen.

»Sag doch bitte etwas«, flehte sie leise.

»Was soll ich sagen, Anne? Das kommt ein bisschen überraschend. Du hast mir irgendwie signalisiert, dass du und ich ... dass es dir ähnlich geht.«

»Die letzten Tage mit dir waren die schönsten seit ewiger Zeit. Sie haben mir erst die Augen geöffnet, wie lange ich mich schon selbst belogen habe.«

»Ich weiß gerade gar nicht, was ich denken soll.«

Seine Worte rissen ihr fast den Boden unter den Füßen weg. *War sie gerade im Begriff alles, was sie eben erst gefunden hatte, wieder zu verlieren?* Als hätte sie einen Schatz aus den tiefsten Tiefen des Meeres geborgen und auf den letzten Metern würde er ihr aus der Hand entgleiten. Einfach so. Weil sie nicht aufgepasst hatte. Weil sie zu viel auf einmal gewollt hatte.

»Es tut mir leid, ich hätte nicht ...«, sie holte tief Luft, »es ist, als wäre ich mit dir in ein Märchen getaucht und lerne gerade wieder, zu träumen. Verstehst du, was ich meine?«

Ein kurzes raues Lachen ertönte. »Lass es lieber, Anne, du machst es damit nicht besser. Ich kann mir vorstellen, dass es dir gerade mies geht. Dein Freund wird das Feld nicht kampflos räumen, ist doch so, oder? Und das ...«, jetzt war es Duncan, der seufzte, »... macht es kompliziert.«

»Ich habe ihm gesagt, dass es mit ihm und mir nicht mehr funktioniert, aber er will es nicht wahrhaben! Ich konnte ja nicht ahnen, dass er nach Fort William kommt!«

»Und ... wie geht es jetzt weiter?« Seine Stimme löste in ihr eine ganze Lawine an Schuldgefühlen aus.

»Du hast mir ordentlich den Kopf verdreht.« Sie gestand es, nicht ohne zu erröten. Noch immer hatte Anne das Gefühl, Duncans Geruch haftete an ihr, ihre Hände spürten noch immer seine starke männliche Brust unter ihren Fingern. Ihr entfuhr ein leises Stöhnen. »Das ist mit ein Grund, warum ich jetzt erst mal auf die Orkneys reise. Ich brauche einen klaren Kopf, muss mich aus Hannes Schusslinie bringen, und für mich klären, was das alles bedeutet.«

Ein Schnaufen.

Schweigen.

»Ich verstehe vor allem, dass du durch den Verlust deiner Eltern gerade emotional sehr aufgewühlt bist. Und ich bin der Letzte, der das ausnutzen möchte.«

»Danke.«

Zu gern hätte sie etwas anderes gesagt. So etwas wie *Ich möchte Tag und Nacht bei dir sein* oder *Du machst mich glücklich*. Andererseits schätzte sie gerade sein Einfühlungsvermögen, etwas, was Duncan von Anfang an auf eine Weise anziehend gemacht hatte, die sie sich selbst nicht eingestanden hätte, wenn es die letzten Tage nicht gegeben hätte. Womöglich wäre sie zurück nach München gefahren, hätte Hannes alles erklärt, und anschließend ihre Wunden geleckt. So aber war da Duncan. Dieser großartige Mann, um den mittlerweile all ihre Gedanken kreisten.

»Es bedeutet mir viel, ich meine, du bedeutest mir viel. Ist es für dich okay, wenn ich ...« Anne ärgerte sich über ihr Gestammel, aber sie wollte es jetzt auf keinen Fall vermasseln. »Ist es okay für dich, wenn ich auf dem Rückweg noch mal bei dir vorbeischaue?«

»Ja, ist es.«

Seine schnelle Antwort gab Anne Hoffnung. Er hatte nicht eine Sekunde gezögert.

»Was machst du am Wochenende?«

»Wenn alles gut läuft, die Abgabe meines Manuskriptes feiern.«

Sie schluckte, denn sie hatte irgendwie etwas anderes erwartet.

Sein tiefes Lachen ging ihr durch und durch. Ein Lachen, das sie an Duncan so sehr liebte.

»Ich kann mir dein überraschtes Gesicht geradezu perfekt vorstellen, Anne.« Bei seinen Worten ging ein Licht in ihr an. »Wenn ich eine Abgabe überhaupt feiere, dann allerhöchstens mit Muriel und meiner Agentin. Da Caroline allerdings gerade in Wien ist und Muriel nichts davon erfahren muss, kann ich mein Baby genauso gut mit einem Glas Whisky begießen.«

»Ganz allein?«

»Nun, du weißt ja jetzt, wo du mich findest.«

Die Lautsprecherstimme verkündete die Einfahrt des Zuges nach Inverness. Prompt breitete sich eine Unruhe auf dem kleinen Bahnhof von Fort William aus.

»Ich muss jetzt Schluss machen, aber Duncan ... ich denke an dich, und zwar jede Minute, jeden Tag.«

»Es wird dir auf den Orkneys gefallen. Mach's gut, Anne.«

Mit diesen Worten beendete er das Telefonat. Unverbindlich. Kein *Ich werde dich vermissen*, kein *Du wirst mir fehlen*, nur mit einem schlichten *Mach's gut* schickte er sie weg. *Doch was hatte sie sich erhofft? Dass er sie anflehte zu bleiben?* Er wäre nicht der Duncan, für den sie so viel empfand, wenn er ihren Wunsch nicht respektieren würde. Gleichzeitig musste er sich selbst schützen. Und genau das war es, was er mit seinen Abschiedsworten tat.

Sie musste jetzt nach vorn schauen. Ihre Mission *Allein sein* in der Realität umsetzen. Im Strom mit anderen Fahrgästen lief sie an das Gleis. Der Zug fuhr ein. Er würde sie zunächst nach Inverness bringen. Für diese Stadt hatte sie sich nicht wegen ihrer Geschichtsträchtigkeit entschieden, sondern, weil diese den nahegelegensten Flughafen besaß. Denn ihr war beim Zusammenpacken die Visitenkarte ihrer kurzen Flugzeugbekanntschaft in die Hände gefallen. Sie erinnerte sich gern an die Hotelbesitzerin, die in ihren Augen eine große Souveränität ausgestrahlt hatte. Jetzt kam Anne diese Begegnung wie ein Wink des Schicksals vor. Gill Cameron hatte sie schließlich in ihr Hotel eingeladen, warum sollte sie die Möglichkeit also nicht nutzen? Die Orkney Inseln waren zumindest weit genug weg … von allem. Faszinierende, aber auch raue Inseln, geprägt von der Jungsteinzeit, voller sehenswerter Relikte, die zum Weltkulturerbe zählten, so wurden sie zumindest beschreiben. Als sie diese Option plötzlich vor Augen hatte, war sie sich mutig vorgekommen. Mutig genug, eine neue Richtung in ihrem Leben einzuschlagen. Wohin auch immer der Weg sie führte.

DUNCAN

Mit ihrem Fortgehen hatte Anne einen riesigen Krater aufgerissen.

Mitten in seinem Herzen.

Ein besseres Bild fiel Duncan beim besten Willen nicht ein. Dabei war er doch derjenige, der im Beschreiben von Gefühlen brillierte. Der von seinen Fans ständig zu hören bekam, wie tief sie mit seinen Figuren mitlitten und mitfieberten. Wenn er daran dachte, dass Anne unwissentlich schuld daran war, dass er seiner Kelpie und dem Waldläufer den Weg in eine gemeinsame Zukunft geebnet hatte, an der er im nächsten Buch anknüpfen wollte, kam es ihm so vor, als verhöhnte ihn sein eigenes Leben. Das hatte er jetzt davon, dass er Anne Raum in seinem Leben geben wollte. Sie war nämlich weg! Egal, wie Duncan es drehte und wendete, er hatte alles auf diese eine Karte gesetzt. Hatte sich Anne in einer Weise geöffnet, wie er es noch nie zuvor bei einer Frau getan hatte. Weil ihn seine eigenen Gefühle überrollt hatten. Unbeschreibliche Gefühle. Gefühle, für die er keine Worte fand.

Seufzend lehnte er sich auf dem Sofa zurück. Er hatte sich ins Wohnzimmer verkrochen, weil er meinte, Anne hier näher sein zu können. Ihrem nicht-mehr-hier-sein. Nach der anfänglichen Ohnmacht, in der er zu nichts anderem fähig war, als aus dem Fenster zu starren – Annes Stimme im Ohr, wie sie den Ausblick bei ihrem ersten Besuch gefeiert hatte, und jedes ihrer Worte, jede Geste, jedes Lächeln wie in einem Film vor sich abgespult hatte – war er irgendwann aufgesprungen und hatte sich seinen Laptop aus dem Arbeitszimmer geholt. Er musste schreiben. Anschreiben gegen die Leere in der Wohnung. Gegen die tiefe Kluft, die er verspürte. Jetzt lag der geöffnete Laptop vor ihm auf dem Tisch, der Cursor blinkte hinter ein paar Zeilen, mehr hatte er nicht schreiben können, und alles an ihm war ein einziger Krampf. Sein Kiefer schmerzte, weil er ihn so fest aufeinanderpresste. Sein Mund war ein harter, schmaler Strich. Seine Finger zu steif, um über die Tasten zu fliegen. Und der leere Magen zog sich in Wellen zusammen, ob vor Hunger oder Schmerz hätte Duncan nicht einmal sagen können.

Wir wollten bald heiraten ... Du bedeutest mir viel ... irgendwo zwischen diesen beiden Sätzen blickte ihm der Krater gehässig entgegen. *War er blind gewesen? Warum hatte er nicht sehen wollen, dass Anne längst nicht so bereit für ihn war, wie er für sie?* Gut, er hatte herausgehört, dass sie in einer Beziehung steckte, die sie hinterfragte, und er hatte regelrecht nach dem Strohhalm gegriffen, den sie ihm reichte, als sie die erste Nacht miteinander verbrachten. Hatte sich vorgemacht, dass dieser Hannes für Anne bereits Geschichte war und sie sich für ihn entschieden hatte. Aber jetzt? Jetzt konnte er noch so intensiv über das abgewetzte Leder des Sofas streichen, sich daran erinnern, wie Anne sich gewundert hatte, warum er nicht hier schrieb. *Hier kommt man ins Träumen* hatte sie behauptet. Duncan rieb sich den steifen Nacken, bewegte den Kopf ein paar Mal hin und her. Die Aussicht auf die Highlands interessierte ihn gerade reichlich wenig. Und das mit dem Schreiben konnte er sowieso vergessen. Was nutzte es schon, wenn er von Anne träumte? Sie war gerade auf dem Weg auf die Orkneys, hatte nicht einmal in Erwägung gezogen, dass er mitkommen könnte. Es fühlte sich schlicht nach dem Ende ihrer gemeinsamen Geschichte an. Darum auch der Krater. In dessen Finsternis er jederzeit stürzen konnte, wenn er nicht aufpasste.

Sein Handy meldete den Eingang einer Nachricht. Sofort griff er danach. Vielleicht war sie ja von Anne.

Wir kommen am Samstag zu dir. Ian kocht für uns. Gibt es was Neues?

Missmutig verzog er das Gesicht. *Muriel! Ausgerechnet an diesem Wochenende!* Aus einem ersten Impuls heraus schmiss er das Handy aufs Sofa, als hätte er sich daran verbrannt. Seine Schwester lud sich für ihr Leben gern selbst ein. Ian vorzuschieben – der zugegebenermaßen ein begnadeter Koch war – konnte nur bedeuten, dass der Besuch nicht zur Diskussion stand. Tat er aber doch. Am Wochenende wollte Anne noch einmal zu ihm kommen. Dieser winzige Hoffnungsschimmer war das Einzige, das ihn gerade davon abhielt durchzudrehen. Er konnte sich Anne nicht mehr aus seinem Leben wegdenken. Eine Frau wie aus dem Feenreich, mit zarten Flügeln, verletzlich und zugleich doch so stark, dass sie es selbst nicht wusste. Gekommen, ihn einer Sirene gleich zu sich zu locken und nicht mehr aus ihren Fängen zu lassen. Gerade hieß es allerdings, sich in Geduld zu üben. Darum hatte er beschlossen, an der Fortsetzung seiner Geschichte zu schreiben.

Am Wochenende ist es schlecht. Ich habe schon was vor.

Was denn? Dein Buch liegt schließlich bei Caroline auf dem Tisch.

Eine Wanderung. Um den Kopf freizubekommen.

Mit Anne?

Duncan schluckte. Mit keinem Wort hatte er seiner Schwester gegenüber erwähnt, dass auf der Isle mehr passiert war zwischen Anne und ihm. Er war geradezu dankbar gewesen, dass sie sich auf einer kurzen Studienreise in Rom befunden hatte und entsprechend abgelenkt gewesen war, sonst hätte sie ihm womöglich etwas angemerkt. Muriels Spürsinn für seine Stimmungen waren detektivisch präzise. Er dachte an den Tag, als sie ihm den Brief aus Deutschland aus den Händen gerissen hatte. Wäre Muriel nicht so hartnäckig gewesen, dann hätte er die ganze Erbsache einfach auf sich beruhen lassen, hätte irgendeine Verzichtserklärung unterschrieben und nie von Annes Existenz erfahren. *Ach, Muriel.* Er trank einen Schluck des kalt gewordenen Tees. Muriel, die sich immer wieder in sein Leben einmischte. Die nicht davon loskam, dass sie sich um ihren kleinen Bruder kümmern musste. Nicht einmal Ian konnte ihr das ausreden.

Fieberhaft überlegte er, was er antworten sollte. Heute war Dienstag. Vier quälend lange Tage musste er noch warten, ob Anne es ernst gemeint hatte. *Was, wenn sie es sich anders überlegte? Was, wenn sie beschloss, besser sofort einen Schlussstrich zu ziehen?* Immerhin konnte sie sehr viel einfacher von Inverness aus zurückfliegen. Duncan ballte die rechte Hand zur Faust und schlug auf das Leder ein. *Verdammt, verdammt.* Er drehte bald vollends durch. Er musste hier raus. Am besten eine Weile laufen. Oder ... vielleicht sollte er erst mal einkaufen gehen. Seine Vorräte waren ziemlich aufgebraucht. Nicht, dass er Lust hatte, etwas zu essen. Doch er konnte sich nicht derart hängen lassen. Es diesem riesigen Krater nicht überlassen, ihn zu verschlingen.

Jäh sprang Duncan auf. Dabei stieß er an den kleinen Tisch, auf dem sein Laptop stand und hätte ihn beinahe umgeschmissen. Ohne weiter darüber nachzudenken, schnappte er sich Geldbeutel und Schlüssel, schlüpfte in seine Schuhe und warf sich seinen Parka über. Er floh regelrecht aus dem Haus, um den Gedanken an Anne zu entkommen.

Im Supermarkt lief ihm ausgerechnet der alte MacGregor über den Weg. Der Historiker und langjährige Freund seiner Schwester war keiner, den er einfach abwimmeln konnte.

»Duncan, dich habe ich ja eine Ewigkeit nicht mehr gesehen. Wie läuft es mit deinen Büchern?«

»Gut, danke. Gerade warte ich wieder auf ein Lektorat.«

»Na, dann hast du sicher Zeit, mich in den Pub zu begleiten.« Er zwinkerte ihm aus Augen, die zwischen den buschigen Augenbrauen und der Knollennase wie winzige Knöpfe wirkten, fröhlich zu. »Du hast doch bestimmt auch Hunger, Junge, oder?«

»Ich wollte eigentlich ...«

»Keine Widerrede, ich könnte ein wenig Gesellschaft gebrauchen. Außerdem weiß ich von deiner Schwester, dass du einer spannenden Familiensache auf der Spur bist, und möchte natürlich alles genauestens wissen.«

Schon wieder Muriel! Selbst in ihrer Abwesenheit mischte sie mit.

Duncan schlug dem Mann auf die Schulter. »Du wirst keine Ruhe geben, stimmt's?«

Ein tiefes Lachen, einem Donnergrollen ähnlich, ertönte. »Wie kommst du denn darauf?«

»In Ordnung, Alexander, aber lass mich erst meine Einkäufe erledigen.«

»Abgemacht. Dann treffen wir uns gleich im *Grog and Gruel.* Da gibt es heute zu jedem Gericht ein Ale aufs Haus.«

»Ach«, Duncan grinste den alten Mann verschwörerisch an, »und ich dachte, Muriel hätte erwähnt, dass du dir das mit dem Trinken am Mittag abgewöhnen willst.«

MacGregor winkte barsch ab. »Was ist schon gegen ein Schlückchen zu sagen?«

Duncan grinste breit. »Mit mir musst du nicht diskutieren, Alexander. Ich sage nur, was ich gehört habe. Dann bis gleich.«

Als der Alte wegschlurfte, schüttelte Duncan den Kopf. Wer Alexander nicht besser kannte, sah in ihm den schottischen Griesgram, der gern einen über den Durst trank und anschließend rebellische Reden gegen die englische Regierung wetterte. Im Grunde war er harmlos, allerhöchstens ein wenig eigen. Und vor allem war er davon überzeugt, dass die Schotten ihre Unabhängigkeit wiederbekommen sollten. Er war ein Highlander durch und durch. Ein Clananführer. Oder besser gesagt ein Nachfahre des berüchtigten Rob Roy MacGregor.

Hastig legte Duncan Toast, ein paar Tüten Fertigsuppe, drei Dosen Baked Beans, eine geräucherte Salami, ein paar Trauben und Toilettenpapier in den Einkaufswagen. Das sollte fürs Erste genügen. Ihm fehlte die Muße, um zu überlegen, ob er etwas Wichtiges vergessen haben könnte. Auf dem Weg zum Pub studierte er interessiert die Plakate der neuesten Kinofilme und kaufte sich die aktuelle Ausgabe der *Times*. Er würde nur auf ein Ale bleiben, kurz etwas essen und wieder verschwinden.

Im *Grog and Gruel* auf der High Street schlug ihm eine Mischung aus Alkoholdunst und Fettgebratenem entgegen. Als er eintrat, mussten sich seine Augen erst einmal an die Dunkelheit gewöhnen. Die Fensterfront zur Hauptstraße hin ließ lediglich für die Tische direkt in den Nischen genug Tageslicht hinein. Aufgrund der dunklen Möbel wirkte der Pub schummrig und zugleich voller Leben. Bereits mittags tummelten sich jede Menge Touristen neben den Bewohnern der Stadt, die im Allgemeinen herkamen, um die neuesten Nachrichten auszutauschen oder schon mal heiß über die Politik im Land zu diskutieren. Duncan ahnte, dass er MacGregor an der Theke finden würde. Sie nahm beinahe die ganze Länge des Raumes ein. Flaschen um Flaschen standen dicht gedrängt in den beleuchteten

Regalen an der verspiegelten Wand, hauptsächlich Whisky und Gin. Der Barmann bewegte sich zielsicher zwischen den Zapfhähnen der verschiedenen Ale Sorten und den härteren Spirituosen. Bestellungen wurden wie Bälle hin und her geworfen, manchmal sogar von den Tischen in den Nischen. Der hässliche Schweinekopf über den Tafeln mit den Tagesangeboten ließ Duncan jedes Mal die Nase rümpfen. Keine Ahnung, wie irgendwer daran Gefallen finden konnte.

Jetzt gewann eine erregte, ihm sehr bekannte Stimme seine Aufmerksamkeit. Der alte Historiker steckte scheinbar mitten in einer Diskussion mit seinem Nebenmann, dem er den Besuch des hiesigen Highland Museums schmackhaft machen wollte. Er fuchtelte mit der leeren Gabel vor dessen Gesicht herum.

»Du findest keine bessere Sammlung an Waffen und Munition, das kann ich dir sagen. Nicht mal das National Museum of Scotland in Edinburgh kann da mithalten.«

»Sorry, Alter, ich habe es dir schon gesagt, ich bin nur hier, um den Highland Way zu gehen. Deine Highlander Geschichten interessieren mich nicht die Bohne.«

Die Wangen des alten Mannes färbten sich rot, ob von dessen Eifer oder vom Alkohol konnte Duncan nicht sagen. Jetzt beugte sich MacGregor allerdings gefährlich nah zu dem Wanderer.

»Du sitzt hier im Herzen der Westhighlands und willst behaupten, dass dich unsere Geschichte praktisch kalt lässt? Weißt du eigentlich, wie viele Highlander sterben mussten, um den verfluchten Engländern die Stirn zu bieten?« In seiner Stimme schwang ein dunkler, drohender Ton mit.

Duncan entschied, dass es ein guter Moment war, um sich einzumischen. Er legte eine Hand auf die Schulter des aufgewühlten Mannes. »Lass gut sein, Alexander, der Mann ist nichts weiter als ein Tourist, dem du gehörig auf die Nerven gehst. Such dir also besser jemand anderes, um deine Reden zu schwingen.«

Der Wanderer nickte zustimmend, schnappte sich sein Bierglas und verzog sich an einen Tisch weit genug weg von der Bar. Prompt quittierte der Alte den Abgang mit einem Schnauben, das dem eines Schweins gerecht wurde.

Duncan grinste. »Musst du jeden in deiner Nähe vergraulen, alter Mann?«

»Ach was.« Der Angesprochene nahm einen großen Schluck Bier und knallte das Glas auf die Theke. »Wir haben uns eigentlich ganz gut unterhalten.«

Er verdrehte die Augen. »Man sieht das Ergebnis.«

Sein Gegenüber strich sich über den nicht vorhandenen Bart. »Dann wurde es wohl Zeit, dass du endlich kommst, Junge.« Er ließ den Blick aufmerksam durch den Raum schweifen. »Hier strotzt es nur so vor Touristen.«

»Tu nicht so, als ob du nicht wüsstest, dass jetzt die beste Zeit für Wanderungen ist. Wo, wenn nicht hier, sollen die Leute denn sein? Wir brauchen nun mal den Tourismus. Er füllt die leeren Kassen der Stadt.«

»Willst du etwa in die Politik gehen, Junge? Hör dich nur mal reden.«

»Nein.« Duncan setzte sich auf den frei gewordenen Platz und winkte der Bedienung zu, die gerade hinter der Theke auftauchte. »Ich wollte eigentlich nur etwas zu essen bestellen.«

Nun nickte der Alte versöhnlich. »Ich nehme *Fish n'
Fries* und du?«

»Ich auch.«

Kaum, dass ihre Bestellung aufgenommen worden
war, hatte Duncan die volle Aufmerksamkeit des alten
Schotten.

»Nun erzähl mal, Junge, was hat es mit der alten Kette
auf sich, nach der mich Muriel so hartnäckig gefragt
hat?«

»Hartnäckig sein, das kann sie.« Duncan lachte laut
auf. »Aber in diesem Fall hat es sich gelohnt, denn sie
konnte mich auf die richtige Spur führen.«

»Wegen des Bildes eures Großvaters, nach dem sie gefragt hat?«

Ehe er zu einer längeren Erklärung ansetzte, trank
Duncan einen Schluck frisch gezapften Ales. »Richtig.
Es ging um die Zeit Ende des neunzehnten Jahrhunderts. Damals war die Kette mit dem keltischen Kreuz
wohl im Besitz unserer Familie, also der McRohans.
Das ist dank dieses Porträts von Davina McRohan und
einer anderen Quelle, auf die Muriel gestoßen ist, ziemlich sicher. Wie sie in die Hände eines deutschen Verlegers kam, können wir größtenteils nur vermuten. Dafür ist schriftlich belegt, wie sie nach Deutschland kam.
Das Ende vom Lied bedeutet jedenfalls, dass ich als eine
mögliche Wiedergutmachung die Hälfte eines Verlages
geerbt habe.«

»Und wem gehört die andere Hälfte?«

»Die hat Anne geerbt, die Tochter des verstorbenen
deutschen Verlegers.«

MacGregor strich sich über das Kinn. »Warum
sprichst du von Wiedergutmachung?«

»Ein deutscher Künstler hat eine Kette von gewaltigem Wert gestohlen. Sie gelangt in den Besitz der Familie, die den Verlag gegründet hat. Über hundert Jahre später entdeckt Annes Vater sie und stößt dabei auf die betrogene Familie McRohan. Klingt das nachvollziehbar?«

»Hm.« Sein Gesprächspartner schob das leere Glas zum Barmann und deutete darauf. »Wie erklärst du dir, dass dieser Deutsche nicht bereits früher mit dir Kontakt aufgenommen hat? Immerhin hat er dich extra in seinem Testament bedacht.«

Duncans Blick verlor sich für einen Moment in dem Lichtspiel der bernsteinfarbenen Flüssigkeit in den Flaschen. Wie oft waren er und Anne genau an diesem Punkt angelangt, ohne eine Antwort darauf zu finden. So weit hatte das schlechte Gewissen ihres Vaters kaum gehen können, immerhin lag der Diebstahl weit über hundert Jahre zurück. Eine bewusste Entscheidung, um Anne nicht allein mit dem Verlag zu lassen, hatten sie ebenfalls verworfen. Schließlich gab es da noch den Lebenspartner an ihrer Seite, der im Verlag bereits eine tragende Aufgabe innehatte.

»Anne und ich haben uns darauf auch keinen Reim machen können«, gestand er leicht zerknirscht. Wie es aussah, war er nun mal unfreiwillig zum Störenfried geworden, der Annes Welt von Grund auf erschütterte.

»Anne und du, so so.« Der alte Mann hatte den eindringlichen Blick eines Lehrers, der ihn einer genaueren Musterung unterzog.

»*Was?*«

»Ich höre dir nur zu, Junge.« MacGregor war ein schlechter Schauspieler. In den Augen seines Sitznachbarn blitzte es vielsagend auf.

»Muriel hat mal wieder viel zu viel geredet, richtig?«

Statt zu antworten, klopfte der Mann auf den Tresen. »Wo bleibt mein Bier?«

Duncan runzelte die Stirn. »Alexander, ich kenne dich und ich kenne Muriel. Was hat sie dir erzählt?«

In einer Art Geste der Hilflosigkeit hob der Mann die Hände. »Nur, dass dich diese rothaarige Deutsche aus dem Arbeitszimmer gelockt hat. Und wir wissen beide, was das bedeutet.«

»Es bedeutet gar nichts«, blaffte Duncan zurück. Er war beinahe dankbar dafür, dass in dem Moment zwei Teller vor ihnen abgestellt wurden. »Anne ist nämlich weg.«

»Du hast sie fahren lassen?« Ein tiefes Donnergrollen kam aus MacGregors Mund. »Mensch, Junge, du hast wirklich keine Ahnung von den Frauen. So eine lässt man doch nicht einfach gehen. Die trägt man auf Händen, wenn du weißt, was ich meine.«

»Das hat man vielleicht in deiner Generation so gemacht«, erwiderte Duncan. »Die Frauen von heute wollen ihre eigenen Entscheidungen treffen. Das nennt man Emanzipation, Alexander.«

»Ich nenne das Bullshit. Wenn du nicht Schwert und Schild in die Hand nimmst und einer Frau sagst, dass du ihr Leben mit deinem beschützt, wie soll sie dann erkennen, dass du der Richtige bist?«

»Ich weiß nicht, ob ich der Richtige bin«, sagte er leise.

»Dann fahr zu ihr und finde es heraus, Duncan.«

Wenn das so einfach wäre. Er wusste ja noch nicht einmal, wo genau Anne auf den Orkneys absteigen, geschweige denn, wie sie reagieren würde, wenn er plötzlich dort auftauchte. All das ging ihm durch den Kopf, während er mit MacGregor über die Unterschiede von Beziehungen früher und heute diskutierte. Der alte Mann war nicht von seiner Theorie abzubringen, dass Frauen tief in ihrem Herzen einen Beschützer suchten. In sein Weltbild passte die selbstständige Businessfrau, die sich auf der Karriereleiter ganz nach oben arbeitete, kein bisschen. Selbst so eine würde seiner Meinung nach beim Anblick eines waschechten Highlanders, der ihr sein Leben zu Füßen legte, nicht Nein sagen.

In dieser Nacht wälzte sich Duncan über viele Stunden lang in seinem Bett hin und her. Die Frage, ob er kampflos aufgeben wollte, nahm mehr und mehr Gestalt in seinem Kopf an. Was, wenn er Anne anrief und ihr sagte, dass er sie einfach sehen musste? Ach, verflixt, wie einfach war dagegen die Welt in seinen Büchern. Da ließ er seine Figuren nie allzu lange leiden. Dabei war Anne gerade erst einen Tag fort.

ANNE

Erst, als der Pilot der kleinen Maschine von Loganair nach dem kurzen Flug von einer knappen Stunde die Landung auf Kirkwall einleitete, begann sich Anne zu sorgen, ob ihre Entscheidung richtig war. Bis dahin hatte sie sich in einem zielgerichteten Aktionismus befunden. Sie hatte die Nacht in Inverness verbracht, da die Orkney Inseln nur einmal täglich angeflogen wurden. Der Hauptstadt der Highlands hatte sie jedoch nur wenig Interesse entgegengebracht, ein kurzer Rundgang durch die Altstadt bis zum Castle am Fluss, ein hastiges Essen im Victorian Market, dann war sie vor Erschöpfung in ihrem Zimmer in einen traumlosen Schlaf gefallen, um früh am Morgen mit dem Shuttlebus zum Flughafen zu gelangen.

Jetzt dachte sie zum ersten Mal daran, ob sie womöglich übereilt hierher geflogen war. Was, wenn Frau Cameron sich gar nicht mehr an sie erinnerte und sie lediglich eine von vielen Sitznachbarinnen im Flugzeug gewesen war? Oder wenn sie längst wieder abgereist war, so busy, wie sie gewirkt hatte. Hätte Anne dies auch in Betracht ziehen müssen? Von ihrem Vorhaben abzuweichen, war dennoch gerade keine Option. Sie würde ins Straucheln geraten, Fallen würden sich vor ihr auftun, die sie sich selbst gelegt hatte.

Darum hielt Anne an ihrem Plan fest. Einen anderen hatte sie nämlich nicht.

Nach der Landung nahm sie sich ein Taxi, um von Kirkmill nach Harray zu gelangen. Das Hotel befand sich direkt am Loch of Harray, einem der beiden größten Seen der Orkney Inseln, und erstrahlte in einer schlichten, weißen Eleganz. Die wunderschöne, einsame Lage nahm Anne sofort für sich ein. Sie sog die klare Luft ein und sagte sich, dass dieser Ort perfekt war. Perfekt, um den sich endlos drehenden Gedankenspiralen zu entfliehen und zur Ruhe zu kommen.

Gleich beim Einchecken fragte sie nach der Hotelbesitzerin. »Ist Frau Cameron vielleicht im Haus? Ich würde sie gern begrüßen.«

»Tut mir leid«, antwortete die junge Angestellte am Empfang. »Da müsste ich nachfragen. Frühestens aber am Nachmittag, denn die Chefin sitzt gerade in einer Besprechung.«

»Richten Sie ihr doch bitte aus, dass ich ihrer Einladung gefolgt bin, danke.«

»Sehr gern, Frau Nadler.«

Nachdem sie ihr Zimmer bezogen hatte, entschied sich Anne zu einem ausgedehnten Spaziergang. Später nahm sie im Garten des Hotels ein leichtes Fischgericht zu sich und las alles über die berühmten Steinkreise aus alten, zum UNESCO Weltkulturerbe zählenden Monolithen, die sich ganz in der Nähe befanden. Die Anspannung fiel dabei nach und nach von ihr ab und wich einer freudigen Erwartung auf die nächsten Tage.

»Frau Nadler?« Die junge Angestellte vom Morgen stand auf einmal vor ihr. »Ich wollte Bescheid geben, dass Frau Cameron jetzt einen Moment für Sie Zeit hätte. Sie erwartet Sie in ihrem Büro.«

»Danke, sehr freundlich.« Anne folgte der zierlichen Frau, deren Stöckelschuhe auf dem Holzboden des Eingangsbereiches laut klackerten.

»Wenn Sie bitte hier entlangkommen würden.« Die Frau führte sie an einer gemütlichen Bibliothek vorbei, in die Anne nur einen kurzen Blick werfen konnte und die ihr Herz sofort höherschlagen ließ, und deutete in einen lang gezogenen Gang. An einer Tür, auf dessen Schild *Hotel Management* stand, klopfte sie an.

Kaum, dass die Angestellte nach einem hellen »Herein« die Tür öffnete, kam ihr Frau Cameron mit derselben entwaffnenden Offenheit entgegen, mit der sie Anne bereits bei ihrem ersten Aufeinandertreffen für sich eingenommen hatte.

»Ah, Frau Nadler, wie reizend, Sie wiederzusehen. Kommen Sie, setzen wir uns doch einen Moment. Ich habe uns Tee und Scones bringen lassen.«

»Bitte keine Umstände, Frau Cameron.«

»Es ist Teatime, Sie können also gar nicht anders.«

Das Büro war dank einer breiten Fensterfront lichtdurchflutet und zeigte den See in seiner ganzen Pracht. Zwei alte Holzschreibtische mit allerlei Papieren und Ordnern standen Rücken an Rücken. Anne bewunderte die gediegene Einrichtung des Büros. Altes und Neues traf in einer überraschend unkonventionellen Form aufeinander. Ein modernes weißes Regal, hübsch gefüllt mit Büchern und liebevoll ausgewählten Dekorationsartikeln, zierte die Wand zu ihrer Rechten. Das breite Fenster wurde von zwei großen Bronzefiguren flankiert und an den restlichen Wänden hingen

mehrere Aquarellzeichnungen mit landschaftlich reiz-
vollen Ausblicken auf das Loch und die *Standing Stones.* Der dunkle Teppich vermittelte einen fast schon
wohnlichen Charakter. Sie mochte das Büro auf Anhieb, denn es hatte genau wie das ihres Vaters eine persönliche Note, die kein Innenarchitekt herbeizaubern
konnte.

Als ihre Gastgeberin sie freundlich aufforderte, an
dem kleinen Beistelltischen vor dem Fenster, auf dem
bereits alles hergerichtet war, Platz zu nehmen, musste
Anne über das zarte Teeservice mit den filigranen Blu-
menmotiven schmunzeln. *Typisch englisch,* dachte sie
bei sich.

»Danke.« Sie setzte sich auf den hellbraunen Sessel
mit Blick auf den See. »Ich möchte Sie keineswegs bei
der Arbeit stören.«

»Davon kann gar nicht die Rede sein«, fiel ihr Frau
Cameron ins Wort. »Ich bin schließlich neugierig, was
Sie nun doch auf die Orkneys führt. Sagten Sie nicht,
dass Sie nur geschäftlich für ein paar Tage in Schottland sein würden?«

Anne lächelte. »Ihr Vorschlag ist mir nicht mehr aus
dem Kopf gegangen, und darum dachte ich, wenn ich
schon mal in Schottland bin, dann sehe ich mir die Inseln doch noch an.«

»So so. Und zu Hause kommt man ein paar Tage ohne
Sie klar?« Die Hotelbesitzerin bedachte sie mit einem
kurzen Blick, ehe sie den Tee in die zweite Tasse ein-
goss.

»Ja, das muss mal möglich sein. Ich werde ein paar Be-
sprechungen von hieraus online abhalten, und ansonsten versuchen, einfach abzuschalten.«

»Dafür haben Sie einen guten Ort gewählt, hier erwartet Sie auf jeden Fall Ruhe und eine wundervolle Landschaft. Es gibt sehr schöne Wanderwege rund um das Loch of Harray, überwiegend leicht begehbare Wege mit jeder Menge großartiger Eindrücke. Also, falls Sie daran interessiert sind. Und das Wetter hält, was es verspricht.« Sie deutete auf den blauen, von einzelnen Wolken durchzogenen Himmel.

»Das Wetter macht es mir wirklich leicht, Schottland zu mögen.« Anne konnte nicht anders, als zu strahlen. Sie dachte dabei an die Tage auf der Isle of Skye. Daran, dass sich Duncan als perfekter Guide herausgestellt hatte, und sie sich von Tag zu Tag mehr in dieses Land voller Mystik und Legenden verliebt hatte.

Duncan. Nicht ständig an ihn zu denken, war unmöglich.

Entspannt lehnte sich Frau Cameron in ihrem Sessel zurück und sah zu Anne. »Ich freue mich außerordentlich, dass Sie meiner Einladung gefolgt sind. Wie lange werden Sie bleiben?«

Wenn sie wüsste, warum es sie in diese Abgeschiedenheit vertrieben hatte ...

»Ein paar Tage bleibe ich auf jeden Fall«, antwortete sie zögerlich.

Irgendetwas an ihrem Tonfall – oder was auch immer – machte Frau Cameron scheinbar stutzig. »Ich möchte nicht indiskret wirken, aber kann es sein, dass diese kleine Auszeit dringend nötig ist?«

Anne konnte sich nicht vorstellen, dass es im Leben dieser Frau irgendwelche Erschütterungen geben konnte, die diese aus der Bahn warfen, dazu wirkte sie viel zu klar und fokussiert. Ihr von den eigenen Sorgen zu berichten, kam ihr daher wenig glorreich vor, darum suchte sie nach einem unverbindlichen Thema.

»Schön haben Sie es hier«, sagte sie und ließ den Blick durch das Büro schweifen.

»Wenn ich ehrlich bin, dann bin ich viel zu selten hier. Meine Angestellten halten das Hotel am Laufen. Ohne sie wäre ich nicht in der Lage, gleich zwei Hotels zu führen.«

Anne nickte beeindruckt. »Wie viele Mitarbeiter haben Sie denn?«

»Etwas mehr als dreißig, wobei sich diese natürlich auf die Bereiche Empfang, Zimmerdienste, Küche und Küchenservice verteilen.« Mit abgespreiztem kleinem Finger hob Frau Cameron die Teetasse an die Lippen. »Als Geschäftsfrau wissen Sie sicher selbst, wie wertvoll gute Angestellte sind.«

»Ähm, ich führe unser Familienunternehmen erst seit Kurzem. Meine Eltern sind überraschend verstorben. Ich war bisher die rechte Hand meines Vaters im Verlag, aber er trug natürlich die Verantwortung für die Programme.«

»Mein Beileid zu Ihrem Verlust.« Frau Cameron beugte sich ein Stück vor. »Wollen Sie nicht Gill zu mir sagen? Das *Sie* fühlt sich so viel steifer an.«

Sie lächelte. »Ich bin Anne.«

»Fein, dann werden wir uns in den kommenden Tagen vielleicht öfter sehen? Mein Mann wird erst Mitte nächster Woche anreisen, bis dahin nehme ich mir gern für den einen oder anderen kleinen Ausflug Zeit, um dir die Insel zu zeigen, was denkst du?«

Anne schluckte. Im Grunde war sie nicht hergekommen, um Sightseeing zu machen, sondern um sich in

Ruhe über einiges klar zu werden. Dennoch klang der Vorschlag verlockend. Warum sollte das eine das andere ausschließen?

»Das klingt wundervoll«, erwiderte sie leise.

Der dritte Tag begann, wie die anderen beiden endeten. Allein. Allein in dem viel zu großen Doppelbett. Allein am Frühstückstisch. Allein auf der Terrasse. Alles in ihr schrie danach, dass es ihr gerade nicht guttat, allein zu sein. Und gleichzeitig zwang sie sich, genau das zu sein. Darum setzte sie sich nach dem Frühstück in einen der gemütlichen Korbstühle auf der Terrasse und begann ernsthaft, sich mit ihren Problemen und Sorgen auseinanderzusetzen. Sie hatte diese lange genug vor sich hergeschoben. Seit ihrer Ankunft ignorierte sie die meisten Nachrichten von zu Hause, sogar die Anrufe von Moni drückte sie weg. Mit Hannes hatte sie gestern Abend lediglich das Nötigste bezüglich des Verlags besprochen, und war auf seine Frage, wann sie wieder heimkäme, kurzangebunden geblieben. Sie wusste die Antwort einfach nicht.

Neben ihr standen eine halb volle Tasse Earl Grey und ein letzter Bissen des frischen Scones. Von dem herrlichen Gebäck mit Butter und Marmelade konnte sie nicht genug bekommen. Zucker hatte schließlich die angenehme Angewohnheit, die Laune zu verbessern. Zumindest kurzfristig. Das Wetter trug heute sein Übriges dazu bei. Nachdem der vergangene Tag aus einem Einheitsbrei aus Grau, stürmischem Wind und Nieselregen bestanden hatte und sie außer zu den Mahlzeiten kaum das Zimmer verlassen hatte, hatte es heute überraschend aufgeklart. Ihr Blick nahm das Grün der

Wiesen und das kräftige Blau des Lochs in sich auf, ein starker Kontrast für das Auge. Sie bewunderte das Lichterspiel auf dem Wasser, das sich je nach Stand der Sonne und der Lücken im Wolkenmeer veränderte. Endlose Weite. Sie atmete die klare Luft bewusst ein und aus. Niemand außer ihr saß am Vormittag auf der Terrasse des Hotels. Die Gäste nutzten das schöne Wetter sicher für Besichtigungstouren und Wanderungen. Untätig herumzusitzen war etwas für Menschen, die ihr Leben wieder geraderücken mussten. So wie sie. Noch vor dem ausnahmsweise späten Frühstück hatte sie mit dem Team eine lange und intensive Online-Sitzung geführt und versucht, die Dinge aus der Ferne zu lösen, die nicht bis zu ihrer Rückkehr warten konnten. Das kommende Frühlingsprogramm war so gut wie im Druck, und jetzt hieß es, sich gemeinsam mit Lektorat und Vertrieb zusammenzusetzen, um die nächsten Bücher auszuwählen. In diesen Tagen fehlte Anne ihr Vater besonders intensiv. Sie hatte Bilder im Kopf, wie sie sich gemeinsam über die Texte beugten, bis in die Nacht hinein diskutierten und nach dem wichtigen und überzeugenden Argument für den einen oder anderen Titel suchten. Nicht immer eine leichte Aufgabe, bisweilen hatte ihr Vater das letzte Wort gesprochen. In Zukunft würde ihr diese Aufgabe zufallen.

Ihr Vater war dennoch allgegenwärtig.

Der Verlust war allgegenwärtig.

Wie sehr sehnte sie sich danach, einfach davor die Augen zu verschließen. Sich wie ein Kind einzuigeln, nichts sehen und hören zu müssen. Leider verschwanden die Probleme dadurch nicht. Anne schob eine widerspenstige Locke, die aus dem Dutt gerutscht war, hinter das Ohr und griff nach ihrem Handy. Sie war eine erwachsene Frau, die sich dem Leben und seinen Aufgaben stellen musste. Darum verschob sie die Entscheidung für zwei Lizenzverträge kurzerhand um eine Woche und genehmigte telefonisch einen kurzfristig angefragten Urlaubsantrag. Bei diesem Gespräch erfuhr sie, dass man im Verlag vollstes Verständnis dafür hatte, dass sie sich nach dem schweren Schlag eine Auszeit nehmen musste, man sich andererseits aber fragte, warum Hannes nicht bei ihr in Schottland geblieben war. Damit war sie wieder an den Punkt gelangt, an dem Hannes und der Verlag in einem Atemzug genannt wurden.

Im Hintergrund hörte Anne das Klappern einer Autotür. Leise Stimmen, dann das Rollen von Koffern. Sie war kurz versucht, neugierig den Kopf zu drehen, was ein natürlicher Reflex wäre. Stattdessen nahm sie einen weiteren tiefen Atemzug. Natürlich kreisten ihre Gedanken viel um Hannes und um Duncan. Der eine tat ihr sichtlich nicht mehr gut, der andere hatte sie aus ihrem Dornröschenschlaf geweckt. Wenn sie ehrlich zu sich war, dann hatte sie sich mit der Zeit einfach einlullen lassen von dem, was nach außen hin perfekt lief. Hannes wurde zum fehlenden Rad im Getriebe, ihre Eltern hatten ihn als zukünftigen Schwiegersohn mit Freuden aufgenommen und voll in den Betrieb integriert. Und sie war diejenige, die es allen recht machen wollte und auch sich selbst. Ihre eigenen Bedürfnisse und Wünsche hatte sie dabei viel zu oft hintenangestellt. Bis jetzt, wo sie überhaupt nicht mehr wusste, was sie eigentlich wollte. *Wann nur hatte sie in den letzten Jahren eine Entscheidung für sich selbst getroffen? Eine, die nicht diktiert war von dem, was andere von ihr erwarteten oder sich wünschten?* Ja, sie ging gerade hart mit sich selbst ins Gericht, malte ihr Leben schwärzer, als es in Wirklichkeit war. *Trotzdem fragte sie sich, wann sie jemals auf sich allein gestellt gewesen war? Zeit mit sich allein verbracht hatte? Waren da nicht immer ihre Schwester, die Eltern und Hannes gewesen? Hatte sie überhaupt eine Vorstellung von sich selbst außerhalb dieser Menschen?* Sie schluckte, der harte Brocken Erkenntnis saß fest in ihrem Hals. *Wen sah Duncan in ihr, wenn er in ihre Augen blickte? Die engagierte Verlegerin und Businessfrau? Die Frau, die sich ihrer Gefühle kein bisschen klar war? Oder die brave Tochter, die alles tat, um ihre Eltern zufriedenzustellen?* Selbst nach deren Tod hatte sie sich sofort auf den Weg gemacht, um den letzten Wunsch ihres Vaters zu erfüllen. Der sie letzten Endes bis hierhergeführt hatte.

Plötzlich ergriff sie eine unglaubliche Unruhe. Sie stand auf und ging die paar Meter ans Ufer des Lochs. Ihre Schritte knirschten auf dem groben Kies. Drei Ruderboote lagen dort friedlich und warteten auf die Fischer, die mit ihnen aufs Wasser fuhren. Zeit, mit sich allein zu verbringen, fiel Anne unerwartet schwer. Damit hatte sie nicht gerechnet. Lieber dachte sie an den Coverentwurf eines neuen Buches, der mit seinen wenigen Pinselstrichen womöglich sehr gewagt war und dem allgemeinen Trend nach viel Farbe und starken Lettern keineswegs entsprach. Ihr Team unterstützte jedoch den mutigen Schritt. Oder sie dachte an die Wohnung ihrer Eltern, die sie notgedrungen irgendwann ausräumen, vielleicht sogar verkaufen müsste.

Unverdrossen schob sie Kieselsteine zur Seite und seufzte stumm. Um sich selbst zu überlisten, hatte sie beim Frühstück eine Liste in ihr Handy geschrieben: Fahrt nach Kirkwall, Spaziergang nach Dounby, dem nächsten kleinen Ort, Besichtigen der Grabkammern von *Chambered Cairn* und natürlich die Steinkreise *Ring of Brodgar* und *Standing Stones of Stenness*. Punkte abzuhaken, schenkte ihr im Normalfall nämlich eine große Befriedigung. Vielleicht gaben sie den nächsten Stunden und Tagen eine Struktur.

Jemand lief über den Kies und kam näher.

»Hallo Anne, ich habe dich vom Büro aus gesehen und da dachte ich mir, vielleicht hast du Lust auf einen gemeinsamen Spaziergang.«

Überrascht sah sie auf. Gill kam neben ihr zum Stehen. Sie hielt das Gesicht in die Sonne und seufzte zufrieden.

»Sehr gern, ich habe gerade darüber nachgedacht, was ich unternehmen kann.« Sie hoffte, dass ihr nicht die Röte ins Gesicht stieg. Aber ihre Antwort war zumindest relativ nah an der Wahrheit.

»Wenn du später nicht im Hotel Mittagessen möchtest, dann schlage ich vor, wir gehen zum *Cuween Hill*. Wenn ich uns von dort abholen lasse, schaffen wir das gut bis zur Teatime.«

Um ihre Mundwinkel herum zuckte es. *Diese traditionelle Teatime.* »Ja, das klingt gut, dann hole ich nur schnell meine Jacke und ziehe andere Schuhe an.«

»Sagen wir in zehn Minuten am Empfang?« Gill offenbarte ihr einnehmendes Lächeln und zeigte dabei ihre weißen Zähne, als stünde sie vor der Kamera. Der rote Lippenstift passte perfekt zu diesem Bild.

Der Weg führte schnell weg vom See, durch weites, baumloses Land mit bewirtschafteten Feldern und kleinen Gehöften, zum Teil von niedrigen Mauern umsäumt. Anne hatte gelesen, dass Landwirtschaft und Fischfang zu den wichtigsten Wirtschaftszweigen auf den Inseln zählten. Sie folgten der wenig befahrenen Straße, hier und da las Anne ein Hinweisschild zu einem Bed&Breakfast.

Gill legte ein entschlossenes Tempo vor, kein Vergleich zu Hannes Schlendergang, der Anne in ihren Schritten oft ausbremste.

»Scheußliches Wetter gestern, ich hoffe, du hast den Tag trotzdem gut verbracht.« Die Hotelbesitzerin klang, als müsste sie sich für das raue Wetter entschuldigen. »Die Orkneys zeigen sich nicht allzu oft von ihrer freundlichen Seite.«

»Ach, schon gut, ich hatte zu tun. Der Betrieb im Verlag läuft zwar während meiner Abwesenheit problemlos weiter, trotzdem kann ich nicht alles abgeben.«

»Wie kann ich mir deine Arbeit denn vorstellen? Ich muss gestehen, ich bin keine wirkliche Leserin.«

Amüsiert drehte Anne ihr Gesicht zur Seite. Im Sonnenlicht schimmerte das Weißblond von Gills kurzen Locken wie das Silber von Lametta.

»Dito, das geht mir genauso bei deinem Job.« Sie schenkte ihrer Begleiterin ein ehrliches Lächeln. »Hauptsächlich handelt es sich um viel übergreifende Arbeit, so was wie Anfragen unserer Bestandsautoren beantworten, mit Literaturagenturen im Austausch sein, mit den Coverdesignern über die passenden Titel tüfteln. Ich lese natürlich auch viele Bücher, teils auf

Englisch, um zu prüfen, ob wir womöglich die Lizenzen dafür erwerben wollen. Nadler&CO beschäftigt Spitzenlektoren, trotzdem behalte ich da gern den Überblick, und es ist unersetzlich, den Buchmarkt im Auge zu haben. Mein Papa hatte eine besonders gute Spürnase für die deutsche Literatur ...«

Ihre Stimme brach. Sie hatte nicht vorgehabt, der Trauer die Türen zu öffnen, dennoch war es ihr immer noch nicht möglich, an ihren Vater zu denken, ohne dass sie diese Schwere verspürte. Um sich zu sammeln, atmete sie mehrmals tief ein und stieß die Luft bewusst aus.

»Ich verstehe«, sagte Gill, wobei sie nicht weiter ausführte, was genau sie damit meinte – ihre Arbeit oder die Traurigkeit. Anne tippte auf Letzteres und fühlte sich seltsamerweise getröstet.

Sie überquerten gerade einen kleinen Bach, der sich durch die ganz eigene Schönheit dieser Landschaft zog.

»Dann ist der Verlag ein Familienunternehmen?«

Sie nickte automatisch. »Ja, die Begeisterung für Bücher habe ich meinem Vater zu verdanken, er hat den Verlag zu einem renommierten Literaturverlag gemacht. Eigentlich fühle ich mich noch gar nicht bereit, ihn zu übernehmen.« In dem Moment, in dem Anne es aussprach, gab sie zum ersten Mal zu, dass das Erbe auch eine schwere Bürde war. Vor allem jetzt, wo sie an ihrer Zukunft mit Hannes zweifelte. »Wie ist das bei dir Gill, führst du die Hotels gemeinsam mit deinem Mann?«

»Gott bewahre, nein, mein Mann ist ein Eremit durch und durch. Er sitzt den ganzen Tag in seinem düsteren Büro und brütet über irgendwelche Algorithmen, die für Unternehmen von Nutzen sein sollen. Er kommt allerhöchstens für ein paar Tage Urlaub hierher.«

Anne überlegte. »Trotzdem unterstützt er dich, oder? Es hat doch was, wenn ihr beide so unterschiedliche Jobs habt. Hannes, mein Lebensgefährte, ist ganz schnell in unser Unternehmen mit eingestiegen. Wir sehen uns jeden Tag und die Arbeit bestimmt natürlich viel in unserem Leben.«

Statt zu antworten, blieb Gill plötzlich stehen. Sie musterte Anne eingehend. *Kaffeebraun*, dachte Anne, *die Augen, die sie jetzt intensiv anblickten, besaßen die Farbe von Kaffeebohnen.* Die hochgezogenen Brauen konnten vieles bedeuten. Aha-ich-verstehe oder Was-ist-daran-falsch?

»Bist du nach Schottland gekommen, um Abstand zu finden?«

War sie so leicht durchschaubar? Plötzlich fröstelte sie und rieb sich über die Arme. »Ja, wahrscheinlich war das mit ein Grund, warum ich spontan geflogen bin. Es gab in Fort Williams etwas wegen des Erbes zu klären, was ich letztlich aber auch telefonisch hätte erledigen können. Der Unfall meiner Eltern lag erst wenige Tage zurück.«

»Und jetzt? Warum rufst du nicht deinen Hannes an und lädst ihn hierher ein? Dann hättet ihr mal etwas anderes als Bücher und Druckmaschinen um euch. Vieles ist in anderer Umgebung leichter, glaub mir, ich spreche aus Erfahrung.«

»Das geht leider nicht«, gab sie zerknirscht zu.

»Warum denn nicht? Es findet sich für alles eine Lösung, wenn man nur will. Also, wenn du Sorgen wegen des Betriebs hast.«

Wenn du wüsstest. Natürlich musste eine Lösung her, nur, wie die aussehen sollte, war Anne noch vollkommen unklar. »Es ist etwas dazwischengekommen«, antwortete sie knapp.

»Etwas oder jemand?«

Anne schluckte. Als hätte diese weltgewandte Frau ein Gespür für das, was in ihr vorging. Am liebsten würde sie sich abwenden und zurückgehen, denn dieses Gespräch verlor gerade alles Unverbindliche und machte sie extrem nervös.

Da fuhr ihr ein plötzlicher Windstoß durch das Haar, riss an ihren Locken, und sie lachte hell auf. *Genau darum bin ich hier! Um auf unbequeme Fragen eine Antwort zu finden.*

»Entschuldige bitte, ich wollte nicht zu persönlich werden.« Ein bedauernder Ausdruck legte sich auf Gills Gesicht. »Lass uns einfach weitergehen.«

»Ich werde mich von Hannes trennen, sobald ich zurück bin.« Genauso gut hätte sie eine Tasse auf den Boden fallen lassen können. Der Effekt war derselbe. Und die Wahrheit tat im ersten Moment verdammt weh. Offenbar musste sie erst mit Gill unterwegs sein, um sich dieser stellen zu können.

Gill atmete hörbar aus. »Gibt es dafür einen konkreten Grund?«

Betrübt strich sich Anne über die Stirn. »Wir haben eigentlich nie richtig zusammengepasst, wir waren viel zu unterschiedlich. Es war viel mehr für meine Eltern, weil Hannes«, sie stockte kurz, »er interessierte sich für den Verlag, das gefiel ihnen natürlich.«

»Dein Freund interessiert sich doch sicher auch für dich, zumindest will ich ihm das geraten haben.« Sie hakte sich bei Anne unter und drückte ihr fast mütterlich die Hand.

Diese Geste rührte Anne. Gleichzeitig wurden ihre Schritte schwerer. »Ich fürchte, für ihn ist die Welt in bester Ordnung. Er hat mich und den Verlag, also ich meine, eine gute Stellung im Verlag. Für ihn gehört das Zusammenziehen und die Hochzeit zum logischen nächsten Schritt.«

»Hm, und für dich nicht?«

»Ich hatte nicht geplant, dass ich ...« Einen Augenblick zögerte Anne. *Was genau hatte sie nicht geplant? Sich zu verlieben? Oder sich bei Gill auszuheulen?* Sie räusperte sich. »Ich wollte nicht, dass es so weit kommt. Aber als ich in Fort William Duncan kennenlernte, merkte ich plötzlich, dass ich schon lange nicht mehr ehrlich zu mir selbst war. Oder wie sonst kann man sich in einen anderen Mann verlieben, wenn alles in der Beziehung stimmen würde?«

Fast schon hilflos sah sie zu Gill. Das Problem war nicht Hannes, sondern sie selbst. Diese Erkenntnis kam einem Hammerschlag gleich. Schließlich war sie es, die sich bisher gegen eine gemeinsame Wohnung gesträubt und Hochzeitspläne mit einen *Später* abgewiegelt hatte. Sie hatte dafür nie wirklich eine Erklärung geben können und war lediglich ihrem Bauchgefühl gefolgt.

Gill schüttelte den Kopf. »In solchen Dingen bin ich keine gute Ratgeberin, Anne. Mein Mann ist zwölf Jahre älter als ich und durchaus in der Lage, ohne mich auszukommen. Von daher führen wir eine eher freie Ehe.« Sie bedachte Anne mit einem warmen Lächeln. »Wäre es nicht besser, wenn du mit einer Freundin darüber reden würdest? Mit jemandem, der dich und deinen Lebensgefährten kennt?«

»Oh«, stieß Anne aus. Aus heiterem Himmel fragte sie sich, ob und wie Hannes ohne sie klarkommen würde. Vielleicht, wenn Moni …

»Meine Freundin wäre gerade keine gute Adresse«, entfuhr es ihr bitterer als gewollt. »Moni hat schon immer für Hannes geschwärmt. Jedes Mal, wenn ich mich über ihn beschwere, nimmt sie ihn in Schutz. Dann komme ich mir richtig schlecht vor, wenn ich an meiner Beziehung zweifle.«

Moni war wie sie, ein bisschen chaotisch, sehr impulsiv, aber stets ehrlich. Darum wusste Anne auch ganz genau, dass Hannes für ihre Freundin so etwas wie ein Held war. Egal, was er anfasste und plante, ihm gelang alles. Er hatte ihrer Freundin den Geschirrspüler repariert, grillte angeblich die besten Veggie Burger der Welt, und hatte einfach Stil. Mit Hannes könnte man bestimmt sorgenfrei die Welt bereisen, hatte sie ihr mal in einer Nacht nach zu viel Alkohol gebeichtet. Inzwischen war sie zwar allein nach Indien gereist, aber an ihrem Anhimmeln hatte sich sicher nichts geändert.

»Was hat dich denn an ihm angezogen?«

»Seine Zuvorkommenheit. Sein verwegenes Aussehen.« Sie musste kichern. »Er hatte damals etwas von einem Abenteurer an sich. Ich dachte, er würde mich irgendwohin entführen, wozu ich niemals den Mut aufbringen würde. Aber am Ende hat er Sicherheit gesucht. Einen sicheren Job. Eine sichere Beziehung. Und leider hat er auch andere Seiten. Er ist besitzergreifend und äußerst jähzornig. Wenn meine Eltern nicht gewesen wären, dann …«

Gill nickte. »Wärst du womöglich schon längst nicht mehr mit ihm zusammen.«

Wolken schluckten gerade das Sonnenlicht. Es war, als ob jemand das Licht heruntergedimmt hätte. Annes Blick ging automatisch nach oben. Auch das war Schottland. Dieses Wilde und Ungestüme des Wetters. Man wusste nie, woran man war.

»Und wie soll es jetzt weiter gehen?«

Sie zuckte mit den Schultern. »Keine Ahnung. Ist gerade ziemlich viel für mich. Erst der Verlust meiner Eltern, dann der Wunsch, aufgefangen zu werden, und irgendwie ins Leere zu fallen ...«

»Du wirst es wissen, wenn es so weit ist, da bin ich mir sicher.« Unvermittelt deutete sie auf den hellbraunen Gebäudekomplex mit mehreren Schornsteinen, dessen eine Fensterfront so groß wie ein Kirchenfenster war. »Das ist übrigens die Harray Potter Töpferei. Nicht zu verwechseln mit Harry Potter. Ein Besuch lohnt sich auf jeden Fall. Möchtest du reingehen?«

»Ich weiß nicht, vielleicht komme ich die Tage noch mal hierher. Jetzt bin ich erst einmal neugierig auf die *Cairns*.«

Gill nickte. »Ganz, wie du möchtest. Dann also weiter.«

Den runden Hügel, der von saftigem Gras bewachsen war, sah Anne bereits von Weitem. Dazu etliche Leute, die dort herumliefen. War das ein Vulkanhügel?

Gill erklärte ihr, dass es sich um einen künstlichen Hügel handelte, der aus Bruchsteinen oder Geröll erbaut worden war und unter dem sich mehrere Grabkammern befanden.

»Von solchen Cairns findest du auf der Insel noch weitere, sie wurden in der Jungsteinzeit erbaut«, führte sie ihre Erklärungen aus. »Du kannst sogar am Straßenrand auf uralte Steinhaufen stoßen. Du wirst staunen, wenn du da rein kriechst.«

Über 5000 Jahre alt. Annes Neugier war auf jeden Fall geweckt. Bereits kurze Zeit später stiegen sie den unerwartet steilen Hügel hinauf und erreichten den Eingang zu den Grabkammern. Vor der Tafel mit den Erklärungen zu den *Chambered Cairns* stand eine kleine Menschentraube. Ein Guide redete in schnellem Italienisch und deutete auf eine Karte in seiner Hand.

»Komm, lass uns reingehen, bevor die alle kommen«, sagte Gill, die voran ging. »Pass ja auf deinen Kopf auf und mach die Taschenlampe deines Handys an, sonst siehst du nichts.«

Hobbits. Anne dachte als Erstes an eine Hobbit-Behausung. Die niedrige Öffnung mitten im Hügel hatte jedoch wenig Einladendes an sich, denn bereits nach wenigen Schritten empfing Anne eine stockdunkle Kühle. Wirre Lichter von Taschenlampen und Handys bewegten sich über die Steinmauern, die zu den vier Grabkammern führten. Von allen Seiten kamen verzerrte Stimmen, es hatte etwas von einem Gruselkabinett an sich.

In der großen Grabkammer, in der sie problemlos aufrecht stehen konnte, spürte sie plötzlich eine Hand auf ihrem Arm und zuckte regelrecht zusammen. »Vielleicht bist du durch deinen tragischen Verlust emotional so aufgewühlt und es ist darum ein denkbar schlechter Moment, um weitreichende Entscheidungen zu treffen.« Gills Stimme klang gedämpft, ihr

Gesicht war Annes so nah, dass sie meinte, deren Atem an ihrer Wange zu spüren.

Die Situation könnte nicht seltsamer sein. Während sich andere Besucher durch die engen Durchgänge in die Grabkammern quetschten, eine Kinderstimme laut nach dem Vater rief, während sich Anne bewusst war, dass man hier Überreste von Menschen und Hunden aus der Jungsteinzeit gefunden hatte, dachte Gill über das Dilemma nach, vor dem sie stand.

»Dann glaubst du, dass ich einen Fehler mache?«

»Ich denke, du solltest dir auf jeden Fall etwas Zeit geben.«

»Ähm, danke, ich … ich weiß gar nicht, was ich ohne dich machen würde.«

Gills Lachen hallte regelrecht von den Wänden wider. »Papperlapapp, das ist doch keine große Sache. Ich bin froh, wenn ich helfen kann.«

»Danke, das ist gerade genau das, was ich brauche.«

Morgen! Morgen würde sie nach Kirkwall fahren, shoppen gehen und alles dafür tun, dass es ihr gut ging. So schwer konnte ein bisschen Selfcare doch nicht sein. Sie verzog den Mund zu einem Lächeln. *Na bitte, geht doch!*

DUNCAN

»Da bist du ja.«

Vier Worte.

Vier schlichte Worte, die Duncans Puls höher schnellen ließen.

Sie konnten so vieles bedeuten. Etwa, *Gut, dass du gekommen bist.* Ein einfaches *Schön, dich zu sehen* oder ein Bekenntnis, dass Annes sehr wohl damit gehadert hatte, ob sie noch einmal zurückkommen würde. Zurück zu ihm nach Fort William.

Aber jetzt war er hier. Er stand vor Anne an der Rezeption ihres Hotels und lächelte über das ganze Gesicht. Denn wegen genau dieser vier Worte wusste er sofort, dass es kein Fehler gewesen war hierherzukommen. Er schlüpfte in Annes Umarmung wie in einen vertrauten Mantel, und nahm ihr leichtes Zittern wahr, das seinem so ähnlich war.

Die hochgewachsene Frau hinter dem Empfang, deren Gesicht von blonden Locken umspielt wurde, nahm er erst wahr, als sie ihn ansprach.

»Sie sind also der Landsmann, der Anne den Kopf verdreht hat? Willkommen im Merkister Hotel.«

Erschrocken stieß sich Anne von ihm ab, die Augen weit aufgerissen. »Was soll das, Gill? Hier verdreht niemand irgendwem den Kopf.«

»Ach, zier dich doch nicht so, Anne. Es ist doch gut, dass er die Initiative ergriffen hat.«

Die Frau deutete auf ihn, ansonsten taten die beiden so, als wäre er gar nicht anwesend. Sie schienen sehr vertraut miteinander zu sein, was Duncan irritierte. Diese Gill war für ihn eine Fremde, und schien dennoch so einiges über ihn zu wissen.

»Komm, ich zeige dir dein Zimmer.« Anne zog ihn förmlich von der Frau weg, die sich sichtlich zu amüsieren schien. Zumindest, wenn er ihren Blick richtig deutete, den er beim Umdrehen auffing. Sie winkte ihm fast schon verschwörerisch zu.

»Die nimmt sich aber einiges heraus. Wer ist diese Frau?«

Anne warf ihm ein kurzes Lächeln zu. »Das ist Gill, die Hotelbesitzerin. Wegen ihr bin ich überhaupt erst hierhergekommen.«

»Aha.« Erklärte das deren freundschaftlichen Umgang miteinander? Er spürte einen regelrechten Stich in der Brust. Bisher hatte er diese Floskel lediglich in seinen Romanen genutzt, doch erst jetzt wusste er, wie es sich anfühlte. Geradewegs so, als drücke man die kalte Messerspitze in seine Haut, bis er sie unangenehm spürte.

Vor der Zimmertür, vor der Anne stehen blieb, stellte er sich ganz nah zu ihr. Er sehnte sich danach, den Zitronenduft aus ihrem Haar einzuatmen, um sich zu vergewissern, dass sie noch dieselbe war. Dass die rauen Orkneys sie ihm nicht entrissen hatten.

»Wie geht es dir, Anne?« Er suchte ihren Blick und bemerkte, wie ihre Hand an der Türklinke verharrte.

»Die Insel ist atemberaubend«, antwortete sie ausweichend, und ließ seinen Puls automatisch nach oben schnellen. Er atmete merklich schneller, was allein ihrer Nähe zu verdanken war. Und als versuchte Anne die Distanz zu wahren, öffnete sie hinter ihrem Rücken die Tür und folgte dem Schwung nach innen.

»Ich kenne die Orkneys, ich hätte sie dir gern gezeigt.« Seine Stimme klang in seinen Ohren geradezu hohl und kratzig. *Bildete er es sich nur ein, oder hielt ihn Anne auf Distanz? Konnten fünf Tage so viel zwischen ihnen verändern?*

»Dein Zimmer geht auch auf das Loch hinaus, sieh mal.« Sie lief zum Fenster. Fünf große Schritte, die sich für Duncan wie fünf Meilen anfühlte. »Ich mag den Blick, der See strahlt eine enorme Ruhe aus. Ich wohne übrigens drei Zimmer weiter, Nummer 107. Wenn du ausgepackt hast, können wir ans Ufer gehen. Also, wenn du magst.«

Ich möchte dich! Wenn es nach ihm ging, würde er sich mit ihr auf das Bett fallen lassen, ihr den Pulli hochschieben und ihren Bauch und die Brüste liebkosen, weil er trunken nach ihr war und ihn die Sehnsucht fast zerriss. Annes Pläne sahen allerdings anders aus, also bemühte er sich, entsprechende Begeisterung zu zeigen.

»Ich habe nur den Rucksack dabei, der ist ruckzuck ausgepackt.«

Sie drückte sanft die Finger seiner Hand, ehe sie zur Tür ging. Der Moment war viel zu schnell vorüber. »Dann bis gleich, wir treffen uns in der Lobby, ja?«

»In Ordnung.« *Was hätte er auch sonst sagen sollen?* Er hatte nicht vor, Anne zu bedrängen, selbst wenn in ihm eine verzweifelte Stimme schrie: *Wo bist du Anne?*

Nachdem Anne die Tür zugezogen hatte, ließ er sich stöhnend auf das Bett fallen. Irgendetwas fühlte sich komplett falsch an. Abgesehen von der kurzen Umarmung und dieser vier Worte. *Vier Worte … würden weitere in der Art dazu kommen? Was, wenn er sich komplett zum Affen machte? Wenn er den Vorschlag des alten MacGregors besser in den Wind geschossen hätte? Was für ein hoffnungsvoller Romantiker der alte Mann doch war!* Und das, nachdem er seit sieben Jahren Witwer war und die Liebe seines Lebens an den härtesten Gegner namens Krebs verloren hatte. Duncan drehte den Kopf zum Fenster. Anne hatte recht. Das Wasser lag vollkommen ruhig am Ufer, nur wenige Wellen kräuselten sich mit den Windböen.

Bin gut angekommen. Alles Weitere später.

Muriel, die trotzdem am Wochenende nach Fort William gekommen war und mit ihrem Mann in seinem Cottage wohnte, hatte ihn gebeten, sie auf dem Laufenden zu halten. Natürlich ahnte sie sicher längst, warum er zu Anne fuhr. Schwesterninstinkt, behauptete sie immer, sobald sie ihm auf den Kopf zusagte, wie es ihm gerade ging. Bei Anne tat sie sich allerdings schwerer, schließlich hatte er kein Wort von ihren gemeinsamen Nächten verlauten lassen. Dazu waren ihm diese zu kostbar. Zu einzigartig, um passende Worte dafür zu finden.

Er drehte sich zurück auf den Rücken und rümpfte die Nase. *Wie kam Anne überhaupt dazu, mit dieser Gill über ihn zu sprechen?* Es war ein befremdliches Gefühl, bedeutete es doch vor allem, dass er der Frau nicht mehr unvoreingenommen begegnen konnte. Umgekehrt war dies genauso der Fall.

Zum Glück war von der Hotelbesitzerin nichts zu sehen, als er die Lobby betrat. Gediegene braune Ledersessel verteilten sich auf einer Fläche, die es mit einem der ganz großen Hotels aufnehmen konnte. An einer der Armstützen lehnte Anne. Sie hatte ihn noch nicht entdeckt. Eine feine, blumige Note hing in der Lobby, sie war ihm bereits bei seiner Ankunft aufgefallen. Erst jetzt bemerkte er die frischen Blumen auf den Tischen. An der Wand hing ein großes, beeindruckendes Bild des *Ring of Brodgar*. Er war lange nicht mehr hier gewesen. Zuletzt mit seinem Grandpa, als er die Steinkreise für seine Recherche besucht hatte. Er lächelte dankbar für diese Erinnerung. Viele seiner Leser nannten seine Bücher mystisch. Schottland machte es ihm dabei leicht. Kein europäisches Land – außer vielleicht Irland – besaß derart viele Orte, die keltischen Ursprungs waren und allein aus dem Grund mit einer gewissen Mystik, mit Sagen und Legenden in Verbindung gebracht wurden. Er liebte die alten Geschichten, die sich die Menschen früher am Feuer erzählt hatten. Er liebte dieses Land. *Würde er es für Anne aufgeben?* Genau darum hatte sich seit gestern sein ganzes Denken gedreht, seit sie ihm geschrieben hatte, dass sie sich über seinen Besuch freute. In gewisser Hinsicht war er ein Träumer. Dennoch war er realistisch genug, um zu erkennen, dass er Anne eine Lösung anbieten musste, damit er und sie über eine gemeinsame Zukunft nachdenken konnten. In welche Richtung ihre Gedanken gingen, war allerdings eine Gleichung mit vielen Unbekannten. Ihm blieb daher nichts anderes übrig, als sich zu gedulden.

Plötzlich sprang Anne von ihrem Sitz hoch, als hätte sie seinen Blick im Rücken gespürt. »Komm, ich möchte dir was zeigen.« Sie deutete zur Tür, die zur Terrasse führte. »Hier habe ich in den ersten Tagen viel gesessen und nachgedacht.«

»Ist schön hier.« Der Wind trieb wilde Wolkengebilde vor sich her, ließ dann und wann den blauen Sommerhimmel darunter erkennen. Es passte zu seiner aufgewühlten Stimmung. Gerade fürchtete sich Duncan vor jedem Wort, das er falsch sagen könnte. Wenn er Anne jetzt bei den Schultern nahm und sie flehentlich ansah, die Frage in den Augen, was sie über ihn, über sie beide dachte, würde er damit alles kaputtmachen? Warum nur eierte er plötzlich wie ein verliebter Teenager herum?

»Lass uns ein Stück gehen, ja?«

Er fing Annes Profil ein, die leichte Bräune, die ihr gut stand, die Locken, die die Wangen umschmeichelten, der zarte Schwung der Lippen – wie gern würde er sie jetzt küssen. Stattdessen steckte er die Hände in die Jackentaschen, um sich seine Unruhe nicht anmerken zu lassen, und folgte ihr. Die Enden eines grünen Schals wehten um Annes Hals. Ein verzaubertes Lächeln lag in ihrem Gesicht.

»Dir gefällt es hier?«

»Und wie! Ich wünschte, ich könnte noch länger bleiben.«

Peng! Da war sie, die Realität und riss ihn aus seinen Träumen.

Anne würde zurück nach Deutschland fahren.

Zurück in ihr Leben.

Egal, wie sehr sie seines erschüttert hatte, er bliebe so oder so zurück. Es war nie die Rede zwischen ihnen davon gewesen, etwas aufzugeben. Dafür kannten sie sich wohl nicht lange genug. Dafür war das zwischen ihnen nicht groß genug. *Ich möchte aber, dass es groß ist! Ich würde alles dafür tun!* Wirklich alles?

Sie liefen an kleinen Höfen vorbei, die Rinder draußen auf der Weide, und als ein Traktor an ihnen vorbeifuhr, grüßte der Mann sie freundlich. Eine dörfliche Idylle, die Duncan im Kopf abspulte, die ihn aber nicht erreichte. Rechts von ihnen lag Loch Harray, doch schon bald verschwand es in der Ferne, es blieb nur eine Ahnung von der Weite des Sees.

»Du bist so ruhig, Duncan.« Annes leicht angehobene Stimme sagte ihm mehr als der Blick, der ihn nur flüchtig streifte. Sie konnte nicht alle Pausen füllen, musste sein Hiersein für sich deuten.

»Früher hat mich Grandpa ein paar Mal mit hierhergenommen. Wusstest du, dass die Insel zu Wikingerzeiten Pferdeinsel genannt wurde? Pferde sieht man jetzt weniger, dafür haufenweise schottische Hochlandlandrinder.«

»Dein Grandpa war sicher ein toller Mann. Wenn du über ihn sprichst, bekommt deine Stimme einen ganz anderen Tonfall.«

»Ach ja?« *Wollte er hier, mitten auf Mainland, bei einem Spaziergang an alte Zeiten rühren? Seine gut verschlossene Erinnerungskiste öffnen? Für Anne?*

»Am meisten hat mich das Skaill House beeindruckt, hast du es schon besucht?«

Sie schüttelte den Kopf. »Nein. Was habe ich da verpasst?«

»Vierhundert Jahre Geschichte, ein Haus voller alter Geister. Unter dem Gebäude fand man Reste eines Friedhofs und jede Menge Skelette. Es ist ein düsteres Gemäuer und hat mich nachhaltig inspiriert. In den Räumen ist die Zeit irgendwie stehen geblieben. Heute ist es ein Museum, das man zusammen mit den Überresten der alten Siedlung *Skara Brae* besichtigen kann.«

»Ich kann mir gut vorstellen, dass dich solche Orte zum Schreiben inspirieren. Gibt es auch eine besondere Legende zu dem Haus? Eine, die du in deinen Büchern aufgegriffen hast?«

Er nickte. »Es heißt, sein Besitzer hat Mitte des neunzehnten Jahrhunderts in einer sturmumtosten Nacht gesehen, wie Wind und Wasser die Steine von *Skae Brae* freigelegt haben. Die Siedlung lag ursprünglich nicht an der Küste.«

»Ich stelle mir da eher eine Frauengestalt mit langem weißen Haar und einem Schleier über dem Gesicht vor, die an der Klippe steht und ihre Kräfte bündelt, um Wasser und Wind zu befehligen.« Im nächsten Moment drehte sich Anne lachend herum und lief ein paar Schritte rückwärts. »Oder was sagt der Schriftsteller dazu?«

Wenn sie ihn derart neckte, fühlte Duncan wieder ihre Verbindung zueinander. Die Leichtigkeit. Das Lachen. Das war seine Anne!

»Eine mystische Frau, das ist langweilig, Anne. Wenn, dann bin ich eher für einen *Brollacha,* der die Gestalt einer Frau angenommen hat. Er könnte unter dem Haus leben und sich von den Menschen nähren, dir dort wohnen, schließlich ist er ein Halbwesen, das nicht in seiner wirklichen Gestalt erscheinen kann.«

Anne riss die Augen weit auf. »Uh, das klingt gruselig. Ich weiß nicht, ob ich mich jetzt vor dir besser fürchten sollte. Bei deiner Fantasie ...«

Mit zwei großen Schritten war er bei ihr und fasste sie behutsam an den Armen. »Pass auf, sonst stolperst du noch«, sagte er, sein Gesicht ganz nah an ihrem. »Ich möchte nicht, dass du ...« Er geriet ins Stocken. Was er zum Ausdruck bringen wollte, war, dass er sie mit seinem Schwert und Schild beschützen würde. Genau die Worte, die ihm der alte MacGregor mit auf den Weg gegeben hatte. Jetzt allerdings verschlug es ihm die Sprache und in seinem Hirn war nur Brei.

Er sah, wie Annes Blick unruhig über ihn hinweg glitt und schluckte. Er meinte zu spüren, dass sie sich aus seinem Griff lösen wollte. Dennoch hielt er sie weiter fest. Sanft, aber bestimmend. »Warum weichst du mir aus, Anne? Was ist los? Hätte ich besser nicht kommen sollen?«

Ein paar Sekunden lang standen sie so voreinander. Keiner von ihnen rührte sich. Duncans Herz überschlug sich förmlich, seine Gedanken wirbelten wild durcheinander. *Sollte er ihr sagen, dass er sie liebte, oder war es nicht der richtige Moment?* Er könnte sich für seine eigene Unsicherheit ohrfeigen.

»Ich ...«, begann Anne leise. »Ich möchte dich nicht verletzen, Duncan, und du bedeutest mir viel, sehr viel sogar.«

»Aber«, fiel er ihr ins Wort, denn alles in ihm schrie nach diesem unscheinbaren, aber umso bedeutsameren *Aber.*

»Ich muss erst einmal mein eigenes Leben auf die Reihe bekommen, bevor ich etwas Neues anfange. Kannst du das verstehen?«

Ihr Blick – eine Mischung aus Sorge und Sehnsucht – riss alle Mauern ein, wenn sie denn jemals dagewesen waren. »Kann ich, auch wenn es mir schwerfällt. Ich ... ich hatte gehofft, ich könnte dir zur Seite stehen, für dich da sein, dich in den Arm nehmen, wenn du traurig bist, und dir zeigen, wie stolz ich auf dich bin, wenn du den Verlag gut managst. Und ich weiß, das wirst du, denn du brennst für ihn und für eure Bücher.«

Ein zartes Nicken, das so viel bedeuten konnte. »So wie du für deine Bücher.«

Danach trat Schweigen ein. Aber kein schlechtes Schweigen. Eines, bei dem vieles erst gar nicht gesagt werden musste. Duncan war dennoch froh, dass er losgeworden war, was ihm auf der Seele gebrannt hatte. Dabei war er selbst überrascht, dass er gesagt hatte, dass er an ihrer Seite sein wollte. Was im konkreten Fall hieße, dass er mit ihr nach München fliegen würde. Jetzt war es an ihr, darauf zu antworten. Seine Karten lagen auf dem Tisch. Noch nie zuvor hatte er sich derart verletzlich gezeigt. Noch nie hatte er sein Leben in die Hand einer Frau gelegt.

»Komm, wir sind gleich da«, sagte Anne und griff nach seiner Hand. Sie verschränkte ihre Finger mit seinen und drückte sie auffordernd.

»Stimmt, du wolltest mir ja etwas zeigen.« Gerade wagte Duncan nicht, irgendetwas in diese vertraute Geste hineinzudeuten. Dazu war es noch zu früh.

Mit vielem hatte er gerechnet, aber nicht mit einem Keramikladen, vollgestellt von oben bis unten mit Schüsseln, Schalen, Krügen, Vasen, eben alles, was in einer Wohnung bestimmt dekorativ aussah.

»Sind die Sachen nicht wunderschön?« Anne zeigte begeistert auf die Regale. »Hier wollte ich unbedingt noch hin, bevor ich zurückfliege.«

Peng! Sie machte es schon wieder. Ihn aus ihrem Leben ausschließen. Und das, wo er wenige Minuten zuvor sein Herz vor ihr ausgebreitet hatte. *Merkte Anne nicht, wie sie mit seinen Gefühlen spielte?*

Sie wandte sich strahlend zu ihm um. »Ich dachte mir, du könntest dir vielleicht auch ein paar neue Teetassen aussuchen. Muriel wäre sicher begeistert.« *Muriel interessierte ihn gerade herzlich wenig!*

»Hm, vielleicht, wenn du sie für mich aussuchst.« Mit Sicherheit würde er sie an die hinterste Stelle im Schrank verbannen, um nicht an Anne erinnert zu werden. Trotzdem wollte er ihr diese Freude lassen, wollte diesen glücklichen Moment nicht verderben. Zu beobachten, wie Anne Tassen, Schalen, einfach alles in die Hand nahm, die Formen der Keramiken erspürte, sie vor sich hielt und sie im Licht betrachtete, ihn nach seinem Urteil fragte, hatte etwas Selbstverständliches an sich. Als wären sie nur mal eben vorbeigekommen, um gemeinsam etwas für ihre Wohnung einzukaufen.

»Magst du lieber Blau oder Grün?« Anne riss ihn aus seinen Gedanken. Er hatte an einem Tisch mit Stapeln von Tellern gestanden und zum Fenster hinaus gestarrt. Als wären es Trophäen hielt sie ihm jetzt zwei farblich unterschiedliche Teekannen entgegen. »Ich bin ja mehr der Grün-Typ, aber du musst selbst entscheiden.«

»Wozu?«

»Na, so einer schönen Kanne wirst du doch nicht widerstehen können, Duncan, oder? Passend dazu würde ich zwei oder gleich vier Tassen nehmen.«

»Ich weiß nicht, ich bin mit meiner Kanne zu Hause wirklich zufrieden. Sie ist ein Erbstück von meinem Grandpa.«

»Oh, das wusste ich nicht. Dann aber wenigstens zwei neue Tassen und dazu eine Schale für Porridge. Ich nehme mir auch eine mit. Das erinnert mich dann immer an hier.«

Ihre Worte klangen so endgültig. Er fühlte einen Kloß im Hals aufsteigen. Lethargisch deutete er auf das grüne Schälchen, das ihm nicht einmal besonders gefiel. »Dann die hier.«

»Wie schön, ich nehme auch so eine.« Warum kam es ihm so vor, als wäre Anne wie ausgewechselt? Als hätte sie eine Mauer zwischen ihnen hochgefahren und würde nur ab und zu durch ein Loch zu ihm durchblinzeln. Mit jeder Minute an ihrer Seite quälte er sich nur noch mehr. Er hätte besser gar nicht herkommen sollen und ihr die Initiative überlassen müssen. Er war selbst schuld, wenn er nicht wahrhaben wollte, dass es vorbei war. Aus und vorbei. Auf einmal wollte er nur noch weg von hier. Vielleicht sogar weg von Anne.

»Ist es okay für dich, wenn wir jetzt zurück ins Hotel gehen?«

Ihr entschuldigender Blick konnte seine trübsinnige Stimmung nicht aufhellen. »Tut mir leid, dass ich dich hierher mitgeschleppt habe, aber ich fliege morgen früh, darum war das die letzte Möglichkeit herzukommen.«

Schon morgen?

»Wann geht dein Flieger?«

»Um halb zehn. Und du? Fährst du wieder mit der Fähre zurück?«

»Ja.«

Nachdem Anne bezahlt hatte und ihm die Schale samt den Tassen als Geschenk förmlich aufgedrängt hatte, verließen sie den Töpferladen.

Draußen vor der Tür berührte sie seinen Arm und hinderte ihn am Gehen. »Es war egoistisch von mir, dich herfahren zu lassen. Ich hätte dir sagen müssen, dass ich schon den Rückflug gebucht habe. Sorry, jetzt fühle ich mich richtig mies.«

Er hob lediglich eine Braue. »Du hast mich ja nicht dazu überredet.«

»Aber ...? Ich höre da deutlich ein *Aber* heraus.«

»Du ... ich weiß nicht, du bist so weit weg, auch wenn du direkt vor mir stehst.«

Vielleicht hätte er besser nichts gesagt, denn Anne sah ihn lange schweigend an. Unter ihrem Blick bekam er nicht nur weiche Knie, sondern fühlte auch mit jeder Faser seines Körpers die Sehnsucht nach ihr. Nach ihrem Zauber. Ihrem Humor. Nach der weichen Haut ihres Bauches. Den kleinen, festen Brüsten. Nach einfach allem.

Plötzlich nahm Anne ihn in die Arme und drückte ihn so fest an sich, als klammerte sie sich inmitten des weiten Ozeans an einem rettenden Stück Treibholz fest. »Tut mir leid«, hauchte sie ihm ins Ohr. »Ich muss zurück. Und ich dachte, so mache ich es uns leichter. Also, wenn ich auf Abstand gehe.«

»Und? Macht es das? Ich meine … leichter für dich?«

Der Duft ihres Haares nach Sommer und Zitronen traf explosionsartig auf seine Nase und machte ihn trunken nach mehr. Rief Bilder von ihren ausgebreiteten Locken auf dem hellen Laken seines Bettes in ihm wach. Erinnerte ihn an den Moschusduft ihrer Vulva. Augenblicklich versteifte er sich. Wenn er es Anne nicht zu schwer machen wollte – so begriff er gerade – durfte er ihr nicht zeigen, wie groß seine Sehnsucht nach ihr war. Ihr leises *Nein* überhörte er beinahe über dem eigenen Lärm in seinem Kopf. Sein Gedankenkarussell drehte und drehte sich weiter. Bis ihm auffiel, dass er Anne immer noch in den Armen hielt, seine Nase immer noch in ihren Locken steckte, und sie sich keinen Millimeter von ihm weggerührt hatte.

»Komm, wir gehen ins Hotel.«

Mehr musste er nicht sagen. Wie in Trance bewegten sich seine und Annes Beine. Ihre Oberkörper duldeten kaum einen Spalt Luft dazwischen, ihre Finger blieben umschlungen. Nichts konnte sie jetzt mehr trennen. Nichts, außer dem Flieger morgen früh. Doch bis dahin wollte Duncan keine Sekunde mehr ohne Anne sein. Selbst in dem Wissen, sich selbst damit noch mehr zu quälen. Denn jetzt war er sich sicher, dass es Anne genauso erging wie ihm.

Seine Sehnsucht war die ihre.

Sein Hunger nach Nähe war der ihre.

Selbst sein Schmerz würde der ihre sein.

Im Hotel hasteten sie in Annes Zimmer und ließen sich unter Lachen und Tränen auf das Bett fallen. Ihre Küsse waren drängend, seine Hände suchten fieberhaft nach ihren Brüsten. Es gab kein Halten mehr. Als hätten die wenigen Tage der Trennung sie aushungern lassen und sie konnten nicht genug vom anderen bekommen. Ihre Kleidung fiel schnell zu Boden. Ihre Körper aneinander, aufeinander, nebeneinander. Die Hände mal hart zupackend, dann wieder sanft über die Haut streichend. Er fuhr mit der Zunge zwischen ihren Brüsten den Bauch hinunter, erregt von ihrem leisen Stöhnen, landete er zwischen ihren Beinen. Dort ließ er seine Zunge spielen, trieb Anne in den Zustand, in dem sie sich ihm förmlich bettelnd entgegenwölbte. Nimm mich, sagte dieser, und Duncan nahm sie. Erst schnell, doch wenig später zärtlich und voller Neugier auf jede ihrer Empfindungen.

Sie hatten die ganze Nacht Zeit.

Eine letzte Nacht.

Eine Nacht, die alles änderte.

Denn mit dieser Nacht kam die Hoffnung.

Die Hoffnung auf den Tag, an dem er Anne wiedersehen würde.

Obwohl sie kein Wort darüber verloren, wussten sie beide, was auf dem Spiel stand. Das zumindest sagte sich Duncan, als er Anne am Morgen nach einem eiligen Frühstück zum Flughafen begleitete.

»Gus an coinnich sinn a-rithist«, flüsterte er ihr beim Abschied ins Ohr. »Bis wir uns wiedersehen.«

ANNE

Drei Tage danach

Sie stand am Grab ihrer Eltern und weinte.

Sie weinte all die nicht vergossenen Tränen, die von Schmerz, Verlust und Abschieden erzählten.

Wo, wenn nicht hier, konnte Anne das Zwiegespräch mit ihrem Papa suchen, mit dem sie die Leidenschaft für den Verlag und die Bücher teilte, und den liebevollen Rat ihrer Mama suchen, den sie nicht mehr bekommen konnte.

Die Nachrichten von Duncan blieben ungelesen.

ANNE

Fünf Tage danach

Sie saß auf dem Sessel und lauschte Hannes tiefen Atemzügen, der am Ende eines langen Arbeitstages auf dem Sofa eingeschlafen war. Bisher war sie ihm, so gut es ging, aus dem Weg gegangen und hatte seiner Bitte, zu ihm nach Hause zu kommen, nicht nachgegeben. Heute hatte er sie mit ihrem Lieblingsgericht – Spinatlasagne – geködert und sie hatte zugesagt.

Zu ihrer Überraschung hatte Hannes großes Kino aufgefahren, eine Playlist mit Songs lief, die sie besonders mochte, Kerzen sorgten für eine warme Stimmung, sogar frische Blumen hatte er besorgt, weil er genau wusste, wie sehr sie bunte Sträuße auf dem Tisch mochte. Statt sie mit Vorwürfen zu konfrontieren, mit seiner Wut, weil sie auf der Trennung beharrte und das lediglich vor der Belegschaft nicht – besser gesagt noch nicht – deutlich machte, hatten sie geredet. Er mehr als sie. Er hatte sich überraschend aufmerksam gezeigt und sie nicht bedrängt. Gerade darum hatte sich für ein paar Stunden die alte Vertrautheit zwischen ihnen eingestellt. Sie war nicht von der Hand zu weisen. Sie war da, wie ein voll geklebtes Fotoalbum, über das man sich gemeinsam beugte und mit einem *Weißt du* noch darin herumblätterte. Irgendwann war Hannes tiefer in die Sofakissen gerutscht und hatte die Augen geschlossen. »Nur kurz«, hatte er gesagt.

Ein vielleicht letztes Mal schweifte ihr Blick durch die Wohnung, als sie beschloss zu gehen und ihn schlafen zu lassen. Die teure Penthousewohnung über Schwabings Dächern hatte in Annes Augen noch nie ein echtes Gefühl von Behaglichkeit ausgestrahlt. Das lag insbesondere an Hannes Vorliebe für einen gewissen Luxus, den die minimalistische Einrichtung deutlich unterstrich. *Ich habe es zu etwas gebracht*, zeigte sie laut und deutlich. Nicht ein einziges Buch lag herum, keine mitgebrachten Urlaubserinnerungen im Regal, gerade mal drei Fotos, das von ihrer ersten gemeinsamen Feier im Verlag, eines seiner Eltern vor dem Ferienhaus am Gardasee, und ein Schnappschuss zusammen mit Moni, der nach einer gemeinsamen Wanderung auf einer Berghütte entstanden war.

Die Wohnungstür fiel hinter ihr zu. Den Hausschlüssel hatte sie auf dem Esstisch liegen gelassen.

Auf dem Heimweg wurde ihr schmerzhaft klar, dass sie, egal, wo sie sich aufhielt, noch immer nicht richtig angekommen war.

Nicht in München, nicht bei ihrer neuen Aufgabe als Verlagsleiterin, erst recht nicht bei sich selbst.

Ein Teil von ihr war in Schottland geblieben.

Eine Herzhälfte.

Trotzdem fürchtete sie die Gedanken an Duncan, blendete die starke Sehnsucht nach ihm und seiner Heimat seit ihrer Ankunft hartnäckig aus. Ihr Leben war hier in München, der Verlag, das Lebenswerk ihrer Familie, ihre Wohnung, ihre Freunde ... und Duncan weit weg. Er war wie eine Fata Morgana inmitten ihres ganz persönlichen Trauerlandes aufgetaucht, hatte ihren Durst nach neuen Träumen gestillt, den Wunsch in ihr reifen lassen, sich auf eigene Beine zu stellen. Doch sie war nicht der Typ für eine Fernbeziehung, erst recht nicht weit über Ländergrenzen hinweg. Darum verbat sie sich, Duncans Nachrichten zu lesen. Er würde ihre Entscheidung nicht gutheißen und mit Sicherheit infrage stellen. *Ist es wirklich das, was du willst, Anne?* Sie hatte seine Stimme im Ohr, wie er sie immer und immer wieder hinterfragte, oder auch neckte. Seine Sehnsucht nach ihr würde ihren Entschluss sofort ins Wanken bringen. Dabei hatte sie doch gerade erst gelernt, einmal nur an sich zu denken. Natürlich waren ihr Duncans Gefühle nicht egal, aber gerade darum machte sie einen klaren Strich unter Schottland. So würde es ihm leichter fallen, sie zu vergessen.

Es tut mir leid

schrieb sie Duncan in dieser Nacht eine letzte Nachricht. Danach löschte sie seine Nummer.

ANNE

Eine Woche danach

»Warum boykottierst du meine Entscheidung, Hannes? Die neue Reihe war längst von allen abgesegnet!«

Ein fieses Schnauben drang an ihr Ohr. Sie hätte Hannes in seinem Büro aufsuchen können, es lag lediglich zwei Türen weiter den Gang hinauf. Doch sie wollte es nicht darauf ankommen lassen, dass er ihr mit einer Siegermiene entgegentrat, weil er am längeren Hebel saß, sprich, die Kalkulation für die neue Buchreihe zu ihrem Leidwesen so durchgerechnet hatte, dass sie bereits gestorben war, noch ehe sie überhaupt starten konnte.

»Das ist ein Minusgeschäft, und das weißt du ganz genau, Anne. Jeder, der die Zahlen sieht, erkennt das. Also komm mir hier nicht mit Vorwürfen.«

»Ach nein? Wer läuft denn seit zwei Tagen mit einem vorwurfsvollen Gesicht herum? Du doch, und jetzt willst du mir eins auswischen, ist doch so, oder?«

»Warum hast du den Schlüssel nicht mitgenommen, Anne? Habe ich dir nicht gezeigt, was ich für dich empfinde? Du kannst auf meinen Gefühlen nicht einfach so herumtrampeln!«

»Ach, und das gibt dir jetzt das Recht, meine Planung mit Füßen zu treten?« Hastig schob sie den Stuhl zur Seite und sprang auf. Es war einfach nur ungerecht. Hannes erpresste sie geradezu. Sie liebte die Idee zu einer neuartigen Kurzgeschichten Reihe, die sie gemeinsam mit dem Team und ersten Autoren und Autorinnen entwickelt hatte. Leider hing ihre Umsetzung von den Zahlen ab, und genau da grätschte ihr Hannes dazwischen.

»Ich nenne die Dinge nur beim Namen, Anne. Der Verlag kann sich gerade keine Experimente leisten. Nicht, bis alles mit dem Notar geklärt ist. Und das wird sich wohl noch hinziehen, wenn ich ihn richtig verstanden habe.«

Aufgebracht lief sie im Zimmer hin und her. Der Seitenhieb traf sie sehr.

Ja, sie war aus Schottland ohne Duncans Unterschrift auf der Verzichtserklärung zurückgekommen. Und ja, das war vielleicht ein Fehler gewesen. Aber sie vertraute immer noch auf sein Wort. Immerhin hatte er ihr mehrfach zugesagt, dass er kein Interesse an dem Verlag hatte. Nun war es Sache des Nachlassverwalters, die Lage zu klären. Und alles blieb in der Schwebe.

So wie ihr derzeitiges Leben.

Sie wünschte, sie wäre nie zurückgeflogen.

ANNE

Drei Wochen und sechs Tage danach

Sie saß im Büro vor dem Schreibtisch, der ihr plötzlich viel zu modern und kühl vorkam und legte den Kopf darauf ab. Wenn der von Holzwürmern zerfressene Holztisch dem neuen nicht hätte weichen müssen, dann hätte sie vielleicht noch etwas von der Politur riechen können, mit der ihr Vater einmal im Monat akribisch das Holz behandelt hatte. Dafür hatte er jedes Mal haufenweise Papiere, Bücher und Ordner auf den Boden geräumt.

Sie atmete lang und bewusst ein. Hier war sie allein mit sich und ihrem Schmerz. Er stach ihr tief in die Brust, ins Herz, wohin auch immer.

Nur hier gestand sie sich zu, dass sie nicht wusste, ob sie die richtige Entscheidung getroffen hatte.

Jeden Tag sehnte sie sich zurück nach Schottland.

ANNE

Drei Wochen, sechs Tage und vierzig Minuten danach

»Hier bist du also.«

Sie musste eingeschlafen sein, denn sie hatte Hannes nicht kommen hören. Er trat zu ihr und strich ihr über den Rücken. Augenblicklich versteifte sie sich.

»Was ist? Tu nicht so, als wäre ich ein Monster.«

»Du bist mein Ex, also benimm dich gefälligst auch so.«

»Ich dachte, darüber wollten wir noch mal reden, Anne. Also, sobald du das mit dem Verlust besser verwunden hast. Deine Eltern ... es ist jetzt fast drei Monate her ...«

»Da gibt es nichts mehr zu reden, wie oft muss ich dir das noch sagen.« Energielos hob sie den Kopf. Der Tod ihrer Eltern war schließlich nicht der wahre Grund für ihre Erschöpfung. Trotzdem ließ sie Hannes in dem Glauben. Es machte die Dinge zwischen ihnen erträglicher. »Herr Hinrichs meint, ich muss durch die Trauer durch, es hilft nichts, einfach so zu tun, als wäre sie nicht ein Teil von mir.«

»Die Termine bei diesem Psychologen halte ich für reine Zeitverschwendung. Sieh dich nur mal an, du bist so schmal geworden, hast Ringe unter den Augen ...«

Die innere Gegenwehr half ihr, sich aufzurichten und ein Stück von Hannes abzurücken. »Ich entscheide ab jetzt selbst, was mir guttut. Und dieses Büro ... ist alles, was mir von Papa geblieben ist.«

Hannes schnaubte laut. »Ich an deiner Stelle würde es endlich zu deinem eigenen machen. Ein bisschen helle Farbe, ein paar neue Möbel und du kannst endlich nach vorn schauen, statt dich in der Vergangenheit zu vergraben. Damit machst du deine Eltern auch nicht wieder lebendig.«

»Ich weiß, dass du so denkst, Hannes. Aber ich brauche die Zeit nun mal.« Sie stand auf und lief zu dem alten Schrank, in dem sämtliche Akten aus den vergangenen Geschäftsjahren zu finden waren. »Außerdem habe ich lediglich nach einem alten Vertrag gesucht, auf den sich Kubatschek für seine Biografie beruft. Angeblich hat ihm Papa schriftlich zugesagt, diese im Verlag herauszubringen. Ich finde sie literarisch unhaltbar, darum muss ich sehen, ob wir da wieder rauskommen, ohne einen Anwalt einschalten zu müssen.«

»Sind die Akten nicht alle längst digitalisiert?«

»Ich konnte ihn in den Dateien nicht finden, darum bin ich hierher gegangen.«

»Lass mich dir helfen, Anne. Du weißt, ich bin immer für dich da. Erst recht, wenn es Probleme gibt.«

Sie zuckte mit den Schultern. »Du bist nur leider kein Anwalt.«

Als spürte er ihren inneren Rückzug, kam Hannes erneut näher. Er lehnte sich an den Schrank und suchte ihren Blick. »Das spielt keine Rolle, Anne. Du sollst einfach wissen, dass du nicht allein bist. Weder mit der Arbeit noch mit deiner Trauer.«

Sie wandte sich ab. Wie einfach wäre es, sich wieder in Hannes Arme zu stürzen und ihm zu sagen, das mit der Trennung wäre ein Fehler gewesen. In seiner Hartnäckigkeit oder auch Selbstverliebtheit, wie immer Anne es nannte, machte er selbst nach diesen ersten Wochen deutlich, dass er ihr jederzeit verzeihen würde, wenn sie nur zu ihm zurückkäme. Darum überraschte sie sein nächster Vorschlag kein bisschen.

»Was hältst du davon, wenn wir uns später mit Moni treffen? Ich helfe dir den Vertrag zu finden, dann kümmert sich erst mal die Rechtsabteilung um das Problem mit Kubatschek, und du machst einfach früher Schluss. Moni hat vorgeschlagen, in eine Rooftop Bar zu gehen. Was sagst du dazu?«

Sie nickte, denn ihr fehlte gerade die Geduld für eine Diskussion. Vielleicht war es keine schlechte Idee, Moni zu treffen. Jeden Abend allein in ihrer Wohnung zu hocken, machte mit der Zeit mürbe. Sie hatte sich noch nicht einmal aufraffen können, ins Kino zu gehen, dabei lief gerade eine vielversprechende Literaturverfilmung. »In Ordnung. Ich schreibe ihr schnell. Und du nimmst dir die Ordner ab 1964 vor, okay?«

Nachdem sie mit ihrer Freundin die Uhrzeit verabredet hatte, zog sie den offenen Ordner heran und blätterte in den alten Verträgen. Bei dem einen oder anderen Namen blieb sie hängen, erinnerte sich an Gesichter von Menschen, die schon lange nicht mehr für ihren Verlag schrieben, oder sogar bereits verstorben waren. Dies hatte ihr Vater mit einem Stempel rechts oben auf der ersten Seite vermerkt. Sie hörte Hannes fluchen, weil ihm der dicke Ordner fast aus der Hand gerutscht war.

»Setz dich doch, dann hast du es leichter.«

»Ich sage ja immer, die Digitalisierung ist ein echter Gewinn für Betriebe. Stell dir all die Abrechnungen vor, die damals noch mit Schreibmaschine getippt werden mussten.«

Um Annes Mundwinkel herum zuckte es. Hannes kämpfte mal wieder mit seiner Ungeduld. Wenn er etwas nicht mochte, dann Unordnung auf den Rechnern. Das bläute er jedem Angestellten ein. Eine gute Buchführung ist das Zeichen für einen gut funktionierenden Betrieb, behauptete er oft. Da sie es genauso wenig wie ihr Vater mit Zahlen hatte, nahm sie solche Dinge zwar zur Kenntnis, überließ es allerdings anderen, sich darum zu kümmern. Wie viel lieber vertiefte sie sich in neue Manuskripte, entdeckte Talente oder half bei der Vermarktung mit Ideen mit. Bei der neuen Kurzgeschichten Reihe hätte es sich allerdings gelohnt, einen Blick mehr auf die Kalkulation zu werfen. Sie war zu ihrem Leidwesen bis auf Weiteres auf Eis gelegt worden.

»Hier, ich hab's.« Hannes kam strahlend zu ihr und ließ den Ordner regelrecht vor ihre Nase fallen. Er tippte auf ein Blatt. »Kubatscheks erster Vertrag. In Paragraf 5 gibt es tatsächlich eine Formulierung, dass Folgebände bei Nadler veröffentlicht werden.«

Sie beugte sich über das Papier und las. »Hier steht aber nichts von einer Biografie, das ist schon mal gut. Ich gebe das gleich weiter.«

Prompt legte Hannes seine Hand auf ihre. »Lass mich das machen. Du räumst in der Zwischenzeit auf und dann nichts wie los. Ich habe Lust auf einen Cocktail. Vielleicht ist sogar noch Happy Hour, wenn wir kommen.«

Hastig zog sie ihre Hand weg. Hannes wollte eine gewisse Grenze zwischen ihnen einfach nicht wahren, und das ärgerte sie. Womöglich war die Idee mit der Rooftop Bar doch nicht so gut, wie sie dachte. *Lass dir deinen Spaß nicht verderben.* »Gut, dann treffen wir uns in fünfzehn Minuten am Parkplatz.«

»Wir fahren mit meinem Auto, einverstanden?«

Zu gern hätte Anne ihm widersprochen. Ihr Bunny stand schließlich auch dort und sie liebte nun mal ihren Wagen. Doch Hannes besaß eine Parklizenz für das gesamte Stadtgebiet, das machte es einfacher mit der Parkplatzsuche.

Sie zog ihn trotzdem aus alter Gewohnheit auf. »Habe ich irgendetwas gesagt?«

»Nein.« Er grinste breit. »Aber ich kann es dir an der Nasenspitze ansehen, dass du Bunny nur ungern über Nacht hier stehen lässt.«

»Als ob dich das je gekümmert hat«, beschwerte sie sich.

»Eben, darum. Ich kenne dich, Anne. Du und dein Wunsch nach Unabhängigkeit.«

Nachdem Hannes mit dem Ordner gegangen war, atmete Anne einmal tief durch. In seiner Welt hatte sie auf ihrer Reise nach Schottland einfach nur emotional überreagiert und darum tat er so, als wäre alles beim Alten und sie bräuchte lediglich etwas Zeit, um wieder ganz die frühere Anne zu werden. Dabei gab sie sich außerordentlich viel Mühe, eben nicht mehr in alte Muster zu verfallen. Der Name Duncan fiel nur noch einmal, als ein Schreiben kam, in dem ihr mitgeteilt wurde, dass Duncan McRohan nun offiziell auf seinen Erbanteil verzichtet hatte. Für Hannes war es das Zeichen, dass alles zwischen ihnen wieder gut werden würde. Für Anne dagegen das Wissen, dass endgültig ein Schlussstrich gezogen worden war. Unter Schottland. Unter ihre schönsten Erinnerungen.

Sie merkte nicht, dass sie sich die Lippe blutig biss.

Ihr Leben war definitiv ein wackeliges Konstrukt. Was würde Duncan dazu sagen? Leben heißt, auf etwas zuwandern, das würde er sagen. Wenn man allerdings nicht wusste, was auf einen zukam? Wenn man lieber dortblieb, wo man wusste, was man hatte? Anne verbot sich, allzu oft an Duncan zu denken. Denn er würde ihr sofort die Maske abreißen, unter der sie ihre wahren Gefühle verbarg.

Der Abend mit Moni fühlte sich seltsam an. Ihre Freundin hatte prompt die komplette Clique eingeladen, sodass sich Anne zeitweise mit zwölf Leuten rund um den Tisch gequetscht sah. Es wurde laut geredet und gelacht, viel getrunken, doch niemand – nicht einmal Moni oder Hannes, die kurioserweise am Kopfende nebeneinandersaßen – bemerkten, dass sie immer stiller wurde. Ihre Freundin bildete wie gewohnt den Mittelpunkt dieser Gruppe, daran hatte sich selbst nach ihrer längeren Abwesenheit nichts geändert. Moni war wie ein Magnet, der alle an sich zog, egal, ob Freundin oder Freund, ob Partner von irgendwem, sie nährte sich förmlich von der Nähe zu anderen, als wäre es ihr persönliches Aphrodisiakum. Sobald Anne den Blick über die Dächer zu dem glühenden Abendhimmel wandte, rückte Moni und unweigerlich auch Hannes in ihr Blickfeld.

Moni und Hannes.

Sie dachte die Namen in einem Atemzug, so, wie sie einmal Anne und Hannes gedacht hatte und dabei glücklich gewesen war.

Sie lächelte beiden zu, weil es die wichtigsten Menschen in ihrem Leben waren. Die Betonung lag auf *waren*. Dabei gaukelte ihr das leuchtende Rosa und Lila, das den Sonnenuntergang zu einem kitschigen Moment werden ließ, den perfekten Abend vor. Trotzdem fühlte sie sich von ihrem bisherigen Leben abgeschnitten. Die Gäste feierten. Die einen den Ausblick, die anderen die trendige Location oder ihren Feierabend. Fotos wurden geschossen. Selfies am Geländer. Partylaune am Tisch. Moni, die viel lachte, und nicht nur von Hannes jede Menge bewundernde Blicke erntete. Sie war der Star. Fehlte bloß noch der rote Teppich. *Warum hatte sich Anne früher nicht daran gestört? Warum hatte es ihr genügt, im Kernschatten ihrer Freundin mitzulaufen?* Die meisten Leute am Tisch kannte Anne seit ihrem Studium oder noch länger, und doch war sie selbst auf einmal kein Teil mehr davon.

Irgendwann kam der Moment, an dem sie sich weit weg wünschte. Der Moment, als Moni sie über die Köpfe aller hinweg aufforderte, von Schottland, besser gesagt von den schottischen Männern zu erzählen.

»Sag mal Anne, hast du viele waschechte Highlander in Kilts gesehen?«

Etliche Frauen kicherten bei der Vorstellung. Eine stöhnte leidenschaftlich auf. »Was ist dran an dem Gerücht, dass sie unter dem Kilt keine Unterwäsche tragen?«

Alle am Tisch grölten. Männer wie Frauen.

Sie verdrehte die Augen. »Ich hatte anderes zu tun, als den Männern unter ihre Röcke zu sehen.«

Gläser klirrten. Es wurde laut zugeprostet.

Ihre Sitznachbarin stupste sie in die Seite. »Haben die Schotten wirklich alle rote Haare wie Jamie?«

»Jamie«, hörte man mehrfach und theatralisch aus den Lachern heraus.

»Als Mann finde ich rothaarige Frauen auch sehr sexy«, warf Hannes in die Runde und zwinkerte ihr verschwörerisch zu.

»Das mit den roten Haaren sind die Iren, Bea«, brüllte jemand. »Und deren Bier schmeckt auch besser.«

Prompt entspann sich eine lautstarke Diskussion über irische und schottische Biersorten, gefolgt von den Vorzügen der Irish Pubs in der Stadt.

Anne hatte genug gehört. Sie stand auf und ging zu Hannes und beugte sich zu ihm. »Mir reicht's, ich gehe nach Hause.«

»Warum? Ist doch eine mega Stimmung hier.«

»Du willst schon gehen?« Moni zog sie am Pulli tiefer zu sich, sodass Annes Kopf zwischen dem von Hannes und ihrem regelrecht eingequetscht war. »Was ist los mit dir? Du hast kaum was getrunken und machst schon schlapp? Bist du etwa schwanger?«

Durch Hannes Körper ging ein regelrechter Ruck. »Anne?« Er sah sie mit großen Augen an. »Bist du es? Ich meine ... schwanger?«

Sie schüttelte heftig den Kopf. Trotzdem schwappte das Wort *schwanger* über den Tisch von einem zum anderen und viele Blicke richteten sich nun auf sie. *Na super! Hatte sie gar keine Privatsphäre mehr?*

»Nein, Hannes«, erwiderte sie laut und bestimmt. »Davon wüsstest du wohl.«

»Was nicht ist, kann ja noch werden«, sagte er frivol und tätschelte ihr den Hintern.

Oh, wie sie es hasste, dass er diesen Moment auskostete. Seine Worte und der anfeuernde Jubel der anderen ließ sie innerlich erstarren. Von einem Kind war zwischen ihr und Hannes nie die Rede gewesen.

»Aber hey …« Moni legte eine Hand auf ihren Arm. »Schön wäre es schon, oder? Und so was von fällig bei euch.«

»Ich führe jetzt einen Verlag, da denke ich bestimmt nicht …«

»Ach was, Hannes ist doch da und kann dich unterstützen«, unterbrach Moni ihren Protest. »Du bist viel zu streng mit dir. Das hätten deine Eltern sicher nicht gewollt, dass du deine eigenen Lebenspläne über den Verlag vergisst.« Ihre Freundin nahm sie in den Arm. »Ich hoffe, ich erfahre es als Erstes, wenn es so weit ist.«

Wenn du wüsstest, was wirklich los ist.

»Als ob wir so eine Nachricht für uns behalten könnten«, verkündete Hannes und legte seinerseits die Arme rechts und links um Anne und Moni. »Ihr seid schließlich meine Lieblingsfrauen.«

»Übertreib' es ja nicht, Hannes, sonst wird Anne noch eifersüchtig«, neckte Moni ihn lachend. Hannes fiel in ihr Lachen mit ein.

Es gab eine Zeit, da hatte Anne tatsächlich einen gewissen Groll gegen ihre beste Freundin gehegt. Da sie von deren Schwärmerei für Hannes wusste, hatte sie in so manche Geste und das ein oder andere Wort mehr hinein gedeutet, als gut für ihre Freundschaft gewesen war. Hannes war damals und womöglich auch bis heute nicht anfällig für Monis Anmache. Aber jetzt, als beide die Köpfe zueinander beugten und über irgendetwas lachten, war sie dankbar dafür, dass sie eine langjährige Freundschaft miteinander verband.

»Ich sehe schon, ihr kommt gut ohne mich zurecht«, sagte sie darum und winkte in die Runde. »Auf bald.«

Ein erleichtertes Lächeln umspielte Annes Gesicht, als sie die ausgetretenen Stufen zu ihrer Wohnung in den zweiten Stock hochging.

»Ich bin wieder da!«, rief sie den dunklen Räumen zu, als sie eintrat.

Sie ließ ihre Tasche auf dem Regal im Flur stehen und machte Licht. Sie liebte ihr Zuhause, die vollgestopften Bücherregale, das gemütliche rote Lesesofa mit den abgewetzten Sitzflächen, auf dem immer ihre Katzendecke bereit lag, die unzähligen Fotos an den Wänden, Erinnerungen an Geburtstage, die Abifeier von Liz, die Silberhochzeit ihrer Eltern, die sie zu viert in Paris gefeiert hatten, Bilder von Autoren und Autorinnen bei ihren Buchpremieren oder Lesungen. Da es gerade erst viertel nach elf war und ein gutes Buch auf sie wartete, kochte sie in der Küche heißes Wasser für eine Tasse Kräutertee. Tee und Lesen gehörten für sie zusammen wie für andere Kaffee und Kuchen. Oder Eis mit Sahne. Ihr Finger fuhr über den Staub auf der Arbeitsplatte und sie zog eine Grimasse. Verstaubte da etwa gerade ihr Leben? Im Schlafzimmer lag sogar noch der halb ausgepackte Koffer von ihrer Reise auf dem Boden. Sie hatte sich nicht dazu überreden können, die letzten Spuren wegzuräumen. *Das getöpferte Geschirr!* Mit einem Mal stand ihr alles wieder vor Augen.

Schottland und ihre Flucht auf die Orkneys.

Die Flucht vor sich selbst und einer Entscheidung.

Gill mit ihrem Gespür für Zwischentöne.

Duncan und ihr Versuch, sich der Realität zu stellen.

Dann der Spaziergang in den Töpferladen ... ihre letzte gemeinsame Nacht ...

Hektisch wühlte sie in dem Koffer, stieß auf die Müslischale, die sie in die Wäsche eingewickelt hatte, dann auf ihre Tasse. Grün, genau wie die von Duncan. *Ob er sie benutzte und an sie dachte?*

Der Wasserkessel brodelte. Behutsam nahm Anne die Teetasse in die Hand, wählte eine Nerven stärkende Teemischung aus ihrer geliebten Teekiste und setzte sich mit angezogenen Knien auf ihr Sofa. Lange Zeit gab es nur sie, den dampfenden Tee und die Stille. Die Stille, die von einer tief greifenden und allumfassenden Traurigkeit erfüllt war.

Sie hatte keinen Plan, wie es weitergehen sollte.

Nur der Schmerz, der sie fest umklammerte.

ANNE

Zwei Monate und zehn Tage danach

Der Herbst kam und brachte anfangs überraschend viel Sonne und damit einen lange nicht gekannten Unternehmensgeist. Sobald es die Arbeit im Verlag erlaubte, zog es Anne in die Berge. Mal begleitete Moni sie, dann fuhr sie für ein paar Stunden allein los. Beim Wandern verlor sie für eine Weile die Beklemmungen, dieses Gefühl, in einem zu engen Korsett zu stecken, das sie freiwillig gewählt hatte. In der Höhe, den Blick frei über die Bergketten, trieben ihre Gedanken in die Ferne. Dort oben fühlte sie sich Duncan näher als irgendwo sonst. *Duncan!* Sie konnte nicht aufhören, an ihn zu denken. Gleichwohl er mit den Wochen zu einer Art nebulösen Traum verwischte, die Tage und Stunden mit ihm, die so gar nichts mit ihrem Alltagsleben zu tun hatten. In solchen Momenten, wenn sie logisch dachte, war sich Anne sicher, die richtige Entscheidung getroffen zu haben. An anderen Tagen wurde ihr bewusst, dass sie noch immer wie ferngesteuert herumlief. Dann stürzte sie sich in noch mehr Aktionismus, steuerte einen noch höheren Gipfel an. Der Verlag bot einen festen Rahmen, innerhalb dessen sie Hannes gut gegenübertreten konnte. Mal ging es um die Umverteilung von Arbeitsabläufen und Kompetenzen durch den

Wegfall ihres Vaters, ein anderes Mal um Wirtschaftlichkeit, um Risikoabwägung. Während sich Anne darum kümmerte, das Erbe ihres Vaters in dessen Sinne weiterzuführen, große Namen herauszubringen oder neue auf dem Literaturmarkt zu entdecken, hielt Hannes ihr den Rücken frei, indem er die Verkaufszahlen und Kosten im Blick behielt. Niemand in ihrem Umfeld hatte eine Ahnung von den düsteren Wolken, die mitunter über Anne auftauchten und sie in eine Dunkelheit zu ziehen drohten. Wolken angefüllt mit einer Sehnsucht, die sie selten zuließ. Mit Fragen, die sie schlicht ignorierte. Sie bemerkte es selbst an ihrem fehlenden Hunger, der sich mit regelrechten Fressattacken ablöste. Hannes hatte unter Murren akzeptiert, dass am Ende ihrer Beziehung nicht zu rütteln war. Trotzdem ließ er nichts unversucht, ihr nahe zu sein. So etwa, als sie die Wohnung ihrer Eltern endgültig ausräumte, um sie zu vermieten.

Dann kam die Buchmesse in Frankfurt und mit ihr der größte Schock, als sie in der Halle der internationalen Verlage auf die Ankündigung von Duncans neuem Buch stieß. Es verschlug ihr fast den Atem, während sie gleichzeitig lächelte und sich gemeinsam mit dem Verleger über das neue Programm beugte. Sie war hier, um nach interessanten Lizenzen zu suchen, nicht, um sich komplett aus der Bahn werfen zu lassen. Der Lektor musste wirklich gute Arbeit geleistet haben, wenn das Buch bereits im November erschien.

»Dieser McRohan«, sie ließ den Mann zurückblättern, »den hatte ich im letzten Programm gar nicht bemerkt.«

»Oh, die Fans warten schon so gespannt auf sein neues Buch, der Programmplatz war die ganze Zeit über für ihn gesetzt. Aber Sie denken doch nicht etwa darüber nach, Fantasy in Ihr Programm aufzunehmen, Frau Nadler, oder? Ich meine, McRohan ist durchaus ein Zugpferd in dem Genre, so ist das nicht.«

Sie schüttelte vehement den Kopf. Was er nicht erfahren musste, war, dass sie die ersten Bände seiner *Chronicles of Aulanda* längst gelesen hatte. »Auf keinen Fall, nein, es ist rein interessehalber ... wie hoch wird denn die Auflage für ...«, sie starrte gebannt auf das zauberhafte Cover, »für *Magnus' Legacy* sein?«

»Die erste liegt bei zehntausend. Er ist, wie gesagt, immer ein Programmschwerpunkt bei uns.«

Obgleich ihr Herz allein bei Duncans Namen gequält aufschrie, führte sie das Gespräch so souverän wie möglich weiter. »Mittlerweile ist es fast schon ein Muss, auch Fantasy ins Programm zu nehmen, nicht wahr?«

»Die Fans sind treue Käufer, das darf man nicht unterschätzen, Frau Nadler. Und McRohan besitzt langsam, aber sicher in England und Amerika einen Kultstatus wie früher ein Martin oder Tolkien.«

»Und die deutschen Rechte?«

»Sie erstaunen mich wirklich, Frau Nadler.« Ihr Gegenüber schob sich die Brille auf die gerötete Nase und hüstelte kurz, ehe er weitersprach. »Sie wären natürlich nicht die Einzige, die Interesse zeigt, immerhin planen wir so einiges mit dem Mann. Die Verfilmungen seiner ersten zwei Bücher sind bereits in Arbeit.«

»Ach ja? Das klingt ... vielversprechend.«

In diesem Moment setzte sich eine Frau mit reichlich runden Kurven und schwer atmend an den Nachbartisch und entschuldigte sich lautstark für ihr Zuspätkommen. Energisch blätterte Anne in den Seiten des Programmverzeichnisses weiter, so als könnte sie damit vergessen, was sie gesehen hatte. *Fantasy bei Nadler!* Allein für diese Idee schalt sie sich eine Närrin. Und dennoch setzte sich das Bild von Duncan, seinen Büchern sowie deren Erfolge hartnäckig in ihrem Kopf fest. Ihr Gesicht bekam etwas Weiches, Verträumtes, sobald sie daran dachte. *Ich hätte fragen können, ob der Autor vor Ort sein wird.* Leider fiel ihr dies erst ein, nachdem sie bereits zwei weitere Termine hinter sich gebracht hatte. Hastig rief sie das Programm der Buchmesse und die angekündigten Autoren und Autorinnen auf ihrem Laptop auf und scrollte in fieberhafter Erwartung bis zum Buchstaben *R.* Es gab ihr beinahe einen Stich, den Namen nicht zu entdecken. Ob sie hingegangen wäre, wenn es anders gewesen wäre?

An diesem Abend rollte sie sich lange im Hotelbett von einer Seite auf die andere und kam nicht zur Ruhe. Stattdessen träumte sie sich in die Vorstellung, Duncan unerwartet zu begegnen, sie, die Verlegerin und er, der bekannte Autor, der ihr vorgestellt werden würde. Dann könnte ein geheimnisvolles Lächeln seine Augen umspielen, doch er würde ganz der Profi bleiben, schließlich interessierte sie sich wie so viele auf der Messe nur für seine Bücher. Lange lauschte sie auf ihren viel zu schnellen Herzschlag, wartete auf den erlösenden Schlaf, der sich aber nicht einstellen wollte, und kapitulierte irgendwann mitten in der Nacht. Sie knipste die Lampe über dem Bett an und griff nach seinem neuesten Buch, das ihr der Verleger mit einem bedeutsamen Lächeln in die Hand gedrückt hatte. »Lesen

Sie es und bilden Sie sich selbst ein Urteil«, hatte er ihr zugeflüstert, als ginge gerade heiße Ware über den Verkaufstisch. In dieser Nacht lernte sie India und Magnus kennen und tauchte bereits auf den ersten Seiten tief in ein fantastisches Abenteuer ein, von dem sie nie geglaubt hätte, dass es sie fesseln könnte.

Fünf Tage später, die Messe war ein voller Erfolg gewesen und die Aufarbeitung hielt Anne und ihr Team reichlich auf Trab, traf eine Mail bei ihr ein. Ihr Denken setzte für einen Moment regelrecht aus.

Der Verlag lädt herzlich zur Lesung von Duncan McRohan und seinem neuen Fantasybuch Magnus Legacy in Edinburgh ein ...

Wie gebannt starrte Anne auf die Zeilen. In etwas mehr als drei Wochen, rechnete sie, passend zum Beginn des Weihnachtsgeschäfts im Buchhandel. Einen besseren Start gab es kaum für ein Buch, das bereits im Programm des Verlags als deren Bestseller gehandelt wurde. Prompt war sie unfähig, sich auf ihre weitere Arbeit zu konzentrieren, spielte mit dem Stift herum und malte Kringel an den Rand ihrer Notizen, anstatt Zahlen in eine Tabelle einzufügen. Beinahe neidete sie dem englischen Verlag, Duncan unter Vertrag zu haben. Allein, wenn sie an die Gewinne dachte, daran, was Übersetzungslizenzen und Filmrechte dem großen Riesen Penguin Random House bei *Game of Thrones* damals eingebracht hatte. Obwohl ihr eigener Verlag stetig mit Zuwachs rechnen konnte und etliche Buchpreisträger und -trägerinnen unter Vertrag hatte, war ihnen der ganz geniale Coup noch nie gelungen. Vielleicht war es an der Zeit, mutiger zu denken.

Natürlich behielt Anne ihre Gedanken zunächst für sich. Dennoch nahm sie sich vor, intensiver Marktforschung zu betreiben und bei der nächsten Sitzung unter ihren Kollegen und Kolleginnen ein Stimmungsbild einzuholen. Sie würde auch nach innovativen Ideen fragen, solchen, die ihrem Verlagsprogramm ein frisches Gesicht verleihen könnten. Ob sie in dem Zusammenhang konkret fragen würde, was diese zu einem bekannten schottischen Fantasyautor sagen würden, behielt sie sich vor. Derart ins Grübeln zu geraten, brachte Anne komplett aus dem Rhythmus ihres bisherigen eintönigen Alltags. Allein Duncans Name rief ein unerwartetes Ziehen in ihrer Brust hervor. Sie machte sich sofort Sorgen, dass ein Knoten in der linken Brust wachsen könnte, und rief bei der Frauenärztin an, um einen kurzfristigen Termin auszumachen. Abends vor dem Spiegel tastete sie das weiche Gewebe ab, fand jedoch nichts Verdächtiges. Das Ziehen blieb allerdings. Voller Ungewissheit lauschte Anne ihrem Körper. Als sie wie aus dem Nichts einen vagen Schmerz Richtung Arm wahrnahm, bekam sie Panik, mit ihrem Herzen könnte etwas nicht in Ordnung sein. Sie und ihr Körper begannen einen seltsamen, ihr fremden Dialog. Die Diagnose *überarbeitet* wollte Anne nicht gelten lassen, schließlich hatte sie schon stressigere Zeiten im Verlag durchgestanden. Überfordert fühlte sie sich im Grunde auch nicht, zumindest nicht, was die Arbeit und den Verlag anging. *Höre genauer hin, was liegt dir auf dem Herzen?*, fragte ihr Körper. Aber Anne weigerte sich. Genau darum ging es ja. Sie wusste die Antwort, ließ die

Frage allerdings nicht zu. Denn, wenn sie sich auch nur ein einziges Mal fragen würde, ob sie gerade glücklich war, könnte sie sich gleich für immer in ihrer Wohnung vergraben.

Der Verlag lädt herzlich zur Lesung von Duncan McRohan in Edinburgh ein ...

In einer entsprechend aufgewühlten Stimmung traf Moni sie an, als sich ihre Freundin spontan am Donnerstagabend ankündigte, nur neun Tage vor der Lesung.

»Hi, komm rein.«

Moni zog den typischen Duft nach Räucherstäbchen hinter sich her, als sie sich energisch an Anne vorbei quetschte und ins Wohnzimmer ging. »Was ist los, Anne? Du meldest dich kaum noch bei mir, seit ... na ja, seit du zurück bist. Ich verstehe ja, dass auf der Arbeit so einiges zusammenkommt, und dass du wegen deiner Eltern Zeit allein für dich brauchst, aber hey, was ist mit mir? Ich bin schließlich deine beste Freundin!«

Anne lehnte im Türrahmen und sah ihrer Freundin dabei zu, wie diese das Sofa, den Bücherstapel, die halb volle Flasche Wasser, und sogar die Pflanzen am Fenster in Augenschein nahm, um nach einem Anzeichen dafür zu suchen, dass es ihr schlecht ging. Dass Anne das Sorgenkind war, das den Verlust der Eltern einfach nicht überwinden konnte.

»Möchtest du etwas trinken? Soll ich uns einen Tee machen?« Sie brauchte dringend so etwas wie Normalität, damit Moni aufhörte, durch die Wohnung zu gehen, als könnte sie dabei auf einen Geist stoßen. *Haha. Irgendwie witzig. Duncan, ihr ganz persönlicher Geist, der sie heimsuchte.*

»Ich möchte vor allem wissen, was mit dir los ist, Süße.« Endlich ließ sie sich aufs Sofa plumpsen und klopfte auf den freien Platz neben sich. »Kann es sein, dass ich irgendwas verpasst habe, als ich in Indien war? Oder warum habe ich das Gefühl, dass du mir etwas verheimlichst?«

Anne verdrehte die Augen. Ihr stand keineswegs der Sinn nach einem Verhör. Nicht jetzt. Erst recht nicht, seit sie immer häufiger über den Besuch der Lesung nachdachte. »Ich hole uns trotzdem erst mal einen Tee«, sagte sie, um Zeit zu gewinnen.

Moni war ihre beste Freundin, sie sollte ihr alles anvertrauen können, doch sie war zugleich auch Hannes Freundin. Anne konnte und wollte ihre Freundin nicht in einen Gewissenskonflikt bringen. Außerdem kam ihr die Vorstellung, Duncan mit irgendjemanden zu teilen, falsch vor. Erst recht, wenn sie selbst nicht wusste, wie es weiter ging. *Du weißt es doch eigentlich schon, willst es nur nicht wahrhaben,* flüsterte ihr ihre innere Stimme zu. Schnell kümmerte sie sich um zwei Tassen Tee, legte ein paar Vollkornkekse auf einen Teller, und brachte alles ins Wohnzimmer.

»Also«, begann Moni, kaum dass sie sich zu ihr setzte. »Ich habe nachgedacht. Wenn du schlimm krank wärest, warum solltest du es verheimlichen. Dann bräuchtest du nämlich safe unsere Unterstützung. Die Beerdigung, all das mit der Trauer, das ist richtig, so ein Verlust kann einen sicher fertigmachen, da kann ich nicht mitreden, aber letzten Endes komme ich nur auf eine Lösung: du hast einen anderen.«

Anne verschluckte sich beinahe an dem heißen Tee.

»Was ... wie kommst du denn darauf?« Sie bemühte sich, möglichst viel Empörung in ihre Stimme zu legen.

»Du bist eine schlechte Lügnerin, Anne, außerdem ... wie lange kennen wir uns schon? Jetzt erzähl mal.« Moni rückte näher und legte eine Hand auf Annes Knie. »Wer ist es? Kenne ich ihn? Und ist es, weil du Schiss hast vor dem nächsten Schritt? Ich meine, du und Hannes, zusammenziehen, eine Familie gründen, das müsste doch langsam im Raum stehen ...«

»Was du dir da zusammenreimst!«

»Ist es denn so abwegig? Als du länger in Schottland geblieben bist, war es doch sicher nicht nur wegen des Verlags und diesem Typen, den dein Vater beerbt hat, oder? Hannes hatte angedeutet, dass du Zeit für dich brauchst.«

Anne nickte. »Ja, die brauchte ich wirklich. Ist das so schwer zu begreifen? Und Schottland war dafür der perfekte Ort.«

»Sag bloß nicht, dass da drüben was gelaufen ist.«

Peng! Das war's! Moni sah aus, als hätte Anne ihr einen Eimer kaltes Wasser über den Kopf gegossen. Freundschaft bedeutete Ehrlichkeit. Keine Geheimnisse. So hatten es Moni und sie immer gehalten. Ihre beste Freundin war so etwas wie ein Leuchtturm, wenn das Meer des Lebens zu wild tobte. Wenn die Brandung gefährlich wurde. Wenn Traurigkeit einen in die Tiefe zog. Die beste Freundin stürzte sich vor Freude mit in das kalte Wasser. Sie war ein fester Punkt auf der Landkarte des Lebens. Anne schüttelte es innerlich. Wie hatte es so weit kommen können, dass Moni genau all das nicht mehr für sie war?

»Es ist nicht das, was du denkst«, sagte sie leichthin, um sich zu fangen und um Zeit zu gewinnen.

Moni kniff die Augen zusammen. »Was denke ich denn?«

»Ich weiß nicht ...« Von einer inneren Unruhe erfasst, sprang Anne vom Sofa hoch und lief zum Fenster. Sie lenkte den Blick von der wenig belebten Straße in Richtung Himmel. Der Hochnebel hatte alles fest im Griff, ließ die Welt grau und trist erscheinen. *Zu Schottland passte der Nebel,* dachte sie und ihr entfuhr ein leiser Seufzer.

»Was, Anne? Was ist mit dir passiert? Ich verstehe dich nicht, du hast doch alles, was man sich wünschen kann. Also«, sie senkte die Stimme, »abgesehen davon, dass dir natürlich deine Eltern fehlen. Aber das kann nicht der Grund sein, dass du ...«

»... dass ich plötzlich durchdrehe?« Hilflos zuckte sie mit den Schultern. Lange bevor Moni auf die Reise nach Indien gegangen war, hatte Anne damit begonnen, die kleinen Demütigungen von Hannes ihr gegenüber zu verschweigen. Sie hatte sich geschämt, dass es überhaupt dazu kam. Dass sie nicht die Stärke ihrer Freundin besaß, sich dagegen zu wehren. Später kamen die Erwartungen ihrer Eltern ins Spiel, die in Hannes stets den perfekten Schwiegersohn gesehen hatten und ihn in so vielen Entscheidungen bereits als gesetzt miteinbezogen hatten, allen voran die Zukunft des Verlages. Als gäbe es keine Möglichkeit für Abzweige, kein Wenn und Aber mehr. Ohne es benennen zu können, hatte es ihr nach und nach in einem eher schleichenden Prozess die Luft abgeschnürt. Dabei wurde ihr erst wirklich bewusst, wie sehr sie darunter litt, als sie nach Schottland aufgebrochen war.

»Du bist meilenweit weg vom Durchdrehen, Anne, dafür ist es dir viel zu wichtig, dass bei dir immer alles perfekt läuft.«

»Perfekt«, sagte sie leise und drehte sich zu ihrer Freundin um. »Was ist schon perfekt?«

»Hey, so sarkastisch kenne ich dich ja gar nicht, Süße.« Moni kam zu ihr und umarmte sie. »Wird wohl Zeit, dass wir mal wieder ein bisschen Selfcare zusammen machen, oder?«

»Hmm.« Für einen Moment ließ Anne sich fallen. Den Kopf auf der Schulter ihre Freundin ruhen zu lassen, die Augen geschlossen zu halten und mit ihr gemeinsam tief ein- und auszuatmen, tat tatsächlich gut. Vor allem sorgte es mehr und mehr für Klarheit.

»Ich werde nach Edinburgh fahren!«, sagte sie, als sie sich von ihr löste.

»Du ... willst ... nach Schottland?« Ihre Freundin presste jedes Wort fast schon gequält hervor.

»Ja, ich muss einfach dorthin. Der Verlag hat mich zu Duncans Premierenlesung eingeladen.«

»Duncan? Etwa der Duncan, wegen dem du Ärger mit dem Testament hattest?«

»Ich hatte keinen Ärger, mein Vater hat ihn als Erben eingesetzt.«

»Aber, ich dachte, er will davon nichts wissen? Warum willst du überhaupt zu seiner Lesung? Ich meine, er ist doch nur ...« Anne konnte regelrecht sehen, wie es im Kopf der Freundin ratterte. »Er ist nicht etwa ...?«

»Doch, und ehe du weiterfragst, es hat eigentlich nur etwas mit mir zu tun. Die Reise nach Schottland hat mir gezeigt, dass ich zuerst wissen muss, was ich eigentlich will. Nicht Hannes und auch nicht meine Eltern. Weißt du, was ich meine?« Hoffnungsvoll lächelte sie Moni an. *Bitte, versteh' mich, es geht nicht anders.*

Augenscheinlich rang ihre Freundin mit sich oder mit dieser Ansage, was letzten Endes auf dasselbe hinauslief. Sie stromerte förmlich im Zimmer herum, zog ein Buch aus dem Regal, um es gleich wieder an seinen Platz zu schieben, ordnete die kleinen Kerzen zu einem Kreis, um schließlich mit verschränkten Armen vor dem Korbsessel stehen zu bleiben.

»Aber du und Hannes? Ich kann nicht glauben, dass du ... ich meine, ihr seid doch unser Dream-Team!«

»Das waren wir vielleicht mal, aber jeder von uns hat sich verändert. Ich dachte, dass du mich vielleicht verstehst, immerhin bist du bis nach Indien geflogen, um dir und deinem wahren Ich näher zu kommen.«

»Schon klar, was du meinst. Und ja, ich hatte da drüben auch ein, zwei Typen, die mich fasziniert haben, aber ich bin schließlich als Single unterwegs, da kann es schon mal vorkommen, dass man sich vergnügt.«

»Darum geht es nicht.«

»Worum denn dann? Erklär's mir. Denn ich fürchte, du begehst gerade einen großen Fehler.«

»Nicht nach Schottland zu fliegen, wäre ein Fehler«, erwiderte Anne mit einer derartigen Vehemenz, dass sie selbst erschrak. Plötzlich lag ihr alles glasklar vor Augen. Sie machte sich die ganze Zeit nur etwas vor. Die Verantwortung für den Verlag, aber auch die Freude an ihren Aufgaben waren das, was sie hier hielt. Nicht München und ihr Zuhause. Nicht die Freunde.

Und erst recht nicht dieses *Wir*, das sich Hannes noch immer erhoffte.

Eine Weile füllte ihr Schweigen den Raum. Eines, das jede an ihren Platz festnagelte und an ihren Argumenten festhalten ließ. *Konnte ihre Freundschaft so etwas aushalten?* Anne schluckte. Bereits in Schottland hatte sie eine Vision vor Augen gehabt, eine, die Hannes in die Arme ihrer besten Freundin trieb.

»Ich gehe dann mal, ich habe später noch einen Yogakurs.«

»Okay.«

Okay, was? Okay, ich weiß, dass du mich verstehst. Oder okay, das war's dann wohl und unsere Freundschaft wird nie mehr die sein, die sie mal war.

Zwischen ihr und Moni lagen nur ein paar Schritte, doch es fühlte sich gerade wie ein ganzer Kontinent an. »Danke trotzdem, dass du hergekommen bist.«

ANNE

Edinburgh, 22. November 2022

Sie hatte es geschafft. Annes Herz klopfte so wild wie eine galoppierende Pferdeherde, als sie den Flughafen verließ. *Edinburgh! Endlich!* Wie selbstverständlich es ihr vorkam, hier zu sein, zielsicher in den richtigen Bus einzusteigen und in die Stadt zu fahren. Es fühlte sich wie ein Nachhausekommen an, vertraut und zugleich aufregend. Bereits bei ihrem ersten Besuch hier hatten ihr die schlichten Häuser mit ihren unzähligen Schornsteinen gefallen, wie sie sich in einem verwaschenen Braungrau aneinander reihten und ganze Straßenzüge prägten. Geschäfte, Pubs und Restaurants bildeten dagegen mit ihren bunten Fassaden und Türen kontrastreiche Farbtupfer. Sie sprangen ins Auge und weckten Neugierde auf das, was sich dahinter verbarg. Als sie im Stadtteil Haymarket den Bus verließ und die kleine Wohnung ansteuerte, die sie kurzfristig hatte mieten können, wollte sie gerade nirgendwo anders sein. In ihr Gesicht nistete sich ein Dauergrinsen ein. Alles war genauso, wie sie es von ihrem ersten kurzen Zwischenstopp auf dem Weg nach Fort William in Erinnerung hatte. Jetzt lag ein langes Wochenende vor ihr. Eines, das sie sich bitter erkämpft hatte.

Kurz nachdem sie Hannes ihre Entscheidung mitgeteilt hatte, es mit einer Veränderung in ihrem Leben, wie auch immer sie aussehen würde, ernst zu meinen, und er zwischen einem *Du weißt nicht, was du tust* und einem flehenden *Verlass mich nicht, tu mir das nicht an* alles aufgefahren hatte, um sie in seinen Augen zur Vernunft zu bringen, war im Verlag eine der eigenen Druckmaschinen kaputt gegangen und eine wichtige Kollegin fiel wegen Krankheit länger aus. Es war geradezu so gewesen, als spräche alles gegen ihren Flug nach Edinburgh. Anne hatte stundenlang wegen der notwendigen Reparatur telefoniert, etliche Termine vorgezogen, um sich Luft nach hinten zu verschaffen, und dabei kaum noch geschlafen. Darum nagten die vergangenen neun Tage immer noch an ihr und die Erschöpfung kaschierte im Grunde nur jede Menge Make-up. Die Einladung zur Lesung war trotzdem der beste Grund, um hierherzukommen.

Ihr erstes glückliches Selfie entstand genau jetzt in dieser Straße.

Sie könnte glatt auf den Straßen tanzen, in Pfützen springen oder *free hugs* verteilen.

Alles war möglich.

Dieses unerwartete Gefühl von Freiheit berauschte sie, ließ sie für den Moment alle Sorgen hinter sich lassen. *Ich bin gut angekommen*, schrieb sie Moni und schickte das Foto mit. Das offizielle Aus ihrer Beziehung traf bei ihrer Freundin noch immer auf wenig Zuspruch, und darum gab sich Anne besonders viel Mühe, sie nicht mehr aus ihrem Leben auszuschließen.

Drei Stunden später war sie die gesamte Princess Street, Edinburghs Haupteinkaufsstraße, abgelaufen, hatte dabei den Blick auf das Edinburgh Castle sowie die pittoreske Häuserzeile der Old Town bewundert und zuletzt den Bahnhof hinter sich gelassen, um eine Buchhandlung aufzuspüren, von der sie in einem Führer gelesen hatte. So war sie dem frostigen Wind dankbar entkommen, saß bei Topping&Company in dem kleinen Erker und wärmte sich an einem heißen Tee. In die Buchhandlung hatte sich Anne sofort verliebt, sie war ein Ort, an dem sie Stunden zubringen könnte. Bücher vom Boden bis an die Decke füllten die Regale und waren durch bewegliche Leitern, die sie bisher nur aus Filmen kannte, erreichbar. Im ersten Stockwerk bot sich ihr ein ähnliches Bild, und sie war in regelrechtes Entzücken ausgebrochen, als sie das winzige Kaminzimmer und besagten Erker mit wenigen, umso begehrteren Sitzplätzen entdeckt hatte. *Hannes würde es hier auch gefallen.* Der Gedanke blitzte beim Anblick eines Bücherstapels kurz in ihr auf. Wie oft hatte sie ihn in anderen Städten in die Buchhandlungen gezerrt und die Begeisterung mit ihm geteilt. Sie lehnte sich im Stuhl zurück und atmete tief ein. An Hannes in dem Bewusstsein zu denken, dass diese Zeiten nun endgültig vorüber waren, stimmte sie melancholisch. Sie rief sich die schönen Momente, Tage und Monate mit ihm ins Gedächtnis. Das nächtelange Diskutieren über die Bücher, die sie sich gegenseitig vorlasen. Ihre Begeisterung für die spanische Küche und damit verbundene Besuche von Tapas Bars. Die Sommertage an den bayerischen Seen. All das zählte zu den Puzzleteilen, die ihr Leben ausmachten. Jedenfalls ihr bisheriges Leben. Jetzt saß sie allein hier, umgeben von Büchern und Menschen, die genau wie sie Bücher liebten. Aus

diesem Grund lächelte sie ihrem Sitznachbar zu, obwohl dieser ins Lesen vertieft war und nichts davon
mitbekam.

Als Anne endlich die Buchhandlung verließ, nieselte
es. Da sie nicht vorhatte, vor der Lesung noch einmal in
die Wohnung zurückzukehren, setzte sie die Kapuze ihrer Winterjacke auf und ging mit eiligen Schritten in
Richtung Old Town. Der Verlag hatte ins Assembly
Roxy eingeladen, laut ihrer Recherche handelte es sich
dabei um einen besonderen Veranstaltungsort in einem ehemaligen Kirchengebäude, das mitten in dem
alten Stadtteil lag. Sie war früh dran, doch eine plötzliche fieberhafte Erregung trieb sie förmlich durch die
Straßen. Plötzlich hatte sie kaum noch einen Blick für
die verspielten Türmchen oder düsteren, kleinen Gas-
sen übrig. Sie mied die Geschäfte und Museen genauso
wie die imposante St. Giles' Cathedral auf der berühmten Royal Mile und ließ schon bald den größten Trubel
hinter sich. Sie würde noch genug Zeit haben, sich die
Old Town in Ruhe anzusehen. Mit jedem Meter, den sie
sich dem Veranstaltungsort näherte, wuchs ihre Unruhe. Duncan wusste nichts von ihrem Kommen, und
sie hatte auch nicht vor, auf sich aufmerksam zu machen. Sie verspürte schlicht den Wunsch, diesen Moment mit ihm zu teilen, selbst wenn er niemals davon
erfuhr. Edinburgh und die Lesung ... die letzten Tage
hatte sie nur noch darauf hingearbeitet. Hier sein zu
können, in Duncans Nähe, seine Stimme zu hören, die
Begeisterung seiner Fans zu erleben, weiter hatte sie
sich geweigert zu denken. Aber nun war es so weit, sie
befand sich nur wenige Schritte von dem ehemaligen
Kirchengebäude entfernt, wohin nicht wenige bereits

strömten. Gleich zählte sie zu den Zuhörenden, würde mit der Menge verschmelzen, während Duncan vom Scheinwerferlicht auf der Bühne angestrahlt wäre. Schon der bloße Gedanke daran löste einen ungeahnten Schwindel in ihr aus. Sie blieb stehen und lehnte sich gegen eine Hauswand. Der Regen tropfte von ihrer Kapuze in ihr Gesicht. Vorfreude war etwas wahrlich Großes. Größer als der grau verhangene Himmel über ihr. So gewaltig, dass einem der Alltag in einem ganzen Spektrum an Farben erscheinen konnte. Hand in Hand mit ihr ging die Enttäuschung, oder eher die Wahrscheinlichkeit, enttäuscht zu werden, weil ein Wunsch zu etwas Großem herangewachsen war. Auf einmal fürchtete sich Anne genau davor. Was, wenn sie lediglich an einer Vision festhielt? Wenn sie für Duncan nur noch eine ferne Erinnerung war, nachdem sie ihn so vehement aus ihrem Leben ausgeschlossen hatte? Sie schnappte förmlich nach Luft.

DUNCAN

Im Grunde wusste er, was auf ihn zukam. Es war nicht seine erste Premierenlesung und würde auch nicht die letzte sein. Caroline und der Verlag hatten ganze Arbeit geleistet. Das Roxy war ein fantastischer Ort, um aus *Magnus' Legacy* zu lesen. Er mochte den großen Raum, in dem dank der Beleuchtung eine Art Theateratmosphäre geschaffen werden konnte. Wenn er erst mal auf der Bühne saß und in das Publikum blickte, dann verlieh es ihm ein Gefühl, als könnte er den Menschen etwas geben. Eine Geschichte. Seine Geschichte.

»Du bist gleich dran, Duncan. Der Einlass hat bereits begonnen.«

Caroline riss ihn aus seinen Gedanken. Bei solch einem Event wich sie kaum von seiner Seite und war meistens aufgeregter als er selbst. Natürlich hing für den Verlag auch viel davon ab, wie sein *Magnus* startete. Ob es das neue Buch gleich in die Bestsellerlisten schaffte, stand jedes Mal neu im Raum.

»In Ordnung, danke.« Er schlug sein druckfrisches Exemplar von *Magnus Legacy* zu und erhob sich. »Hast du übrigens Muriel gesehen? Sie und Ian wollten längst hier sein.«

»Nein, leider nicht.« Caroline hakte sich freundschaftlich bei ihm unter. In der freien Hand hielt sie einen Kaffeebecher. »Aber sie kommt bestimmt gleich. Ich habe ihr wie immer Plätze in der ersten Reihe reserviert.«

»Dein wievielter Kaffee ist das heute?«

Caroline winkte ab. »Frag besser nicht.«

Er schüttelte den Kopf. Seine Agentin stand an sich immer unter Strom, der viele Kaffee machte es sicher nicht besser. Entspannt ging anders.

»Na dann los«, sagte er und ließ sich von ihr aus der kleinen Kammer begleiten, die man ihm überlassen hatte, um sich in Ruhe auf die Lesung vorzubereiten. Jetzt, angesichts der letzten Minuten, ehe es losging, schossen ihm tausendundeine Frage durch den Kopf. *Warum kam Muriel zu spät?* Das tat sie nie. Zumindest nicht, wenn sie wusste, dass er sie als Background brauchte. *Würde er seine Zuhörer in den Bann ziehen können? Würden sie an den richtigen Stellen lachen oder auch seufzen?* Unweigerlich dachte er an den Tag zurück, an dem er das Manuskript abgeschickt hatte. An diesem Tag hatte er Anne oben am Berg getroffen und sie gefragt, ob sie mit ihm auf die Isle of Skye fahren würde. *Anne.* Jedes Mal, wenn er an sie dachte – und das tat er zu seinem Leidwesen immer noch viel zu häufig – versetzte ihm der Gedanke an sie einen Stich. Sie hatte ihn nach den Orkneys wie eine reife Birne fallengelassen. Dabei hatte er geglaubt, ihre letzte gemeinsame Nacht im Hotel würde einen Anfang und kein Ende bedeuten. Er war sogar bereit gewesen, nach Deutschland zu gehen. Zumindest für eine Weile. Um ihre Heimat besser kennenzulernen. Um sie besser kennenzulernen. Ihre Freunde, ihre Arbeit, einfach alles. Noch immer schwankte er zwischen Enttäuschung und Verzweiflung, weil er nicht begriff, wie sie seine

Nachrichten einfach ignorieren konnte. Er hielt sie nicht für eine oberflächliche Frau, ganz im Gegenteil. Anne war tief emotional und ehrlich, auch zu ihm. Er hatte es bloß nicht wahrhaben wollen.

»... Duncan? Hallo? Konzentriere dich bitte, du hast schon wieder diesen verlorenen Blick. Der gefällt mir ganz und gar nicht, also bitte, rock' jetzt gefälligst gleich den Saal.«

Er rieb sich über die Augen, als könnte er die Bilder von eben damit fortwischen.

»Meinst du, es wird den Leuten gefallen?«

Was er wirklich meinte, war, ob es Anne gefallen würde. Aus den Augenwinkeln sah er, wie sich Caroline die Brille nach oben schob. »Was für eine Frage! Natürlich wird es das! Ich liebe es! India und Magnus haben mich sogar zum Weinen gebracht. Und du weißt, was das heißt.«

Duncan lachte laut auf. Caroline heulend über einem Buch war so gar kein Bild, das er sich vorstellen konnte. »Du schaffst es immer wieder, mich positiv zu stimmen. Danke, du bist die Beste.« Er schenkte ihr ein warmherziges Lächeln.

»Na dann los, hopp, hopp. Es kann sich nur noch um wenige Minuten handeln.«

ANNE

»Anne Nadler, bist du das?«

Die dunkle Frauenstimme drang nur langsam zu ihr durch.

»Ich bin es, Muriel. Sag mal, was machst du hier? Du gehst doch nicht etwa ...«

Als erwachte sie aus einer Trance, riss sie sich von der Hand los, die ihre umklammerte. »Mu...riel?« Mehr brachte sie nicht über die Lippen.

»Ich fasse es nicht, dass ich dich hier treffe.« Muriel schüttelte den Kopf. »Du weißt schon, dass mein Bruder da drin gleich lesen wird?« Sie warf einen Blick auf ihre Uhr. »Und ich bin eh schon zu spät dran, aber was soll's. Ich meine ... was machst du in Edinburgh?«

Muriels Redestrom überforderte sie beinahe. Dabei lag die Antwort doch auf der Hand. Sie war wegen Duncan hier!

»Der Verlag hat mir eine Einladung geschickt.«

»Oh, dem Himmel sei Dank, da hat der alte Campell mal was richtig Gutes getan.«

»Also als alt würde ich den Verleger nicht bezeichnen«, sagte Anne, wobei ihr eine gewisse Verwirrung mit Sicherheit anzusehen war. »Ich habe ihn auf der Buchmesse getroffen und mir Duncans Buch zeigen lassen.«

»Warum?«

Anne hob überrascht eine Braue und studierte Muriels Mimik. *Was wollte sie hören?* »Ich ...« Sie geriet ins Stottern. »Ich weiß doch, wie wichtig das Buch für ihn ist.«

»Jedes Buch ist meinem Bruder wichtig, schließlich liefert er dem Verlag Bestseller«, erwiderte Muriel. Die Antwort erschien ihr fast schnippisch, das passte so gar nicht zu der eloquenten und entschlossenen Historikerin, die sie kennengelernt hatte. »Ich muss jetzt aber wirklich gehen, es war ... unerwartet, dich hier zu treffen.«

»Ich freue mich auf seine Lesung«, sagte Anne mehr zu sich, da Muriel bereits im Gehen war. Prompt drehte sich diese noch einmal um.

»Ach ja? Das sah bis jetzt aber anders aus. Warum hast du dich nie mehr gemeldet?«

Anne stieß sich von der Wand ab und deutete auf die Schlange vor der Kirche. »Wenn ich da reinkommen will, muss ich mich anstellen.«

»Du kannst mit mir den Hintereingang nehmen.« Ihre Stimme klang einen Hauch versöhnlicher. »Aber nur, wenn du mir erklärst, warum du das Duncan angetan hast. Immerhin hat er auf das Erbe verzichtet. Und wehe, du behauptest, es war der einzige Grund, warum du mit ihm ins Bett gegangen bist. Dann kille ich dich.«

»Was? Das glaubst du von mir?« Anne senkte den Kopf und fasste sich an die Schläfen. Der Schmerz dieser Erkenntnis traf sie schwer. *Dachte Duncan etwa genauso?* Sie hatte alles vermasselt.

»Ich ... wir wussten beide nicht, was wir glauben sollten. Duncan war am Boden zerstört, als er nichts mehr von dir gehört hat. Ich hatte alle Mühe, ihn da wieder rauszureißen. Er hat sich wochenlang in sein Arbeitszimmer verkrochen und wie ein Wahnsinniger geschrieben. Er meinte, das hielte ihn vom Grübeln ab.«

Ein paar tiefe Atemzüge später, während die Menschen an ihnen vorüber gingen und diese leise Aufregung vor einem Konzert oder einer Aufführung im Theater verbreiteten, hatte sich Anne wieder gefangen.

»Weißt du ...«, begann sie. Ihr Blick irrte nervös von Muriel zu der Schlange der Wartenden. »... ich war nach meiner Rückkehr extrem durcheinander, vieles hatte sich plötzlich falsch angefühlt, nur das mit deinem Bruder, das nie.«

Muriel fasste sie am Arm. »Aber warum hast du ihm das nicht gesagt?«

Anne seufzte. »Ich wollte nicht, dass es nur passiert ist, weil ich mit mir und dem Verlust meiner Eltern nicht klargekommen war.«

»Und kommst du jetzt klar?« Ihre aufmerksamen Augen blickten Anne durch die rote Brille an.

»Ja. Sonst wäre ich nicht hier.«

»Dann komm mit, Duncan wird überrascht sein. Aber ich bin sicher, am Ende freut er sich, dich zu sehen.«

»Meinst du wirklich?«

»Wenn nicht, werde ich ihm ordentlich meine Meinung sagen.« Muriel schob sie energisch an der Schlange vorbei und ging auf eine kleine Tür an der Seite des lang gestreckten Gebäudes zu. »Wir wären für dich da gewesen, Anne«, sagte sie, nachdem sie diese hinter ihnen beiden schloss. »Ich meine, mein Bruder und ich wissen, was es bedeutet, beide Eltern auf einen Schlag zu verlieren. Und wir sind auch jetzt für dich da, also wenn du darüber reden willst, jederzeit.«

»Manchmal fühle ich mich einfach schrecklich allein.« Anne hielt Muriel kurz auf. »Danke, ich weiß das ehrlich zu schätzen. Auch das hier ...« Sie deutete auf den Gang, durch den das gedämpfte Reden der Gäste zu ihnen drang.

»Wenn du möchtest, kannst du neben mir sitzen. Ian steckt noch im Stau fest, er wird es nicht schaffen.«

»Wirklich?«

Muriel kicherte. »Na klar, ich bin auf das Gesicht meines Bruders jetzt schon gespannt.«

DUNCAN

Das Licht strahlte in Grün- und Blautönen, beleuchtete die Wände und die Säulen des Saals und zauberte dadurch eine magische Stimmung. Duncan gefiel, was er sah, als er die Bühne betrat. Die Scheinwerfer waren einwandfrei ausgerichtet, um zu lesen. Im Hintergrund lief leise keltische Musik. Darauf legte er bei seinen Lesungen wert. Es versetzte die Gäste in die richtige Stimmung für seine Bücher. Heute würden sie zum ersten Mal von seiner Kelpie India und dem jungen Waldläufer Magnus hören. Von alten Legenden und Fabelwesen. Obwohl sich Duncan nicht darum riss, auf Lesereisen zu gehen, und ihn Caroline jedes Mal förmlich anbetteln musste, mehr als nur eine Handvoll Lesungen zu halten ... ganz anders fühlte es sich an, sobald er die Bühne betrat und ihm der erste Applaus entgegenbrandete. Die Zeilen und Seiten, die in seinem Arbeitszimmer in totaler Einsamkeit gefüllt worden waren, sie wurden dann Teil einer Inszenierung. Wie eine Feuertaufe. Hervorgehoben und zur Schau gestellt. Seine beiden Protagonisten zierten das Cover des Buches, das er an seine Brust drückte.

Als er sich setzte, trat Campell, der Verleger höchstpersönlich, auf die Bühne und kündigte ihn an.

»Es ist so weit, liebe Fans, ein neues und ich lüge nicht, wenn ich sage, fantastisches Werk von Duncan

McRohan ist soeben erschienen.« Das Publikum klatschte begeistert. »Ich darf Ihnen und euch jetzt schon verraten, dass der Autor seine Bücher im Anschluss an die Lesung signieren wird. Es sind die ersten Exemplare, die aus unserem Haus gehen. Ab morgen ist *Magnus Legacy* dann überall im Handel erhältlich.«

Erneut wurde applaudiert, dazwischen ertönten begeisterte Rufe und Pfiffe. Duncan konzentrierte sich zwar auf die einführenden Worte seines Verlegers, trotzdem fragte er sich, ob Muriel inzwischen eingetroffen war und bereits unter den Zuhörenden saß. Sie verpasste selten eine Lesung von ihm, außer, wenn sie sich gerade auf Studienfahrt befand. Ein wenig beunruhigt suchte er darum die vorderen Sitzreihen nach dem vertrauten Gesicht seiner Schwester und ihres Mannes ab. Er blinzelte in das schummrig blaue Licht und japste plötzlich förmlich auf. Sogar Campell musste es gehört haben, denn er warf einen prüfenden Blick zu ihm. Duncan nickte kaum merklich und vergewaltigte sein Buch förmlich zwischen den Händen, so sehr drückte er es zusammen. *Anne!* Er hatte sich nicht getäuscht. Anne saß neben Muriel, nur wenige Schritte von der Bühne entfernt in der ersten Reihe. Sein Herzklopfen hörte man bestimmt bis noch dorthin. Er presste die Lippen aufeinander, holte ein paar Mal bewusst und tief Luft, ehe er sich wieder Campells Lobeshymne auf den Verlag und dessen Entdeckungen widmete. Gleich war es so weit, und die Scheinwerfer würden ihn ganz allein einfangen. Auf dem Stuhl, der ihm auf einmal viel zu hart erschien. Mit Hunderten von Augen auf ihn gerichtet. Dabei interessierte ihn nur ein einziges Augenpaar. *Warum war Anne hier?*

»… und last but not least möchte ich die großartige Arbeit meiner geschätzten Kollegin und Literaturagentin Caroline von *Caroline Manson Literary Agency* sowie das hervorragende Lektorat von Hamish Thompson nicht unerwähnt lassen. Ohne die beiden wäre das Buch nicht das, was sie später in den Händen halten werden. Aber jetzt …«, er trat ein Stück beiseite, »sage ich nur Bühne frei für Duncan McRohan.«

Nichts hatte ihn auf diesen Moment vorbereiten können. Kein Wink irgendeiner Schicksalsfee. Kein Hausgeist steckte in einer seiner Socken, um ihn vorzuwarnen. Anne war einfach da. Und er im ersten Moment wie einer der Trolle von Grimsey zu Stein erstarrt. Noch während der Beifall abebbte und ihm bewusst wurde, dass ab jetzt jeder in dem Saal an seinen Lippen hing, musste er sich zusammenreißen, um seine ganz eigene Aufregung nicht mit in die Lesung einfließen zu lassen.

Er rückte das Mikrofon vor seinem Mund zurecht und räusperte sich.

Senkte die Augen auf den Text.

Abwartende Stille.

Im nächsten Moment stieg er in die Tiefen des Meeres, um seine Kelpie in Pferdegestalt und mit blitzenden Augen auftauchen zu lassen. India war ein Monster, ja, aber, tief in ihr drin existierte eine Seite, die ihr selbst fremd war, und die nur der junge Magnus verstand. Er zeigte keinerlei Angst vor ihr, und nur darum konnten sich die beiden zusammentun, um gegen seinen *Black Shuck* zu kämpfen. Duncan wurde eins mit seinen Fabelwesen, er ächzte, er donnerte, mitunter bellte er grauenhaft und angsteinflößend. Das, was er mit seinen Händen auf dem Papier erschaffen hatte, wurde in dem Raum plötzlich lebendig. Dank der passenden Lichteffekte, die die Technik im Saal ermöglichte, drangen das Aufstöhnen und die überraschten Schreie bis zu ihm auf die Bühne. Jetzt war er ganz der Held seiner Geschichte.

Als er die letzten Worte auf dramatische Weise flüsterte und den Kopf hob, sah er anfangs nur schemenhafte Gestalten, die auf Stühlen saßen, beinahe so, als wären sie noch im Nebel der Fantasie gefangen. Der tosende Applaus, die plötzliche Bewegung, als sich die Menschen erhoben, Jubelrufe, all das drang kaum zu ihm durch. Er saß einfach nur da und wartete, bis sein Adrenalinspiegel wieder sank und sich seine Herzfrequenz normalisierte. Die Begeisterung der Zuhörenden hüllte ihn dabei wie die hundertfach leuchtenden Sterne ein, die jetzt an die Decke projiziert wurden.

Es war Campell, der ihm auf die Schulter klopfte und ein paar Worte des Dankes sprach, und ihn so wieder zurückholte in das reale Leben.

»War das nicht unglaublich, Leute? Ich habe jetzt noch überall Gänsehaut«, rief der Verleger. Jeder konnte ihm seinen Enthusiasmus anhören. »Wieder einmal hat uns Duncan McRohan mitgerissen und regelrecht paralysiert. Gönnen Sie ihm ein paar Minuten, dann wird er bereit sein, Ihre Bücher zu signieren. Die Aufseher werden Sie anweisen, sich in einer Schlange anzustellen. Und wir«, er deutete auf sich und diverse Mitarbeiter, die auf der Bühne bereitstanden, »holen jetzt die druckfrischen Bücher. Danke für Ihr Kommen, und ein besonderer Dank an den Autor für diese einzigartige Lesung.«

Muriel fiel ihm stürmisch um den Hals, während die ersten Fans bereits auf ihre Signaturen warteten. »Du warst fantastisch«, raunte sie ihm ins Ohr. »Wir sehen uns später in der Captain's Bar, ja?«

Ruckartig riss er den Kopf zu ihr. Beinahe hätte er die Widmung zerstört, weil seine Hand gezuckt hatte. Mit einem fragenden Blick sah er zu seiner Schwester. *Sollte oder wollte er sich nach Anne erkundigen?* Er konnte sie in dem ganzen Durcheinander vor der Bühne nirgendwo erkennen. *Ahnte Muriel, was in ihm vorgegangen war, als er sie bemerkt hatte? Welcher Sturm jetzt in ihm tobte?* Am liebsten würde er sofort zu ihr rennen, sie zur Rede stellen, ihr seine ganze Enttäuschung an den Kopf werfen und gleichzeitig in den Arm nehmen, sie festhalten und nie mehr loslassen. Stattdessen war er auf dem Stuhl festgenagelt, verdammt dazu, Widmungen für seine Fans zu schreiben, bis der oder die letzte zufrieden nach Hause ging. Das gehörte nun mal zu seinem Job.

»Später, du weißt ja, das kann dauern.« Er bemühte sich, sich nicht anmerken zu lassen, wie nervös er wegen Anne war. Trotzdem runzelte er seine Stirn. *Was, wenn ...*

Muriel berührte ihn sanft an der Schulter. »Wir sehen uns dort.« Das *Wir* betonte sie extra deutlich und entlockte ihm damit ein Lächeln.

Nur darum hielt er durch. Über eine Stunde lang signierte er sein Buch, fragte jeden nach seinem Namen oder einer persönlichen Widmung. Irgendwann war Caroline an seiner Seite aufgetaucht und brachte ihm ein Glas perlenden Cider. Auch sie würde später bei der kleinen Feier im Pub mit dabei sein. Duncan rechnete es ihr hoch an, dass sie ihm den Rücken stärkte, indem sie blieb. Die Tontechniker waren bereits dabei, die Bühne abzubauen, als er endlich den Stift beiseitelegen konnte und den steifen Nacken bewegte.

»Geschafft.«

»Du warst besser als jemals zuvor, weißt du das eigentlich?« Er ließ es zu, dass Caroline ihn lange umarmte. Ihre Augen strahlten regelrecht, nachdem sie sich voneinander trennten. Sie schüttelte den Kopf. »Keine Ahnung, wie du das machst, aber du bist für die Bühne geboren.«

Lachend wehrte er ab. »Genug des Lobs, ich werde trotzdem nicht mehr Lesungen machen. Da kannst du mir noch so viel schmeicheln.«

»Duncan, du hast mich schon wieder durchschaut.« Sie deutete in Richtung Ausgang. »Komm, lass uns gehen, die anderen warten schon auf dich.«

Die anderen! Bei diesem Gedanken schlug sein Herz heftig gegen seine Brust. Unter ihnen würde auch Anne sein. *Seine Anne?*

Ian begrüßte ihn als Erster am Eingang des Pubs und schlug ihm anerkennend auf die Schulter. »Na, mein Bester, du musst ja in Höchstform gewesen sein, alle schwärmen von dir.«

Es schmeichelte Duncan, trotzdem schnaubte er deutlich. »Du übertreibst, Schwager.«

»Ganz bestimmt nicht, aber komm' erst mal rein.«

Der schmale, lang gezogene Raum, an dessen Theke sowie an der gegenüber liegenden Wand Barhocker standen, empfing ihn mit dem typischen Lärmpegel des Pubs. Es kam ihm wie eine Ewigkeit vor, dass er hier gewesen war, dass er sich überhaupt in eine Menschenmenge gestürzt hatte. Die Gäste standen dicht gedrängt bis in den hinteren Teil des Raumes, in dem lediglich drei Tische standen, an denen die Musiker Platz nahmen, die dort für ein Bier oder zwei Abend für Abend spontan Musik machten. Der Pub quoll wie immer vor Gästen über. Dieses Mal zählten dazu vor allem Leute vom Verlag, Freunde, ein paar enge Fans und natürlich Muriel. Instinktiv versuchte er, sie über den Köpfen der anderen auszumachen, während sein Herzschlag sich deutlich erhöhte.

»Sorry, übrigens, dass ich es nicht geschafft habe, ich stand ewig im Stau«, brüllte ihm Ian von hinten ins Ohr, als er sich den Weg durch die Menge bahnte.

Die Captain's Bar war mal so etwas wie sein Zuhause gewesen. Als Student hatte er dort viele Abende verbracht, hatte die Menschen studiert, Gesprächen gelauscht, und besonderen Gefallen an den spontanen Musiksessions gefunden. Bis heute konnte jede zu einer Überraschung werden, je nachdem, welche Musiker sich hier einfanden. Mal gab es guten Folk, Balladen über die Geschichte Schottlands, dann wieder perfekten Gesang. Auch heute war Musik zu hören, allerdings übertönt von dem lauten Stimmengewirr der Gäste.

»Klasse Auftritt, McRohan!«

»Du wirst jedes Mal besser!«

Duncan heimste Lob ein, bedankte sich, tauschte ein paar Worte mit seinem Verleger aus, schüttelte Hände, lächelte ... und war in Wirklichkeit doch ganz woanders. Seine Augen suchten nach Anne. Denn er hatte unendlich viele Fragen an sie. Allen voran die eine, warum sie hier war.

Eine langjährige Mitarbeiterin aus dem Verlag, mit der er zu tun hatte, sobald es um die Werbekampagne seiner Bücher ging, griff sich theatralisch an die Brust. »Duncan, wann hörst du auf, mich so zu quälen, ich bin schockverliebt in deinen Magnus.«

Die Umstehenden lachten und hoben ihre Gläser. »Auf McRohan!«, hieß es, wobei irgendwer dem Barmann zurief, ihm ein Bier zu bringen. Er stieß mit ihnen an, Gläser klirrten, man klopfte ihm auf die Schulter, dann deutete er mit Gesten an, weiterzugehen. Wobei es eher ein sich Durchquetschen bedeutete. Da Ian inzwischen nicht mehr in seiner Nähe war, nahm er an, ihn bei seiner Schwester zu finden.

Dann war sein Blick endlich frei auf die Musiker und er blieb abrupt stehen. *Anne!* Sie saß direkt neben den beiden, geradewegs so, als gehörte sie dazu, als bildeten sie ein Trio. Ihr Blick war gesenkt, versonnen lächelnd lauschte sie deren Musik, ihr Fuß wippte leicht im Takt. Zwei junge Männer in Lederjacken mit Fransen an den Armen und hohen Stiefeln, der eine hatte die langen Haare zu einem Zopf gebunden, der andere trug einen Undercut. Anne hatte ihn noch nicht entdeckt, dafür aber Muriel, die neben ihrem Mann in Richtung der Toiletten reichlich eingequetscht stand und ihm zuwinkte. Er konnte sich nicht überreden, zu ihr zu gehen, seinen Platz aufzugeben hieße schließlich, Anne nicht mehr sehen zu können. Darum machte er ein entschuldigendes Zeichen und dankte es Ian, dass dieser Muriel davon abhielt, sich sofort zu ihm zu drängeln. So hatte er Anne für einen Moment ganz für sich allein. Die roten Locken hingen ihr leicht über das Gesicht, ihre Lippen formten stumm einen Text, als ob sie das

Lied kannte. Die Musik war stellenweise so zart, dass sie in dem Lärmpegel des Pubs unterging, und es ärgerte Duncan plötzlich, dass so wenige wirklich zuhörten. Aber auch das gehörte zur Captain's Bar. Man musste verdammt gut spielen, um die Zuhörer für sich zu gewinnen.

Als das Stück zu Ende war, wurde zumindest kräftig applaudiert. Der Applaus ließ Anne aufblicken. Duncan machte lediglich die Andeutung eines Schrittes auf den Tisch zu, ehe sie ihn entdeckte. Sie riss die Augen weit auf. Dann schob sie sich eine Haarsträhne aus dem Gesicht. Ihr anschließendes Lächeln galt allerdings nicht ihm, sondern dem Gitarristen neben ihr, der mit ihr ein paar Worte wechselte. Sie nickte, beugte sich beinahe vertraut zu ihm und deutete auf einen Stapel Notenblätter auf dem Tisch. Eifersucht regte sich in ihm. *Was hatte er sich erhofft? Dass Anne ihm strahlend in die Arme fiel? So nach dem Motto, die böse Stiefmutter ist tot und jetzt kam das lang ersehnte Happy End?*

Jemand drängte sich an ihm vorbei, schlug ihm den Kasten auf der Schulter gegen den Arm. Ein weiterer Musiker, der den Gitarristen zunickte und Anne dazu veranlasste aufzustehen, um ihm ihren Platz zu überlassen. Sie schien unsicher, wohin sie gehen sollte. Duncan beobachtete, wie sie Muriels Blick suchte und diese ihr zunickte. *Was hatte das zu bedeuten?* Ehe er selbst zu einer Entscheidung fähig war, kam sie auf ihn zu. Das Rauschen seines Blutes übertönte sogar das Stimmengewirr um ihn herum.

»Hey.«

Er hatte den sanften Goldton ihrer Augen nicht vergessen. Auch nicht, dass sich in ihnen ihre Emotionen spiegelten, als würde ihre Mimik allein nicht genügen, um ihm zu sagen, dass sie mindestens genauso aufgewühlt war wie er.

»Hallo, Anne.« Okay, das klang ziemlich hölzern, aber mehr, als sie anzustarren – und das meinte er wörtlich – brachte er jetzt, wo sie vor ihm stand, nicht zustande.

»Also, nur dass du es weißt, ich bin keine Fata Morgana.« Sie grinste ihn neckend an. »Ich löse mich also nicht gleich in Luft auf.«

»Du scheinst aber doch Spaß daran zu haben, zu kommen und zu gehen, wie es dir gefällt.« *Hatte er das wirklich gerade gesagt?* Noch ungeschickter konnte er das Zusammentreffen mit ihr wohl nicht beginnen.

Zu seiner Verwunderung nickte sie bloß. »Das habe ich verdient, ich meine, dass du sauer auf mich bist.«

»Sauer, wütend, enttäuscht ...« Jemand stieß ihm den Ellbogen in die Seite, sodass er kurz abgelenkt war.

»Es tut mir leid, ich wollte nicht, dass es so kommt.«

»Dann bist du wohl wieder mit deinem Hannes zusammen? Läuten schon bald die Hochzeitsglocken?«

»Sarkasmus steht dir nicht, Duncan.« Anne musste regelrecht brüllen, um gegen den Lärm anzukommen. »Aber nur fürs Protokoll, ich bin seit meiner Rückkehr nach München Single.«

Sein Puls schoss augenblicklich in die Höhe. *Hatte er richtig gehört?* Sie hatte ihn nicht aus dem einzigen Grund, der ihm logisch erschienen war, ignoriert?

»Aber ... was machst du hier? Ich meine ...« Erneut wurde er angerempelt, dieses Mal von hinten und er konnte sich gerade noch mit der Hand an der Bar abfangen, sonst wäre er direkt gegen Anne geprallt.

»Was ich hier mache? Was für eine Frage. Liegt das denn nicht auf der Hand?«

Er hätte schwören können, dass trotz ihres neckischen Tons Unsicherheit darin mitschwang. »Nein, ehrlich gesagt nicht.«

Wie viel sollte er von sich preisgeben? Er konnte ihr ja schlecht wie auf einem Silbertablett servieren, wie oft er sie vermisst und gleichzeitig verflucht hatte, weil sie ihn einfach aus ihrem Leben verbannt hatte, als hätte es ihre gemeinsame Zeit niemals gegeben. Als wäre es ihr letztendlich doch nur um den Verlag und das Erbe gegangen.

»Hast du vor, deinen Verlag internationaler aufzustellen, und interessierst dich jetzt für den englischsprachigen Markt?« Das *deinen Verlag* betonte er extra deutlich, er wusste selbst nicht warum. Er wusste nicht einmal, warum er ihr wehtun wollte. In seinem Kopf herrschte ein heilloses Durcheinander.

»So, so, das ist bestimmt die junge Dame aus Deutschland, die du mit Schild und Schwert verteidigen willst, richtig, mein Junge?«

Niemand anderes als Alexander MacGregor sah ihn und dann Anne aus seinen kleinen Äuglein an. Duncan verschluckte sich prompt und bekam einen Hustenanfall.

»Was ist los, Bruderherz?« Muriel klopfte ihm sanft auf den Rücken. »Kann sich Alex mal wieder nicht benehmen? Du weißt, er redet nicht lange um den heißen Brei herum.«

Ihm kam es so vor, als hätten sich gerade alle verabredet, um ihn von einer Peinlichkeit in die nächste zu schicken. Aus den Augenwinkeln erkannte er, dass Anne sich abgewandt hatte. Er könnte schwören, sie musste sich ein Lachen verkneifen.

»Vielleicht steigt ihm auch das Bier oder sein Ruhm zu Kopf«, tippte Ian, der ebenfalls neben ihm aufgetaucht war. Dessen Grinsen war noch breiter als das aller anderen.

»Wir wollen endlich auf dich anstoßen, Duncan.« Muriel hob ihr halb volles Glas.

Ian tat es ihr gleich. »Genau, Schwager, heute muss ich nicht mehr fahren, da geht also noch was.«

»Auf den berühmten Autor in unserer Mitte«, brüllte der alte MacGregor und hob ebenfalls sein Glas.

Als wäre dies ein geheimes Zeichen, verstummte die Musik, hinter der Bar wurde kräftig geklatscht und nach und nach sah man viele Gläser in der Luft.

Seine Schwester lachte. »Auf Duncan, meinen Bruder! Ich bin stolz auf dich!«

»Auf die Fantasie!«

Es folgten weitere Trinksprüche, die Gitarristen spielten einen rockigen Tusch, dann wurde es für einen Moment richtiggehend still, weil alle tranken. Über sein Glas hinweg sah Duncan zu Anne. Sie lächelte so offen und frei heraus, dass er sich nicht vorstellen konnte, jemals wütend auf sie gewesen zu sein. Am liebsten hätte er sie an sich gezogen und nicht mehr losgelassen. Noch lieber wäre er jetzt allein mit ihr.

»Ist das etwa die Verlegerin von Nadler&CO aus Deutschland?« Er drehte sich abrupt zu Caroline um und hob verwundert die Brauen. »Von ihr habe ich schon gehört. Sie muss Campell auf der Buchmesse viele Fragen über dich und deine Bücher gestellt haben. Meinst du, sie ist deswegen zur Lesung gekommen?«

Muriel winkte ab. »Ach was, sie ist wegen Duncan hier.«

Ein missbilligender Ausdruck huschte über das Gesicht seiner Agentin. »Das eine schließt das andere wohl nicht aus«, meinte sie. »Was will sie von dir?«

Das geht dich überhaupt nichts an. Freundschaft hin oder her, er hatte alles andere als Lust, seiner Agentin Rede und Antwort zu stehen. Ihretwegen verlor er nämlich Anne aus den Augen. Er sah gerade noch, wie sie in Richtung Toilette ging. Ihr Fehlen spürte er deutlich. Wie ein Fixpunkt, der nicht mehr zu sehen war. Eine Lücke, die niemand anderes füllen konnte.

Darum zuckte er lediglich mit den Schultern. »Nicht das, was du denkst. Ihr Verlag interessiert sich ganz bestimmt nicht für die Übersetzungsrechte von Fantasy.«

»Täusche dich da mal nicht, mein Lieber. Heutzutage sind sie alle scharf auf Fantasy, sieh dir nur mal die ganz Großen an. Es wäre dumm, sich eine Scheibe vom Kuchen entgehen zu lassen«, erwiderte Caroline.

»Hast du nicht gesagt, ihr verhandelt längst auf dem europäischen Markt?«

»Ihr Lieben, wir sind nicht hier, um über Geschäfte zu reden, das könnt ihr ein anderes Mal machen.« Mit übertrieben guter Laune winkte Muriel vor ihm herum. »Wir sind hier, um zu feiern!«

Ian nickte. »Und zwar den größten Autor aller Zeiten.«

Wieder wurden die Gläser gehoben und neue gefüllt. Noch mehr Leute drängten sich um ihn. Er nickte Cassy und Liam zu. Sie waren seit dem Studium ein Paar und schon damals wild auf Poetry Slam gewesen. Er erinnerte sich an die eine oder andere Einladung, die er unbeachtet liegen gelassen hatte. Sogar seinen Professor, bei dem er die Abschlussarbeit geschrieben hatte, entdeckte er in der Menge. *Das musste Muriels Werk sein,* dachte er bei sich. *Hatte sie etwa auch etwas mit Annes Auftauchen zu tun?* Zuzutrauen wäre es ihr. Andererseits hatte sie in den letzten Wochen hartnäckig betont, er solle Anne endlich vergessen und nach vorn sehen.

Es war der gute Alexander, der ihm ungewollt half, denn er nahm Anne in ihre Mitte, kaum, dass sie zurückgekehrt war.

»Du kommst also aus München, Mädel?« Etliche neugierige Blicke der Umstehenden richteten sich auf sie. »Da musst du ja denken, wir Schotten sind ein ganz schön wildes Volk.« Er lachte herzhaft über seinen eigenen Scherz.

»Ganz so schlimm ist es nicht«, gab Anne zu und grinste MacGregor frech an. »Aber ein bisschen Highlander steckt doch sicher in jedem von euch, oder?«

Alexanders Augen leuchteten. »Der war gut, Mädel. Du hast das Herz auf dem rechten Fleck. Aber ich sag's dir«, nun rückte der Gute Anne noch mehr auf die Pelle, »zu Highlanderzeiten, hätten sie dich mit deinen roten Haaren als Hexe verbrannt.«

»Ich kann's ja mal versuchen, das mit dem Hexen«, erwiderte Anne und hob spaßhaft die Arme.

»Vielleicht hast du ja unseren Duncan verhext!«

Duncan zuckte zusammen. Das klang ganz nach Cassy. Ihr Ausruf zog prompt schallendes Gelächter nach sich.

»Also wenn man es genau nimmt, dann sind Hexen nur Stoff aus Märchen und Legenden«, sagte er voller Ernst. »Schon bei den Ägyptern hieß es, dass Rot Unglück bringe, und das, obwohl ihr größter Pharao rote Haare hatte. Und im Mittelalter glaubten die Leute, Rothaarige hätten das Feuer aus der Hölle gestohlen, und darum ...«

»Hat dich irgendwer gebeten, uns einen Vortrag zu halten, Junge?«, unterbrach ihn Alexander und schüttelte den Kopf. »Wir sind hier, um zu feiern. Ich schlage vor, jetzt wird gesungen.«

Sofort drehte er sich zu den Musikern um. »Ein Lied! Wir wollen ein Lied!«, rief er über alle Köpfe hinweg.

Er erntete großen Applaus, und viele Gesichter wandten sich erwartungsvoll den drei Spielenden zu.

Spätestens jetzt suchte Duncan Annes Blick und hob entschuldigend die Schultern. Ein Lächeln umspielte ihre Lippen. *Hatte er sich gerade wirklich zum Trottel gemacht, indem er von Cassys Bemerkung hatte ablenken wollen?* Er rückte näher zu ihr und hob sein Glas.

»Ist ganz schön turbulent hier drinnen, was?«

»Ich mag es«, antwortete Anne.

Ihr Lächeln, das Funkeln in ihren Augen ... er konnte den Blick nicht von ihr abwenden. Als sie ihm die Hand auf den Arm legte und sich zu ihm beugte, stieg sein Puls augenblicklich rasant an. »Ich bin froh, hier zu sein. Erst deine Lesung, dann diese Stimmung ...« Sie strahlte und drückte seine Hand. »Komm, ich möchte unbedingt zuhören.«

Jetzt war es an ihm, aufzulachen. »Ich fürchte, du wirst mitsingen müssen. Wenn Alexander erst mal in Fahrt kommt ...«

»… dann ist niemand vor ihm sicher«, ergänzte Muriel, die neben ihnen aufgetaucht war. »Braucht noch jemand was zu trinken?« Sie hob ihr leeres Glas. »Ich schlage mich mal zur Bar durch.«

»Für mich noch ein Cider, danke.«

Duncan lehnte kopfschüttelnd ab. Er wollte einen klaren Kopf behalten, um jede einzelne Sekunde in Annes Nähe zu genießen. Zumal er nicht wusste, wie lange sie bleiben würde. Hier in der Bar. In Edinburgh. Wenn er die Augen schloss, dann konnte er sich vorstellen, dass es die Funkstille zwischen ihnen nie gegeben hatte. Er glaubte sogar, über all dem Alkoholdunst den schwachen Zitronenduft ihres Shampoos riechen zu können. Innerlich ließ ihn jede kurze Berührung – ob gewollt oder nicht – erzittern. Anne rührte auch jetzt wieder tief in ihm etwas, von dem er nicht wusste, dass es da gewesen war: Sehnsucht. Sehnsucht nach einem Menschen, mit dem man sein Leben verbringen konnte. Sehnsucht nach dem ganz großen Kino. Nach dem Moment, wenn man für den anderen die Sterne vom Himmel holte.

Zusammen lauschten sie dem ersten Lied, das Alexander vortrug. Eine schottische Ballade, die natürlich von den tapferen Highlandern erzählte, begleitet von den zarten Tönen der Geige.

»Wow, damit habe ich nicht gerechnet.« In ihrem Gesicht lag ein Strahlen, bezaubernd wie das Sonnenlicht, wenn es auf dem Wasser tänzelte.

»Wie lange wirst du bleiben?« Die Frage rutschte ihm heraus, noch ehe er klar denken konnte. Er fuhr mit der Hand durch sein Haar und wagte es nicht, Anne anzusehen.

»Was meinst du? Ich muss nur irgendwie noch in mein Hotel kommen. Also später ...«

Es wurde lauter um sie herum. Etliche der Gäste stimmten gerade in ein bekanntes schottisches Volkslied ein. Duncan neigte sich zu Anne hinüber. »In Edinburgh. Ähm ... also, sehen wir uns noch mal, bevor du zurückfliegst?«

Jemand riss an seinem Arm. »Duncan, komm, wir brauchen dich. Wir singen *The Bonny Banks*, ganz wie früher.«

Duncan schenkte ihm einen finsteren Blick. Liam hätte sich keinen schlechteren Moment dafür aussuchen können. »Jetzt nicht«, erwiderte er barsch.

»Ach komm, das wird witzig, auf die guten alten Studienzeiten«, beharrte sein Freund und grinste ihn auffordernd an.

»Au ja, lass hören.« Anne schob ihn hartnäckig in Liams Richtung. »Ich rühre mich auch nicht von der Stelle.«

Nie im Leben hätte sich Duncan diese Nacht vorstellen können. Annes Gegenwart machte etwas mit ihm, ließ ihn wagemutiger sein. Mit dem Wissen um ihre Nähe löste sich seine Zunge schnell beim Singen, aus einem Lied wurden zahlreiche, es wurde getrunken, gelacht und am Ende, als der Pub sich gegen halb drei langsam leerte, war er heiser, aber zugleich auch unendlich glücklich. Wenn es auch nur diese eine Nacht mit Anne sein sollte, so hatte sie ihm wieder gezeigt, wie viel ihm diese Frau bedeutete. Jeder Blick, den sie ihm durch den Raum zuwarf, wärmte ihn von innen. Jedes Lächeln war kostbar.

Am Ende beharrte Muriel darauf, dass sie sich zusammen ein Taxi nahmen und mit zu ihr und Ian nach Hause fuhren.

»Ihr könnt im Gästezimmer schlafen, das ist doch viel einfacher«, entschied sie. »Später frühstücken wir gemeinsam, schließlich ist Samstag. Oder«, sie wandte sich zu Anne, »hast du etwas anderes vor?«

Duncans Herz schlug bis zum Anschlag. *Wie ging es weiter?* Diese Frage hatte die ganze Zeit über im Raum gestanden, und er hatte nicht den Mut gehabt, die Antwort einzufordern.

Kopfschüttelnd verneinte Anne. »Ich fliege erst am Sonntagabend zurück.«

In diesem Moment wurde ihm die Sorge genommen, sie würde – kaum aufgetaucht – schon wieder verschwinden. So, wie sich seine India ins Meer gestürzt und Magnus allein zurückgelassen hatte, so könnte Anne wieder zurück nach München gehen, in ihr dortiges Leben, wo es für ihn keinen Platz gab. Ihre Antwort setzte dem Premierenabend seines Buchs sozusagen die Krone auf.

ANNE

Ihr winziger Hoffnungsschimmer, oder besser gesagt die heimliche Ausrede, es wäre nichts dabei, bei Muriel zu übernachten, verpuffte beim Anblick des Zimmers sofort. Natürlich hatte es keine zwei getrennten Betten. Was hatte sie erwartet? Augenblicklich verkrampfte sie sich. Jede Faser ihres Körpers sehnte sich nach Duncans Nähe, nach der Vertrautheit, zu der sie in ihrer Zeit in Schottland gefunden hatten, und die sie so brutal gekappt hatte. Im Pub hatte sie zuerst geglaubt, einen großen Fehler begangen zu haben, denn dass Duncan gekränkt war, daraus hatte er keinen Hehl gemacht. Im Laufe des Abends hatte sie jedoch zu spüren geglaubt, seine Zuneigung existierte vielleicht doch noch. Allerdings waren zu viele Menschen um sie herum gewesen, die sich zwischen sie gedrängt hatten, kaum, dass sie ein paar Worte gewechselt hatten. Sie hatte Duncan mit seinen Freunden teilen müssen.

Aber jetzt und hier ganz allein mit ihm?

Anne biss sich auf die Lippe. *Hatte Duncan sich lediglich von Muriels Begeisterung anstecken lassen, oder war er zu dieser frühen Morgenstunde und nach der durchgefeierten Nacht überhaupt noch imstande, eine Entscheidung zu treffen?* Sie könnte anbieten, sich irgendein Sofa zu suchen oder in dem Sessel zu schlafen.

»Ähm, wenn du möchtest, kann ich auch im Wohnzimmer schlafen.«

Ihr Kopf zuckte regelrecht hoch. Sie sah ihn fast gequält an. »Ich hatte denselben Gedanken. Ich meine, ich
hatte das hier nicht geplant.« Sie deutete hilflos auf den
Raum.

Mit angehaltenem Atem beobachtete sie, wie Duncan
mit den Fingern über die Lehne des alten Sessels strich.

»Von meinem Grandpa«, murmelte er. »Muriel wollte
ihn unbedingt behalten.«

Die unerwartete Stille im Zimmer machte die Situation nicht besser. Es kam ihr so vor, als schwebe eine
unausgesprochene Frage im Raum, die sie nicht greifen
konnte. Ihr Herz klopfte so wild wie das eines aufge-
schreckten Rehes. Doch sie würde nicht Reißaus nehmen.

»Okaaaay.« Sie zog das Wort in die Länge. »Und was
machen wir jetzt? Ich meine, es ist früh am Morgen und
du bist bestimmt müde und ...« Jetzt geriet Anne ins Stocken. Sie fingerte nervös an den Ärmeln ihrer Bluse
herum.

Prompt ging Duncan zum Bett und schlug die Bettdecke zurück. »Ich werde bestimmt innerhalb von Sekunden einschlafen.« In seiner Stimme schwang etwas Un-
nahbares mit. »Also, falls du Sorge hast, dass ich ...«

»Habe ich nicht«, platzte es aus ihr heraus. »Du hast
mir gefehlt.«

Das hatte ihn eiskalt erwischt. Duncan hätte nicht
überraschter aussehen können. Jede harte Mimik war
plötzlich aus seinem Gesicht gewichen. Er setzte sich
auf die Bettkante, zeigte jedoch keine Regung, die seine
Gedanken erkennen ließ.

Sie schluckte und senkte dabei den Kopf. »Eigentlich, seit ich aus Schottland zurück war.«

Ihr Geständnis entlockte ihm ein Schnauben. »Und warum hast du dann meine Nummer blockiert?«

Anne zuckte innerlich zusammen. Erneut schlugen ihr Bitterkeit und Enttäuschung entgegen. Dabei hatte Duncan jedes Recht dazu. Wie hatte sie nur hoffen können, er würde ihr sofort verzeihen, wenn sie nach Monaten auf einmal wieder bei ihm auftauchte? Vielleicht wäre es besser gewesen, ins Hotel zu fahren. Jetzt riss sie Wunden auf, quälte sich und Duncan damit, dabei hatte sie sich nichts anderes gewünscht, als ihn wiederzusehen.

Mit zwei Schritten überwand sie die Distanz zu Duncan und setzte sich neben ihn. Dabei blieben nur winzige Millimeter Luft zwischen ihnen und dennoch fühlte es sich gerade wie ein ganzes Minenfeld an. »Weil ich erst sicher sein wollte, dass ich diese Entscheidung auch unabhängig von dir treffen konnte. Sonst hätte das irgendwie immer im Raum gestanden. Kannst du das verstehen?«

Sein ernster Blick ruhte lange auf ihr.

»Und? Bist du es jetzt?«

Für einen Moment blieb die Zeit stehen.

Sie nahm einen tiefen Atemzug, ehe sie antwortete: »Ja! Wäre ich sonst hier?«

»Sag du es mir.«

Mach es mir doch nicht so schwer!

Sie war kurz davor, durchzudrehen. Ein kühler Film legte sich auf ihre Haut und brachte sie zum Zittern. Mit einem theatralischen Stöhnen ließ sie sich rücklings auf das Bett fallen. »Ich bin nur wegen dir hier, Mister Schwer-von-Begriff.«

Nur einen Wimpernschlag später tauchte Duncans Kopf neben ihrem auf.

Ihr Puls beschleunigte sich sofort. Sie hielt den Blick starr auf die Decke gerichtet, alles in ihr vibrierte vor Aufregung.

»Sieh mich an, Anne«, sagte er warm und fügte noch ein leises »bitte« hinzu.

Ihr Herz würde jeden Moment aussetzen. Sie biss sich auf die Lippe und wandte ihm langsam das Gesicht zu. Ein breites Grinsen umspielte seinen Mund.

»Endlich! Genau das wollte ich hören.«

»Ach?« Sie hob eine Augenbraue. »Bilde dir bloß nicht zu viel darauf ein!« Mit einem Anfall von Übermut stupste sie ihn gegen die Brust.

Er lachte hell auf. »Deinen Humor habe ich wirklich vermisst.« Im nächsten Moment rollte er sich auf die Seite und stützte den Kopf auf den Arm auf. Zärtlich strich er ihr eine widerspenstige Locke aus dem Gesicht. »Im Ernst, ich habe dich auch vermisst, und zwar jeden einzelnen Tag.«

Ein Strahlen löste sich von innen aus ihr heraus. Wie ein brodelnder Vulkan, der endlich zum Ausbruch kam. Alles war gesagt. Nichts stand mehr zwischen ihnen. Anne warf sich regelrecht in Duncans Umarmung. Sie drängte sich gegen seinen Körper, strich mit den Fingern über jeden freien Zentimeter Haut und freute sich insgeheim über den tiefen Seufzer, den ihre Berührung bei Duncan auslöste. Sie schnappte unwillkürlich nach Luft, als seine Hand ihren Po umfasste, weiter über die Innenseiten ihrer Schenkel fuhr und sie dazu bewegte, die Beine zu spreizen. Alles in ihr schrie bereits nach mehr. Sie bäumte sich auf, schnurrte genüsslich, und begann, an seinem Hosenknopf zu fingern.

»Die Hose stört nur«, raunte sie ihm zu, ehe seine Lippen auf ihrem Mund landeten und Duncan zufrieden brummte.

»Hmm, gleich.«

Sein zarter Kuss schmeckte süß und vielversprechend wie eine reife Mango. Anne zerfloss förmlich. Erneut versuchte sie sich an Knopf und Reißverschluss seiner Jeans. Duncans Zunge wurde fordernder, je mehr sich ihre Finger zu seinem harten Glied vorwagten. Mit einem Mal riss er sie förmlich auf sich, umschloss ihren Hintern mit beiden Händen, wobei er nicht von ihrem Mund abließ. Sie setzte sich auf ihn und ließ ihn dabei helfen, die Bluse über die Arme zu streifen.

Er stieß die Luft laut aus.

»*Was?*«

Statt zu antworten, suchte er nach dem Verschluss ihres BHs. Als sie diesen auf den Boden fallen ließ, lachte Anne befreit auf. »Jetzt du!«

Beim ersten Mal kam Duncan schnell. Danach liebte er sie, als würde er es darauf anlegen, ihr laute Schreie der Lust zu entlocken. Er spielte mit seiner Zunge an ihrem Lustpunkt, bis ihr gesamter Unterleib zuckte, und sie darum bettelte, er möge sie erlösen. Sie lachten, küssten sich, und erlebten gemeinsam den Höhepunkt. Danach legten sie sich nackt und zufrieden unter die zerwühlte Bettdecke. Anne atmete schwer. Sie fühlte sich wie in einem Rauschzustand, nur, dass Duncans männlich herber Geruch derjenige war, an dem sie sich berauschte.

Der Morgen brach an und schickte sein Licht durch die halb zugezogenen Vorhänge. Erst jetzt bemerkte Anne, wie hässlich diese waren. Ein fleckiges Olivgrün, fast der Farbton des alten Sessels. In dem Gästezimmer sah vieles alt aus. Oder besser gesagt altbacken. Wie eine kleine Zeitreise. Es passte zu Muriel, und erstmals dachte sie an ihre Gastgeberin. Schon bald würde es Zeit zum Frühstücken sein. Wenn es nach ihr ginge, müssten sie sich heute gar nicht erst aus dem Bett bewegen.

»Wir sollten noch ein bisschen schlafen, oder?«

»Du hast recht, das wäre zumindest vernünftig.«

Anne kicherte. »Seit wann sind wir denn vernünftig? Küss mich lieber.«

Das war das Zauberwort.

Ein Sim-sala-Bim, das Türen öffnete, und in diesem Fall ihre Lippen.

Mund traf auf Mund.

Atem traf auf Atem.

Duncans Kuss konnte sowohl der Erste als auch einer nach vielen sein, sie würde nie genug davon bekommen.

»Du hast mir gefehlt«, raunte er ihr ins Ohr.

»Ich weiß, du mir auch«, antwortete sie schlicht. Mehr gab es nicht zu sagen, denn an dieser Wahrheit gab es kein Rütteln.

»Ich war kurz davor, aufzugeben. Muriel hat mir ziemlich ins Gewissen geredet, dich zu vergessen. Sie bestand sogar auf ein *Thing* – das ist so eine McRohan

Tradition – und hat sämtliche Argumente gegen dich aufgeführt, wohingegen ich nur mit meinem Bauchgefühl dagegenhalten konnte.«

Sein Geständnis rührte sie. Zärtlich strich sie ihm über die Wange. »Sie klang echt sauer, als sie mich vor der Lesung entdeckt hat.«

»Das war sie auch. Anfangs hat sie dich in allen nur erdenklichen Sprachen verflucht.«

»Weil?«

»Weil sie ihren Bruder nicht unglücklich sehen konnte.«

Unglücklich, entfuhr es ihr wie ein Seufzen in Gedanken. *Nur meinetwegen.* Sie rief sich das letzte Bild von Duncan ins Gedächtnis, als sie sich von ihm auf Mainland verabschiedet hatte.

»Das wollte ich nicht.« Sie blinzelte, um die aufsteigenden Tränen zu unterdrücken. »Ich war es auch. Zuerst habe ich mich in die Arbeit gestürzt, mich dann in meiner Wohnung verbarrikadiert. Doch nichts hat sich mehr richtig angefühlt.«

»So was in der Art habe ich auch Muriel gesagt, als sie behauptet hat, du hättest es die ganze Zeit nur darauf angelegt, dass ich das Erbe auch wirklich ausschlage.«

»So ein Blödsinn! So war es nie! Nicht einen Moment lang, das musst du mir glauben!« Anne umschloss sein Gesicht mit ihren Händen. »Ich … ich liebe dich.«

Duncan schmiegte eine Wange gegen ihre Finger und gab ein genüssliches »Hmm« von sich.

Ein wahrer Sturm an Gefühlen tobte in ihr.

Sie könnte schreien vor Glück.

Anschreien gegen den Wind, der ihre Worte mit sich reißen und in die Welt hinaustragen würde.

Sie könnte tanzen vor Glück. Auf den Straßen der Stadt den Rhythmus ihres Herzens hinterlassen.

In diesem Augenblick schrieben sie ihre eigene Geschichte weiter. Eine mit dem lang ersehnten Happy End.

Wie kitschig, dachte Anne und um ihre Mundwinkel herum zuckte es. Wenn sie daran dachte, wie viele Manuskripte bei ihr durchfielen, weil ihr die Storys zu kitschig waren.

»Woran denkst du gerade?« Duncans Stimme klang rau von der Nacht oder dem fehlenden Schlaf.

»Ich möchte, dass du mir all deine Bücher vorliest.« Das Glück steckte in Duncans Worten und in seinen Geschichten.

»Meinetwegen. Aber jetzt muss ich noch nicht damit anfangen, oder?«

Sein flehender Tonfall löste ein Kichern in ihr aus. »Nein, aber ganz bald.«

Duncan gähnte. »Das klingt gut. Meinst du, ich kann kurz die Augen zumachen? Nur ganz kurz?« Er blinzelte durch die schweren Augenlider.

»Mach nur.« Gefühlt trug sie immer noch dieses selige Lächeln in ihrem Gesicht. »Ich glaube nicht, dass ich schlafen kann.« Tatsächlich konnte sich Anne nicht vorstellen, auch nur eine dieser kostbaren Minuten neben Duncan mit Schlaf zu vergeuden. Lieber sah sie zu, wie ihre Antwort ins Leere lief, kaum, dass er die Augen schloss, und tief und fest schlief. Seinen regelmäßigen Atemzügen lauschend, dachte sie daran, dass sie nach München würde zurückfliegen müssen. Dieses Mal jedoch mit der Gewissheit, zurückzukehren. Vielleicht schon an den Feiertagen, falls Duncan nicht bereits andere Pläne hatte. Noch war ihr nicht klar, ob sie sich eine Fernbeziehung vorstellen konnte. Durch ein ganzes Meer von Duncan getrennt zu sein, fühlte sich nicht richtig an, aber sie beschloss, dass sie einen Weg finden würde, den Verlag zu führen und gleichzeitig bei ihm zu sein. Über diesen Gedanken schlief schließlich auch sie irgendwann ein. Nicht ahnend, dass Muriel bereits kurze Zeit später mit dem Klappern von Besteck und Geschirr den Tag einläuten würde.

DUNCAN

Das Erste, das er beim Aufwachen spürte, war Annes Arm, der schwer auf seinem Brustkorb lag. Er war noch nicht wirklich wach, sein Kopf war träge und das Denken irgendwo zwischen Traum und Wachen.

Das hartnäckige Klopfen an der Tür hatte ihn aus dem Schlaf gerissen. Nun hörte er jemanden seinen Namen rufen.

»Duncan, wir frühstücken jetzt. Und wenn ihr nicht endlich da rauskommt, essen Ian und ich alles ohne euch auf.«

Muriel! Mit dieser Ansage holte ihn seine Schwester zurück in das Zimmer. In eine Wirklichkeit, die nicht berauschender sein könnte. Anne lag neben ihm. Mit genau den richtigen Rundungen an der Hüfte, die allein bei der bloßen Vorstellung sein Glied sofort zum Leben erweckten. Mit ihrem harten Knie, das gegen sein Bein drückte. Mit dem halb geöffneten Mund, an dem an der Seite eine winzige Spur Spucke zu sehen war.

Er grinste breit.

Vage nahm er auch wahr, dass Regen gegen die Fensterscheibe prasselte. Was ihn allerdings keineswegs kümmerte. Wenn es nach ihm ging, könnte er den ganzen Tag mit Anne im Bett verbringen.

»Bruderherz, hast du mich gehört?«

»Hhm«, gab er zu leise von sich, als dass es Muriel hören konnte. Seine Schwester war mal wieder gnadenlos, wenn sie sich etwas in den Kopf gesetzt hatte. Das gemeinsame Frühstück – er warf einen Blick auf die alte Uhr an der Wand – wohl eher ein frühes Mittagessen, war ihr wichtig. Andererseits brachte es Duncan kaum übers Herz, Anne zu wecken. Vorsichtig nahm er ihren Arm hoch, um darunter durchzuschlüpfen.

Prompt regte sie sich. Aus den Tiefen der Kissen war ein Schnaufen zu hören. Er beugte sich über Anne und küsste sie zärtlich auf die Wange. »Guten Mittag, du schöne Elfe.«

»Wie spät ist es?« Das Krächzen klang eher nach einer Banshee als nach einer zarten Elfe. Die vom Schlaf wild zerzausten Locken passten ebenfalls. Duncan musste schmunzeln. Wenn Anne ihn jetzt aus rot geweinten Augen ansehen würde, wäre er verloren. Was er im Grunde längst war. Anne verfallen mit Haut und Haaren. Allein die Vorstellung, sich von ihr trennen zu müssen, schmerzte ihn bis ins Mark. Er könnte mit nach München fliegen, überlegte er. Die neue Geschichte konnte er überall auf der Welt plotten, nur die Recherchen müssten warten.

»Gleich halb zwölf«, antwortete er und gab ihr einen weiteren Kuss. »Du hast mir gefehlt.«

»Ich liege doch neben dir.« Anne wühlte sich aus dem Bett und richtete sich auf. *Ihre erstaunten Augen mit den dunklen Augenringen sahen extrem sexy aus,* schoss es ihm durch den Kopf.

Duncan schnaubte leise. »Wir sind eingeschlafen«, gab er anklagend von sich. »Natürlich hast du mir gefehlt, jede einzelne Sekunde, in der ich dich nicht berühren, dich nicht küssen konnte.«

Irgendetwas musste in seinem Blick zu sehen sein, dass Anne den Kopf nach hinten warf und lachte. »Da habe ich ja so einiges verpasst.« Sie kam seinem Gesicht ganz nahe. »Vielleicht«, ihre Hand strich sanft über seine nackte Brust, »können wir das Verpasste jetzt nachholen?«

Er verdrehte theatralisch die Augen. »Liebend gern, aber wenn wir nicht gleich beim Frühstück auftauchen, steht Muriel im Zimmer und zieht uns, wie ich sie kenne, die Bettdecke weg.«

Prompt warf sich Anne zurück in die Kissen. »Ich habe gar keinen Hunger, ich möchte lieber etwas ganz anderes.«

»Was denn?«

»Tu nicht so, als ob es du es nicht wüsstest.«

Verlockend, dachte er. Annes Einladung war mehr als verlockend. Er war bereits jetzt schon verloren. Wie in den Tentakeln von Skylla, der wunderschönen Wassernymphe.

Ein lautes Klopfen unterbrach das Bild.

»Ich weiß, ihr werdet mich gleich hassen, aber bei Drei komme ich rein und ...«

»Schon gut, Muriel, wir sind wach. Gib uns noch ein paar Minuten, um zu duschen.«

»Gut. In Ordnung.«

Er konnte sich förmlich das Augenrollen von Muriel vorstellen. Sollte sie sich ruhig bei Ian beschweren, er würde sie schon zur Ruhe bringen.

»Komm, lass uns ins Bad huschen.« Mit dem Kopf deutete er zur Tür. »Sonst bekomme ich Ärger mit meiner großen Schwester, und das möchtest du doch nicht, oder?«

»Ich kann mich noch gut an Lizzies Quengeln erinnern, wenn ich nicht schnell genug hinter ihr hergelaufen kam. Meine Schwester musste oft auf mich aufpassen, wenn Mama und Papa im Verlag gearbeitet haben.«

Bei diesen Worten schwang Anne ihre Beine aus dem Bett. Es gefiel ihm, sie nur im T-Shirt bekleidet zu sehen. Am liebsten wollte er ihr auch den restlichen Stoff vom Körper reißen und sie zurück in das zerwühlte Bett drängen. Darum stieß er die Luft scharf aus.

Sofort riss Anne den Kopf hoch. »Was ist los?«

Er zuckte betont lässig mit den Schultern und ging zur Tür. Seine Gedankengänge waren eindeutig kontraproduktiv, wenn er ans Frühstück dachte, das auf sie wartete. »Ich kann es immer noch nicht glauben, dass du wirklich bei mir bist.«

Wie oft hatte er sich dieses Zusammensein ausgemalt. Eine Zukunft mit Anne. Nur, um die Vorstellung dann wie eine nicht gelungene Seite Text zu zerknüllen und in den Müll zu werfen.

In einer fließenden Bewegung kam sie auf ihn zu, blieb so nah vor ihm stehen, dass er die verschmierte Wimperntusche sehen konnte, das warme Goldbraun ihrer Augen, das ihn an flüssigen Honig denken ließ und die vom Schlaf zerzausten Locken.

»Wenn du möchtest, dann ist es ... für immer.« Annes Stimme zitterte.

Er schluckte schwer. »Wirklich?«

»Ich war mir einer Sache noch niemals so sicher.«

Duncan stieß ein tiefes Brummen aus, sein Brustkorb hob und senkte sich deutlich. *Er wollte sie! Jetzt!* Sein Herz schlug bis zum Hals, als er sie gegen die Tür drängte. »Dann ...«

»... sollten wir jetzt duschen gehen«, beendete Anne seinen Satz lachend. »Ich habe, wenn ich ehrlich bin, ziemlichen Hunger.« Sie gab ihm einen flüchtigen Kuss, ehe sie sich aus seiner Umarmung wand. »Und dafür«, sie strich ihm verführerisch über die Brust, »haben wir ab jetzt alle Zeit der Welt.«

Geschlagen nickte er. »Du hast recht, aber ich nehme dich beim Wort.«

Als Anne im Badezimmer aus Shirt und Unterhose schlüpfte und sich mit einem hörbaren Seufzen unter die Dusche stellte, ging seine Fantasie allerdings sofort wieder mit ihm durch. Kaum, dass er sich zu ihr unter den warmen Wasserstrahl begab, streckte sich ihr sein Glied heiß pochend entgegen. Anne lachte ein Glockenlachen und zog ihn an sich. Ihre Münder fanden zueinander, ihre Körper verschmolzen in einem kurzen, wilden Ritt, während ihnen das Wasser über das Gesicht floss.

»Du bist wunderschön«, sagte er schwer atmend, als sie voneinander ließen und sich abtrockneten.

»Und du machst mich komplett verrückt nach dir.« Sie warf ihm das feuchte Handtuch entgegen. »Aber jetzt komm, wir sollten uns besser draußen blicken lassen.«

»Warte kurz. Wo hast du eigentlich unsere Kette?«

»Unsere ... Kette? In meiner Tasche, warum?«

»Möchtest du sie für mich tragen?« Auf einmal klang er nervös. »Als eine Art Symbol für uns beide?«

»Du meinst, weil uns die Kette zusammengeführt hat?«

Er nickte. Er wusste selbst nicht, warum ihm das alte Kreuz gerade jetzt in den Sinn kam. Doch alles hatte schließlich damit begonnen.

»Weil sie von Davinas und Franz kurzem Glück zeugt. Muriel hat inzwischen herausgefunden, dass Davina nur geheiratet hat, weil sie schwanger war. Mit ziemlicher Sicherheit wäre sie sonst mit Franz durchgebrannt, die Kette erzählt uns von ihrer Liebe zueinander. Aber so hat sie sich für eine sichere Zukunft für ihr Kind entschieden.«

»Daraufhin hat Franz aus lauter Enttäuschung das viele Geld und die Kette mitgenommen.«

»Enttäuschte Männer sollte man nie unterschätzen.«

Anne sah ihn zerknirscht an. »Schon verstanden, die Geschichte hat sich fast so wiederholt.«

»Aber nur fast, was im Grunde gut ist, denn ich hätte von dir nur eine Tasse aus einem Töpferladen gehabt, die ich verhökern könnte.«

Sie knuffte ihn in die Seite. »Ha, ha, sehr witzig. Jedenfalls hat Franz das Geld großzügig seiner Frau überlassen, damit sie den Verlag gründen konnte. Das muss ziemlich viel Geld gewesen sein, oder?«

»Er hat wohl auch anderweitig Schmuck mitgenommen. Das vermutet Muriel, weil sie auf einen alten Bericht gestoßen ist, in dem von Diebesgut die Rede war. Vielleicht ist die Kette sogar ziemlich wertvoll.«

»Oh.« Anne fächelte sich spaßeshalber mit der Hand Luft zu. »Hoffentlich entführt mich niemand, wenn ich sie trage.«

»Ich würde dich mit meinem Schwert und Schild beschützen.«

»Wie gut, dass ich nach Schottland gekommen bin.« Anne kicherte. »Sonst wäre ich nie einem echten Highlander begegnet.«

»Und die begehrenswerteste Frau der Welt wäre jetzt nicht bei mir.«

Bei seinen Worten zog ein breites Lächeln über Annes Gesicht. »Wir verdanken also Davina und Franz unser Glück. Und ...«, sie stockte.

Prompt bemerkte er einen Schimmer in ihren Augen. »... dank des Testaments deines Vaters«, beendete er ihren Satz entschlossen. »Ich hätte deine Eltern gern kennengelernt.«

Es brauchte keine weiteren Worte mehr. Nachdem sie sich beide angezogen hatten, nahm Anne die Kette aus der Schatulle und hielt sie ihm hin. Er verspürte beinahe so etwas wie Ehrfurcht, als er das kühle Schmuckstück in seinen Händen hielt.

Es ist eine Geschichte, dachte er sich. Eine, die das Leben geschrieben hat. Hier und jetzt schloss sich ein Kreis. Und wenn er je an so etwas wie Schicksal geglaubt hatte, dann hatte es gewaltig seine Finger im Spiel gehabt.

ANNE

Nachdem Anne die Tür ihrer leer geräumten Wohnung hinter sich zuzog, fühlte sie sich befreit. Befreit von einer schweren Bürde. Der Traditionsverlag Nadler&CO lag ab jetzt in den Händen von Hannes und einem Team, das bereits so lange für ihren Vater gearbeitet hatte, dass sie sich sicher sein konnte, er würde im richtigen Sinne weitergeführt werden. Sie selbst hatte sich aus dem laufenden Betrieb herausgezogen und würde künftig von ihrem neuen Zuhause aus online an wichtigen Sitzungen teilnehmen. *Schottland! Ihr neues Zuhause!* Allein der Gedanke daran wärmte ihr Herz.

Vor dem Haus warteten Duncan und Moni auf sie. Sie hatten ihr beim Ausräumen geholfen, Möbel wollte sie fast keine mitnehmen, dafür kistenweise Bücher und persönliche Dinge wie Fotoalben, unzählige Postkarten, die sie aus Urlauben erreicht hatten, und ein altes Geschirr von ihrer Oma väterlicherseits, die sie allerdings nur aus Erzählungen kannte.

»Den bunten Garderobenständer willst du einpacken?«, hatte Moni lachend gefragt, als sie das Teil, das die Form eines Baumes besaß, nach unten schleppte.

»Hey, den hast du mir geschenkt«, hatte sie empört geantwortet. »Allein wegen dem werde ich jeden Tag an dich denken.«

»Ich werde dich vermissen, Süße, und dass du mir ja das Leben da drüben in vollen Zügen genießt.«

Sie verharrte lange in der Umarmung. Sich von Moni zu verabschieden, fiel ihr nicht leicht. Seit ihrer Rückkehr aus Edinburgh, seit klar gewesen war, dass sie sich für ein Leben mit Duncan entschieden hatte, hatten Moni und sie ganze Nächte lang zusammengesessen und über alte Zeiten geredet. Unter anderem war Monis heimliche und doch so offensichtliche Schwärmerei für Hannes auf den Tisch gekommen.

»Es ist okay, dass du für Hannes mehr empfindest, auch wenn das früher anders war.«

Moni hatte sie mit weit aufgerissenen Augen angesehen. »Du hast es die ganze Zeit gewusst?«

»Ich wäre keine gute Freundin, wenn ich es nicht gemerkt hätte.«

»Ich habe aber nichts von Duncan geahnt!«

Sie hatte großzügig darüber hinweg gesehen. »Dafür erfährst du ab jetzt alles brühwarm. Und du erzählst mir, ob Hannes irgendwann kapiert, dass du die Richtige für ihn bist.«

»Der ist gerade nur noch am Schimpfen, weil du ihn – O-Ton – ausgerechnet für diesen verfluchten Schotten verlassen hast. Er wird also noch eine Weile seine Wunden lecken.«

Anne lachte. »Na, und du bist ja wohl die Beste im Männer trösten.«

Anne war klar, dass lediglich die Aussicht, die Verlagsleitung kommissarisch zu übernehmen, die unschöne Situation zwischen ihr und Hannes entschärfen konnte. Sie war sich sicher, dass er alles dafür tun würde, damit der Verlag gute Umsätze verzeichnete und weiterwuchs. Dafür war er viel zu sehr ein ehrgeiziger Vertriebler, als dass er nicht Erfolg verbuchen wollte. Erst am Abend zuvor hatte sie sich von allen im Verlag verabschiedet. Dafür hatte sie spontan einen kleinen Umtrunk organisiert. Da Duncan auch dabei gewesen war, hatte sie Hannes spitze Bemerkungen und den einen oder anderen fiesen Blick in Duncans Richtung natürlich wahrgenommen und Hannes irgendwann beiseite genommen.

»Kannst du das bitte sein lassen? Du machst dich gerade vor den ganzen Mitarbeitern lächerlich.«

»Na und? Ist doch kein Geheimnis mehr, dass du mich für den Kerl sitzengelassen hast.« Ihr war eine deutliche Alkoholfahne entgegengeschlagen.

»Das gibt dir noch lange kein Recht, ihn derart herablassend zu behandeln.«

»Du hast mir nichts vorzuschreiben, Anne, du solltest lieber froh sein, dass ich dir den Verlag nicht um die Ohren fliegen lasse.«

»Das würdest du nicht tun.« Vor lauter Schreck hatte sie nur noch flüstern können. *Er würde doch nicht etwa ...?* »Du bist ab jetzt meine rechte Hand. Ich hoffe doch sehr, du besitzt genug Größe, mir nicht etwas heimzahlen zu wollen. Außerdem schadest du dir dann ebenfalls. Es würde sich mit Sicherheit in der Branche rumsprechen, wenn du dem Verlag absichtlich Schaden zufügst.« Damit hatte sie ihn stehenlassen und war dankbar, dass sich ein Kollege später seiner angenommen und in ein Taxi verfrachtet hatte.

»Das war's jetzt?« Duncan nahm ihr lächelnd die sonnig gelbe Tischlampe ab, die sie als Jugendliche von ihren Eltern geschenkt bekommen hatte und von der sie sich partout nicht trennen konnte. Ein unattraktives Relikt. Ein Designscheusal, wie Hannes sie immer genannt hatte. Irgendwo in Duncans Cottage würde sich dafür garantiert ein Plätzchen finden. *Das Cottage.* Duncans Haus in Fort William über dem Loch Linnhe hatte ihr bereits bei ihrem ersten Besuch gefallen. Allein, wenn sie an das lichtdurchflutete Wohnzimmer dachte, in dem sie zukünftig viel Zeit verbringen würde, da es in ihren Augen der perfekte Ort zum Lesen und Arbeiten war, dann wurde ihr warm ums Herz.

»Ich ziehe nach Schottland, ist das nicht verrückt?«, rief sie Moni zu und drehte sich im Kreis.

»Und wie.« Moni griff nach ihren Händen und tanzte mit. »Aber ich bin stolz auf dich. Du tust das Richtige.« Und zu Duncan gewandt sagte sie: »Dass du mir ja gut auf meine Anne aufpasst, Highlander.«

»Die Nachricht ist angekommen, Moni. Schwert und Schild habe ich immer parat.« Er schwang die Lampe herum, als kämpfte er gegen einen unsichtbaren Feind.

Anne war froh, dass sich Moni und Duncan auf Anhieb gut verstanden, und ihre Freundin schon bald plante, für ein paar Tage nach Schottland zu kommen.

Alles war perfekt. Genauso perfekt wie Duncan. Nachdem er über zwei Monate – mit Ausnahme von Weihnachten und den Feiertagen, die sie gemeinsam in Edinburgh verbracht hatten – bei ihr in München geblieben war, hatte er ihr gestern Abend beim Abendessen einen Vorschlag unterbreitet.

»Heirate mich.«

Den Glanz in seinen Augen, das süße Hochlandrind Kuscheltier, das er ihr mit einem verschmitzten Grinsen entgegengestreckt und dem sie spontan den

Namen Onion gegeben hatte, weil es an dem Abend vom Kochen nach Zwiebeln gerochen hatte ... nichts davon würde sie je vergessen. Ihr Herz hätte in dem Moment nicht höherschlagen können.

»Ja und ja«, hatte sie, ohne zu zögern, geantwortet.

Wenn sie ehrlich zu sich war, hielt sie nichts mehr in München. Ihre Familie war tot – ein harter Satz, der sie noch immer bis ins Mark traf und den sie sich dennoch mittlerweile traute, laut auszusprechen. Fehlen würden ihr lediglich Moni und die Leute aus dem Verlag. Aber sie waren ja nicht aus der Welt und in unregelmäßigen Abständen würde sie sicher nach Deutschland fliegen. Allein schon, weil sie weiterhin auf die Buchmessen gehen wollte.

Bevor sie München endgültig den Rücken kehrte, fuhr sie mit Duncan und dem voll bepackten Auto zum Friedhof. Ein etwas anderer Abschied wartete dort auf sie. Eine Blume hatte sie keine, dafür aber eine ganz besondere Nachricht.

Lange stand sie vor der Birke und blickte auf die beiden Namen auf der Steinplatte. Dabei hielt sie das Kreuz mit den beiden eingravierten Namen fest mit den Fingern an ihrer Brust umschlungen.

»Papa«, sagte sie leise, »ich habe es getan! Ich habe das Unrecht deines Ururgroßvaters vor über hundert Jahren aus der Welt geschafft. Warum hast du mir nie davon erzählt? Hat dich das Wissen, dass der Verlag mit dem Geld dieses Diebstahls gegründet wurde, so sehr gequält? Ich meine«, sie griff nach Duncans Hand, der stumm und abwartend neben ihr stand, »hast du wirklich gedacht, du könntest das Geld vererben, ohne dass

Fragen aufkommen? Ohne, dass ich mir Fragen stellen würde? Oder Duncan McRohan?«

Dankbar spürte sie den Druck von Duncans Fingern. Er war ihr in den letzten Wochen nicht nur eine ständige Stütze bei all den Punkten gewesen, die sie abzuarbeiten hatte – der Umzug nach Schottland erledigte sich nun mal nicht von allein – nein, er war einfach da und füllte auf seine ganz eigene, besondere Weise den Raum aus. Still und aufmerksam. Bisweilen in der Welt seiner Geschichten verschwunden, durchaus schon mal mürrisch, sobald man ihn davon hervorlocken wollte, doch sie bildeten ein Team, zwei Herzen im Einklang, zwei, die sich auf ein gemeinsames Abenteuer einließen.

»Ich bin Ihnen unbekannterweise dankbar, Herr und Frau Nadler«, übernahm Duncan nun das Wort, weil sie sich in ihren eigenen Gedanken verstrickte. »Ohne Sie, ohne das Testament hätten Anne und ich uns niemals kennengelernt. Dank Ihnen habe ich die wundervollste Frau an meiner Seite und kann nur hoffen, Sie hätten uns Ihren Segen gegeben. Ich werde Anne nämlich heiraten.«

Ohne Vorwarnung packte Duncan sie an der Taille und wirbelte sie vor dem Grab herum, sodass ihr ein Jauchzer entwich.

»Was sollen die Leute denken«, stieß sie wild atmend hervor und sah sich nach Besuchern in der Nähe um.

»Ein Friedhof ist ein Ort des Gedenkens, aber auch einer der Lebenden«, erwiderte Duncan ernst. »Deine Eltern dürfen schließlich Anteil an unserem Glück haben.«

Ihr Atem ging immer noch schwer, als sie auf ihren eigenen Füßen stand, herzklopfnah bei dem Mann, den sie über alles liebte. Er legte ihr zärtlich die Hände an die Wangen und küsste sie. Sanft und zugleich intensiv. Nach Glück schmeckend. Nach dem Strahlen eines ganzen Sommerhimmels, und das mitten an einem trüben Wintertag. Prompt fielen erste Schneeflocken leise auf sie nieder.

Kitschig wie im Film, dachte sie, und ihre Mundwinkel verzogen sich nach oben.

»Was gibt es denn da zu lachen?« Duncan löste sich von ihr.

»Es schneit.«

»Ja, und?«

Sie zuckte mit den Schultern. »Keine Ahnung, aber es fühlt sich wie ein Zeichen an. Wie eine Zustimmung meiner Eltern von dort oben.« Ein letztes Mal kniete sich Anne hin, strich mit zittrigen Fingern über den kühlen Stein.

»Ich weiß, dass ihr euch immer gewünscht habt, mich glücklich zu sehen«, sagte sie leise. »Ich bin es jetzt. Auch ohne die Leitung des Verlages, oder gerade, weil ich losgelassen habe. Papa, Mama, ich bin dann mal weg, doch ihr seid immer in meinem Herzen.«

Anschließend stellte sie sich noch einen Moment in den Arm von Duncan, der ihr den Raum gab, sich zu sammeln, bis sie bereit war aufzubrechen.

»Na dann«, sagte Anne und sah lachend zu Duncan. »Auf nach Fort William. Ist ja nicht so, dass wir keine lange Fahrt vor uns haben.«

Er zog den Schlüssel aus der Jackentasche und wackelte auffordernd damit herum. »Ich kann dir aus meinem Buch vorlesen, während du fährst, dann vergehen die Kilometer wie im Nu.«

»Geht klar.« Schnell schnappte sie sich den Autoschlüssel. »Nichts lieber als das. Ich möchte unbedingt wissen, wie das Abenteuer von India und Magnus weitergeht.«

Er gab ihr einen Kuss auf die Nase. »Auf jeden Fall genauso aufregend wie unseres.«

»Hmm.« Sie zog Duncan eng an sich, während sie in Richtung Ausgang liefen. »Ich hätte nicht gedacht, dass ich so etwas mal sage, aber ich liebe Fantasy-Bücher. Also ich meine, deine. Mehr kenne ich ja noch nicht.«

»Das müssen wir unbedingt ändern«, antwortete Duncan leichthin.

Sie knuffte ihn in die Seite. »Musst du immer das letzte Wort haben?«

»Ja.« Er grinste verschmitzt. »Zumindest, bis wir in Schottland sind. Ich kenne nämlich den Weg dorthin ganz gut.«

Jetzt hob sie eine Augenbraue. »Ach, und was ist mit dem Navi, der nicht?«

»Der im Auto ist kaputt.«

Sie fiel in sein Lachen ein. »Dann bist du ab jetzt also mein ganz persönlicher Navigator, mein Leitstern, der mich nach Hause führt.«

Der Glanz in seinen Augen war in diesem Moment tausend Mal kostbarer als jede Antwort. Und sein Glück, dass er in diesem Moment einfach nur nickte.

Anne wurde warm ums Herz.

Wie leicht es ihr fiel, in ein neues Leben zu starten.

Leicht wie der Fall der Schneeflocken.

Sie hob das Gesicht zum Himmel und spürte das zarte Nass. Mit der Zunge fing sie eine auf und wünschte sich, dass ihre Liebe groß genug war für ein ganzes Leben.

DANKSAGUNG

Was ist das für eine unglaubliche Reise, die ich mit diesem Buch verbinde. Angefangen hat alles mit meiner ersten Fahrt nach Schottland vor genau zehn Jahren. Das Land hat mich sofort in seinen Bann gezogen, darum gilt mein größter Dank heute Schottland selbst, diesem unglaublichen Land voller Mystik und einzigartigen Landschaften – allen voran den Highlands, und den freundlichen Menschen, die ich in bester Erinnerung halte. Nach weiteren Reisen (eine nächste folgt schon bald, juhuuu!) war mir klar, irgendwann schreibe ich ein Buch, das in Schottland spielt.

Als ich in der Ausschreibung zu einer Challenge vom dp Verlagg las, dass nach einem Roman mit einem Sehnsuchtsort gesucht wurde, wusste ich sofort, *jetzt* war der Moment gekommen. Dass ich bei dem Schreibwettbewerb gewinne und alle Schottlandfans oder diejenigen, die es noch werden möchten, mein Buch nun tatsächlich in Händen halten, das verdanke ich dem Verlag und seinem großartigen Team. Allen voran Anne Peisler, die mich auf dem Weg vom Manuskript bis zum fertigen Buch so wunderbar betreut hat. Astrid Pfister, meine Lektorin, hat wertvolle Arbeit geleistet, gemeinsam mit ihr hat der Text an Reife gewonnen, darum gilt eine riesige Portion Dankeschön ihr.

Herzlichen Dank an Christin Peulecke für das wunderschöne Cover, ich habe es auf Anhieb geliebt, weil es so unfassbar gut zum Buch passt.

Danke sagen möchte ich natürlich vor allem auch euch, die ihr mein Buch gelesen habt und vielleicht von *meinem Schottland* verzaubert wurdet. Eine Geschichte ist dann groß, wenn sie andere zum Träumen anregt. In diesem Sinn träumt euch lesend an diesen Sehnsuchtsort oder besucht das Land am besten selbst.